默读

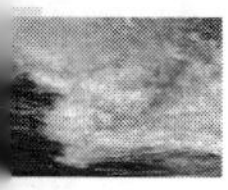

Priest 著

The light in the night

百花洲文艺出版社

The light
in
the night

目录

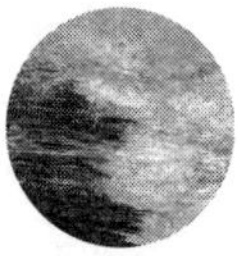

Part 1

于　连

The light in the night

真实，这残酷的真实。——《红与黑》

第一章

燕城花市区南平大道北一带，就像个化了半面妆的妖怪。宽阔笔直的双向车道把整个花市区一分为二，东区是本市最繁华的核心商圈之一，西区则是被遗忘的旧城区，城市贫民的聚集地。

随着东区这几年接连拍出天价“地王”，亟待改造的老城区也跟着沾了光，拆迁成本水涨船高，活生生地吓跑了一帮开发商，在逼仄贫困的窄巷中生生铸起了一道藩篱。危房里的街坊们整天幻想着能傍着这十几平方米的小破房一夜暴富，精神上已经率先享受起了“我家房子拆了就是几百万”的优越感。

当然，这些贫民窟里的百万富翁们还是要每天趿着拖鞋排队倒尿盆。

初夏夜里尚有凉意，白天积攒的那一点儿暑气很快溃不成军，西区非法占道的小烧烤摊陆续偃旗息鼓，纳凉的居民们也都早早回了家，偶尔有个旧路灯电压不稳地乱闪，多半是附近群租房的从上面私接电线的缘故。

而一街之隔的繁华区，夜生活才刚刚开始。

傍晚时分，东区商圈临街的一家咖啡店里，刚打发完一大批客人的店员终于逮着机会出了口长气，可还不等她把笑僵的五官手动归位，玻璃门上挂的小铃铛又响了。店员只好重新端起露出八颗牙的标准微笑：“欢迎光临。”

“一杯低因的香草拿铁，谢谢。”

客人是个身材修长的青年男子，留着几乎及肩的长发，穿一身熨帖又严肃的正装，戴着金属框的眼镜，细细的镜框压在他高挺的鼻梁上，他低头摸钱夹，勾在下巴上的长发挡住了小半张脸，鼻梁和嘴唇在灯光下像刷了一层苍白的釉。

爱美之心，人皆有之，店员不由得多看了他几眼，揣度着客人的喜好搭话：“您需要换成无糖香草吗？”

“不，糖浆多一点儿。”客人递过零钱，一抬头，店员的目光正好和他撞在一起。

客人出于礼貌，冲店员笑了一下，藏在镜片后面的眼角微妙地一弯，温柔又有些暧昧的笑意顷刻就穿透了方才严肃的假正经。店员这才发现，这位客人的模样虽然很好，却不是周正端庄的好，有点眼带桃花的意思，她的脸莫名发烫，连忙避开客人的视线，低头下单。

这时，给店里补货的送货员来了，店员赶紧给自己找了点事干，大声招呼送货的到后面核对货单。

送货员是个年轻小伙，二十岁上下，整个人洋溢着青春的气息，就着余晖弹进了店里。他皮肤黝黑，一笑一口小白牙，活力十足地跟店员打招呼：“美女好。美女今天气色不错，生意很好吧？”

店员按月拿死工资，并不盼着店里生意好，听了这通拍歪的马屁，她哭笑不得地一摆手：“还行吧，你快去干活，出来我给你倒杯冰水喝。”

送货的少年眉飞色舞地“哎”了一声，抬手抹去额上的细汗。他的额角有一小块弯月形的疤，像个道具贴歪了的包青天。

店员给客人做咖啡的工夫，送货员已经三下五除二地把清单报了一遍，交了差，他趴在柜台旁边等着水喝，有一搭没一搭地问：“美女姐姐，你知道承光公馆在哪栋楼里吗？”

“承光公馆？”店员觉得有点耳熟，一时又想不起来，于是摇摇头，“不清楚，你要干什么？”

送货的少年低下头，伸手抓了抓后脑勺：“没什么，我听说那片好像在招送快递的。”

店员有点粗枝大叶，没注意他这心虚的小动作，一边给纸杯加盖，一边随口说：“回头我给你问问别人吧——先生，您的饮品，小心烫。”

买咖啡的客人可能是闲的，抬眼看了那小送货员一眼，懒洋洋地插了句嘴：“承光公馆不在商务楼里，是后面的私人会所。怎么，他们还要单独招快递员吗？要不要我顺路领你过去？”

店员终于听出了不对，狐疑地抬头看了一眼送货的少年："私人会所？"

送货的少年见谎言被戳穿，做了个鬼脸，拿着他的冰水和货单一溜烟地跑了。

在东区灯火通明的中央商圈后面，是大片人造的绿地与景观，往里走上一公里，就能看见傲慢的高档住宅区——他们非得把住宅建在这里，因为"僻静"本身并不值钱，"闹中取静"才值钱。

各种格调不同的销金之地绕着景观外围层层排开，以"格调"为轴，贵的在里头，便宜的靠边临街。

其中，最贵最好最"格调"的一块地方，就是承光公馆。

此间主人不单是有钱，在附庸风雅方面也造诣颇深，小院修葺得很复古，乍一看像个文物保护单位。刚刚竣工不久，老板为了显摆，特地请了一帮非富即贵的朋友前来暖场。有来交际的，有来谈生意的，有单纯来捧场的，还有不少闻着味儿前来凑热闹，打算靠脸和肉体当门票。停车场里停满了各色豪车，搭了一台锣鼓喧天的名利场。

费渡徒步溜达过去的时候，已经把一杯甜得发腻的咖啡喝完了。隔老远就听见了院里的音乐声和人声，他随手把空纸杯塞进路边的垃圾箱，听见有人在不远处吹了声跑调的口哨："费总，这儿呢！"

费渡一扭头，看见不远处站着一帮人，都是游手好闲的富二代，为首一位小青年非常时尚，挂了一身的鸡零狗碎，正是他的狐朋狗友之一——张东来。

费渡迈步朝他走了过去："寒碜我？"

"谁敢寒碜你？"张东来大剌剌地勾住费渡的肩膀，"我看你的车早到了，在这儿等你半天了，干吗去了？你这是什么打扮，刚跟美国总统签完双边贸易协定？"

费渡眼皮也不抬："滚蛋。"

张东来从善如流地闭了一分钟的嘴，忍耐力到了极限："不行，我看你这样实在太别扭了，领着你跟领着个爹似的，一会儿怎么泡妞儿？"

费渡脚步微顿，他先伸出一根手指，把眼镜钩下来，随手挂在了张东来的领口，接着将西装外套一扒，衬衫袖子挽起，解开扣子。他一连解了四颗扣子，露出胸口一大片不知所谓的文身，又伸手抓乱了头发，拎过张东来的爪子，从此人手上捋下三枚比顶针还粗犷的大戒指，往自己手上一套："这回行了吗，儿子？"

饶是张东来自认为见多识广，也被这场炫酷的原地变身晃花了眼。

费渡是他们这一伙败家富二代的头儿，因为其他人举头三尺有老爹，还都是"太子"。而费公子从小没妈，刚一成年，他爸又在一场车祸里撞成了植物人，他现如今已经提前"登基"，比其他人高了一级。他有的是钱，又没人管教，理所当然地长成了一架纨绔中的战斗机——好在他没有扮演"商业奇才"的兴趣爱好，正经事上还算中规中矩，没事不搞些乱七八糟的投资，只单纯地靠"浪荡"俩字败家，一时半会儿倒也败不完。

不过他最近不知吃错了什么药，有一阵子没出来鬼混了，仿佛有点要"金盆洗手"的意思。

费渡双手插兜，往前走了几步："说好了啊，我今天纯粹是捧场来的，到十二点就走。"

张东来："费爷，你这就很没劲了。为什么啊？"

"你们玩得很不上档次。"费渡漫不经心地说，"我最近要改邪归正。"

张东来看着他被夜风鼓起的衬衫和长发，除了浪，着实也没觉出他有什么档次来，紧走两步追上去，他说："怕你那警察朋友说你？费爷，你是不是有病？茂密的大森林扔在一边，非得找棵这玩意儿整天摽在一起……"

费渡扭过头来，冷淡地看了张东来一眼。他身上有种奇特的矛盾气质，笑起来的时候是一身桃花，一旦板起脸，那种锐利的严肃感又能无缝衔接上，目光几乎有些逼人。

张东来话音一滞，愣是没把话接下去。他抬起巴掌在自己脸上掴了一下："呸，说错话了，改天一定当面给陶警官赔不是。"

费渡绷紧的嘴角这才略微柔和下来，摆摆手，算是"大度"地把刚才那页揭过去了。张东来对天翻了个白眼，感觉主公这是被"妖姬"所惑，国将不国也。

费爷说到做到，十二点一到，他就像听见钟声的灰姑娘一样，准时离场。他穿过众多妖魔鬼怪，绕过一个举着香槟对他发出盛赞的脑残，去小树林找张东来。

脑残醉醺醺地冲他后背喊："升官发财死爸爸，费爷，你才是真人生赢家！”

“谢谢，我爸爸还没死呢。”费渡彬彬有礼地冲他一点头，探头问不远处小树林里的张东来，“忙着哪？”

张东来正在和一个美女交流生命和谐问题，俩人讨论得热火朝天，旁若无人，此纨绔是个臭不要脸的不讲究，闻声对费渡吹了声口哨：“费爷，一起不？”

“不。”费渡脚步不停，“没您胃口好，我走了。”

说完，他不理会张东来在后边叽哇乱叫，步履飞快地顺着石子路离开，不晃不摇，一点儿也不像被酒水浇灌了半宿。

到了停车场，他已经把扣子扣回了原位，规规矩矩地叫了代驾，靠在一棵大槐树下等。

燕城春末夏初时，总是缭绕着槐花的香味，往往先从犄角旮旯的地方弥漫开，似有还无，随便一股汽车尾气都能盖过去，但如果沉淀一会儿没人打扰，它又会自顾自地重新冒出来。

远处承光公馆的音乐声中夹杂着笑闹和喧嚣，费渡眯着眼回头看了一眼，看见一帮大姑娘正跟几个谢顶、大肚子的“资深鲜肉”玩游戏。这个点钟，即使是南平东区，大部分店铺也都打烊了，前来拓展人脉发名片的真君子和伪君子们基本上会在十二点前撤走，留下的都心照不宣，即将参加接下来的“酒池肉林”环节。

费渡从树上掐了一把小白花，吹去上面的尘土，放进嘴里慢慢嚼，他百无聊赖地翻开通讯录，手指在“陶警官”上面悬了片刻，忽然意识到已经很晚了，于是作罢。他静静地站了一会儿，颇有闲心地就着嘴里的槐花甜吹起口哨来，渐渐地成了曲调。

十分钟后，代驾赶到，战战兢兢地开着费公子那辆张牙舞爪的小跑上了南平大道。

费渡靠在副驾上闭目养神，手机里的应用软件在播放着一段有声书，清澈的男声语速均匀地念着：“……于连回答说：‘我有一些暗藏的敌人。’……”

代驾是个勤工俭学的大学生，很有些愤世嫉俗，认为费渡不是花天酒地的富二代，就是整过容的十八线小明星，忽然听了这一耳朵，不由得有些讶异地扫了他一眼。谁知这时，对面突然来了一辆开了远光的车，险些晃瞎代驾的眼，他暗骂一声“有病”，下意识地把方向盘往旁边一打，开着“探照灯”的车风驰电掣地和他擦肩而过。

代驾眼前还有点花，没看清那是辆什么车，不能在“有钱了不起啊”和“没素质的穷鬼就不要开车了”之间挑出个合适的腹诽，感觉颇为遗憾。然后他听见“咚”一声，偏头一看，原来是他那雇主虚握在手里的手机滑落了。

音频还在继续：一条路并不因为它路边长满荆棘而丧失其美丽，旅行者照旧向前进，让那些讨厌的荆棘留在那儿枯死吧……

费渡睡得人事不知，敢情他是在用这个催眠。

代驾面无表情地收回目光。

啧，果然还是个金玉其表，败絮其中的草包。

年轻的代驾一边在深夜里胡思乱想，一边顺着笔直的南平大道稳稳当当地行驶出去，而方才那辆晃得他睁不开眼的车则在他们走远之后关上了大灯，悄无声息地一转弯，轻车熟路地拐进了寂静的西区。

接近凌晨一点，跳了半宿的路灯彻底寿终正寝，一只巡视领地的野猫跳上墙头。

突然，它“嗷”一嗓子，全身的毛都奓了起来。

虚弱的月光打在地上，照亮了一个人的脸，他四仰八叉地躺在地上，一张充血肿胀的脸几乎分辨不出原来的模样，只能看出额角有一块半月形的小伤疤，额头上盖着一块被撕扯得十分不规则的白纸，好像镇尸的鬼画符。

人已经死透了。

奓着毛的野猫吓得喵失前爪，一不留神从矮墙上滑了下来，它就地打了个滚，头也不回地逃走了。

第二章

燕城市公安局，清晨八点整。

各科室工作人员已经开始陆续到岗，行政办公室的后勤人员小孙打了个哈欠，扛着新的桶装水往老局长办公室送，一推门才发现，他们张局已经沏好了第一杯茶，正神色凝重地打着一通电话。

老局长名叫张春久，已经年过五旬，十分清瘦，是个严肃的老古董——他老人家上哪儿去都要自带茶水，平时要么使单位发的手机，要么使一台充一次电能待机半个月的非智能机，日常上班绝不穿便装，一年四季几套制服来回倒换，眉心有一道深深的纹路，很少笑。

办公室里老旧的座机电话有点漏音，小孙蹲在地上撕桶装水的包装，听见电话那头有个人聒噪地说："领导，我知道这个事现在出在我辖区里，确实是我工作失职，但……"

小孙觑着张局那两条难舍难分的眉，心里一紧：这节骨眼儿上，又哪儿出事了？

燕城正在承办一场非常重要的国际会议，世界各国的领导人和记者都在，不少企业、学校都放了假，全市私家车一律单双号限行，所有安保部门都在高度紧张。

小孙看见老局长从脖子往上开始电闪雷鸣，但语气仍然尽量和缓地说："南平大道北，离主会场不到三公里，之前开会我就说过，这个月无论如何别出事，最好连路边的流动摊位都清理走，你倒好，直接给我弄出一起命案，老王，'超额'完成任务啊。"

"可是领导，那是半夜里……"

"加强夜间巡逻的通知，提前一个月就下发到各单位了，你还想要求犯罪分子也保持八小时工作制作息？"

"是是，我也不是推卸责任，就是您也知道，花市西区那边本来就乱，外来人口又多……"

张局耐着性子跟花市区分局的负责人扯了五分钟的淡，发现那边非但毫无反省的意思，还"你有来言，我有去语"地找借口。他出离愤怒了，毫无预兆地发了火，一嗓子吼了出来："知道个屁！西区不是你的辖区？不是你的地盘？你现在跟我说乱，早他妈干什么去了！"

小孙和电话那头的分局长都被他这平地一声吼震得噤若寒蝉。

张局端起杯子喝了一口茶水消火，不小心吃了茶根，"呸"一下把茶叶喷回杯底。

接着，他伸出"一阳指"，在积灰的键盘上戳出了"扼喉"俩字，内网中铺天盖地的新闻截图刷了一屏幕。

今天凌晨，花市西区的小巷里发现了一具死相狰狞的男尸，最早被人当成本地一桩猎奇的花边新闻发到了网上，不过网上比这危言耸听的事多了去了，刚开始没激起什么水花。可是花市区分局的领导唯恐敏感时期出事，办了件蠢事——想悄悄把这件事按下去，先是删帖，之后又欲盖弥彰地说是发现了一具死因不明的流浪汉尸体。

没想到最早发现尸体的几个小混混手欠，拍下了清晰的现场照片，用非常哗众取宠的方式传播了出来，搭配分局之前种种讳莫如深的态度，让坐着公交、地铁赶早高峰的市民们展开了丰富的联想，把这点儿屁事发酵得满城风雨，连市政府都专门打来电话询问。

张局戴上老花镜，点开了一个被删除之前点击量最高的帖子，名为“市区疑似出现抢劫扼喉团伙”，显然这个说法更广为流传，并且有图有真相，刚打开，一张毫无马赛克的尸体照片就极富冲击力地摊在了屏幕上。

他感觉自己刚才吼早了，然而年事已高，再高的调门也上不去了，他只好恢复正常音量：“我感觉你在咱们系统是屈才了，应该让你去广告公司上班，这宣传效果，绝了。”

“都是那帮唯恐天下不乱的小兔崽子，对着死人合影拍照片，您说缺不缺德？领导，您放心，那几个人我都拘起来了，照片和帖子也正在删，绝对能控制住！”

张局靠在椅背上，不住地揉着眉心：“现在最重要的是抓紧时间破案，有凶手拿凶手，有犯人逮犯人，删帖有什么用？你是网管啊？这件事必须尽快处理，管住你手下人的嘴。一会儿我从市局这边调几个人过去给你们当技术指导。王洪亮，一个礼拜之内，你要是不给我一个说得过去的交代，自己打报告滚蛋！”

张局喷了分局长一脸，扣下电话，小孙连忙把空桶放在一边，举起自己随身的小本，预感老局长可能有话要说。

果然，张局冲他比了个手势：“去叫刑侦队的人过来。”

小孙抬起头：“张局，都叫过来吗？”

张局的目光落在面前的液晶屏幕上——照片上的尸体面部已经呈现出丑陋的肿胀，五官扭曲，但依然能看出那是一张属于年轻人的脸，他张着嘴，仿佛有些惊愕，茫然地对着镜头。

“废话，都叫来往哪儿站？去找骆闻舟，让他亲自带人跑一趟。”张局说，“案情未必很复杂，告诉他，等这个月过去，我就处理了王洪亮那老东西，他知道怎么办。”

小孙没动。

张局的目光越过老花镜片，疑惑地朝他看过去。

“张……张局，”小孙勉强挤出一个微笑，“骆队……他那个，还没来呢。”

骆闻舟是个天天踩点上班的大爷，只要不值班，规定八点半到岗，八点二十九分他都绝不会出现在工位上。这天还赶上他的车限号，骆闻舟不想挤公交，干脆从他们家地下室刨出了一辆能进博物馆的大“二八”，自己动手大修了一番，晃晃悠悠地骑上了路。

他面貌十分英俊，几乎俊出了青春气，但神态与气质上却又能看得出是个成熟男人，他塞着耳机，挽着衬衫袖子，衬衫下露出若隐若现的肌肉线条，有一双骑着旧式的横梁大“二八”也能伸脚就撑住地的大长腿。左车把上挂着一打煎饼，右车把上坠着六七杯豆浆，骆闻舟双手放松地搭在严重超载的车把上，准时踩点驶进市局大门。一进门，骆闻舟就看见门卫正拦着一个送花小妹。

“不让进——为什么不让进？姑娘，这是公安局，不是花果山，好吧？邮件统一放门口收发室安检登记。”

“鲜花怎么能放收发室？照顾不好那不就蔫了吗？”送花姑娘说话间一回头，正好看见骆闻舟和他的座驾，顿时急了，伸手一指他，“不让我进，那送外卖的怎么就让进？”

骆闻舟冲送花女孩笑出了一口白牙，接过话茬：“因为送外卖的英俊潇洒，玉树临风。”

门卫则对市局的形象充满忧虑：“……骆队早。”

“早。吃了吗？没吃自己拿。”骆闻舟单脚着地支着车，“美女，花给谁的？我给你带进去。”

送花的小姑娘这才知道闹了尴尬，十分不好意思，慌慌张张地翻出小卡片，声气也低了下去：“哦……给刑侦大队，一个叫……叫陶然的先生。”

八点半整，骆闻舟准时走进办公室，把鲜花扔在了陶然桌上：“你这个……”

他刚说到这儿，张局就气急败坏地派人来逮他了，骆闻舟只好先把后文憋了回去，伸手在陶然桌上重重一按：“等会儿再跟你讨论私人作风问题。”

整个刑侦大队都惊了，齐齐地盯着陶然警官面前那束气质清新的鲜花，仿佛花梗下埋了个定时炸弹。

女警郎乔从抽屉里摸出了放大镜和一次性手套，小心翼翼地从隔壁办公桌探过身来，对着花束观察了一番，然后拎出一张牛皮纸的香水卡片。接着，这位勇敢的大姑娘在众人注视下，面色严峻地打开卡片，只见上面用非常标准的楷书写着：“风大得很，我手脚皆冷透了，我的心却很暖和。但我不明白为什么原因，心里总柔软得很。我要傍近你，方不至于难过。”①

“落款是‘费’。”郎乔说，“这谁啊？”

陶然一把抢了回去：“别闹，给我。”

“闹了半天是女朋友送的。”郎乔唯恐天下不乱地拍了拍胸口，“我还以为骆老大要跟你当众表白呢，吓死我了，那可够上社会版头条了。”

周围一帮同事纷纷跟风，给自己压惊，很快，广大光棍们就以光速恢复了战斗力，上前瓜分了骆闻舟带来的早饭，同时尽职尽责地扛起了声讨“异端分子”的大旗。

“陶副，什么时候脱团的，打报告了吗？组织同意了吗？”

“陶陶这个人，不局气，不够意思。”

“陶副队，我这月工资还剩三十七块六，没钱买狗粮了，反正你得看着办。”

“去去去。”陶然把卡片收好，又找了个不显眼的地方把花藏了起来，“哪儿来的女朋友？别瞎捣乱。”

众人一听，这么大的一束罪证暴露在大庭广众之下，此人居然还想蒙混过关，顿时炸锅，一哄而上，打算对陶副队发出围追堵截。

正起哄得热闹，方才匆匆离开的骆闻舟重新推门进来，伸手拍了一下门框：“花市区出了一起命案，来俩人跟我过去一趟，速度。”

---

①引自沈从文《湘行书简》。

第三章

南平大道附近，是早高峰的重灾区，拥堵时段为早六点半至晚十点。

往东区中央商圈去的高级白领跟满街乱窜的小电驴子往往狭路相逢，倘若再来个慢吞吞的大公交横插一杠，就能制造一起“一个都跑不了”的世纪相逢。

西区的路况尤其错综复杂，道路宽的宽，窄的窄，犬牙交错。当地居民私搭乱建成风，人造死胡同随处可见，误入其中的机动车像被蛛网粘住的小虫——得挣着命地左突右奔，才能重见天日。

骆闻舟把头探出车窗外，让警笛响了一声，喊了一嗓子：“帅哥，我们执行公务，过不去了，劳驾您把门口那宝马挪挪成吗？”

旁边小平房院里应声走出个老头，瘪着嘴看了他一眼，颤颤巍巍地将老年代步车往院里推。老年代步车左边贴着“接孙子专用”，右边贴着“越催越慢我牛×”，走着走着，还“汪”地大叫了一声，骆闻舟诧异地抬了抬鼻梁上的墨镜，低头一看，原来是代步车后面蹿出了一条大黄狗。

大黄狗溜达到警车旁边，和他对视了一眼，公然对着车轱辘抬起了后腿。

骆闻舟冲它吹了一声口哨，慈祥地说：“尿，小宝贝儿，尿完就把你的小鸡鸡切下来烩饼吃。”

这个吃法实在是猎奇，大黄狗闻所未闻，当场被骆警官的资深流氓气息震慑，“嗷呜”一声，夹着尾巴逃之夭夭。

郎乔拿平板电脑挡住脸：“老大，你注意到后座上还有个未婚青年妇女吗——分局那边把现有资料发过来了。”

“行吧，请这位容易被人忽略的妇女同志挑客观的信息简要讲讲。”骆闻舟缓缓地把警车从腾开的窄巷里踩了出去，“主观臆断部分先忽略，王洪亮那孙子就会拍马屁，花市分局上梁不正下梁歪，都是水货。”

郎乔：“死者名叫何忠义，男，十八周岁，外地务工人士，在一家连锁咖啡厅当送货员，尸体颈部有沟状凹痕，死因为窒息……也就是被勒死的，初步推测凶器是软布条一类的东西。死亡时间大概是昨天晚上八点到十一点之间，具体还得等法医进一步确认——哦，对了，尸体是在死者本人住的群租房后面不远处发现的，所以第一时间确认了身份。”

骆闻舟车技极高，几乎是以毫米级的操作钻过险象环生的窄巷，还有暇插嘴问：“关于抢劫、扼喉团伙的流言是怎么来的？”

“据说是因为死者身上的财物被洗劫一空，手机没了，钱包也被掏空了扔在一边，不过还说不好是不是凶手拿走的。”郎乔飞快浏览着邮件，“对了，报案人说，有一张纸盖在了尸体脸上，上面有一小截胶条，正好粘在了死者的头发上，朝里的那面写着个‘钱’字。”

陶然关上导航：“前面右拐就到了。”

“嗯。”骆闻舟敲了敲方向盘，“这案子归分局管，没转市局，知道咱们是来干什么的？”

郎乔试探着问：“指导监察？”

骆闻舟：“知道过去‘指导监察’都是什么人干的吗？”

郎乔恍然大悟：“太监！”

陶然从副驾驶上转过头来瞪她。

“你们村的青年妇女就这思想境界？”骆闻舟牙疼似的一咧嘴，“一边儿去，我这说正经的——张局没几年就得退了，几个副局岁数跟他差不多，剩下的要么资历不够，要么是像曾主任那种埋头搞技术，谁也不搭理的，所以到时候很可能会从各区分局提一些人上来。”

骆闻舟让过一小堆摊在路边的垃圾，压低了声音：“我估计，老局长可能是想在自己任上把王洪亮这样的货色都撸下去，省得将来市局来一个酒囊饭袋当一把手——咱们来的主要任务是什么，懂了吗？”

他话音刚落，警车已经拐过了路口。

那是老旧筒子楼和里出外进的小平房群夹出来的一块空地，非常荒凉，正好在一片民间自建的小仓库后面，杂草丛生，人迹罕至，墙脚还有积水，泛着一股历久弥新的臭气。

警方已经把现场圈起来了，法医们忙碌地进进出出。花市区分局的负责人王洪亮知道来者不善，为了等骆闻舟他们，特地亲自坐镇现场。

王洪亮是个谢顶谢到了面部的中年男子，两条愁苦的眉稀疏得几乎看不清形迹，一脑门热汗往下淌，亲自迎上来抓着骆闻舟的手上下摇了三遍：“惊动了市局的领导，还让几位专程跑一趟，我实在太过意不去了。”

骆闻舟顺手拉过他，拍了拍他的肩，和颜悦色地一笑：“老哥，这话怎么说的，跟我还见外？”

王洪亮拉关系精通，干工作稀松，听了他这话音，立刻顺杆爬起，改口同骆闻舟称兄道弟，并且滔滔不绝地和新任“老弟”诉起苦来。骆闻舟摸出一盒烟，点了一根递给王洪亮，同时朝陶然使了个眼色，让他带着郎乔先去看现场。

“熟人作案，绝对的。”王洪亮先是跟骆闻舟扯了一根烟光景的淡，将未知的杀人犯一家老小问候了个遍，这才说起正事，细小的眼珠滴溜溜地乱转，他伸手点了点现场，“看看这地方，错综复杂，外人进来根本找不着北，怎么敢跑这儿行凶呢？骆老弟，你是专家，你觉得是不是这个道理？”

骆闻舟知道，在这种敏感时期，王洪亮最不想看见的就是辖区内出现一个流窜的抢劫杀人犯，所以玩命想往“熟人作案、私人恩怨”上靠。他没接王洪亮的话茬儿，把墨镜摘下来别在领口，眯起眼睛往忙碌的法医中间望过去，吊儿郎当地搪塞了一句：“我算什么专家？我就是一个混饭吃的衙内，都听您的。”

“谁还不是混口饭吃呢？”王洪亮唉声叹气地一摊手，“走吧，咱们也过去看看。”

新成立的“混饭二人组”并肩走进现场，只见一个留平头、戴眼镜的小青年正唾沫横飞地给陶然和郎乔介绍情况。该青年个头很高，一脸青春痘，站姿笔直且僵硬，加上体形消瘦，就像个裁剪成人形的棺材板，语速快得惊人。

“这是我们新来的小肖，肖海洋。”王洪亮伸手一指，介绍说，“高才生，考进来的时候笔试第一。小肖，这是市局的骆队。”

肖海洋挺胸抬头，做了个类似“立正”的动作，下颌绷得死紧，脸上笑容欠奉，冲骆闻舟紧巴巴地一点头，寡言少语地打了个招呼：“骆队。”

“不用客气。”骆闻舟一摆手，“你接着说。”

方才还寡言少语的肖海洋好似被他这句话按了开关，瓢泼似的话顷刻间从他嘴里奔涌而出，把他面前一干人等都淹在了其中。此人语速快得离奇，非中文八级水平都跟不上：“死者身上没有挣扎造成的挫伤，但后脑有被钝器击打的痕迹，初步判断，他是被人从身后打晕，再用一根软布带勒住脖颈窒息而死，死后财物被搜走，额头上盖了一张纸条。因为死者是在昏迷状态中被勒死，所以现场没有留下挣扎的痕迹。另外，勒死死者的软绳，击打头部的钝器等，目前都没找到，也没有确切证据表明这里就是案发现场。汇报完毕！”

肖海洋最后那句话一出口，王洪亮的脸立刻应声而绿：“没有证据，你瞎说什么？这里不是案发现场，哪里才是？难不成这还能是一起抛尸案？抛尸为什么要抛在这里？有什么好处？肖海洋，你不要随口臆测、扰乱视听！”

肖海洋茫然地看了他一眼：“我只是说有这种可能性……”

王洪亮还要发作，被骆闻舟伸手拦住了：“刚工作的小孩想法都比较多，没事，畅所欲言。”

他说着，抬头看了一眼四周的环境，整个花市西区给人的感觉就是灰蒙蒙的，杂乱无章的电线沉甸甸地压在头顶，把燕城难得的晴天割得四分五裂，非常压抑。

“多在周围打听打听，或许有人听见什么了。”骆闻舟说，“另外，我觉得王局的大方向把握得非常准，咱们先不考虑极端情况，就以熟人作案为侦破方向吧。老哥，您看这样行不行？”

骆老弟说话办事的风格很合王洪亮的心意，双方一拍即合，极大节省了沟通成本。接下来就是没完没了的排查和走访，这些都是分局碎催刑警们的活儿，跟“技术指导”没什么关系，骆闻舟他们仨的主要任务是回分局办公室坐着喝茶，随时监控工作进度，等着抓王洪亮的小辫子。

这时，陶然却小声对骆闻舟说：“你们去吧，我还是想跟他们一起在附近转转。”

陶然，名字文静，像女孩，人长得也眉目清秀，脾气非常好，从来没跟谁红过脸，在一帮糙汉中间，也从来不近墨者黑地说粗话，对待同志和敌人都是一样的春风化雨，但骆闻舟了解他——陶然身上有种与时代格格不入的较真和执拗，并不关心政治上的事，反正天塌下来有骆闻舟顶着，然而但凡涉及案件，只要有一点儿疑点，他都要死追到底，别管是不是他负责的。

骆闻舟沉吟片刻：“死者被人从背后打晕，失去行动能力，而且可能根本没看见是谁干的，如果真是抢劫，嫌疑人犯不上把人勒死，所以这案子是私人恩怨的可能性很大，王洪亮的基本判断靠谱——你有什么问题？”

尸体已经被装进裹尸袋，被法医抬走了，陶然目送着他们，轻声说：

“鞋——你看，这附近没人打扫，脏乱差，一不留神就会踩一脚泥，但是我刚才扒开裹尸袋看了一眼，那孩子的鞋很干净。”

骆闻舟一挑眉。

“当然，也可能是死者住在附近，对环境比较熟悉。”陶然说，“但我还是觉得分局那小眼镜说得对，不能排除这里不是第一现场的可能性。还有，贴在死者头上的那张纸也很奇怪。闻舟，万一这事没那么简单，我怕王局急着草草盖过去，不肯好好查。”

“这还用‘怕’吗？”骆闻舟叹了口气，“他明摆着就是想草草盖过去。”

只要有个大体的怀疑对象，王洪亮立刻就可以盖公章对外发声明，说这是一起疑似私人恩怨引起的案件，不是什么网上危言耸听的“扼喉杀手”，没有噱头，过不了几天，人们就因为无聊给忘了。等风头一过，就可以说“花市区分局为我市成功举办某某盛会做出了突出贡献”。至于案子，找几个跑腿的小刑警慢慢查，查出来就抓，查不出来压着，压来压去，弄不好最后要不了了之。

王洪亮办事就是这个风格，要不然张局也不会专门整他。

陶然说：“不管因为什么，一个孩子大老远到咱们这儿来，客死异乡，咱们得给人家一个交代。”

骆闻舟一偏头，盯着他的眼睛看了两秒。

陶然赶紧又补充了一句：“我就是不放心跟去看看，保证不节外生枝。”

骆闻舟一笑：“反正这么多年你节外生出来的枝都是我兜着，也没见你以身相许。”

陶然不以为意，笑骂了一句：“去你的。”

他说完，抬腿要走，骆闻舟却叫住了他：“等等，早晨给你送花的是费渡吧？”

陶然不怎么在意地说：“除了他，谁还能这么吃饱了撑的？”

骆闻舟双手插在兜里，看了一眼自己的脚尖，好像低头找了找话头：“费渡这个人不宜深交……你明白我的意思吧？”

陶然脚步一顿，他清瘦文弱，看着实在太好欺负，因此不管上班下班，没事总穿制服，上午的阳光穿过矮墙和苔藓，轻描淡写地给他镶了个边，他正色下来，对骆闻舟说：“我明白你的意思，但是这七年我一直看着他，我了解他。”

骆闻舟没吭声。

“他有时候是荒唐了点儿，但不是你想象中的那种人。”陶然说到这儿，忽然话音一转，“再说了，也不知道是谁，想给人送点东西都不好意思留名，当年煞费苦心从国外弄回一台游戏机，还让我……”

“滚！”骆闻舟面无表情地打断他，“干你的活去，哪儿那么多废话！”

第四章

“我也看见那个新闻了，听说离咱们这边很近，真的吗？”

“是很近，南平大道过去，再走一点就到，我有时候回我爸妈那儿不想盘桥，就去那边绕一圈，以前就是觉得乱，没想到……哎哟！”

两个小白领在茶水间摸鱼聊天，聊得太投入，没注意身后有人正听直播，其中一个手一哆嗦，差点儿把一整杯热水进贡给地板。

“小心。”费渡一伸手托住了她手里的杯底，接过来放在一边，“不要倒这么热的水，女孩子手那么嫩，烫着怎么办？”

费渡很少大声说话，说的好似也都是寻常的人话，然而那话一旦经由他的嘴，马上就能变异出一点隐秘的亲昵感，时常勾得人自作多情。不过好在他一般说完就走，给别人留足幻想破灭的时间。

“费总，你吓死我了！”茶水间的小白领们刚开始被吓一跳，一看是他，马上又放松了。

因为“费总”虽然名义上是个“总”，但比起当年说一不二的费董事长，这位二世祖继承人基本就是个讨人喜欢的吉祥物。作为一个知名纨绔，费渡纨绔得十分公私分明，私下里那些花天酒地的臭毛病不会带到公司来，表面上的“稳重”也基本能表演到位，从来不惹麻烦。

在普通员工看来，小费总平时在公司不大行使权力，好似也不怎么履行义务。偶尔跟小姑娘们瞎逗几句，逗得非常有分寸，严格遵循“兔子不吃窝边草”的原则，绝不越界，情商高，脾气好，他们都不怕他。

费渡用纸巾擦干净溢出来的热水，才把杯子还回去，随口问：“你们刚才在聊什么事？”

“在说对面西区，昨天刚出了一起抢劫杀人案，好像犯人现在还没抓住。要不一会儿我们人事部给大家群发一封邮件，提醒大家上下班的时候多注意安全？”

“好啊。”费渡严肃正经地说，“不行咱们就放假，等把坏人抓住了再回来上班，工作哪有你们的安全重要？”

两个姑娘明知道他在扯淡，还是被他这话哄得心花怒放，美得屁颠屁颠地回去干活了。

十五分钟后，费渡溜溜达达地回到自己的办公室，果然收到了人事部门群发的邮件。他往一个杯底的咖啡里挤了大半杯榛果巧克力酱，打算用糖分把每个咖啡因分子都腌一遍，正闲得没事，一边搅一边点开了邮件里附带的视频。

“昨天深夜，我市花市西区这片民房后面，发生了一起恶性事件，截至目前，警方还未发布任何官方声明，据悉，死者何某就住在案发现场附近的一处群租房里……”

视频来自一个以“哗众取宠”著称的网媒，假正经的旁白刚嘚啵两分钟，镜头外就突然传来一阵大声喧哗。晃动的镜头立刻唯恐天下不乱地转移焦点，对准了附近的小吃摊。

一个穿着围裙的中年妇女，似乎是小吃摊主，正横眉立目地推搡着一个少年：“小兔崽子，你是不会算数还是良心让狗吃了？这么几块钱也贪，贪走干什么？拿回家给你老娘买棺材？”

旁边几个无所事事的中老年人正在非法占道的小吃摊上吃馄饨，这群人的嘴相当之欠，连吃带喝，也不耽误他们高谈阔论，还对着镜头义务解说起来。

“那小子买烧饼，人家让他把钱搁那筐里，自己从零钱篓里找钱，这不都得凭自觉吗？您猜怎么着，他给人家十块，却要从那零钱篓子里拿十五，我刚才都看见了。吃五块饶五块，真行，离发家致富不远了。”

“就得打他——年轻时候偷鸡摸狗，以后还不得贩毒杀人？咱这一片的治安什么样？不是我说，天一黑，大家伙都不敢随便在外面溜达，我看，都是这帮外地来的社会渣滓祸害的。”

“反映多少回了，也没人管管，好了，这回死人了吧，我说什么来着？”

中老年啦啦队一旦要起哄架秧子，效果非同小可，矛盾很快激化。小吃摊主听着身后议论纷纷，自觉站在了舆论高地，头顶的气焰长到了两米三，干脆动起了手。偷窃的少年双手抱头，蜷缩成一团，露出红得滴血的脖颈和耳根，一声不吭，只是躲。

这时，旁边有几个人看不过眼，上前试图分开厮打的摊主和少年，不料很快也被卷入战圈。冲突转眼升级，上纲上线成了西区土著和外地租客们不分青红皂白的互相攻讦。一时间，现场可谓是鸡毛乱飞，镜头被碰歪了三四次，费渡搅完了咖啡，觉得这场“三只耗子四只眼”的冲突极其无聊，完全没有观赏价值，正要关上。

突然，视频里有人喊了一声：“警察来了！”

然而这是人民内部矛盾，警察来了也不能随便动手，只见一阵混乱后，几个穿制服的人艰难地挤了进来，七手八脚地想把掐成一团的人群隔开，不料很快被淹没在了人民群众的海洋里，一个小警察的眼镜都被打掉了。

费渡在调停的倒霉警察里看见一个熟悉的身影，打算关窗口的手一顿。

这天午后，花市区分局里，王洪亮以“开会”为名，脚底下抹油先跑了，把闹剧收场的活儿留给了骆闻舟。

骆闻舟背着手，弯着腰，凑到陶然面前看了看：“上回咱们协助缉毒那边的弟兄们抓毒贩子，开火开了二十分钟，也没谁受这种‘重伤’吧。我就知道，一离开我眼皮子底下，你们准得出点儿事，晚上回去别忘了上医院打一针狂犬疫苗。”

陶警官的下巴不知被哪位英雄的九阴白骨爪抓出了一道血印子。

分局走访何忠义被杀一案附近居民的时候，正好赶上了一起群众斗殴事件，起因是一个打工少年偷了小吃摊几块钱，结果居然酿成了大打出手事情，连前来劝阻的警察一起卷进去了。此时，涉事人员一股脑儿地给带了回来，分局里到处都是乱糟糟的，参加集体斗殴的群众战斗意识高昂，到了公安局也不肯偃旗息鼓，七嘴八舌的骂战中夹杂着几个民警千篇一律的“蹲下”“老实点儿”，显得警方词汇量十分匮乏，从辖区几个派出所抽调的人手茫然地在旁边站成一排，也不知道自己该干点儿什么。

骆闻舟进去的时候，重重地抬手砸了一下门，以更加嚣张的气焰压倒了对垒的两军。众人都被这山响惊动，一起回头看他。

骆闻舟往门框上一靠："动手袭警的都有谁？"

没人吭声。

"不承认，觉得法不责众？"骆闻舟冷着脸说，"那行吧，一起拘留，别忘了通知家里来人交保证金，没家人的找单位领导。我听说个别人还涉及非法占道和无照经营？正好，从严从重，好好罚。往后我会让附近派出所的同事们格外关照诸位这些有前科的。"

他话音没落，有个五十来岁的中年男子就嚷了起来："你说谁有前科？凭什么说我们袭警？你有证据吗？没证据随便拘留，我告诉你，我有心脏病！"

骆闻舟声调不抬，眼皮也不抬："知道什么叫执法记录仪吗？文盲。"

郎乔适时地走过来，递给骆闻舟一份打印的文件，他随手接过来一扫，意味深长地看了一眼带头闹事的中年男子："巧了。"

说完，他就摸出手机拨了号："喂，韩校长，我是闻舟……没有没有，瞎忙——您学校里有个叫于磊的校园保安是不是？"

闹事的中年男子先是一愣，随后脸一下就白了，看起来真像是要犯心脏病的。

骆闻舟举着手机，对他微笑了一下："您给查查，两杠一钩的'于'，三个石头的'磊'，男，五十三周岁——也没什么事，这大叔老当益壮，跟人打架斗殴，让我们这边派出所的同事拘了。拘回来，他说他有心脏病，这要是万一在我们这儿犯病，传出去不又是一桩娄子吗？我们现在可担不起责任，韩姨，我求求您了，抓紧时间派个人过来，把这碰瓷高危人士保出去吧。"

"我……我……我那是为了维护小区街坊邻居安全！"骆闻舟一通电话还没打完，名叫于磊的中年男子明显慌了神，"我这是正当防卫。"

骆闻舟乐了："您还知道什么叫'正当防卫'？"

于磊伸手一指和他们泾渭分明的几个年轻小伙子："我就是正当防卫，他们这些人里有昨天晚上杀人的凶手！我都听见了！"

谁也没想到，一场治安闹剧莫名其妙地演变成了分开讯问。

在外面走访调查的刑警都赶了回来，紧急提取证人证词。

"据那个叫于磊的老流氓说，昨天晚上他关灯休息以后，半睡半醒间听见了争吵声，两个男的，都是外地口音，方言太重，吵了什么他没太听懂，但是从语气上感觉得到，吵架的俩人应该互相认识。”郎乔把长发捋到脑后，“我们证实了，这个于磊家距离发现死者的地点很近，直线距离不足五十米，他家住平房，开着后窗应该能听见。”

骆闻舟：“大约几点？”

“不确定，他说他九点睡的，平时没有失眠的毛病，半睡半醒的状态应该不超过九点半，符合推断的死亡时间。另外还有其他几个住得近的人，也说隐约听见了，只是这一片晚上常有喝多了打架的，他们见怪不怪，没当回事，也不会多管闲事出去查看。”

“老骆。”陶然下巴上贴了个创可贴，探头进来，“这儿有个人，你过来看一眼。”

肖海洋戴着拿透明胶条粘上的眼镜，对面坐着个瘦小的少年，正在问话。

“这孩子叫马小伟，自称满十八了，但我看他像未成年，今天中午那场群体性事件就是因他偷了人家几块钱引发的。”陶然说，“他是死者何忠义的群租房室友，很可能是最后一个见到死者的人。”

骆闻舟点点头，推门进去。马小伟飞快地抬头看了他一眼，许是骆队气场太强，那少年脸上露出了一点儿惊惶。

肖海洋：“没事，你接着说。”

马小伟双手绞在一起，蚊子似的嗡嗡：“他……何忠义是H省人，跟我们另一个室友是同乡，不过老家不在一个地方，据说H省挺大的，忠义哥他们老家好像更偏一点儿。他是去年才来的，人挺好的，挺外向，平时一块儿住，也勤快，经常打扫卫生……没……没有跟谁结过仇。”

肖海洋又问：“那你知道他在本地还有什么亲戚朋友吗？”

马小伟下巴往下沉了一下，随即不知想起了什么，飞快地摇摇头：“不……不知道，没见过。”

说谎。

骆闻舟盯着他，插了句话：“昨天晚上八点到十点，你在什么地方？”

马小伟喉咙动了动，仍然不敢看他，小声说：“在……在家。”

“在家干什么？”

“没……没干什么，就……看电视。”

骆闻舟："一个人？"

马小伟好像才意识到他是什么意思，脸色陡然一变。

"没事，宝贝儿。"骆闻舟拉开椅子，在马小伟面前坐下，和颜悦色地一笑，"这是重案组，只负责刑事案件，偷几块钱未遂不入刑，你别紧张。"

马小伟更紧张了，几乎有点坐不住。

骆闻舟的话音随即一转："不过好像要是多次偷盗屡教不改，不用到'较大数额'也得入刑，你该不会已经不是第一回干了吧？"

马小伟吓得快不会呼吸了。

骆闻舟轻轻地敲了敲桌子："你一个人在家看电视？跟你住一起的人呢？"

"忠……忠义哥昨天下班以后，回来换了身衣服就走了。刘哥……就是忠义同乡，前几天回老家奔丧了。还有几个工友找人打牌去了。就……就我一个人，但不……不是我……"

"没说是你。"骆闻舟打断他语无伦次的辩解，"有附近居民反映，当时听见案发现场附近有人在争吵，按照你们住的地方离案发现场的距离，你应该听得见，你当时听见什么了吗？"

马小伟用力咬着嘴唇。

"听见就说听见了，没听见就是没听见，这问题用思考那么长时间吗？"

"可……可能听见了一点儿，但电视开得有点……"

骆闻舟："大概几点？"

马小伟脱口说："九点一刻。"

他这话一出口，低头记笔记的肖海洋，门口旁听的陶然，全都向他看了过来。

骆闻舟眯起眼，锥子似的目光落在他身上，片刻后一笑："你刚才不是说'可能听见了一点儿'吗？现在怎么又把时间记得这么准？"

马小伟不吭声了。

"小马，你得说实话。"陶然轻声说，"你怎么知道是九点一刻？到底是听见了还是你当时在案发现场附近？"

骆闻舟不给马小伟反应时间，立刻接上话："你知道什么？今天这话要是说不清楚，你可就有重大作案嫌疑！"

"我相信应该不是你。"陶然默契地跟他一个唱白脸一个唱红脸，"不是你干的就不用怕，知道什么都说出来。这是出了人命的大案子，你分得清轻重的对吧？”

马小伟本能地将求助的视线投向他。

骆闻舟一拍桌子：“看谁呢？这让你交代呢！”

“不是我。我听……听见了。”马小伟快哭出来了，“九点一刻的时候，听见楼下有人吵起来了，声音有点耳熟，就想下楼看看……”

“你看见什么了？”

“什么都没有。”马小伟睁大了眼睛，“我没看见人，连个鬼影都没有，好像刚才听见的都是幻觉，路……路灯还坏了，我……我……”

骆闻舟嗤笑一声：“小孩，你给我们讲鬼故事呢？”

马小伟眼眶通红，充满恐惧地看了他一眼，血丝一根一根地缠上了他的眼球。

他们几个人颠来倒去地反复追问，一直审到了傍晚下班，把马小伟问得快要崩溃了，那少年却再也没吐露什么有用的信息，来来回回把他那蹩脚的深夜鬼故事讲了好几遍。

“我觉得不像是他。”从分局出来，郎乔说，“这小孩心理素质不怎么样，一吓唬就什么都往外说，被咱们那么问，如果真有什么事，肯定早扛不住了……但是闹鬼那个说法又很奇怪。”

骆闻舟嗯了一声。

陶然：“怎么？”

“也不一定。”骆闻舟说，“他说的可能只是一部分事实，应该还隐瞒了点别的——明天再说吧，你俩怎么走，先回局里还是……”

他话没说完，就被一声口哨打断。

监军三人组一起抬头，只见马路旁边停了一辆足有两米高的大SUV，一个人斜靠在车上：“陶警官辛苦了，我可以送你回家吗？”

这人身材高挑，穿一件黑衬衫，西裤挺括，插着兜，双腿很放松地在前交叠，长发垂在肩上，只要有人跟他对视，他扫过来的目光立刻就会盛上两碗笑意，不要钱似的无差别放送。

郎乔长到这么大，还没见过特意在公安局门口风骚的男人，忍不住惊讶地问：“陶副，这是你朋友吗？”

陶然好像有点牙疼。

郎乔非常敏锐，立刻意识到气氛有点不对，莫名其妙地问："怎么？"

陶然刚想走过去说话，一直默不作声的骆闻舟突然伸手扣住了他的胳膊肘，冲那人一抬下巴："费渡，你上这儿来干什么？"

费渡把长腿一收，掀起眼皮看了他一眼："哦，对不起，我不知道这块地姓骆。"

骆闻舟面无表情地眯着眼，费渡瞅着他似笑非笑，全然不明所以的郎乔无端感觉到了一股剑拔弩张的杀气。片刻后，费渡十分找揍地一哂，先行收回了目光，转向陶然："陶然快上车，再不走，骆队要给我贴条了。"

陶然还没来得及回话，骆闻舟就冷淡地打断他："我说下班了吗？你们俩马上跟我回局里，要尽快找张局汇报进展，还要加个案情讨论会。"

郎乔有点蒙：某人刚才不是还说"明天再说"吗！

费渡懒洋洋地叹了口气："上司更年期，真是人间惨剧之一。那这样吧，陶哥和那位漂亮的警花姐姐坐我车走，我送你们回市局。辛苦一天了，好歹坐个宽敞点的车伸伸腿。"

骆闻舟："这都嫌不宽敞？费总，那你可千万别体验押送车，那个保证让你连胳膊都伸不开。"

"谢谢您提醒。"费渡油盐不进地假笑了一下，"陶哥，我在你们单位附近的西餐厅订了个位置，就算加班，也得先吃饭吧？"

骆闻舟："我们人民公仆不吃饭，杀人犯都没抓着呢，还有脸吃饭？"

郎乔到现在还没弄清自己得罪谁了。

完全插不上话的陶然终于忍无可忍："行了，你俩没完了！"

骆闻舟冷笑了一声，转身就走："跟上——郎大眼，看什么看？想看小白脸，回家自己看去，别在这儿耽误工夫！"

"啧，美人，要不要考虑改行来我们公司？"费渡冲郎乔很"霸道总裁"地一歪头，"你这样的去当警察也太暴殄天物了，去我那里，什么都不用做，我给你开五倍的薪水。"

陶然回头瞪他："你也少说两句！"

费渡看了他一眼，"委屈乖巧"地点点头，同时当然又搓了把火："好吧，看在你的分儿上。"

骆闻舟怒了："陶然，你怎么还磨蹭！"

两位大爷谁也得罪不起，陶警官只好冲着无辜的夜空翻了个白眼，快步跟上骆闻舟。

走了几步，他下意识地一回头，果不其然，看见费渡正一动不动地站在原地目送他的背影。见他回头，费渡好像早料到这一幕一样，倏地一笑，伸出两根手指，在自己嘴唇上贴了一下，然后冲陶然轻轻一弹。

陶然觉得，国际社会要是也给花花公子设个奖，费渡可能已经拿到"诺贝尔"了。

骆闻舟一路把警车开成了"嫦娥三号"，横冲直撞地贴地飞回了市局，费渡那看似笨重的大SUV却能一直优哉游哉地缀在他们后面。

郎乔忍了半天，没忍住，嘴欠了一句："那个小鲜肉是谁啊？长得帅，车也开得真够溜的。"

陶然回头递给她一个隐晦的眼神，让她不要哪壶不开提哪壶，可惜已经晚了。

骆闻舟从后视镜里看见费渡把车停在了市局门口，直接打电话给隔壁交警大队："咱们门口有个违章停车的，你们抓紧贴条去，那小子有的是钱，多贴几张。"

过了一会儿，有个小交警战战兢兢地给他回了电话："骆队，我贴条了，跟他说'违章停车，罚款两百'。"

骆闻舟："怎么了？"

小交警说："哦，他给了我一千，说要再停八百块钱的。"

闻言，郎乔小心翼翼地看了骆闻舟一眼："老大，还开会吗？"

骆闻舟一脑门官司："废话！"

骆闻舟不可能一直扣着陶然不让走，他们一天的工作成果清晰明了，着实没那么多班好加。费渡等在市局门口，用罚单叠了个小船，开着空调，舒舒服服地靠在椅背上，在车载香氛中好整以暇地循环着一首英文歌，循环到第八遍的时候，陶然出来了。

陶然是个不太讲究的人，斜挎个旧公文包，一头乱毛，皮鞋也不知道几天没擦了，下巴上贴着创可贴，脸上带着焦头烂额的疲惫，上前敲了敲费渡的车窗："您还没移驾呢？"

费渡把车窗摇下来，循环的《You raise me up》迫不及待地从车窗的缝隙中挣脱，"呼啦"一下飞入夜色里，悠扬地散开。陶然听到这首歌，脸色却是一变，但还不等他说什么，费渡就若无其事地关上了音响。

"你们拉架的视频被传到网上了，我正好看见，有点担心你才过来的。"费渡伸手指了指陶然下巴上的创可贴，"没事吧？"

陶然苦笑——处理十起群众斗殴事件，也不如夹在骆闻舟跟费渡中间心累。

"行了，下回我躲着点那更年期还不行吗？"费渡一眼看出他想说什么，伸手接过他的包，"你想开车还是想坐车？"

"劳驾，那'更年期'跟我一届的。你也有老的那天。"陶然拉开车门进了驾驶座，"怎么又换一车，败家不等天亮啊？"

"你不是嫌我那几辆车都太闹腾吗？"费渡漫不经心地绕到副驾上，"我就又买了一辆，这个又便宜又稳重，你要是喜欢就拿去开。"

陶然扣上安全带，没接话茬儿，当他放屁。

费渡笑眯眯地说："陶然，我请你吃饭吧。"

"看见你我就饱了。"陶然腾出一只手，在费渡头上按了一下，"叫谁'陶然'呢？别跟我这儿没大没小的。"

"我……"费渡本来正要说什么，声音突然变了调，"这是什么！"

原来陶然警官作风朴素，背的挎包可能还是大清国时期生产的，着实是年久失修，拉好的拉链时常会看心情自己裂开。费渡没注意，也没看清那破包的头尾，一不小心让开口冲下，一个文件夹从里面露了出来，几张案发现场照片落在他的腿上，尸体的脸在黯淡的光线下显得格外青面獠牙。

费渡当场抽了一口凉气，要不是绑着安全带，险些直接蹦起来："这拍的是死人吗？怎么这么难看？"

"那是重要资料，别乱动，赶紧给我收拾好——都是你们俩混账，吵得我头疼，我都忘了包里还有这个，私下带出来是违规的。"

费渡僵硬地直着脖子，坚决不肯低头和腿上的死人对视："不……不行，我晕血。"

"没血。"陶然心累地叹了口气，"你连鬼见愁骆闻舟都不怕，还怕死人？"

费渡摸索着把散落的照片和资料往文件袋里塞，一只手遮着眼睛，小心翼翼地瞄了一眼，果然没看见血，他这才微微松了口气，连忙排雷似的捏着一张张散乱的资料，迅速将它们归位。

这艰巨的任务让费渡老实了五分钟，过了一会儿，他突然问："他杀吗？"

陶然应了一声，不想细说："可能吧，还在调查。"

费渡识趣地不再打听，把文件夹归位后重新夹好，借着一点儿微光，他摆弄起包上的坏拉链，随口说了一句："可怜。"

陶然："嗯？"

费渡头也不抬地说："满怀憧憬地去见什么人，没想到人家觉得他死了比较好。"

陶然一愣："这话怎么说？"

费渡："你们不是单独拍了死者的外衣吗？上面的标签还没剪。"

"衣服我们肯定已经排查过了，是附近一家小店里卖的，店主和监控都证实，确实是死者自己来买的。"

"我没说是凶手披上的，杀个人难道还得再搭一件衣服吗？"费渡笑了起来，"新衣服不剪标就穿出来，很可能衣服价格比较高，超出了他的消费水平，但因为去某个重要场合需要，所以他想穿一次再退货，一些不太宽裕的学生刚开始面试的时候会这样——死者是左撇子吗？"

陶然一顿，他去过一趟何忠义的租屋，他飞快地在脑中把所有东西的位置回顾了一下："不是。"

费渡漫不经心地说："鞋上有商标，中档品牌，保养良好，左脚磨损痕迹明显——这双鞋很可能是借的。"

可是按照那位校园保安的证词，如果何忠义死前和人发生过争吵，那么同他见面的应该是个熟识的男性，多半是同乡，甚至有可能是亲戚，否则不会互相使用方言，见这样的人，有必要刻意打扮吗？

陶然家离单位不远，他还没把来龙去脉梳理明白就已经到了。

陶然回过神来，把车停在小区门口："你的意思是，死者生前刻意打扮过，他见的很可能是个女人？"

"也不一定，虽然花心思借了衣服和鞋，但打扮偏向于拘谨正式，我看他更像是面试工作，或者是见一个对他来说很敬重的人。如果是去见女孩子，那女孩也应该是经人介绍后初次见面的。"费渡把陶然旧公文包的拉链打开又重新拉好，轻轻拽了拽，拉链没再散开，他把包递给陶然，“拉链头松了，我给你重新捏紧了——比如说如果我要出来见你，我肯定就不会穿一本正经的三件套，额外喷一点香水倒是有可能。”

费渡的眼睛并非纯黑，颜色有一点浅，在暗处尤其流光溢彩，他直勾勾地盯着什么人的时候，眼睛总好像有话要说，叫人不由自主地沉在里面。

可惜，陶副队“瞎”。

“一边儿去。”陶副队说，“彩排调戏小姑娘别拿你哥练手。”

接着，他很认真地顺着费渡的话考虑了片刻，若有所思地问：“那你觉得，杀死一个人以后，在他额头上贴字条，又会是什么意思呢？”

费渡：“哦，可能是防止诈尸。”

接着，费渡又话音一转：“也可能是杀完人后悔了，下意识地模仿别人，表达对死者的尊重和悲伤。”

陶然想了想，追问：“如果不是盖住整张脸呢？比如只是一张小字条，粘在死者头发上，只盖住他额头到眼睛之间那一小块。”

“额头是个很有代表性的部位。长辈教训小孩，强势的人欺负弱势的人，惩罚宠物……都会击打额头。另外额头上的字条还有可能代表‘标签’，商场卖东西才贴标签，可能是一种把人物化的行为——字条上写了什么？”

陶然：“钱。”

费渡挑了一下眉，他眉形很好，轮廓清晰而修长，几乎要斜斜没入鬓角，看上去有种冷峻的俊美。

陶然：“你有什么想法？”

“想法很多，不过一个字信息太少了，过度解读容易误导。”费渡一笑，“陶然，到你家了。”

陶然回过神来，这才意识到自己和他讨论得太多了，推开车门正想走，忽然想起了什么，握住车门，他微微弯下腰：“手伸出来。”

费渡莫名其妙地伸出手，陶然掏出一把东西塞进他手心：“费渡，你想投入一片大海的时候，最好的办法是换好衣服，自己下去游两圈，而不是死抱着个救生圈在旁边泡脚，长大了，就不能太依赖一个人——哥回家了，你回去开车慢点儿。”

费渡沉默地看着他走进老旧的筒子楼，手心里握着陶然给他的一把奶糖。奶糖是个挺老的牌子，好几年没在市面上见过了，费渡一直以为厂家倒闭了，不知道陶然从哪儿找来的……

也可能是以前吃剩的过期糖，反正散装的看不见生产日期。

费渡剥开一颗吃了——旧时的便宜货，口感很糙，粘牙，好在够甜。

他打开音响，把陶然听了直皱眉的那首歌重新拎出来无限循环，安静地坐了一会儿。直到将一把糖都吃完，他才起身换到驾驶座，正准备开车走人，他忽然发现车上还落了张照片——那是一张很小的证件照，掉到了座椅缝隙，方才他没注意。

费渡打开内置车灯，拿起那张属于死者的证件照。不同于方才青面獠牙的尸体，这一次，他看清了死者的长相。

费渡盯着照片上那年轻人额角的月牙疤，缓缓地皱起眉。

第五章

第二天一大早，骆闻舟先回市局，跟张局聊了一会儿，这才跟陶然往花市区分局赶，刚停好车，先一步到分局的郎乔就迎了出来。郎乔递过两杯咖啡，小声说："你们怎么才到？他们拘留了马小伟，认定他有重大作案嫌疑，人是今天一大早直接塞警车里逮回来的，后面网媒的车跟了一路，刚被驱散。"

陶然一听就急了："什么？"

骆闻舟伸手按住他的肩膀："是按着程序拘的？"

郎乔叹了口气："老大，王洪亮那老东西精着呢，不可能在你眼皮子底下出明显纰漏的。"

骆闻舟沉声问："证据是什么？"

"手机。"郎乔飞快地说，"这事特别蹊跷，死者何忠义的手机在他室友马小伟那里——官方说法是，昨天晚上，分局这边负责本案的警察接到举报，说看见马小伟拿着一个新手机，很像死者何忠义丢的那个，分局这边立刻出警传讯马小伟，并在其住处找到了那个手机，上面检查到了马小伟和死者的指纹。"

骆闻舟一皱眉。

陶然刨根问底："是谁举报的？举报人怎么看出马小伟拿的是何忠义的手机？"

"据说那部手机是刚出的新款，价格不便宜，他们这边用的人很少，何忠义那个好像是什么亲戚送的，刚拿回来的时候，大家都看过，印象很深。"

"是谁举报的，因为什么举报的，这都不重要，就算王洪亮他们是闯进去强行搜出来的，事后也能编出个莫须有的举报人。"骆闻舟一摆手，"关键是那个手机，拿了受害人的手机，也并不意味着马小伟就是凶手，这个作为证据不严谨——马小伟是不是还说了什么不该说的？有没有人刑讯逼供？"

"你猜对了。"郎乔谨慎地往四下一瞄，确定周围没人，才接着说，"刑讯逼供应该不至于，那个马小伟为了早早出来打工，谎报了年龄，我昨天晚上找人查了一下，他身份证是改过的，其实还不满十六岁，估计让人一吓唬就什么都说了。人家问他手机哪儿来的，他支吾一会儿后说是捡的。"

"在案发现场捡的？"

郎乔无奈地点点头。

骆闻舟叹了口气："再问他什么时候捡的，他是不是还说，是九点一刻前后，听见争吵声下楼查看的时候捡的？"

郎乔一摊手。

在有其他证人旁证凶案发生的时间、地点的情况下，说自己在案发时跑到案发地点"捡"了个手机；至于凶手是谁，说没看见。

这段供词约等于不打自招。

骆闻舟无言以对片刻，在自己下巴上抹了一把："我好多年没见过这么坦诚的'凶手'了。"

这时，王洪亮意气风发地朝他们走了过来："我昨天去开了个区域安保会，就缺席了一会儿，怎么，刚一回来就听底下人说嫌疑人已经抓住啦？哎呀，市局来的小领导们就是敬业，瞧这效率！"

骆闻舟原本微沉的脸色硬生生地回暖，给了他一个无懈可击的笑容："王大哥假客气，心里指不定怎么嫌弃我们要来抢功劳呢。"

王洪亮笑起来见牙不见眼，两颗大门牙巍峨地从嘴唇两边撅出来，嘴里的词都是成套地往外冒："都是为人民服务，什么功劳不功劳的？"

他表功的话音没落，郎乔就很煞风景地插了句嘴：“但是王局，现在这案子的证据链还没全吧？凶器没找着，马小伟也没承认是他干的，里头还有好多疑点，您看看后续是不是还有什么工作需要我们帮忙的？”

郎乔是个货真价实的“大眼灯”，经过市局的法医科专家曾广陵主任亲自鉴定，说她这双眼睛的占地面积能超过百分之九十九的东亚人种，大眼睛容易长表情纹，因此郎乔轻易不肯笑，特殊场合非笑不可，也多半是僵着眼角只动嘴。久而久之，她练就了一脸皮笑肉不笑的功夫，虽然本质是个二货，但看起来格外高贵冷艳。

平时审犯人、唱黑脸等，需要凶神恶煞的角色，郎警官都能一肩挑。她嘴里说是“帮忙”，语气却冲得好似要喷人一脸，瘆人的大眼睛冷冷地瞪着王洪亮，生生把王局那副“为人民服务”的大门牙瞪得偃旗息鼓，龟缩回了嘴里。

王洪亮脸色一变：“小郎，你这是什么意思？”

“哎，小乔儿，怎么说话呢？”骆闻舟伸手一拦，把郎乔挡在身后，不轻不重地呵斥她了一句，随后他仗着个儿高，居高临下地俯视着王洪亮，递上了一个虚情假意的微笑，“小青年刚参加工作，不会说话，别跟她一般见识。我们小乔儿的意思是，之前我们也没帮上什么忙，后续工作还有什么用得着的，您尽管吩咐。”

王洪亮对他颇有顾忌，不好撕破脸，当即假装听不懂好赖话，勉强笑了笑，转身走了。

郎乔叉着腰瞥着王洪亮的背影：“我听说那老东西的举报信都攒了一鞋盒了，他怎么还这么跩？”

骆闻舟叼起一根烟，瞥了她一眼：“万一这次没能把他撸下去，你不怕他将来爬到你头上，给你小鞋穿？”

“哈！”郎乔白眼一翻，“爬呗，大不了我不干了，以后靠脸吃饭。”

“一个大姑娘，这么不要脸。”骆闻舟脸上有笑模样一闪而过，随后他又说，“那个马小伟，要不然是凶手，要不然就是缺心眼儿。我个人倾向于后者。如果是我杀了人，事后肯定会想一套合情合理的说辞，哪怕说自己‘在家看电视，什么都没听见’，也比给警察讲鬼故事强。而且案发现场到目前为止没有检查出凶手的一点儿痕迹，这个嫌疑人应该是胆大心细、冷静残忍，有明显的反侦查意识，我不相信他是这么一个智障儿童。”

“我也觉得不是。”陶然想了想，又三言两语把头天晚上费渡说的话复述了一遍，“这么看来，咱们还是应该从何忠义的私人关系查起，比如那部手机到底是谁送的，我觉得或许可以问问那个借他鞋的人。”

骆闻舟听了，“嗯”了一声，迟疑着说：“你是说他的鞋是借的？这看法倒是挺……”

陶然：“这不是我的看法。”

骆闻舟先是一愣，随后竟然好似与陶然心有灵犀，瞬间明白了这话的出处，他眉头倏地一皱：“费渡？我跟你说过，最好不要让他接触这些事。”

“我知道，昨天是意外。”陶然截断了这个话头，又问，“你觉得这个思路怎么样？”

“可以，试试从那双鞋开始排查。”骆闻舟一点头，“陶然继续去跟进这案子。郎乔，你盯着点马小伟那边的专案组，马小伟身上疑点还不少，看他还知道什么，另外防着点王洪亮手下人的小手段。我去给你们镇压那王胖子，有什么需要随时电话联系——走吧，帅哥、美女，今天加班，没加班费。”

郎乔旁听了这段对话，心里摞了一座山的好奇，等骆闻舟一走，她三步并作两步地赶上陶然：“陶副，是昨天那个小帅哥吗？他是什么人？为什么骆老大说不让他接触案子？”

陶然：“当然不方便让他接触，他又不是警察。”

郎乔不依不饶：“那老大后面一听说是他的意见，为什么又立马点头？他是柯南吗？”

陶然叹了口气，转头看着她。郎乔用力睁大了一双本来就很有存在感的眼睛，忽闪忽闪地看着他。

陶然：“眨出皱纹了。”

郎乔连忙伸出手指撑住了眼角和额头。

陶然想了想，简单地解释了一句：“以前我跟闻舟一起处理过一起案件，费渡是报案人，七年前的事了。”

七年前，骆闻舟和陶然都才刚毕业，全是嘴上没毛、办事不牢的小青年。尤其骆闻舟，干部子弟出身，年轻的时候非常骄纵，七个不服，八个不忿，自认为才华横溢，世界第一——第二是那个叫福尔摩斯的英国佬。

他每天都觉得自己不是去上班，而是去拯救银河系的，偏偏眼高手低，办事极不靠谱，刚开始在基层实习，随便让他调解个社区矛盾，他都能给调解成一场战斗。那天傍晚，骆闻舟他们工作的派出所没什么人，因为正好要抓一伙到处流窜的抢劫犯，多地联动，市局、各区分局乃至于派出所的人手都给抽调走了，只有骆闻舟和陶然两个被前辈们视为“成事不足，败事有余”的小青年值班。

“当时110接进来，说我们辖区里有个小孩报案，周末放学回家，在家里发现了他母亲的尸体。那孩子就是费渡，当时还在念中学。”

郎乔一愣。

“后来我们调查确认，他妈妈确实是自杀的，闻舟亲自去跟他说的，但他不信，好像还吵起来了……从那以后，他们俩就有点不对付。”说话间，陶然已经走到了分局门口，“你应该看出来了，费渡他们家比较殷实，他父亲是个事业型的人，常年在外地出差，家里出事都是隔了好几天才赶回来的。那孩子小时候有点孤僻，换了几个保姆都处不下去，平时就自己在死过人的大房子里待着。这是我们俩经手的第一个正经案子，意义不同，都念念不忘。看那孩子没人管，实在可怜，我就偶尔会把他接过来照顾几天。那段时间，他跟我们接触得比较多，久而久之，我们发现这孩子有种特殊的天赋。”

郎乔：“对什么？”

陶然顿了一下，轻声说：“犯罪。”

郎乔立刻注意到，他用的字眼是“犯罪”，而不是“推理”或是“调查”什么的，然而不等她追问，陶然已经打住了话音，冲她挥了挥手，步履匆匆地走了。

第六章

“陶……陶陶副队！”

陶然一回头，就看见分局那个嘴皮子奇溜的小眼镜肖海洋冲他狂奔了过来。

肖海洋眼镜坏了，他也没顾上去换个新的，歪七扭八地掉到了颧骨下面，上气不接下气地在陶然面前站定，神色异常严峻地急喘了几口大气，看得陶然都跟着胸闷起来。肖海洋的脸绷得好像刚做完拉皮，把手心里的汗往裤子上一抹，扶正了苟延残喘的眼镜，从兜里掏出手机备忘录："陶副队，我有个情况想向你汇报。"

陶然好脾气地等他把气喘匀："别着急，有话慢慢说。"

"是这样的，昨天走访西区的时候，我发现他们那一片人住得很杂，流动性和季节性都很强，租客们换工作、搬走，都是常事，与其说是住群租房，其实更像是一个条件不好的中长期小旅社。人与人之间的关系并不怎么亲近，除非是互相照顾的同乡。昨天同事们忙了一天，有用的信息并不多。"

陶然略带鼓励地对他点点头："嗯。"

"但是跟何忠义住在一起的人里，有一个跟他来自一个省，这个人叫……"肖海洋翻了一下备忘录，"叫赵玉龙，和死者关系很好，据说何忠义送货员的工作就是他介绍的。马小伟说他这两天有事回老家了。"

陶然有些讶异地挑了一下眉，他正是想去联系这个人。

肖海洋："我昨天晚上找到了那家咖啡连锁店配送点的负责人，要来了这个赵玉龙的联系方式，他听说以后，答应坐昨天晚上最后一班长途车赶回燕城，我跟他约了今天见。"

陶然若有所思地看了看他："我以为现在分局的调查重点在马小伟身上。"

肖海洋的脸绷得更紧，下意识地扯了扯自己的衬衣下摆："我总觉得送给死者手机的那个神秘人物有点问题，现在就认定马小伟是凶手，疑点还有很多。这个情况我也跟我们队长说了……他说让我不要总是自以为是，没事找事。"

陶然听到这里，脸色一沉，温和的笑意消失了："你们约了几点？"

"哦。"肖海洋一看表，"要是长途车不晚点，就在一个小时以后。"

陶然当机立断："我跟你去，走！"

在基层刑警们顶着太阳走街串巷的时候，费爷正斜靠在他办公室的软皮转椅上。

他的手指轻轻抵着额头，办公桌的笔记本屏幕上是何忠义简短而乏善可陈的生平。费渡想了想，从通讯录里翻出了一个联系方式，打了过去。

"喂，常兄，是我。"费渡听着电话那头说了什么，低头一笑，"嗯，说来不好意思，确实有点事想求你帮忙。”

不到半个小时，费渡就顺利地拿到了他想要的东西——承光公馆开业当天晚上附近所有监控镜头的记录。

正值午休，费渡在茶水间的微波炉里热了一罐甜牛奶，顺口赞美了一下秘书小姐的身材，然后反锁上自己办公室的门，戴上耳机，循环着他车上的那首歌，抽出了一张A4纸。他用只有自己能明白的抽象画法，在纸上描了个简单的地形图，然后转着钢笔，思索片刻，在上面轻轻地勾了几个圈，写下了“20：00—21：30”，随即，他笔尖一顿，又把“20：00”改成“20：30”。

费渡从一大堆监控记录中挑出了几个，拼在一起，选了八点半到九点半的时段，用快进看了起来。

屏幕上好几组画面同时飞快地往后闪，他十分懒散地靠在椅背上，全身的精气神好像都集中在了眼睛里。

骆闻舟夹着个公文包，戴着他骚包的墨镜，在花市区一座交通枢纽附近溜达，不时对马路上经过的出租车招一下手，可惜跑过去的都不是空车。见状，花市区特产——一串停在路边的黑出租司机集体对他发出了邀请。

“帅哥，坐车吗？”

“帅哥，去哪儿啊？”

“便宜，比出租车跑得快！”

骆闻舟挑挑拣拣地检阅了黑车大军，最后，他停在了一个留平头的青年面前。

那青年十分乖觉，立刻殷勤地替他拉开车门：“您上车，要去哪儿？”

骆闻舟没吭声，先侧身坐了进去。

留平头的黑车司机替他开了空调，平平稳稳地把车开出了车队。他年纪很小，看起来不过二十出头，同那些油滑揽客的同行相比，显得青涩而拘谨，从后视镜里看了骆闻舟一眼，他客客气气地又问了一遍：“您还没说您要去哪儿呢？”

“你就随便往前开吧。”骆闻舟把墨镜摘下来，锋利的目光隔着后视镜与那司机对视了一眼。

司机一愣，表情有些不安起来。

“我这里有一封匿名举报材料。”骆闻舟不慌不忙地打开公文包，掏出一份复印件，随手翻了翻，司机脸色立刻变了，险些和旁边一辆车发生剐蹭，引来了一声长长的鸣笛。

骆闻舟：“我不是你们分局的人，别慌，接着往前开。”

此时，陶然和肖海洋已经顺利地见到了何忠义的同乡赵玉龙，三个人一起来到了一家小面馆。

赵玉龙人过中年，在燕城打拼了很多年，虽然依然难以立足，但比起四处碰壁的青年们，他看起来毕竟要体面多了。男人脸上带着坐了十几个小时长途汽车的倦容，用力眨了几下眼，宽边的眼袋摇摇欲坠：“我实在没想到他能出事——警官，我抽根烟行吗？”

小面馆里没人推行禁烟条例，到处都是喷云吐雾的老爷们儿，赵玉龙用力吸了两口，搓了把脸：“忠义是个规矩孩子，好多人闲得没事就往台球厅、棋牌室钻，他从来不去，踏踏实实上班攒钱，说是要拿回家给他妈看病。您说，他不偷不抢不赌钱，更不惹事，怎么偏偏是他出事呢？……您二位想问什么，只要我知道的，肯定不隐瞒。”

陶然打量着赵玉龙，发现他虽然吃饭使筷子用的是右手，但夹烟的手、茶杯柄朝向等都是左边——旧时候家长怕孩子在桌上吃饭“打架”，会强行“矫正”左撇子，这种情况倒是常见。

陶然从钱包里摸出一张照片，拍的正是死者脚上穿的那双鞋：“我想请问一下，这鞋是您借给何忠义的吗？”

赵玉龙低头一看，眼圈差点儿红了，魂不守舍地点了下头：“是我的，他……他是穿这双鞋走的吗？”

“对。”陶然说，“您知道他为什么要借这双鞋吗？”

赵玉龙先是有点茫然，仔细想了想，才不确定地说：“好像是……要去个挺高级的地方见人，叫……叫什么光……承光大厦还是别墅？”

肖海洋陡然坐直了：“承光公馆！”

“对，对。”赵玉龙连连点头，“是这个名。”

“去见谁？什么事？”

赵玉龙摇摇头：“我问了，他没说，那孩子主意很正，嘴也严，人家就是跟我借双鞋，我也不好刨根问底。”

肖海洋连忙追问：“赵先生，何忠义有一部新手机，是吗？”

“啊，是有一个。”赵玉龙说，“白的那个是吧？他平时都不舍得用，使的还是以前那个旧的，新手机有时候拿出来看看，膜倒是先贴了好几层。”

肖海洋：“那您知道那手机是谁给的吗？”

赵玉龙缓缓皱起眉。

陶然问：“怎么？”

“他刚开始说，是什么同乡送的，我那会儿就觉得很奇怪，因为以前没听他提过本地还有什么熟人，我怕他缺心少肺的，再遇上什么坏人。你想，平白无故买这么贵的东西，这不是无事献殷勤吗？”赵玉龙弹了弹烟灰，“我不依不饶地追着他问，他才跟我说，是有一天送货的时候，跟人发生了一点儿冲突，让人打了几下，他没还手，后来不知道是那边后悔了还是怎么着，给他赔礼道歉的。”

陶然和肖海洋对视了一眼——这个情况之前走访的时候从没听说过。

但听起来很奇怪，跟人发生冲突，之后对方赔礼道歉，这种事有什么值得隐瞒的？如果是真的，何忠义刚开始为什么语焉不详，还假称是熟人送的？

何忠义和那么多人合租，没人看出来他被人打了，说明当时肢体冲突并不严重，那为什么对方“赔礼道歉”的同时，还要送贵重物品？突然之间，这桩看似排查一下死者私人关系就能水落石出的杀人案莫名地扑朔迷离起来。

赵玉龙不清楚那个神秘手机的确切来路，但提供了一个那场冲突发生的大概时间，陶然和肖海洋只好顺着这条线索，辗转找到何忠义工作的配送公司，搜寻蛛丝马迹。

午后，原本晴空万里的天色毫无征兆地变了脸，嚣张的阳光被不知从哪儿来的乌云四面楚歌地裹住，压抑的风声里带了潮气，眼看要有一场突如其来的骤雨。

骆闻舟在一个地铁口附近下了车，却没有走，一伸手按住车门，目光往四下扫了一眼，一辆原本停在路口的面包车在他目光掠过的时候突然动了，做贼心虚似的缓缓开走了。骆闻舟微微弯下腰，隔着半开的车窗，附在司机耳边：“有人盯着你，小心点儿，有任何情况，随时找我。”

黑车司机吹着冷风空调，仍然一脑门汗，飞快地点点头。

骆闻舟深深地看了他一眼，转身往地铁站走去，刚过完安检，他手机就响了。

“陶然，怎么样了？”他一边说一边刷卡进站，随后脚步突然停住了，“什么？你再重复一遍那个名字。”

这时，费渡办公室没有别好的窗户“啪”的一声，被风吹得合上了，几张纸簌簌地飘落在地，这时，他虚握着鼠标的手突然动了。

费渡定格了一个监控画面，放大后再回翻，发现时间是晚上八点五十左右。

那是一个非常外围的摄像头，几乎已经不算是承光公馆范围内了，拍的是一条石子小路。由于临近水系，即使是初夏，蚊虫依然很多，天黑以后经过的人很少，即使偶尔有人，也都步履匆匆——而一个犹犹豫豫的影子，却在那路灯下徘徊良久。

从镜头里只能看见那个人穿着一身粗糙而不协调的正装，个子不高，有点瘦，站在原地，连续抽了几根烟。他手里紧紧地抱着个牛皮纸袋，不时抬头往一个方向张望片刻，好一会儿，他好像接到了一个电话，跟电话里的人说了几句话，然后匆匆走出了镜头范围。

费渡把这一段视频反复看了几遍，不确定那是否就是他有一面之缘的死者，他抓起车钥匙，合上电脑出了门。

四十分钟后，费渡来到了花市区的中央商圈。

他抬头看了一眼越发阴沉的天色，从车后备厢里拿出一把雨伞，徒步往承光公馆附近的景观区走去。

这地方他熟，几乎没怎么走弯路，很快就找到了那个监控镜头所在的位置。

空气中的水汽已经浓郁得行将滴落，费渡仔细观察了一下监控的位置，回忆着镜头里的人一直张望的方向，一转身——小路尽头，正好能看见影影绰绰的承光公馆。

接着，他的目光落在了旁边的垃圾桶上——灭烟石子上，孤零零地躺着几颗烟蒂。

这里人迹罕至，垃圾桶也干净，几乎没人往里扔什么，清洁工大约十天半个月才会过来清理一次。费渡从兜里摸出了一块丝绸手帕，小心地把那几根烟蒂捏了起来。

这时，他的手机响了。

费渡不慌不忙地把烟蒂裹好，这才摸出手机，一看来电显示，他未语先笑："陶然哥，你突然对我一日不见如隔三秋了吗？"

陶然的声音相当严肃："前天晚上，你在承光公馆吗？"

"在。"费渡一顿，"怎么了？"

"和一个叫张东来的人在一起吗？"

费渡一愣，还没来得及回话，一声炸雷平地响起，大雨"呼啦"一下倾盆落下。

第七章

郎乔拎着一把折叠伞，三步并作两步地冲进市局办公大楼，留下一长串湿答答的脚印。

上楼的时候，脚底一滑，险些五体投地，好在狼狈中抓住了扶手，一抬头，正好看见骆闻舟从局长办公室那一层下来。

骆闻舟和她对视了一眼，脸上带着少见的凝重。

郎乔伸手捻了一下贴在额头上的刘海儿："老大，到底怎么了？你这么严肃，我有点慌。"

"陶然和分局那个小眼镜，今天按着何忠义室友给的线索，推断出何忠义死前可能接触过一个神秘人物。"骆闻舟低声说，"据说那个人出于一些原因，曾在何忠义工作时间和他发生过冲突，后来为了赔礼道歉，送了那部手机给他。"

骆闻舟个高腿长，走得很快，郎乔得一路小跑才跟得上，听了这番话，她觉得脑浆都快顺着湿头发蒸发出去了，有点蒙地重复了一遍："有点冲突，就……就送了个手机？那我天天在地铁上跟人发生冲突，怎么从来没人送我？"

骆闻舟少见地没接她的玩笑话："陶然他们重新排查了死者工作的配送点，按着他送货的工作线路走访了一圈，最后在一家连锁咖啡厅的店面里找到了目击证人——证人说，前些日子何忠义在送完货准备离开的时候，在店门口不远处确实和人发生过肢体冲突，店里的监控正好拍下来了那个人的车牌号。”

说话间，他们俩到了审讯室外，隔着单面的玻璃，看见陶然对面坐着个青年。那人二十出头，头发染成了亚麻色，一身花花绿绿的名牌，看得出来，这人年纪不大，脾气不小，正拼命压着火气，戾气都快从七窍里喷出来了，说话时张牙舞爪的：“是，我可能打过这屌丝，所以呢？我打过的人多了，但这事真的跟我没关系。不信你问费渡，我那天是不是跟他在一块儿来着？陶警官，我跟你说，要不是看在你跟费爷关系好的分儿上，你们这么把我拘来，我他妈……我早……”

郎乔茫然地看了看里面那嚣张的年轻人：“这是那第二个嫌疑人？为什么特意把他带回市局来？”

“死者出事当晚，曾说过他要去一个叫承光公馆的地方，里面那位当天正好就在承光公馆。”骆闻舟叹了口气，“这个人名叫张东来，是本地一个颇有名望的企业家的儿子。”

“哦，富二代。”郎乔眨眨眼，“所以呢？”

骆闻舟：“他还是张局的侄子。”

不等郎乔重启死机的大脑，一个值班民警跑过来，小声对骆闻舟说：“骆队，一个姓费的人来了，说要找陶副。”

费渡礼貌地跟给他倒水的值班人员道了谢，接过来喝了一口，就放在一边了——他们给他倒的咖啡居然是速溶的，里头有一股诡异的香油味。

他四下打量了一下市局内部的装潢，感觉负责人实在是品位堪忧，而且工程粗制滥造，桌角的油漆点子还在，大概是刚刷的，仔细闻还有味儿。

骆闻舟从外面走进来，就看见费渡正在认真端详着他们桌上的纹理，皱着眉，眼神非常之沉郁——要不是那桌子是空心的，骆队几乎觉得底下藏了具尸体。

费渡一撩眼皮见是他，好似也不怎么意外，简单地冲他一点头：“坐吧。”

敢情这小子拿这儿当他家了！

费渡用塑料勺子搅着香油味的咖啡，问：“陶然呢？”

“忙着呢。”骆闻舟拔出一根笔，摊开笔记本，半句寒暄的废话都没有，开门见山地问，“二十号晚上，也就是前天，你是和张东来在一起吗？想好了再回答。”

费渡靠在椅背上，微微仰头，支棱八叉地跷着二郎腿，坐姿虽然称不上“没坐相”，却莫名叫人觉得那地方放不下他。他似笑非笑地看着骆闻舟，反问：“骆队，我是嫌疑人吗？”

骆闻舟冷冷地看了他一眼。

费渡毫不在意地一摊手：“那你最好对我客气点，我不是嫌疑人，刑事传讯也没有强制性，我不高兴了随时可以走人。”

“哦。”骆闻舟把笔一放，“还得先哄你高兴是吧？那行，你说吧，怎么哄，我是现在给你唱首歌，还是出去给你买袋糖？”

头一天晚上刚被陶警官发了奶糖的费渡噎了一下。

窗外疾风骤雨，打得窗棂一阵乱响，屋里两个互相看不顺眼的人对坐无言。过了一会儿，骆闻舟可能也觉得自己有点幼稚，嗤笑一声，他抽出烟盒，在桌角轻轻一磕，正要点。

“介意。”费渡在旁边不问自答地开了口，“我最近有点咽炎。”

骆闻舟皮笑肉不笑地说：“你要是哑巴了，就离世界和平不远了。”

不过话虽然不客气，但他还是把打火机放下了，拿着没点的烟在手指间转了几圈：“张东来说他前天晚上大约八点，在承光公馆门口接到你，直到半夜你才离开，这期间都可以给他做证。”

“我不到八点的时候到，零点十分离开。这两个时点确实都和他打过招呼。”费渡淡淡地说，“主人安排的活动很‘丰富’，如果说四个多小时他一直在我视线范围之内，那是不合逻辑的，说了你也不会信。”

骆闻舟手欠地撕着烟纸：“为什么，你们不是一直在一起鬼混吗？”

费渡手肘撑在桌上，略微前倾，一股被雨水扫过的、带着潮气的古龙水味丝丝缕缕地扑面而来：“因为他很‘忙’，而我不喜欢和别的男人共用伴侣——骆队，你再问这么无聊而且假纯的问题，我只好跟你告别了。”

“看不出来你还挺讲究。”骆闻舟眼眉也没抬，公事公办地嘲讽了一句，又说，“也就是说，你不能证明张东来当天在承光公馆没有杀人。”

“我不能，不过有人能，如果你需要的话，我可以让那天晚上接触过他的所有人在两个小时之内赶过来，一人一个手包应该够她们跑腿费了。”

骆闻舟把笔尖在桌上一戳："你是在暗示我，你们打算用财色交易伪造人证？"

"怎么，几个小模特儿做伪证，诸位精英还会担心自己审不出来吗？"费渡摇摇头，"不，我在告诉你张东来为什么不可能是凶手。"

费渡重新靠回椅背上，与骆闻舟拉开了距离，拖着他特有的懒散腔调说："如果张东来想杀人，亲自动手显然是不明智的，他完全可以找人把目标绑回去，非法拘禁也好，秘密弄死也好，反正西区到处都是流动人口，每天都有无数人不告而别，一个人就此消失，没人会发现，就算报警，也没人会理睬。"

骆闻舟听了他这番目无王法的言论，手心不可抑制地痒了起来，很想把姓费的人渣拎起来暴揍一顿，好悬才忍住了，笔尖戳破纸面，"刺啦"一下，留了一条怒气冲冲的口子："杀人犯在动手杀人的时候通常是不'明智'的。"

"哦，你说激情杀人。"费渡顿了顿，"怎么，死者身上除了被打晕的那一下以外，还有其他钝器伤吗？"

骆闻舟："是你问我还是我问你？"

"听起来答案是'没有'。"费渡用一种相当冷静的语气说，"激情杀人，凶手的情绪是爆发式的，怒气一瞬间上升至顶点，之后一般也是爆发似的发泄。一个晕倒在地，没有反抗能力的受害人，脑袋应该被砸成烂西瓜才对——勒死？"

他手肘撑在座椅扶手上，指尖撑着下巴，笑了起来："勒死，是一种细水长流、享受式的杀人方式，含有虐待意味。一个渴得嗓子冒烟的人，肯坐下来细细'品茶'吗？我个人觉得这个过程不太自然。"

骆闻舟沉下脸色："你认为杀人是'品茶'。"

"别紧张，只是个比喻。"费渡避重就轻地一耸肩，"张东来不会杀人，就算杀了人，他也不会抛尸；就算抛尸，也不会抛到自己完全不熟悉的西区窄巷里。这是从理性角度分析。从直觉方面来看——张东来那烂泥扶不上墙的尿货，火气上头，顶多打架骂街，他没胆子杀人的。"

从姓费的坐在那里开始，只有最后一句听起来比较像人话。

张东来是张局大哥的儿子，老来子，家庭条件好，惯成了个少爷，又娇气又废物，骆闻舟见过他几次，确实不觉得他有这个胆量和心理素质。至于其他的事，只能靠警方查证，从费渡这里也问不出什么，骆闻舟合上笔记本，站起来准备走。

“喂。”费渡突然在后面开口叫住他。

骆闻舟一回头，一个小东西冲他飞了过来，他下意识地伸手抄住，发现费渡丢给他一块移动硬盘。

费渡说：“刑事案件中，有几种情况容易受到公众关注。第一，规模很大，比如恐怖袭击，这是新闻；第二，手段格外诡异残忍，或是连环杀手之类带有都市传说色彩的事件，这是猎奇；第三，受害人属于低风险群体，比如生活规律的学生和上班族，安分守己的中产阶级，这是代入受害人后产生的群体性恐慌；第四，切中某种积怨已久的社会矛盾，比如涉及公权力、特权、道德缺失的社会精英事件，这是话题。你们这起案子，哪个边都不沾，却在一开始就受到了非同寻常的关注。”

行将偃旗息鼓的闷雷声在非常遥远的地方模糊地响起，给他的话加了个绵延不绝的尾音。

“短暂的异常关注过后，按理说，人们很快会对此失去兴趣，但是这时候，张东来又牵扯进去了。”费渡站了起来，走到骆闻舟身边错身而过的时候，他轻轻地说，“是巧合还是有人在整你们？”

骆闻舟眼神一凝。

“不用谢，我是冲陶然。”费渡拎起雨伞，不再看他，踱着不紧不慢的脚步往外走去。

“费渡。”骆闻舟突然叫住他，“是下个礼拜吧？七年整了，你也该重新开始了。”

费渡没理他，没回头。

第八章

王洪亮正当壮年，但酒色半生，颇有些未老先衰相，两颊的肥肉信马由缰地松弛到了与下巴齐平的地步，乍一看，很像一条密谋着颠覆全人类的沙皮狗。

他往前探着身，一边观察着被拘留的马小伟，一边夹着根烟吞云吐雾，喷出了一个局部的南天门。

马小伟太瘦小了，几乎瘦出了一脸可怜巴巴的稚拙，即使自己独处，他依然浑身紧绷，一双几乎要脱眶的眼珠好似没法在一点久留，上天入地地四处乱飘。

王洪亮歪头盯住了他，对旁边的人开了口："这么说，他们灰溜溜地把人带回市局了？"

旁边站着的，正是分局刑侦队的负责人黄敬廉。此人办案的时候毫无存在感，指挥基本靠跟风，结论基本靠领导，像个上传下效的传声筒。黄敬廉这马屁精从旁边捧起一个烟灰缸，凑上前接了王洪亮的烟头，十分谄媚地回答："肖海洋是这么汇报的。"

"没想到，这个我真没想到，简直不像真的——你说世界上怎么有那么巧的事呢？"王洪亮哈哈一笑，见牙不见眼，"怪不得算命的说我今年虽然有坎儿，但总能遇上贵人逢凶化吉，三万块钱求的平安符有点用处。那个肖海洋除了成事不足，败事有余之外，居然也能有点用。"

黄敬廉恭恭敬敬地问："王局，那您看现在怎么办？"

"骆闻舟手伸得太快。"王洪亮伸手拢了拢头顶稀疏的毛，"不然光凭重大嫌疑人是市局领导亲戚这一条，我就能让他们从我眼皮子底下滚出去。"

他说着，原地转了几圈，不等人问，又自言自语道："案子发展得比我想象中的顺利，现在出现了嫌疑人，调查重点自然就可以从西区转移出去了，本来就是一起杀人抛尸案嘛，都怪附近群众误导性的证词打乱了调查方向，他们听见的杂音和本案没有关联。承光公馆也好，什么别的地方也好，只要不是西区，随便他们去查，我们全力支持市局工作——怎么样，小黄，这是他们自己查出来的，可比我们有意引导可信多了吧？"

"王局胆大心细。"黄敬廉笑嘻嘻地说，"过两天您可得把求符那地方介绍给我，真是太灵了。"

"好说，去了你就报我的名，能给打折。"王洪亮伸手拍拍黄敬廉的肩膀，感慨道，"人啊，到了这把年纪，就会发现好多事你不信不行，升官发财都得看命——对了，不是说死者家属马上要到了吗？一起直接送到市局。"

他说完，又看了马小伟一眼，意味深长地对黄敬廉说：“你看这孩子，乍一看挺不起眼，其实他这面相长得就很吉利，很有点天庭饱满、地阁方圆的意思。”

黄敬廉没明白他要说什么，露出一点儿疑惑。

“所以啊——”王洪亮笑了起来，“他命大！”

在花市区分局研究神学的时候，燕城市局却透出一股沉甸甸的低气压。

陶然从审讯室里出来，扶着墙长出了一口气，因为传说这个张东来小时候发烧烧坏了脑子，长大以后成了个不折不扣的傻×，非得一分钟原谅他八次，才能把话继续说下去——这也就是好脾气的陶然，换个人来，早把桌子掀了。

骆闻舟在门口等他，手里捏着个移动硬盘，正无意识地在手指间来回转：“怎么样？”

“张东来说那天他可能喝了点酒，看见个社会青年纠缠他妹妹，以为是流氓，一时冲动，过去把人打了，事后他不记得打的是哪个社会青年，给他看了死者的照片，他只说有点眼熟，不确定。而且据他说，他没有给谁赔过礼，也没有送过谁手机——后面这句我觉得是真的，那小子现在也没觉出自己打人有什么不对。”陶然有点疲惫地捏了捏鼻梁，“对了，刚才费渡是不是来过了？”

“已经走了。”骆闻舟应了一声，接着想起了什么，又瞪了陶然一眼，“那小兔崽子，越来越混账，都是你惯的。”

接着，骆闻舟伸手一弹，把移动硬盘扔给陶然：“去查查看，里面可能有些用得着的东西。”

陶然莫名其妙地接过来：“这是什么？”

“不知道，不过我估计是承光公馆内外的监控。”骆闻舟透过监控看了暴躁的张东来一眼，“他妹我见过，挺正常的一姑娘，你打个电话给她，跟她确认一下张东来的话靠不靠谱，我再去跟张局说一声。”

骆闻舟第二次去局长办公室，却没见到张局本人。

一个身材敦实的男人抬起头来，和颜悦色地冲骆闻舟点了个头：“来了？”

这人和张局差不多的年纪，右眉上有一条旧疤，从额头一直劈到了眼皮上面，面相却并不显得凶狠，整个人看起来还是很慈祥。

骆闻舟有些意外："陆局？"

陆局名叫陆有良，是张局的副手，老刑警出身，在各种技术不成熟的年代，他参与破获过好多大案，抓过无数穷凶极恶的犯人，是燕城市局的传奇之一，再没正经的人，到了他面前也都会不由自主地收敛一些。

"有什么事你暂时跟我说吧，老张避嫌了——你们啊，实在不该把人带回来。谁有嫌疑，当场带走、当场排查，你把他带回来是什么意思？是打算徇私包庇，还是此地无银三百两？"陆局叹了口气，伸手点了点骆闻舟，"闻舟，你这个人，什么都好，就是有时候心眼儿太多，年纪轻轻的，圆滑过头了。"

骆闻舟神色不动，往外看了一眼，目光扫过空荡荡的楼道，然后谨慎地回手带上门："陆叔。"

陆局一愣。

"楼下有个分局的刑警，叫肖海洋，"骆闻舟把声音压得非常低，"刚一开头给我们汇报案情的时候，他就说'不能排除不是第一现场的可能性'，当时我就觉得这话听起来很不自然，因为是不是第一现场，我们要根据法医和物证证据来判断，没有明显特征的情况下，取证尚未结束，很少有人一上来就讨论这里到底是现场还是抛尸。王洪亮也反应过来了，立刻当着我的面呵斥了他，我没太往心里去，只是觉得这个肖海洋的思维方式可能和普通人不一样。"

陆局沉声说："我没太懂你的意思。"

"张局让我去查王洪亮。"骆闻舟说，"我刚刚收到线人举报，怀疑王洪亮和花市区的贩毒团伙有勾结。"

陆局一皱眉："花市区可是禁毒先进。"

"是啊，您就不奇怪他们哪儿来那么多一抓一个准的线人吗？"骆闻舟语速很快，"举报人说，他们有一个'官方特许'的贩毒网络，没有加入这个组织的，一旦踏入花市区的辖区范围，立刻就会被揪出来。"

陆局立刻问："证据呢？"

"正在搜集。"骆闻舟说，"话说回这起命案，昨天我们意外得到了附近群众的证词，说是九点前后，听见过案发地点附近有人争吵，之后王洪亮迅速逮捕了一个疑似在案发时出现在现场的少年。那孩子很瘦，眼神游离，语无伦次，时刻在恐惧，证词漏洞百出，但不管怎么审，他都坚持说在案发现场没看见过别人——现在我们确实有证据，怀疑死者可能是死后被抛尸的——那么问题来了，附近居民听见的争吵声如果和这起杀人案没有关系，那个被当成嫌疑人的少年刚开始为什么不敢实话实说？刑警肖海洋为什么一开始就欲盖弥彰地向我们暗示那里不是第一现场？有没有可能是他一开始就知道那个地方没有发生过杀人案？”

陆局忍不住站了起来，原地转了几圈。

“陆叔。”骆闻舟说，“这里头线索又多又杂，很多事都非常暧昧，我现在怀疑，这起案子很可能和我收到的举报材料有关联。陶然和那个肖海洋非常巧合地查到了张东来头上，如果当时我不立刻把人带回来，王洪亮很可能借题发挥，逼迫张局和我们停止介入，迅速转移调查重点，再让先前被逮捕的那孩子死于‘吸毒过量’，他的一切证词都可以归结为吸毒后的胡言乱语直接推翻，这里面的事就盖住了。”

陆局：“骆闻舟，知道你在说什么吗？”

“知道。”骆闻舟神色不动，“我在指控我们自己队伍里的同志涉嫌犯罪。”

陆局沉吟片刻，问：“你打算怎么办？”

“暂时把张东来列为重点怀疑对象。”骆闻舟说，“只要我们表面上把视线从花市西区转移出来，王洪亮很可能会顺水推舟，把命案移交给我们。”

刑侦大队加班加点地排查费渡提供的监控视频，骆闻舟回到家的时候已经是深夜了，刚一开门，就听见“喵”的一声，一只中华田园猫探出头来。

骆闻舟伸脚轻轻地把它扒拉进屋：“喵什么喵，我也还没吃呢……嗯？”

他发现门口信箱里有个新包裹，打开一看，里面是个密封的证物袋，装着几根烟蒂。骆闻舟一愣，把包裹提起来倒了倒，没别的东西了。

这时，他的手机振了一下，一张照片传了过来，拍的是一处偏僻的石子小路，水系与草木俨然，幽静狭窄，中间竖着个孤零零的垃圾箱，底下有一条留言，没称谓没落款，就俩字：顺便。

骆闻舟若有所思地盯着照片看了一会儿，旁边的猫爷却不干了。猫爷的大名叫作“骆一锅”，是一只七岁大的中老年猫，长得圆脸大眼，油光水滑，十分讨喜，就是脾气大了点儿。骆一锅先是伸爪拍了拍骆闻舟的腿，扭着屁股来到墙角，充满控诉地往地上一蹲，向铲屎工展示空无一物的猫食盆。

不料铲屎工那傻大个儿居然只是瞥了它一眼，毫无触动！

惨遭无视的骆一锅出离愤怒，气势汹汹地冲上去，后脚站立，抱住骆闻舟的小腿，嗷呜乱叫地撕咬起他的裤腿来。骆闻舟一弯腰，捏着它的后脖颈子，把骆一锅四脚离地拎了起来：“你小子是不是活腻了？”

骆一锅吊着爪子，叽里咕噜地“嗷”了两嗓子，得意扬扬地冲他吐舌头。

骆闻舟翻了个白眼儿，一松手，猫咪就轻巧地从他手里挣脱出去，在空中优雅地打了个滚，四脚着地，很快如愿以偿地得到了充足的猫粮，还有一罐额外的猫罐头。

骆一锅心满意足，发现“棍棒底下出孝子”的道理果然诚不欺猫，铲屎工不咬就是不老实。

骆闻舟毛手毛脚地蹲在地上摸了一会儿猫，忽然低头看了一眼骆一锅竖起来的大毛尾巴，想起了它的来历——这个祖宗，是当年陶然逛早市的时候，给还是少年的费渡买的。费渡刚开始好像挺喜欢，抱回去没几天就不知怎么烦了，无论如何也不肯再养。陶然老家在外地，刚工作，也买不起房，到处租住，养宠物不方便，只好把猫放在骆闻舟家寄养。

骆闻舟讨厌猫，讨厌狗，讨厌十六周岁以下聒噪的少年儿童，嫌弃得要发疯，信誓旦旦地给陶然下过通牒：一个月之内要是找不着下家，他就把这个四爪的麻烦一锅炖了。

结果一晃七年过去，下家一直没找着，骆闻舟从一个骂骂咧咧的肉食者，沦为了任劳任怨的铲屎工，骆一锅却从储备粮荣升一家之主，可见世事难料。

骆闻舟就着猫思考了一会儿，突然站起来，从冰箱里摸出半个啃剩下的面包，转身就走。

这会儿，街上已经不太堵车了，恨不能每天踩点上下班的骆队又赶回了市局，一进办公室就发现有个人还在揉着眼反复扒拉监控记录。

骆闻舟脚步一顿，叹了口气：“我就知道你还没走。”

陶然伸了个懒腰："回去也没什么事干——你怎么也来了？"

"看你孤家寡人、半夜三更加班太可怜，我是来给你送温暖的。"骆闻舟晃晃悠悠地溜达到他旁边，坐在他办公桌上，"劳模，你有什么发现吗？"

"承光公馆的监控都在室外，咱们技术人员刚刚排查了二十号晚上八点到十二点之间的视频。室外监控总共有四次清晰地拍到了张东来，根据形貌特征追踪，他全程大约有四十分钟的时间既不在监控范围内，也不在会所室内，但这个'四十分钟'是合计数字，他每次离开的时间都比较短。主动避开监控的情况只有两次，一次是十点左右，他跟一个女孩离开了十几分钟，特意抬头找过摄像头的位置；还有一次是临近十二点。午夜之后公馆院里的视频就关了，不知道什么时候回来的。"

骆闻舟搓了搓下巴："十几分钟？"

陶然很认真地一点头："对。不过如果找到那个女孩子，应该可以作为人证。"

骆闻舟摇摇头："啧，真快。"

还不等陶然做出反应，骆闻舟这老流氓又话音一转，正人君子似的问："拍到何忠义了吗？"

"没有，今天下午他们挑出了二十多个疑似何忠义的镜头，但都没拍到脸，有些离得还比较远，我刚才反复看了看，觉得一个也不像。你说如果凶手是在承光公馆杀了何忠义，会粗心大意到被拍下来吗？"

"几个进出口都没有拍到人，也有可能是何忠义自己避开了监控。"骆闻舟站起来，在陶然背后转了几圈，"不过如果真的什么都没有，费渡不会特意送过来。"

陶然："四个多小时，这么多镜头，他自己怎么看得过来？可能就是给我们一个参考吧？"

骆闻舟摇摇头，过了一会儿，他突然想起了什么："你刚才说什么，他们院里的监控十二点之后就关了？"

"嗯，对，只有停车场附近，还有会所外围几条小路上的一直开着。"

"关监控，应该是怕拍到一帮醉鬼的丑态，开着的则是为了保障安全。"骆闻舟伸手撑在他的椅背上，"院里的监控应该都会安在客人们看得见的地方，如果他们愿意，很容易能避开，但会所外面，为了防着有不明身份的人闯进来，有时候会把监控装在暗处……你把通宵开的几个监控记录调出来。”

陶然：“有道理。”

骆闻舟打开手机，看了一眼刚收到的照片：“有没有哪个摄像头是装在一条水系旁边的小石子路上的？”

“确实有一个。”

监控记录显示在八点整，静止的镜头画面里漆黑一片，随着他们快进着往后翻，堵在屏幕中间的黑影“蹦”开，腾出了镜头——原来是一只鸟。

监控记录的画面四角都是黑的，只有中间一小块有画面，不时被钻进钻出的鸟挡住，可能是个隐蔽在树屋里的摄像头，快进翻到八点五十左右的时候，一个晃晃悠悠的人影出现在了监控下的垃圾桶附近，陶然立刻定住了画面。

那人应该是为了抽烟，奔着垃圾桶来的，并没有察觉到树上有监控。

“等等，这个人……这人有点像何忠义！”陶然仔细端详了片刻，随即叹了口气，“烟头如果还在的话，对比一下DNA应该可以确定，偏偏下午那场大雨……所以现在还是——你笑什么？”

骆闻舟从兜里摸出个装着烟头的证物袋：“对比去吧。”

陶然震惊了：“你怎么……你从哪儿……”

“嘘——悄悄的，取证不合规，只能用来验证我们的想法。”骆闻舟竖起一根手指在他嘴边，几不可闻地说，“一个很讨人嫌的小青年寄给我的。”

陶然看起来更震惊了：“费渡？你俩休战了？”

骆闻舟不答，按着陶然的后脑勺，把他的脑袋拧回原位：“附近有没有别的线索？”

“哦，你等等。”陶然一边说，一边翻出了一张标注过的地图，“这条路只有两个方向，一边是承光公馆，一边是公共区域，这个疑似何忠义的人离开后，显然没有往承光公馆方向走，而是去了另一边……出去以后是大马路，有个公交车站。”

“我喜欢公共区域。”骆闻舟微笑起来，“随时能查，不用跟那些有钱人矫情。”

两人循着这条线索，出门直奔公交车附近的交警队。

夜色浓重，露水已经快要下来了，骆闻舟把车载空调关了，打开车窗兜风：“今天晚上查到的任何事，先不要对外说，包括队里的同事。”

陶然一愣：“怎么？”

“不怎么，我估计过不了几天，分局就会打报告申请移交。”骆闻舟说，“到时候你专注何忠义这件案子，其他的事都不要管。没查到确切真凶之前，张东来可以让他多‘嫌疑’几天，让他长点儿记性也好。”

陶然从他的话里听出了点儿不一样的严肃，忍不住偏头看了看他。

骆闻舟眼角轻轻地翘了起来：“偷看什么？哥帅不帅？”

“随便吧，反正调戏我免费，便宜你这单身狗了。”陶然十分大方地一摆手，“对了，好长时间没见你跟谁出去了，上回一起打台球的那个呢？”

骆闻舟说：“哦，分了，人家留学去了。”

陶然：“啊？”

“到意大利念中文。”

陶然差点儿让唾沫星子呛死：“怎么这么不靠谱？”

骆闻舟面无表情地一耸肩。

陶然叹气：“知足吧，好歹你家里不催你。”

骆闻舟听话听音，立刻察觉了他的烦恼，问：“你家催婚了？我是太帅，红颜薄命，你又是因为什么找不着对象？”

陶然想了想，简短而有力地做出回答：“穷。”

骆闻舟没忍住，笑了起来。

“笑什么？我不能跟你比，那点工资也就够还房贷的，穷是客观事实。”陶然不怎么在意地扒拉了一下他的鸟窝头，“不过现在能东拼西凑出首付，好歹有了相亲的资格，我觉得咱这辈子也就差不多了，不见得非得娶到女神。”

骆闻舟用车灯打了一下交通指示牌，发现离目的地不远了，他的目光平静地望着前方路面：“你还有女神？”

“高中时候隔壁班的同学，长得像赵雅芝。”陶然说，“好多年没联系过了，可能已经嫁人了吧，没嫁也轮不上我——咱们快到了，等我打电话跟值班的哥们儿打个招呼。”

五分钟以后，骆闻舟停好车，陶然正要下车，骆闻舟突然转过头对他说：“我问你个挺严肃的事。”

陶然莫名其妙：“什么？”

“假设——我是说假设，你是个女的，”骆闻舟说，“我跟费渡相比，你愿意嫁给谁？”

陶然诚恳地说：“老骆，自从我幼儿园毕业，就没见过这么幼稚的争风吃醋了。”

骆闻舟：“假设。”

陶然思考了一会儿，得出结论：“我要是女的，现在应该没时间搭理你俩，整天都在发愁怎么跟我妈出柜。”

骆闻舟没好气道：“没柜，世界上女人都死光了，其他男人也死光了，就我俩，你选谁？”

六十多亿人口在骆闻舟三言两语里灰飞烟灭，陶然嘴角抽了抽，最后生无可恋地说：“那还是你吧。”

骆闻舟听了这话，尽管尽量憋了，却还是没憋住，流露出一个刚偷了鸡似的贼笑：“选我，你确定？”

陶然掐着手指算了算，说：“废话，只能选你，费渡好像还差俩月到法定结婚年龄呢……哎，你干吗呢？”

骆闻舟收起手机，好似取得了重大胜利，得意扬扬地笑了起来。

陶然完全不理解他在得意什么，回想方才的对话，被雷出了一身鸡皮疙瘩，摇摇头下车了……他没看见骆闻舟贱兮兮地把这段话录下来了。

只要不是承光公馆那种私人地盘，市局的刑警调个监控还是挺方便的。

公交车站的监控没能捕捉到疑似何忠义的人是什么时候来到承光公馆附近的，但给了他俩另外一个莫大的惊喜——九点左右，监控拍到了那个人从小路走出来，而且径直走到站点，上了34路公交车。

这期间，他抬头研究过站牌，足以让骆闻舟和陶然认出来，他就是何忠义。

第九章

心理咨询诊所的营业结束时间到了，最后一个客人站起来，温文尔雅地和咨询师道别，拿出了一盒包装精美的巧克力："辛苦了，白老师，我觉得这个味道您应该会喜欢，带来给您尝尝。"

咨询师已经习以为常，这个名叫费渡的客人非常会讨人喜欢，甜言蜜语不要钱，从不随意迟到延时，也从不情绪失控，还经常带一些精美又不过分昂贵的小礼物来，连诊所里的清洁工都认识他。她还没来得及道谢，就看见客人的手机振了两下。

咨询师把话咽下去，微笑着示意他自便。

费渡做了个抱歉的手势，发现手机上来了两条信息。

第一条非常简短："多谢。"

第二条夹带了音频，留言是："礼尚往来。"

费渡把听筒凑近耳朵：

假设——我是说假设，你是个女的，我跟费渡相比，你想嫁给谁……其他男人也死光了，就我俩。

那还是你吧。

选我，你确定？

费渡好像还差俩月到法定结婚年龄呢……

咨询师仔细地端详着费渡，有那么一瞬间，她发现这个年轻男人脸上闪过一个混杂着无言以对的恼火表情，让他看起来超乎寻常地年轻鲜活，这让她几乎有些惊奇起来。

费渡是前几年经人介绍到白老师这里的，上一个咨询师是她一个专攻青少年问题的师弟，在此之前，他还换过多少咨询师，那就不可考了，大概费渡自己都未必记得清。听起来，他简直就是个棘手的刺儿头。

把病人介绍到她这里，师弟当然要和她提前沟通。白老师首先要清楚的，就是他做咨询的主要问题是什么，又是因为什么让整个过程继续不了。

“我其实不知道他有什么问题。”师弟说，“他挺配合的，你想让他说什么，他就跟你聊什么。我试着跟他谈童年缺少关怀的问题、他母亲的意外离世等，每一件事他都不回避，态度非常诚恳。甚至有时候你接不上话了，他还会非常体贴地给你带一下话题。白姐，你明白了吧？”

白老师听出了师弟的言外之意——病人不配合。

白老师从业十多年来，见过各式各样不配合的来客，有做量表时候就开始胡编乱造的；有被家里人逼来，坚持认为自己没问题的；还有自认为很懂，反过来调戏咨询师的。心理咨询本身就是一个斗智斗勇的过程。咨询师并非万能，总会遇到一些人，他们出于种种原因，到最后也无法和咨询师建立相互信任的关系，整个咨询就是失败无效的，这些病人或是被介绍给别人，或是慢慢地放弃了心理咨询，不再来了。

费渡，毫无疑问，是特例中的特例。

他是属于从量表开始就胡编的那一类，但由于智商高，且具有一定专业知识，所以编得比较无懈可击，谈话过程中也比较健谈，很少回避问题，甚至面对咨询师的试探，他也会明确而理智地表述出自己的不快。乍一看，甚至让人觉得他有种“事无不可对人言”的开朗。他十几岁时就非常善于自控，碰到很敏感的话题，哪怕咨询师一再深挖，他也不会表现出对咨询师的防御性和攻击性，情感反馈始终比较正面。

唯一的问题就是太正面了。

再健康再强大的人，遇到切肤之痛，也不可能始终保持理智淡定——毕竟，伟大的AI只要充电就行，是不需要心理咨询的，唯一的可能性，就是费渡不肯敞开自己的真实感受。

白老师用了无数种方法，也没能和他建立起真实有效的沟通渠道，只好开诚布公地向他承认：“我的专业水平就在这儿了，可能没法帮你，如果你仍然认为自己需要帮助，我试试帮你介绍更好的咨询师。”

没想到费渡居然拒绝了，并且在长达一个多月的无效治疗后，“人傻钱多”的费渡把咨询费用翻了两倍，买下了白老师每周三晚上最后两个小时的工作时间，每次临走，他还会很甜地附赠一句：“您这里让我很舒服，对我帮助很大。”要不是白老师自觉年纪能当他妈，说不定都得自作多情地怀疑这个小花花公子是来泡她的。

有时候日常生活乏善可陈，没那么多谈资好聊，费渡就会从她这里借走一些书，一周之后过来还，然后就他借阅的书和白老师聊上一通，好像他不是来做咨询的，而是在她这里念研究生。慢慢地，白老师发现，虽然收效甚微，但这种方式有时候能让费渡表露一点儿真实的想法。

只有一点儿，一旦被追问，他又会很狡猾地绕开。

他像是个住在封闭城堡里的人，四周都是铜墙铁壁，只留了一扇透明的窗户，从后面默默地窥探外面的人，外人必须得非常不动声色才能让他小心翼翼地把窗户推开一条缝。

白老师小心翼翼地打量着费渡，问他："朋友？"

"只是个熟人，恩将仇报的恶作剧。"费渡轻轻磨了磨牙，把手机塞回衣兜里，很快调整好表情，"那白老师我就先走了，下周再来打扰您。"

白老师按照惯例把他送到门口。

费渡一手扶在门上，一手虚虚地朝后一推，示意她留步，忽然想起了什么，又说："对了，白老师，下周我大概会是最后一次来了，我觉得提前跟您打声招呼比较好，方便您到时候能把时间留给别人。"

白老师一愣，下意识地问："你觉得自己的问题解决了吗？以后不需要再来了吗？"

费渡弯起桃花眼："嗯，最近觉得自己慢慢能从原地走出来了，也在尝试新的生活方式，非常感谢您这么多年的帮助。"

白老师苦笑："可是我都还不知道你的'原地'指的是什么。"

"我知道就够了。"费渡冲她一笑，"咱们下次再聊。"

第二天清晨，燕城的全城大限号仍在继续。

骆闻舟骑着叮当乱响的破自行车，一副送外卖的样子，裤脚上还沾了几根猫毛，却以这种形象跟开着豪华小轿车的对头狭路相逢。

幸亏骆队没皮没脸惯了，心理素质相当稳定。他把自行车蹬出了航空母舰的气势，用"脚刹"把车卡在路边，冲费渡一扬下巴："土豪，又来给交警大队的同志们送温暖了？一会儿我让他们给你批发一打VIP罚单。"

费总不慌不忙地张口做出回击："陪朋友妹妹来配合警方调查也得吃罚单？骆队，贵局真是'衙门口，八字开，有理没钱莫进来'啊。"

骆闻舟往他身后一看，见他车里出来一对青年男女，女孩子一双眼圈红红的，细看起来，眉眼间和张东来有点像。

骆闻舟侧身从他的“二八型航母”上下来：“张婷吧？”

张东来有个亲妹妹，名叫张婷。骆闻舟见过，但不熟——毕竟人家姑娘规规矩矩的，没像她那熊哥一样，因为非法飙车经常被拘留。

张婷正要回话，旁边一个男的伸手拉住了她。那男人上前一步，递给骆闻舟一张名片，抢在张婷前开了口：“警官您好，我是律师，受聘为当事人张东来服务，想跟您了解一下案情侦查情况。”

骆闻舟一皱眉，目光从律师脸上刮了一下。他不说不笑的时候，眉目间有种傲慢的冷淡。

骆闻舟没去接名片，先看了费渡一眼，费渡事不关己地靠在车门上低头玩手机。骆闻舟又越过律师，转向张婷：“请律师的事，你和你家里人说过吗？你叔知道吗？”

张婷一愣。

骆闻舟不等她回答，一只手接了律师的名片，皮笑肉不笑地说：“来得真及时，这还没超过24小时呢。”

“这种情况，律师介入得越早越好，对不对？”律师不甘示弱地也回了他一个假笑，“我们是为了维护当事人的基本权利。”

这时，身后传来一声弱弱的招呼：“骆队早。”

骆闻舟一回头，正看见肖海洋抱着一沓卷宗站在门口——他头天被陶然一起带回市局，今天居然还挺自觉，自己来了。

“正好。”骆闻舟一看他，笑了，伸手往后一指，对那律师说，“你找本案的‘负责人’说去吧——那谁，你来吧。”

肖海洋莫名其妙地被骆闻舟兜头扔了个律师过来，还没反应过来，先被律师缠住问了一串问题，整个人都蒙了：“陶……陶副队呢？”

骆闻舟四平八稳地冲他微笑：“陶然家里有点事，今天请假了。小肖，毕竟这案子现在还是归你们管的，你最说得清楚。”

打发走肖海洋和律师，骆闻舟这才沉下脸转向费渡：“这是什么意思？”

费渡一扬眉：“不知道啊，我只是个‘没到法定结婚年龄’的司机，顺路送他们过来。”

骆闻舟白了他一眼，目光扫过旁边六神无主的张婷，摸出手机来，点了几下，调出一张何忠义的照片："我长话短说，你见过这个人吗？"

张婷猝不及防地对上一张人脸，吓得往后仰了一下，本能地躲到了费渡身后。

费渡一抬手格住了骆闻舟的手腕："你对小姑娘能客气点儿吗？"

"张婷。"骆闻舟盯住了张婷，轻且严厉地说，"这个人前天晚上被人杀了，你哥现在有重大嫌疑，这是人命官司，你的每一句证词都至关重要，你躲在不相干的人后面是要干什么？"

张婷一哆嗦，攥住了费渡的衣袖。

"没事。"费渡微微弯下腰，附在她耳边说，"婷婷，你实话实说，骆队和我的意见一样，都认为你哥不可能跟这件事情有牵扯。"

许是从他这里得到了一点儿安慰，张婷迟疑片刻，接过骆闻舟手里的手机，好半天沉不下心来，直到把拇指的指甲咬得秃秃的，她才犹犹豫豫地点了一下头："照片有点失真……但是应该见过的，我在经贸中心实习，有一天下楼买奶茶，碰上了一个莫名其妙的人。"

她一指骆闻舟手机上的照片："就这个人，他拉住我，问我是不是认识一个叫'冯年哥'的人。"

骆闻舟盯着她的眼睛："姓冯，全名是叫'冯年'还是'冯年哥'？"

"不知道……听起来是这个音，有点口音，我不知道是哪个字，也不知道最后一个字是称呼还是名字里的。"张婷六神无主地说，"当时天色本来就不早了，他突然跳出来，笑得特别谄媚，还说些莫名其妙的话，有点像神经病，我身边没有伴，有点怕，就一直说'不认识'，想绕开他走……"

骆闻舟问："这是什么时候的事？"

"前一阵子……"张婷说，"前一阵子一直有个精神不太正常的露阴癖在我们公司附近转，好多人都说看见过，老板都不敢让我们加班了，但我那天正好有点事没做完，留了一会儿，当时楼下人很少，我本来就有点害怕……要不然也不会让我哥来接我。"

费渡想起他在咖啡店里遇到的送货员，突然有点不解，于是忍不住插了句嘴："接着呢，那个人纠缠你了？"

张婷点点头："我看见我哥来了，就想绕开他过马路，可是他居然不知为什么也跟上来了，我当时有点慌，就紧张地跑了几步，声音很大地说了一句‘你谁啊，我不认识你’，我哥他们听见了，可能觉得他是个流氓，就动手了。”

骆闻舟：“何忠义——照片上这个人还手了吗？”

“没有。”张婷的目光往下垂了一下，好似有些于心不忍，“他只是抱着头躲，我才发现原来他看起来年纪挺小的，可能是我太敏感了，就赶紧把我哥拉住了。”

费渡却轻轻地一抬眼：“你哥……他们？还有谁？”

张婷说：“是我男朋友开车来的，我哥那天有点喝多了。”

费渡“哦”了一声，随后他脸上真事一样露出了恰到好处的失落：“怎么好女孩都有男朋友了，谁下手这么快？”

这种时候，他居然打这种不着调的岔，骆闻舟皱了皱眉，却没有让他闭嘴。

张婷被他这充满暧昧的一句搅得有点脸红，顺理成章地交代了：“就是荣顺的赵浩昌，你不是也认识吗？”

“荣顺律所的赵律师？”费渡状似无意地越过她看了骆闻舟一眼，意味深长地说，“难怪这回律师来得这么及时。”

骆闻舟又问：“那之后呢，你还见过这个何忠义吗？”

张婷摇摇头，期期艾艾地看着骆闻舟：“骆队，我哥不可能杀人的。”

骆闻舟神色缓了缓，对张婷说：“你哥要是真没问题，我们不会冤枉他。就算我们不讲理，想随便挑个人冤枉一下，那也不能挑到老局长的亲戚头上吧？你放心，既然你哥不可能杀人，那他在我这儿也不可能有事。”

张婷听进去了，不过没什么用——因为张东来那个熊玩意儿，着实不是一盏省油的灯，她嘴上说着“不可能”，心里其实也不太有底。

“你先跟他们进去做个笔录。”骆闻舟说，“我让郎乔过来，你跟她实话实说就行，没事的。”

他话音没落，费渡已经抬脚走在了张婷前面，哄小孩似的冲她招招手，轻声说：“不怕，我陪着你。”

他这鞍前马后照顾别人妹妹的德行，活像他才是那个“妹夫”，骆闻舟对这种资产阶级没事就跟女孩撩闲的腐朽生活很看不惯，想要冷笑，又怕再刺激张婷，只得憋着。

费渡一直把张婷陪到了市局里，张婷在里面做笔录，他就端着个纸杯坐在外面等。

骆闻舟溜达过来，坐在他旁边："你们这些人，一言不合就要找律师，让我们很被动啊。"

"律师可不是我提议找来的。"费渡说，就在骆闻舟诧异他居然用人话辩解了一句时，他很快又补了一句不那么像人话的，"就算张东来真杀了人，我想捞他，也用不着找这种没用的律师，我会另外送给你们一个凶手，绝对无懈可击。"

骆闻舟发现，费渡这个王八蛋和陶然说话的时候，永远健康守法、积极向上，跟自己说话的时候，就永远混蛋、阴郁、无法无天，哪张面孔都不太像真的，也不知道他什么时候开嘴炮，什么时候说实话。

"相信金钱万能？"骆闻舟神色冷峻，声音却懒洋洋的，用介于玩笑和正经之间的态度说，"你这个同志的论调很危险。"

"你觉得金钱不是万能的，那只是因为你的钱没有多到万能的地步。"费渡神色不变，话音一转，"陶然呢？"

"承蒙费总给我们指路。"骆闻舟说，"就是指路的方式有待商榷，无法作为呈堂证供，我只好把他派出去找能用的证据，不然你们拉来的律师逼我们放人，我们是放还是不放？"

他这段话语焉不详，活像在对暗号，倘若隔墙有耳，大概也得听得云里雾里的。费渡却知道他在说那烟头的事——烟头虽然被他及时捡回来，终归却是来历不明的东西，即使骆闻舟愿意信任他，合议庭也不会，警方只好顺着这条线索去找其他的痕迹。

"就算我不碰，你们也来不及拿回来，到时候连那个人到底是不是死者都确定不了。"费渡一耸肩，"有个人跟我说过，'世界上发生的一切都会留下痕迹'，不过能不能拿到，就靠双方的运气了，你们这次运气还好吗？"

骆闻舟倏地一愣，脸上的试探、戏谑与隐约的针锋相对立刻荡然无存，有一瞬间，他嘴角甚至有些紧绷。他下意识地摸了一下口袋里的烟，想起费渡声称自己有咽炎，又放了回去。两个人之间顿时沉寂下来，谁也没看谁，只是隔着大约一米的距离并排坐着，像素不相识的陌生人。

"门窗都是锁好的，所有房间都没有强行闯入的痕迹，你家安装的，是那个年代最先进的安全系统，完全没有被触动。"骆闻舟突然开口说，他声音很低，语速却很快，好像这些话已经背诵过好多遍，能像顺口溜一样一个标点符号不错地说出来。

“她当时化了妆，换了衣服，放了音乐，现场有某种仪式感。身边的书桌上有摆放好的遗书，经鉴定，笔迹确实属于死者本人，写下那封信的人有明显的抑郁倾向，这与她日常服用的抗抑郁药物情况也相符。死者本人是成年人，本身并无重大伤病等导致其机体不能自主的情况，体内没有检查出足以致人昏迷的药物，身上也没有任何抵抗伤——这是我们当时搜集到的全部证据，你是报案人，你比我们更早接触现场，除非你想告诉我，你当时隐瞒了什么证据，否则这就是毫无疑问的自杀。”

费渡没吭声，他的坐姿看起来十分放松——两条腿交叠，上身微微前倾，一只手随意地搭在膝盖上，另一只手拎着个已经不再冒热气的纸杯，修长的手指在杯口上以某种节奏一下一下地敲打着，好像空气里弥漫着某段别人听不见的乐曲。

“我当时对你说，‘世界上发生的一切都会留下痕迹，只要它是真实的，没有痕迹支持你的想法，你再怎么相信，那也是在臆想中钻牛角尖’。费渡，你可能有某种超过常人的直觉，但我们是不可能靠直觉办事的，我的直觉还每天告诉我自己能中五百万呢。”骆闻舟的目光在费渡的手指上停了一下，接着，他用近乎冷酷的客观语气说，“而且你知道吗，国外一直有种理论，说一个人如果想自杀，可能会突然用某种方法对亲人表白——她的表白，你当时也听见了。”

费渡的手指倏地凝固在半空中。

骆闻舟伸长胳膊，从费渡手上抽出纸杯，放在一边：“你要是想跟我聊那件案子，我至今仍然坚持自己的判断——不过不管是谁的判断，那都不重要了，人死七年，盖棺定论，相关证据已经湮灭，我说句封建迷信的话，她就算重新投胎，都已经上小学了。活人可以念念不忘，那是情感寄托，但执迷不悟，那就没有意义了。”

费渡保持着原来的坐姿，一动不动，像是已经成了一座雕像。

这时，张婷和律师并肩走了出来，费渡的目光这才轻轻一动，原地冒出了一缕活气。

“我不接受你这个结论，骆警官。”费渡开了口。

骆闻舟听了这句话，并不觉得意外，只是耸了耸肩。

费渡一整衣襟，站起来迎着张婷他们，脸上没有一点儿笑意，眼神甚至有些阴沉："但是你的忠告未必没有道理。"

骆闻舟吃了一惊，然而费渡说完这句话，就重新扣上他风度翩翩的面具，陪着张婷走了，没再和他有什么交流。

费渡刚替张婷拉开车门，就看见市局门口停下一辆警方牌照的公车，司机先行下车，朝市局指了指，说了句什么，接着，一个瘦小的中年女人踉踉跄跄地从车里钻了出来，她张着嘴，仰望着挂了国徽的市局楼，一脸畏惧与茫然交加。

她手指紧紧地按在车门上，花布的裤子顺着她两条麻秆一样的细腿垂下来，瑟瑟地轻轻摇晃。

开车的司机回手带上车门，半扶半推地带着女人往燕城市局里走。

女人像抓救命稻草一样抓着旁边人的手，哆哆嗦嗦地走了几步，忽然缓缓蹲下，发出了一声喘不上来气似的抽泣，继而停顿片刻，歇斯底里地号啕大哭起来。路过的人无不驻足，有些甚至拿出了手机。

费渡的眉头轻轻一皱，耳朵里是律师仍在对张婷的喋喋不休："他们所谓的'重大嫌疑'根本没什么证据支持。张小姐，你放心，我留在这里盯着，等到了时间，他们非得放人不可！"

"何忠义的母亲患有尿毒症，常年透析，家里只有他一个经济来源。"这时，郎乔和骆闻舟也出来了，郎乔在骆闻舟耳边低声提示门口女人的身份，女人的哭声极具穿透力地在市局里回荡，郎乔有些于心不忍似的一皱眉，"她这么哭受得了吗？本来就有病，别一会儿再出什么事。"

骆闻舟没来得及回话，因为旁边另一个刑侦队的小跑过来："老大，花市区分局打了报告，以凶犯涉嫌抛尸，案发现场不详，分局辖区管理权限有限为由，要把'5·20'案转给咱们。"

"老大，《燕城早报》的电话，想知道咱们已经抓住了嫌疑人的消息是否属实。"

"骆队，那个张婷带来的律师，一直在质疑我们的逮捕程序，咱们羁押张东来证据不足啊，是不是就得放人？”

“骆队……”

骆闻舟伸手往下一压，压下了众人的七嘴八舌。

他在何忠义母亲隐约的哭声中接起电话：“陶然，说。”

“闻舟，我拿到了34路的监控。”

第十章

“九点十分左右，何忠义在‘南平大道东’这一站坐上34路，34路大约二十几分钟后到达‘文昌路口’站，何忠义在那儿下车，文昌路口附近的监控拍到了他的一个背影。几分钟以后，他走出监控范围，追踪不到了。”

骆闻舟从小在燕城长大，一听地名，就清晰地明白了何忠义所经地点。

“文昌路”位于花市区中央商圈东南方——也就是说，死者离开承光公馆后，非但没有回家，还往反方向走得更远了。

“我现在就在文昌路口。”陶然举着手机，在嘈杂的交通噪音里大声说，“所以说，九点到九点半之间这段时间，何忠义不在西区，当时周围老百姓听到的吵闹声和命案也没有关系。马小伟太冤了，王洪亮干什么要急急忙忙地抓他？不知道的还以为是警察杀了人，要找人顶罪呢。”

“骆队。”郎乔塞给骆闻舟一堆材料，“法医那边的同事们把报告传过来了，推断死者何忠义的死亡时间大约在二十日晚上九点到十点之间。”

“九点到十点之间……”骆闻舟接过来翻了翻，没回答陶然的疑问，“按照这个结论，何忠义下车之后不久遇害的可能性很大。”

陶然找到了一个安静的地方，电话里的杂音小多了：“九点左右，承光公馆里的饭局正好结束，张东来从室内出来，第一次被院里的监控拍到脸。当时他在院里逗留了一会儿，随后重新回到室内，九点四十五分，院里的监控又拍到了他，他跟一个女孩出来说了会儿话，然后相携去了小树林。”

骆闻舟叹了口气：“我看张少爷这行程安排得实在紧锣密鼓，应该忙得没空杀人。”

“如果他没有双胞胎，那张东来的嫌疑确实可以洗清了，咱们是不是得放人了？”

骆闻舟不置可否，只问：“你还查到了什么？”

“还有一份通话记录。”陶然说，“我跟你说，这件事很奇怪——死者在承光公馆外围等人的时候不是打了一通电话吗？我从他室友那儿拿到了他的号码，去查了一下他的通话记录。二十号晚上，何忠义曾经几次与一个没有登记过的号码通过话。”

“嗯？”骆闻舟一挑眉，“奇怪在哪儿？我们之前不就推断死者和凶手应该认识吗？”

陶然说：“奇怪的不是这几通电话，那天晚上九点五十左右，何忠义的手机上收到了一条短信，来自另一个难以追溯的黑号，内容是‘结账地点改在金三角空地，五月二十日’。你说这是什么意思？结账？结什么账？跟谁结？‘金三角空地’又是什么？我总觉得这个名字有点……”

骆闻舟突然开口打断他：“先不管这个，文昌路那边是老城区的核心地段，人很多，九点也不算很晚，你带几个兄弟在附近转着问问，看是不是能有见过何忠义的。”

陶然一愣，还没来得及说什么，骆闻舟那边已经急急忙忙地挂了电话。他忍不住对着自己的手机皱了眉——之前，陶然以为王洪亮只是一只单纯的幺蛾子，就想推诿责任和尸位素餐，因此要防着他阻挠调查，最好能找个由头把他捅下来。而直到这时，陶然才隐约意识到，这件案子里恐怕并不只有政治。

市局刑侦队非常利索，不到一个小时，刑警们已全部就位，兵分四路，拿着死者何忠义的清晰近照到处打听。

这种工作通常是查案的日常活动之一，不得不做，极其漫长无聊，痛苦程度大约和在路边发传单不相上下，他们得把一样的话跟无数人解释无数遍，至于能不能排查出蛛丝马迹，却还是得拼运气。

因为人眼不是监控摄像，不可能把每一个经过的人都留存。

而这个城市太大了，所有人都在早出晚归的洪流中周而复始——邻里之间大多只是点头之交，公共交通工具上只有一大片低垂的头，人们透过巴掌大的屏幕，可以围观大洋彼岸的闹剧，窥探南北极上的奇闻，参与九百六十万平方公里内所有大小热门事件的讨论，每时每秒都忙碌非凡，当然无暇记住一个衣着不合时宜的小小打工仔。

因为他实在太普通、太无趣了，并不值得一顾，也并不值得被短暂地存在谁的记忆里。

这一次，警方的运气用尽了，陶然他们头顶太阳，一直到把太阳顶下了山，依然一无所获。

“副队，我们那边都说没见过。”

“陶副，我们走访的是西边那条路，把沿街店铺里的监控挨个调出来看的，你猜怎么着——没有。”

“有个老头说他可能见过，我问他往哪儿去了，结果他给我指了一处建筑工地。”

至此，何忠义下车以后去了哪儿，又在哪里遇害，线索又续不上了。

这个不到二十岁的少年人，来到偌大的燕城不到一年，在监控的默片中绕着城市中心走了大半圈，继而失去踪迹，死在某个不为人知的角落。人死了，尸体竟还不肯歇息，竟又离奇地乾坤大挪移，千里迢迢地回到花市西区——从哪儿来，回哪儿去，不影响繁华地段的市容建设。

陶然无计可施，只好把一帮被烈日烤出油来的刑警就地解散，简短地向骆闻舟汇报了失败的工作进度。

“我这边估计没什么进展了。”陶然说，“我看还是得重新回去做受害人分析……你这是在外面吗？”

骆闻舟好像正在什么人的车上，因为电话里传来车载收音机的路况播报，主播正在用“穷举法”描述“全市没有一个地方不堵”的晚高峰。

骆闻舟含糊地应了一声，把车载收音机关上了，又说：“或者也可以想办法走张东来这条线。”

“张东来？”陶然说了一天的话，嗓子眼儿冒烟，脑子也有点发蒙，直眉睖眼地问了一句，“他的嫌疑不是已经基本洗清了吗？”

“第一，张婷说，何忠义曾经拦住她，向她打听了一个姓‘冯’的神秘人物，如果何忠义当时没有认错人，那这个神秘人物很可能和张婷他们有过交集；第二，我不知道你注意到没有，何忠义离开承光公馆外围的时候，正好和张东来第一次从会所室内出来到院里的时间差不多，当时张东来显然没打算离开承光公馆，所以他出来除了透气之外，是为了什么？”

陶然先是一愣，随后立刻反应过来：“饭局结束有人要先走，他出来送——你的意思是，当时离开的那一批人里，很可能有何忠义要见的人？”

“加十分，没奖金——还有那个可疑的手机，咱们昨天之所以查到张东来头上，就是因为那个手机。以张东来那小子的尿性，可能都不知道‘赔礼道歉’四个字怎么写，但如果手机和他没关系，那到底是送手机的人冒用了张东来的名义，还是死者在这事上和朋友说了谎？他为什么说这样的谎？”

骆闻舟一口气说到这儿，喘了口气，又嘱咐他说：“这样，你先下班吧，明天早点儿来，趁48小时还没到，再审一遍张东来。我叫郎乔带个小组去调查何忠义。”

陶然在他挂电话之前，突然说：“你现在是不是在花市西区？”

正坐在黑车里的骆闻舟一顿，似笑非笑地说：“世界上可是只有我老婆才能查我的岗，陶陶，你这么问可就过分了，难不成打算以身相许？”

“你在调查王洪亮？”陶然没理会他的胡说八道，压低了声音说，“我不想升官发财，不关心张局打算怎么整王洪亮，更不好奇谁是下一任局长，但要是有人做了违法犯罪的事，不管他是什么身份，抓他都属于咱们的职责。”

“你现在的职责是逮住杀何忠义的凶手。”骆闻舟笑了起来，“行吧，熊孩子那么多问题，我告诉你——王洪亮到底有没有事，现在我还只是怀疑，单凭一个举报信息就给他扣一顶‘犯罪分子’的帽子，即使他是个‘地中海’，也未免太草率了。我先打个前战，一旦有确实指向他的证据，你们就等着加班吧，让我自己干活？想得美。”

骆闻舟挂断电话，转头看向正襟危坐的黑车司机。

黑车司机至今不肯跟他报全名，只自称“小振”，小振话不多，整个人透着一股对全世界两条腿动物都不信任的紧绷。他的目光在后视镜里和骆闻舟撞了一下，连忙避开，假装自己不关心他给谁打电话。

骆闻舟倒是颇无所谓：“这是我们正在调查的案子，查清楚以后是可以酌情披露调查细节的，不过现在还没查完，所以得麻烦你先保密。”

小振目光闪了闪：“您说的哪里话，我又听不懂。”

骆闻舟透过墨镜，静静地盯着年轻的黑车司机：“你上次告诉我，你姐姐是被王洪亮及其贩毒团伙害死的，但是我回去查过，发现你姐曾经因为卖淫被捕，后来死于吸毒过量。陈振，这事涉及一个区的公安负责人与他手下众多同行，只听你的一面之词，我们没法立案侦查。”

他一口道破陈振全名，那年轻人慌了，直接踩下刹车，把车停在了路边。

骆闻舟面不改色：“违章停车，罚款我可不管给你求情。”

陈振脸色惨白，脸上的屈辱与愤怒交织在一起，狠狠地瞪着骆闻舟：“我姐不是那种人。”

骆闻舟丝毫不为所动，伸手敲了敲车窗，一字一顿地说：“我——要——证——据。”

“我姐什么都没来得及告诉我。”陈振说，“那段时间她整宿整宿睡不着觉，天天都像是在害怕什么，我去问，她就朝我发脾气，不让我多管闲事，我……我是偷听到她和另一个人打电话……”

骆闻舟一掀眼皮：“和谁？”

陈振低头抹了一把眼睛，飞快地摇摇头。

骆闻舟从旁边抽出一张纸巾递给他：“那你有没有听说过‘金三角空地’？”

陈振一愣。

费氏大楼里，秘书敲开了费渡办公室的门：“费总，荣顺的赵律师来了，说是和您有预约。”

费渡一点头：“约好的，请他进来。”

秘书自从跟了费渡这个老板，就没有加过班，也从没见过他在这个点钟接待工作上的客人，不由得感到十分新鲜。她笑容可掬地把来客请进了费渡办公室，倒了茶水，偷眼打量了一番，发现这个赵律师衣着考究，堪称高大英俊，眉目间却又有种特殊的奶油气，两厢结合，结出了一股特殊的纯情气质。

秘书素来知道姓费的纨绔，男女不忌，尤其喜欢性情文静纯情、不那么主动的类型，顿时“恍然大悟”，还没等她悟透，就正好对上费渡似笑非笑的目光，秘书一吐舌头，连忙捡起“大内总管”的职业操守，眼观鼻，鼻观口地跪安了。

荣顺是他们针对几个特殊项目聘用的法律顾问，费渡撑着下巴，像模像样地听着赵律师唾沫横飞地把几份文件细细说明了一遍，然后毫不留情地打了岔：“婷婷怎么样了？”

赵律师一愣，似乎没料到这不学无术的二世祖连装都不肯多装一会儿，但很快反应过来，面不改色地把自己准备多时的材料放下：“听我那个刑法出身的同学说，警方的证据不足以实施逮捕，张总明天应该就能放出来了，没什么事，婷婷也是虚惊一场，谢谢您关心。”

“我关心的可不只是婷婷。”费渡冲他一笑，笑出了千言万语，嘴上却又什么都没说，“看来，关键时候多认识几个像赵律师这样的青年才俊真的很有用——赏个脸，留下一起吃个饭？”

赵律师眉头轻轻一皱，好像打算拒绝，可是费渡已经不由分说地站起来，冲他比了个“请”的手势。费氏是荣顺最大的客户，双方合作的时间比费渡当家的时间还长，一直是荣顺的大金主，赵浩昌不便不给他面子，只好不怎么情愿地站起来。

“不知道你平时吃东西有没有忌口，我让他们随便准备了一点儿。”费渡走在前面，状似不经意地说，“对了，浩昌，你老家在哪里，是本地人吗？”

这本来是句非常容易接话的闲聊，赵浩昌却突地卡了壳。及至费渡觉出不对劲，诧异地回头看他，赵浩昌才避开他的视线，含混地“嗯”了一声，没说是，也没说不是。

第十一章

五月二十四日，距离花市西区少年何忠义被杀，已经过去了四天。

骆闻舟戴着手套，正在翻看着一本老旧的相册——这是他从黑车司机陈振那里拿到的。

陈振和他姐姐陈媛是双胞胎，本地人，由爷爷奶奶抚养长大，后来老两口相继离世，姐姐陈媛考上了大学，陈振学习成绩不行，干脆早早放弃，出来赚钱。

照片上的女孩子非常秀气，所有的照片都笑眯眯的，露着两颗不大对称的小虎牙。这是她留下来的唯一的东西，她死得神秘莫测，由于死因并不体面，警察以怀疑其参与藏毒贩毒为由，几次搜查过她的个人物品，陈媛的二手电脑、手机都没能留下来。

骆闻舟把相册从头到尾翻了一遍，注意到有几张像是大学社团活动留念的照片，上面有一个女孩和陈媛非常亲密，照片后面用铅笔写了日期和备注：和小崔一起加入茶艺社，感谢有你。

“小崔……”骆闻舟翻开自己查到的通话记录——陈媛死前半个月左右，曾经和一个名叫“崔颖”的用户通过话。

这时，骆闻舟办公室的门响了，是郎乔，她半死不活地冲他一招手：“老大，出来看脑残了，门票一张十块钱，不残不要钱。”

燕城市局刑侦队集体领略了张少爷的不凡之处，此人十句话里面有九句是放屁，被扣留在市局的48个小时熬干了他本来就稀有的脑浆，空荡荡的壳里不知道剩了些什么玩意儿，冒出来的言语智力水平感人至深。

“‘冯年哥’？没听说过，我不认识姓冯的。这人是男的女的？要么你跟我说说大概长什么样吧，也可能我睡过，没记住名。”

“二十号晚上承光公馆里有没有我认识的人？我都认识啊……什么，都有谁？哎哟，各位警察叔叔、警察大爷！我那天晚上让他们灌了一斤白的，不知道多少杯红的，还掺了半打香槟，三位一体，能记住自己是谁就不错了，我哪说得出来当时都有谁啊。”

“最近没跟什么人闹矛盾，我和气着呢。啊？打人也算？哦，那可说不好了……打就打了，他们谁还能报复我怎么着？也不打听打听我是谁！”

“说多少遍了，那手机真不是我送的，除了相好的，我就没送过别人东西，再说送也不能送一破手机啊，对吧？那是寒碜谁呢？”

除了花钱与睡觉，张少爷的日常生活中充满了混沌，大事小事全如过眼云烟，统统不往心里搁，精神状态堪称出尘。骆闻舟在旁边听了一会儿，对张东来做出了断言式的点评，他说：“这孩子，小时候准是被他爸摔过头。”

陶然带着全世界的耐心，想方设法地从各个角度反复提问，愣是没从张东来那随时格式化的记忆里摸出什么有用的信息。时间一晃就到了，张婷他们找来的律师堵在市局门口，据理力争地要市局放人。

“我真无能为力了。”陶然长出了两口大气。

骆闻舟想了想，微微一扬下巴：“证据不足，放了吧。”

“骆队！”

“老大！”

郎乔一把拽住骆闻舟：“老大，昨天何忠义他妈在外面嗷嗷哭，被好事者拍下来了，现在好多听风就是雨的都等着看热闹呢。你就这么把人放了，外面得传成什么样？”

“张东来可以放。”陶然想了想，说，“根据死者的死亡时间、被害前的行踪等，他的不在场证明比较明确……”

“不，对外就说证据不足。”骆闻舟打断他，“调查细节不要对外公布，先把人放了。”

郎乔听了他这番独断专行，忍不住说：“老大，你是让张东来传染了吗？隔着窗户也能传染，这智障是烈性传染病吧？”

骆闻舟敲了她后脑勺一下：“你咋这么贫？话多小心长法令纹。”

陶然却沉吟片刻，若有所思道：“你是想……”

“嗯，从现在开始，任何人不许对外泄露本案调查进度及相关细节，告诉他们‘证据不足，无可奉告，我们正在重新排查死者从小到大的社会关系’。”骆闻舟冲陶然一点头，随后不咸不淡地说，“这是纪律，谁泄露我处理谁，散了。”

民工小哥离奇死亡，凶嫌是市局局长的侄子，马上要因为“证据不足”而被释放——这消息比郎乔他们担心得还要爆炸，释放张东来的手续还没走完，市局门口已经被各路媒体蹲点了。

刑侦队办公室的电话成了热线，一个接一个，此起彼伏地响，连代替张局坐镇的陆局都被惊动了，专门把骆闻舟叫上去问话。

陆局隔着窗户，看了一眼被拦在传达室外的媒体人，表情颇为凝重地问骆闻舟：“你确定你处理得了？”

骆闻舟满不在乎地冲他一笑：“我办事您还不放心？”

陆局白了他一眼：“想放线钓鱼，也小心点儿别玩脱了——这两天市里领导肯定要给咱们压力，我多替你扛两天，你给我看着办。”

“谢谢陆叔。”骆闻舟想了想，又略微压低了声音，“王洪亮那边您也放心，这些年就是没人查到他头上而已，我不相信谁能一手遮天。”

陆局一抿嘴，正色下来，看向他：“要是能证实举报的情况属实，不管他根系有多大，背后有什么人要保他，只要我跟老张还在，准能处理得了他——但你也给我小心点儿，听见没有！”

骆闻舟下楼的时候，正好迎面碰见张东来的“亲友团”。

为了降低社会影响，张家没有派人来接，只让张婷出面，想要尽量低调。不料事与愿违，儿女都是债，张东来那一帮狐朋狗友不知怎么听说了这事，唯恐天下不乱地集体跑到了市局。好几辆豪车横陈于门口，几个红男绿女闪亮登场，也不知他们是来亮相的，还是来现眼的。

律师挽起袖子去捞张东来，赵浩昌则寸步不离地陪着张婷——这一对青年男女在张东来那帮现世宝朋友中间，显得异常清新脱俗、纯良朴素。

费渡当然也在，不过他这个纨绔首领这回倒像个纯粹的局外人，存在感很低地陪在张婷身边。骆闻舟看见他的时候，发现他就着一身衣冠禽兽似的打扮，插着耳机，专心致志地抱着个型号很老的“PSP”打游戏。骆闻舟本想把这些妖魔鬼怪打包扔出去，但目光落在费渡那布满划痕的旧游戏机上，神色忽然一缓。他竟破天荒地没有开口找碴儿，近乎平和安静地走到费渡身边，探头一看，见费渡的旧游戏机上奔跑着一帮憨态可掬的“大眼灯”——这位霸道总裁居然在热火朝天地打“啪嗒砰”。

就在费渡一路过关斩将的时候，咋咋呼呼的张东来出来了，他走路带着风，还没出警察局，就得意忘形地大声宣布：“今天来的都是我过命的兄弟，往后有什么事说一声，兄弟我给你们两肋插刀——插满，插成一个刀具匣子！”

费渡的“大眼军团”原本进退得当，被他这血淋淋的一嗓子生生喊乱了节奏，鼓点一错，顿时兵败如山倒。

骆闻舟一直憋到他“game over”，才慢悠悠地开了口：“我一直百思不得其解一点，你为什么会和张东来他们那伙人混在一起？”

费渡不慌不忙地把游戏机往兜里一塞：“因为我觉得他活得特别哲学。”

骆闻舟愣是没听出这话是褒义还是贬义。费渡冲朝他跑过来的张东来一摆手，转过头递给骆闻舟一个虚伪的假笑。这群少爷大摇大摆地离开市局，用脚指甲都能想出外面蹲点的媒体有多高潮。郎乔好像看到了未来一个礼拜的热门话题，忍不住伸手一捂眼睛，小声对陶然说：“我都不敢看。”

陶然叹了口气：“别看了，干活去。”

就在少爷们刚刚走到门口时，一个人影突然蹿了出来，猝不及防地冲进了张东来他们一伙人中间。这人身材瘦小，头发枯黄，正是何忠义的母亲。

领头的几个败家子莫名其妙地和衣着滑稽的女人面面相觑片刻，有个人小声说："这是谁啊？"

何忠义的母亲目光中掺杂着血丝，干涩地从几个人脸上扫过去，她的嘴唇剧烈地哆嗦了几下，喉咙里发出幼猫一样含混的声音："是谁害死了我儿子？"

她吐字不清，口音又很重，反复问了三四遍，才让人听出她说了什么。

张东来脸色微沉，有些晦气地说："那谁知道？反正不是我。"

说完，他就一低头避开女人的视线，率先提步走出去，与她擦肩而过。亲友团们紧跟他的脚步，躲避瘟疫似的往两边散开，尽可能避开那女人。

"这女的是不是精神有点不正常了？"

"小点儿声，也挺可怜的。"

"平白无故被逮进小黑屋就不可怜啦？我告诉你们，老子比窦娥还冤，我压根儿不认识她儿子……"

女人呆呆地站在原地，茫然地望着从她身边毫无触动地走过去的人："谁害死了我儿子？你们……你们不能走……"

眼看那群人就要从她眼前离开，女人发了急，胡乱在空中抓了几把，不小心缠住了一个女孩的长发。女孩好似被踩了尾巴一样尖叫起来，抢回自己的头发捂在胸前，一蹦三尺高地往同伴身后藏去，旁边的年轻人本能地伸手一拦："你干什么？有病啊！"

女人撞在年轻人坚硬的胳膊上，一屁股摔在地上，正好撞上了最后走出来的费渡。

费渡本来在跟陶然道别，被撞过来的人吓了一跳，猝不及防地退了半步。还不等他做出反应，那女人就伸出鸡爪手，死命抓住了费渡价值不菲的裤腿，语无伦次地说："你们不能走，你们不能走！你们得给我一个交代……你们不能走……"

几个警察要上来拉人，把女人推倒的年轻人也皱着眉走上来："费爷……"

费渡躺着也中枪，皱着眉看着扑在自己身上的女人，尴尬地拍拍她肩头："您要不要先起来？"

女人倏地抬起头，正好和费渡对视了一眼，她号啕大哭，涕泪齐下，形象着实不很体面，浓郁的悲痛把她变成了一团烂泥。

费渡忽然一愣，不知透过她的目光看见了谁。

他弯下腰，十分轻柔地握住女人的肩头，撑着她重新站了起来，然后冲张东来他们一摆手：“你们先走。”

第十二章

“我最讨厌分析受害人了。”郎乔一噘嘴，在嘴唇和鼻子之间架了根笔，“冤有头，债有主也就算了，可很多时候，受害人是平白无故就被伤害，我想不通这件事——凭什么呢？凭什么好好的人，就因为运气不好，就得落一个那样的下场？凭什么努力生活的人，辛辛苦苦多少年，最后会被一个无端冒出来的人渣匆匆收尾呢？可是……如果受害人本身不无辜，或者干脆就罪有应得，我又觉得他是活该，我们替他查凶手反而好像是在助纣为虐，我……哎呀！”

骆闻舟把文件卷成纸筒，照着她的后脑勺来了一下，敲碎了郎乔的长篇大论。

郎乔抱着后脑勺：“你又打我干什么？我说的这都是人之常情，警察也是人！”

骆闻舟：“你工资要不要？奖金要不要？”

郎乔：“要……”

“要就好好干你的活，哪来那么多感言？”骆闻舟单手拽过一张白板，在那额头上有个小月牙疤的少年照片下面，写下了“何忠义，男，十八岁，送货员，H省人”等基本信息。然后他借着身高优势，从小白板上方放出了目光，透过办公室明净的玻璃窗，看了一眼在外面陪着何母的费渡。

何母不知是不是听谁乱说了些什么，对市局释放张东来这件事感到非常绝望，仿佛认定了自己即将求告无门，哭得要崩溃，几乎是被费渡架回来的。也许她本能地觉得抓了一根救命稻草，也许是认定了费渡同张东来他们是一伙儿的，所以“不能让他跑了”，何母在脑子里一片空白的时候，下意识地紧紧拽住了费渡的衣角。

费渡戏剧性地被迫留下，于是才有了窗外这一幕。

费渡毕竟是个年轻男人，其实想强行甩开这病秧子女人也容易，然而出乎意料地，他并没有发作，只是静静地陪着这个女人坐着。

何母已经从筋疲力尽的崩溃中回过神来，恢复了些许神志。骆闻舟看见费渡拉着她的一只手，弯着腰，正小声和她交谈着什么。不知道他用了什么花言巧语，何母居然慢慢平静下来，甚至能偶尔点头、摇头做出回应。

“马小伟放出来了吗？”骆闻舟看着窗外问。

陶然放下电话：“没有，分局那边给我的消息说，马小伟在他们那儿毒瘾发作，民警从他住处里搜出了不少散装毒品，所以顺便拘留了。”

骆闻舟：“咱们能把人叫来问问吗？”

陶然一耸肩：“不行，说是嫌疑人状态非常不稳定，万一出点儿什么事，分局担不起责任，实在要问的话，让咱们派人去分局问。”

王洪亮似乎打定了主意，绝不让他们单独接触马小伟——只准别人隔着窗户看，想带走，没门儿。

这时，两个刑警走进来，抬着一个纸箱子：“老大，我们把何忠义的私人物品都拿回来了，查完正好还给家属，可能有用得着的东西，你看看。”

何忠义的私人物品不多，有几件衣服，大多是送货点统一发给员工的那种工作服，一些很基础的生活日用品，不舍得扔的手机包装盒里还有一本日记。

说是日记，其实没什么内容，基本是账本和备忘录。

除了做送货员，何忠义应该还会时常做一些短期兼职临时工，总有零散的小笔收入，东拼西凑起来，他的月收入能赶上个小白领了。账本记得很细，连买早点两块五这种都在里面。骆闻舟翻了几页，忽然一顿：“当时贴在死者头上的那张字条长什么样，给我看看。”

旁边立刻有人翻出那张特写照片递给他。

只见那“钱”字写得歪歪扭扭，是种其貌不扬的“孩儿体”，右边的钩很大，快要占据整个字的半壁江山，显得十分不协调——正和何忠义账本上的“钱”字写法如出一辙。

“这个字是死者自己的笔迹。”陶然若有所思，“我记得何忠义当天晚上出现在承光公馆的时候，手里是拎着个牛皮纸袋的，难道那个袋里夹了字条？那牛皮纸袋后来不见了，里面装了什么？”

骆闻舟一目十行地扫过何忠义的笔记本：“我觉得里面很有可能装的就

是钱。你们看这里。”

何忠义的账本上有一笔十万元整的债务。

窗外，费渡对何母说：“您当年看病花了将近十万啊？确实不少，忠义当时才刚到燕城，刚开始工作，他哪儿来的那么多钱？”

何母哑着嗓子小声回答：“说是跟公家预支的工资。”

“公家？”费渡不太熟悉这个词，愣了一下才反应过来，“您是指他打工的地方？”

何母身体不好，是个鲜少接触外界的农村妇女，并不了解体力劳动的打工仔们短暂而劳苦的劳动雇佣关系——很多人是干一天活拿一天钱，因为老板和打工者都疑心对方会随时跑路，发工资只有拖欠的，没听说预支的。

而就算是老板积德行善，愿意救急，给预支一两个月的工资已经很是仁至义尽，但何母看病花的那笔钱却是一个送货员几年的工资收入。这样天大的人情，卖劳动力肯定是万万无法报偿的，卖身倒还差不多。虽然有不尊重死者之嫌，但费渡客观地回忆了一下有一面之缘的何忠义，认为仅就姿色而言，那少年实在不值这个价。

所以，当时那笔钱到底是谁借给他的？他为什么跟亲妈都不说实话？

市局刑警们全体出动去查这笔神秘债务，花了大半天的时间，把何忠义工作的地方和他身边的人打听了个遍。被问到的人全都一脸莫名，非但不承认借给过他钱，还纷纷表示连他借钱这件事都不知道。

骆闻舟和陶然回到市局的时候，见何母蜷缩在几张椅子上，已经睡着了，费渡不知跟谁要来了一条薄毯，搭在她身上。

陶然走过去，压低声音问：“她怎么睡这儿了？”

“我说带她出去住宾馆，她不肯，非要守着你们抓住凶手不可。”费渡一抬头，正看见陶然满头汗，他顺手从兜里摸出纸巾递过去，“你平时也这么辛苦吗？看着好心疼。”

陶然还没来得及回话，旁边骆闻舟就凉凉地说：“人民警察就这样，心疼你就多纳点税、少找点事。不过话说回来，费总，你们霸道总裁不都日理万机吗，怎么我看你老这么闲？”

费渡微微一笑："我养着一帮职业经理人，不是让他们要嘴炮的。很感谢骆警官操心我的财务安全，不过大可不必，因为我就算把家底全扔了，剩下的零花钱放银行里拿利息，也比您一辈子工资多。"

这俩智障果然和平不过三分钟，又他妈的来了。

陶然一手一个，将俩雄性斗鸡强行分开，一边把骆闻舟塞进办公室，一边警告性地指了指费渡。

骆闻舟火冒三丈："这小子……"

陶然一合办公室的门："一会儿下班以后，你们俩可以约出去掐个痛快。"

骆闻舟敏锐地从他话音里听出了一点儿言外之意："嗯？你今天下班有事？"

陶然转过身，看了他一眼："我要相亲去。"

骆闻舟一愣："啊？"

陶然拍了拍他的肩："兄弟我到年纪了，不能再陪你当单身贵族了。"

骆闻舟好一会儿才回过神来，忍不住咧嘴笑了。

即使好多人情练达的情感写手都写文章告诫世人，"不要向别人炫耀你过得好，因为别人未必想看见你过得好"，但骆闻舟还是觉得，他身边总有那么几个人，存在的意义就是"看见他好，自己就开心"——哪怕那个人飞黄腾达后会和自己渐行渐远。

不过话说回来，就陶然这样的，今生今世想要飞黄腾达，恐怕也就剩下买彩票一种途径了。

骆闻舟半带玩笑地指着陶然说："你这个叛徒，居然招呼都不打一声，就打算出卖组织，我们永生不灭的'去死团'是不会放过你的。"

陶然想了想："那我贿赂你一下，将来有孩子了，认你当干爹。"

"别，千万别！"骆闻舟一摆手，"一个骆一锅就够我受的了，我没有当爹的瘾——你有事就先走吧，在这儿耗着也耗不出线索来。凶手如果一直跟在张东来身边关注案情进展，我估计他这两天会有行动，咱们一边查一边等着。"

陶然点点头，三下五除二地收拾好东西。打算离开时，骆闻舟又从身后叫住了他。

"你一叛出组织，我还真有点'失恋'的感觉。"骆闻舟嘀咕了一句，话音一转，又说，"哎，穷鬼，你相亲怎么去？我车借你？"

陶然："去你的！"

他一出门，就看见费渡插着兜，守在门口等他。

门口闹得沸反盈天的"啄木鸟"们还没有散——市局刚刚被迫释放了一个看起来很可疑的富二代，费渡都能看见飘在刑侦大队上空的压力，因此做好了等到地老天荒的准备。没想到陶然这天下班居然非常积极，他略微一愣，陶然却率先开了口："下班了，你走不走？"

费渡眨眨眼，看向蜷缩在椅子上的女人："她怎么办？"

陶然一听，有点犯难。

"没事。"骆闻舟走出来，靠在门口，对陶然说，"等人醒了我问问，门口有家招待所，平时都是内部人员出差住，安全又便宜，她要是愿意，回头我让人给她在那边开个房间，要是再不愿意，让值班员给她搭个简易床也成。"

陶然迟疑道："这不合规定吧？"

"规定是死的，人是活的，一句话的事。"骆闻舟一摆手，"快走吧，谁都没有你能操心。"

费渡诧异地问："怎么，陶然，你晚上有事？"

"嗯。"陶然想了想，坦诚地说，"前一阵子刚凑够首付，买了个小二手房，也算有家了，晚上去见个同乡，亲戚介绍的。"

"见同乡"，自然见的是女同乡。费渡从十四五岁的时候开始，逢年过节没人管，就会往陶然家里跑，单身的青年、无依无靠的少年，凑在一起谁也不会不方便，随便煮一锅挂面就能凑合一顿饭。

可如果陶然有了"家"，那就不一样了。

费渡的眼睫轻轻扇动了一下。

陶然看着他，费渡已经长成了一个人模狗样的社会精英人士，和当年的小可怜大相径庭，他聪明、纨绔、有人脉、有手段……还有万贯的家财，比陶然这个名不见经传的小刑警厉害多了，不再需要照顾了。陶然伸手在空中一比，对费渡说："我头一次见你的时候，你才这么高，抱着书包蜷在我车里，我第三次打你爸电话，还是占线，联系不上，你抬头看了我一眼……当时我就觉得，这孩子我得管。现在一转眼也都这么大了。"

费渡突然开口，叫了一声久违的"哥"——他成年之后，就没这么叫过，陶然一愣，就听费渡说："我是不是太打扰你了？"

陶然："这是什么话？"

费渡略微琢磨了一下措辞，非常体贴地说："我前几天还在想，过一两年，如果你要结婚，到时候有妻有儿，我就不能有事没事地总缠着你了——我的心理医生说，朋友走进家庭或者搬家远离，亲人年纪渐长、生离死别等，都不是事故，而是像阴晴雨雪一样的自然规律，客观且永存，本身并没有什么含义，过度沉湎，就像过度伤春悲秋一样，没有意义。世界在变，人在变，自己也在变，拒绝改变和分别是不合逻辑的——不管怎样，你都是我哥。"

陶然想说的话被他一锅端地抢走了，连一个标点符号都没剩下，实在没什么好补充的，只好干巴巴地问："……你还看心理医生？"

费渡一扬眉："我们'资产阶级'定期约见心理医生，不是像聚众品尝八二年的矿泉水一样时髦吗？"

陶然就像费渡他们公司的员工一样——明知他在扯淡，还是被他哄得心平气和。

费渡语气随意起来："今天是打算见老情人，还是准备去相亲？"

陶然："相亲。"

费渡嘴角轻轻一动，把差点儿脱口而出的"真土"咽了下去，然后他叹了口气："好吧，你怎么去？不会走着吧？就穿这身？需要借我车吗？"

房奴陶然十分钟之内连受两次打击，哭笑不得："你们俩够了啊，提前商量好一起寒碜我穷是吧？"

费渡下意识地跟着他的话音一抬头，正好对上骆闻舟的目光，随后两个人的表情同时变得一言难尽，齐齐地各自转了视线。

陶然走后，费渡却没跟着离开，他一直等到骆闻舟当着他的面叫来值班民警，妥善安排好了何母的去向，这才悄悄往她手里塞了一张自己的名片，提步离开。

骆闻舟不知自己是吃错了什么药——也许是觉得费渡这一转身，整个人显得空落落的；也许是听了陶然三言两语回忆过往，也想起了当年那个报警的少年——总而言之，他一时冲动，居然开口叫住了费渡："哎，今天晚上没人陪你吃饭吧？"

费渡转过身来，方才那几乎有些"六根清净"的假象立刻灰飞烟灭，他很找揍地说："对啊，难得跟你们这种'空巢老人'一样，百年难得一遇。"

骆闻舟看着他那德行，又开始手痒，恨不能穿回五秒钟之前，甩自己一个耳光——叫你嘴欠。

然而事已至此，再往回找补未免显得小肚鸡肠，于是骆闻舟面无表情地说："你今天替我们安抚受害人家属，没让她跟媒体胡说八道，算是帮了我们一个忙，我可以代表刑侦队留你吃顿饭。"

费渡脚步一顿，露出些许惊奇。

骆闻舟其实只是随口客气，没想到费总居然真肯纡尊降贵地留下来……正如费渡也没想到，骆队所谓"留你吃顿饭"竟是字面意思——地点就是市局食堂。

费总沉默地站在食堂门口，闻着里面谜一样的味道，看了看花红柳绿的天花板，又看了看冒着油光的地板砖，目光飘过呈红、黄、蓝三色的塑料椅子，最后落在了墙上的一幅装饰画上。

画曰：食不厌精，脍不厌细。

费渡被这句大言不惭震惊了，认为市局的食堂和骆闻舟是一脉相承的臭不要脸。

骆闻舟不想做饭的时候，常从食堂随便买点儿带回家，轻车熟路地走向窗口，他随口又和费渡客气了一下："有忌口吗？"

费渡则毫不客气地回答："有——葱我不吃生的，蒜不吃熟的，姜生的熟的都不吃，另外，我不吃酸的，不吃辣的，不吃荤油，不吃植物的茎，不吃带皮的茄子和番茄，不吃动物的膝盖以下、脖子以上和内脏。"

骆闻舟转头，面无表情看着费渡。

费渡不躲不闪地坦然回视，仔细思考了一下，又蹬鼻子上脸地补充了一句："对了，我还不吃煮过的蛋黄，卤水点的豆腐……嗯，石膏豆腐能凑合。"

骆闻舟从未见过比骆一锅还不好伺候的哺乳动物，感觉自己是拼了全力，才勉强把一句"那你滚出去吃屎吧"憋了回去。他深吸一口气，透支了自己下半辈子的耐心，从小炒窗口点了菜，和师傅交代好不要这个不要那个，前去投喂那个遭瘟的"费一锅"。

结果费渡对着这一桌子看了看，挑挑拣拣，最后只拿了个红糖馅儿的糖包子，就着拔丝苹果慢条斯理地啃了。

骆闻舟眼角乱跳：“你没说海鲜也不吃。”

“没不吃。”费渡眼皮不抬地回道，“就是不想剥。”

骆闻舟无言以对，再一次对陶然的圣父性格有了深切的认识——居然忍了七年都没把这货掐死。

“爸爸不跟你个小青年一般见识。你知道吗？今天是看你可怜才留你吃顿饭。”骆闻舟愤怒地抽出一双一次性手套，权当自己是在喂猫，把油焖大虾剥成了一盘虾仁，“都是陶然惯的你——你今天为什么留下跟何忠义他妈聊那么久？”

费渡筷子尖顿了顿，还是把虾仁夹走了，作为等价交换，他下一句没有夹枪带棒：“不为什么——你们怀疑凶手是张东来身边的人吧？恐怕他还通过张东来，一直关注警方动态，所以把他放出去钓鱼吗？”

骆闻舟擦了擦手：“你有不同意见？”

“思路差不多。”费渡说，“其实你们要是一开始就从死者身上下手，应该不难找到那个人。”

骆闻舟一掀眼皮。

费渡：“凶手跟死者应该是旧识，也许改名换姓过，但是在这个一人一张身份证的社会，想改得毫无痕迹是不可能的。没人查则已，你们系统内部但凡想查，他很快就会暴露，所以他会拼命转移你们的视线。”

骆闻舟沉声说：“你认为何忠义来燕城之前就认识凶手，而不是他在暗地里给什么人做一些见不得光的事？”

“嗯。”费渡说，“给他妈看病的那十万块钱，是他刚到燕城不到一个月的时候汇回去的，如果我要干什么违法乱纪的事，我不会让这么不知根底的新人入圈。一般来说，这么赚钱的犯罪团伙，准入门槛肯定比贵局公务员考试高。”

骆闻舟自动忽略了他最后一句话：“那有没有这种可能，何忠义有一个神秘同乡，知道他急用钱，就把他介绍进了某个犯罪团伙，介绍人和凶手可能并不是一个人。”

“据他妈妈说，何忠义除了一个给他介绍过工作的大哥外，没跟她提起过其他人。这个大哥名叫‘赵玉龙’，我相信你们已经排查过了。”费渡说，“出门在外，有幸遇到一个知根知底的同乡，他会不和家里人提起吗？”

骆闻舟："如果他们在一起做违法乱纪的事呢？可能因为这个不敢和家人说。"

"不。"费渡摇摇头，"如果是做违法乱纪的事，他更会这样，因为知道不安全，所以会下意识地寻求安全感，对家里人和自己说'我和某某在一起'，这是一种补偿性的安慰——骆队，你为什么一定认为有那么一个莫须有的'团伙'？"

费渡太敏锐了。

骆闻舟停下筷子，盯着自己的碗边斟酌片刻："我不能说太细——因为死者遇害当晚，手机上曾收到过一条指代不清的神秘短信，我们查到他遇害地点很可能在东府门区，却被人抛尸到了半小时以上车程的花市西区，而我们又恰好接到了关于花市西区的一些线报……"

费渡皱起眉，终于露出了一点儿意外之色。

这时，骆闻舟的手机忽然响了，是个不在通讯录的号码，他接起来："喂？"

电话那头是细微的杂音，伴着一个人剧烈的喘息声。

骆闻舟："您哪位？"

就在他怀疑是骚扰电话的时候，手机里突然爆出一声急促的惊叫："救命！救……"

然后电话断了。

尖而短促的求救声透过听筒刺破了宁静的食堂，连坐在对面的费渡都听见了，骆闻舟再回拨，已经打不通了。

虽然只有一声，但骆闻舟还是听出来那是黑车司机陈振。

陈振举报王洪亮，因为他曾经偷听过陈媛的电话，加上一些听起来很像他自己捕风捉影的猜测，始终拿不出真凭实据。不知是陈媛怕连累家人才什么都没留下，还是王洪亮杀人灭口后，以"扫毒"的名义把所有线索都搜走了。总之，骆闻舟从陈振那里拿到的，只有他姐姐的一个旧相册。分别的时候，骆闻舟能明显感觉得到那年轻人的不甘心，怕他自作主张做危险的事，骆闻舟特别嘱咐过："没有证据的事，你不要跟别人乱说，更不要自己一个人去查证，想起什么随时给我打电话——你就算冒险找来了证据，或许也没用，我们不一定会认为它有效。"

骆闻舟自认为这句话从情到理都说透了，应该足够让陈振那小子老实待着，谁知才刚一天不到就出事了。他当即把虾仁盘子往费渡面前一推：“你先吃着，吃完自己把盘子收拾了，我有点事，先走一步。”

费渡慢吞吞地戳开一个纸盒的柠檬红茶，喝了一口，觉得又酸又苦，实在不是给人喝的，遂扔在了一边，若有所思地目送着骆闻舟匆忙离开的背影。

张东来从张婷那里听说了自己进出小黑屋的整个过程，认为律师在其中的作用居功至伟，回家拿柚子叶洗了个澡，当天就要单独请律师吃饭。

相比那些为各大金主们做非诉讼法律服务的同行，刑事律师风险高、压力大，赚钱还不多，真是很难得碰到一起这种当事人人傻钱多，还不复杂的案子，如果不是有赵浩昌这一层同学关系，这种好事恐怕还真轮不上他。律师欣然赴约。

临走，张东来客客气气地塞给律师一个不薄的红包，本来说要开车送他回去，结果刚出饭店，正好碰上个九头身的大美女，十分熟稔地跟张东来打了招呼，并且态度自然地上了张东来的车。

律师自觉跟在人家身边发光发热不太好，识相地坐到了后排座椅，并且表示只要把自己搭到最近的地铁站就可以了。

车上，美女和张少爷没羞没臊地你一言我一语，听得围观群众如坐针毡。律师没有那么厚的脸皮，只好假装自己是一团空气，靠在后面摆弄手机。路过一个十字路口的时候，张东来一脚刹车踩得略急了些，律师整个人往前倾了一下，就在这时，他眼角瞥见角落里似乎有什么东西。

律师本以为是车座上的什么东西被方才那一脚刹车掀下去了，打算顺手捡起来，然而这一弯腰，却突然愣住了——那东西是一条银灰色的条纹领带，尾部带着某大牌的标签，做工精良，却好似被人野蛮揉搓过，已经变了形，咸鱼干一样团成一团，夹在后排座椅的缝隙里。

市局某个刑警的话不合时宜地在他耳畔回响起来：“死者后脑有钝器伤，死于窒息，凶器是一种软布条，丝巾、领带、软绳等都有可能……”

领带？！

律师本来喝了点酒，一瞬间，酒精“呼”的一下，从他打开的毛孔里蒸发了出去。

就在这时，张东来好像总算想起后座还有个活物，一边启动车子，一边回头看了他一眼："刘律师，你怎么弯着腰？是喝多了还是胃不舒服？"

律师慌忙直起腰来，全身的血液争先恐后地奔到头顶，四肢一片冰凉，耳畔嗡嗡作响，他调动起自己全身的城府，硬是挤出一个微笑："我……我有点头晕。"

张东来透过后视镜看着他，不知是不是光线的缘故，刘律师总觉得在他眉目之间有股说不出的阴鸷。幸好张东来没把他放在心上，只是看了他两眼，很快又专心致志地同旁边的大美人聊骚去了。刘律师僵硬地保持着自己的坐姿，打开手机摄像头，偷偷拍了发现领带的地点，然后把脚一点一点伸过去，用脚尖把领带挑了出来，借着公文包的遮掩，隔着袖子迅速将那根领带收进了自己包里。

就在他的手没来得及拿出来的时候，张东来又猝不及防地透过后视镜看过来："是前面那站吗，刘律师？"

律师让他吓得心脏险些停摆，全然丧失了语言功能，支支吾吾地一点头。

张东来一扬眉："你脸上怎么那么多汗，空调开太高了？"

副驾驶上的女伴不干了："不能再低了，人家怕冷。"

张东来一听，立刻调转脑袋，眉开眼笑："在我身边还怕冷啊？"

女孩嗲里嗲气地捶了他一下，和张东来动手动脚地闹成了一团。

要不是还有个不明真相的傻妞在旁边打岔，刘律师觉得自己指不定已经吓疯了。他不知道自己是怎么从张东来的车上滚下来的，张东来还假惺惺地从窗户里一探头："刘律师，你行吗，没喝多？真不用我送你到家？"

律师努力拉扯着自己的面部肌肉："真不用。"

幸好张东来色迷心窍，只是随口客气，并不真心想送，得到了确认，立刻一踩油门，绝尘而去。

一阵夜风吹过来，刘律师这才发觉，自己的后脊梁骨已经湿透了。

第十三章

骆闻舟有陈振的联系方式，然而方才的号码却是全然陌生的，他一边风驰电掣地开车赶往花市区，一边打电话给了陆局。

“陆叔，是我，十万火急，我现在来不及申请审批，您能不能想办法找人替我定位两个号码？”

陆局不废话：“什么号？你人在哪儿？”

骆闻舟飞快地报出了陈振的和方才的那个陌生电话。

陆局匆匆记下，又问：“你现在是什么情况？能保证自己安全吗？”

“鄙人我姓安名全。”骆闻舟说着，猛一打方向盘，从南平大道上盘桥转道，直奔西区。

这天夜里，燕城的天毫无预兆地闷热了起来，夏意逼人，偶尔有鸟惊险地从车海中呼啸而过，几乎是贴地而行，暗示着一场大雨即将来袭。周五晚高峰通常会持续得更长，中央商区周末预热，巨大的露天“天幕”铺展开夺目的LED画卷，夜灯不依不饶地追赶着往来经过的人们，透过宽阔的大街，从骆闻舟的车里穿梭而过，直到他彻底拐进西区繁复的街道里，方才偃旗息鼓。

陆局办事又利索又靠谱，没多久，就有个技术人员给骆闻舟回了话——陈振的手机定位在西区观景西街附近，方才那通陌生电话的位置应该与他十分接近，实名登记过，号码属于一位名叫“吴雪春”的女性。

“吴雪春？”骆闻舟有些意外，“是个有名有姓的人？”

“对，就是这名字。”技术人员给了他肯定答复，“稍后我把她的身份证信息发到你手机上。”

导航提示骆闻舟已经到了“观景西街”附近，他降下车速。

骆闻舟之所以敢一个人赶过来，是因为笃定了王洪亮不敢把他怎么样。像王洪亮这种贱人，惯常欺上媚下，倨恭分明，自行把人分成了三六九等，在他那里，有的人是不值一提的蚂蚁，碾死也就碾死了；有的人再痛恨，他也只能捏着鼻子巴结。骆闻舟自己虽然不算什么东西，但好在他爸还没退休。

如果陈振是打电话向他求救的过程中遇到危险，那对方肯定知道了他的存在，那号码登记过，很好追踪，王洪亮应该马上明白骆闻舟找过来只是时间问题。按照常理，王洪亮现在应该会主动联系他，试探他的态度，寻求私下解决途径。

然而直到现在都还没有。

骆闻舟立刻意识到——无论这天晚上发生了什么，王洪亮都很可能还不知道，说不定是他手下人自作主张。

这很危险，但绝对是个机会。

这时，骆闻舟的手机响了一声，吴雪春的身份证信息传了过来，他把车停在了观景西街口。

观景西街是一处集露天烧烤、夜市和“大保健”等多功能于一体的“步行街”——不是规划的步行街，是此地只能步行，因为非法摊位到处占道，除了“狗骑兔子”，其他机动车根本开不进去。

空气中充斥着烟熏火燎的烤肉味，光着膀子的大汉把铁锅里的田螺炒得暴响，浓妆艳抹的特殊“服务人员”站在街角处，下水道的味道一阵一阵地往上翻，不远处还有几个人正在明目张胆地捞地沟油……

骆闻舟目光往四下一扫，原地琢磨片刻，迈步走向一处黑车集结点。

黑车司机们早早给自己“下了班”，正凑在一起聚众赌博，一个牌运颇佳的中年人骂骂咧咧地把扑克往车盖上一砸，笑出了一口里出外进的大黄牙：“他妈的，怎么样，服不服？掏钱！”

他说着，一伸手，跟同伴要烟，还没等到同伴上供，身后就突然伸过了一只手，递来一根烟，还给他点上了。

几个黑车司机齐齐回头，看见一个肩宽腿长、很是养眼的人。

“哥们儿，我打听点事儿。”骆闻舟客客气气地发了一圈烟，笑容可掬地说，“昨天我限号，坐了一个兄弟的车，没留神把刚签的合同丢车里了。合同就几张纸，对别人来说一分钱都不值，可要是找不回来，我得跟老板自杀谢罪——我不让你们白帮，谁看见了告诉我，我有重谢。”

骆闻舟说到做到，绝不含糊，话到这儿，他也不急着发问，而是打开钱包，一人递了一张红彤彤的钞票：“劳驾，帮我把消息传出去，我肯定不赖账。”

骆闻舟实在是坑蒙拐骗的一把好手，跟这些人，他只详细提供了黑车型号和外形，车牌号却故意说得模棱两可。想了半天，吭哧出前面两个字母和最后一个数字，倒是比比画画地描述了司机的形象。黑车司机们有自己的组织和地盘划分，这一点信息已经足够他们七嘴八舌地讨论出了结论：“是不是陈振那小子的车？”

骆闻舟适时地闭了嘴，目光平视，犹疑地在几个人当中飘来飘去，飘出了能以假乱真的茫然。

赏金之下，黑司机们迅速散了牌局，润物无声地潜入四通八达的窄巷中。

骆闻舟给自己点了根烟，还没抽完，已经得到了他想要的消息——有人声称看见了陈振的车停在路边，给了他准确的地点和陈振的电话号码。这会儿，陈振的电话必然是打不通的，骆闻舟迅速结清现金，让那人带他去了陈振停车的地方——那是观景西街外面一处露天的停车场，规划了停车位，却没人看管。陈振的二手旧轿车孤零零地停在路边，附近人来人往，车主却不见踪影。

停车场唯一的监控摄像头，不知被哪个熊孩子打碎了半边，显然是尸骨已寒。

提供线索的那位大概觉得自己钱赚得太容易，有点过意不去，于是自告奋勇地去周围打听车主陈振的去向。骆闻舟独自围着陈振的车转了一圈，发现驾驶座的车门外落了一地的烟头，当时站在这里的人在踩烟灰的时候，留下了一个心烦意乱的脚印。

骆闻舟在脚印处站定，背靠车门，往四下望去。

陈振无视他的警告，私下行动，多半是个十分热血上头的状态，那么他独自站在这里，连抽了好几根烟，又是在做什么？

是突然对自己的所作所为举棋不定，还是……在等什么人？

这时，方才收钱那位一路小跑地赶了回来，小声对骆闻舟说："我看你不如在他车上贴张字条，回头他看见了联系你。刚才我听那边卖衣服的说，她好像看见陈振那小子在这儿奇奇怪怪地站了半天，然后往'鸿福大观'里去了。"

骆闻舟："鸿福大观？"

"就是那儿！"报信的抬手一指。就在陈振停车处的正对面，是一家灯光熠熠的娱乐中心，门口挂着"台球、棋牌、按摩、KTV"的大牌子，门口停了一排车。骆闻舟悄悄把"花市西区观景街东口鸿福大观，请求支援"的信息发给了陆局，三言两语打发了报信人，他绕着鸿福大观转了一圈。对周遭环境有数以后，骆闻舟抓了一把头发，大摇大摆地走了进去。

大厅里铺着厚重的大理石，欧式的大吊灯下，灯泡坏了几个，灯光显得有些昏暗，几个游手好闲、疑似小流氓的小青年在大厅里巡视抽烟，一见有人来，就偷偷放出打量的目光。

骆闻舟全当没看见，径直来到前台，伸手一敲桌子：“订个包间，一会儿有朋友过来。”

随即，他又随手拿起旁边的酒水单，目光飞快地扫过那比市面上贵五成的酒品名录，好似无所察觉似的点了一大堆。前台没料到从天而降了这么个人傻钱多的大客户，忙不迭地登记他的单子：“先生，麻烦您慢点儿说……”

骆闻舟却忽地住了口。

前台疑惑地一抬头，只见“客人”定定地看着她，目光暧昧而别有深意，压低了声音问：“你们这儿最低消费多少能指定‘服务员’？”

前台一顿之后，露出一个“很懂”的微笑，同样压低了声音，轻轻地从桌子下面拿出个相册推了过去：“您可以先看看照片。”

相册里一水儿的“艺术写真”，拍得非常不艺术，全是浓妆艳抹的“蛇精脸”，一股城乡接合部的艳照风扑面而来。骆闻舟把相册从头到尾翻了两遍，故意露出一点儿急躁：“这照片修得妈都认不出来，你们这儿有正常点的吗？”

前台正要回话，却见骆闻舟微微往前一倾，他好似演不下去了，急不可耐地“图穷匕见”，问：“我直说吧，你们这儿有没有一个叫吴雪春的？”

“吴……吴雪春？”前台的笑容陡然一僵。

骆闻舟犀利的目光把方才刻意装出来的暧昧豁出了一条缝，沉声问：“怎么？”

前台好似被他的目光蜇了一下，不由自主地移开视线，继而又强行佯装镇定，掺了糖似的冲骆闻舟一笑：“是这样的，先生，我们这里的服务员平时都用英文名，您突然说本名，我有点反应不过来。吴雪春……吴雪春好像就是‘Linda’吧？”

即使骆闻舟此时身在虎穴，听了这话，还是忍不住嘴欠了一句：“你们这儿的企业文化还真够洋气的。”

前台眼神闪烁了一下，又把照片本往骆闻舟手里推了推：“先生，Linda今天不太舒服，您要不要再看看别人？还是您以前认识她？”

骆闻舟往后一仰，不答，居高临下地看了那前台姑娘一会儿，冷冷地反问：“怎么，点个服务员还得查户口？”

前台连忙小声道歉，利索地给他安排了包间，让人领他进去。不知是不是骆闻舟的错觉，落在他身上的目光好像更多了些。等他走远，前台才长出了一口气，从旁边拿出一个商用对讲机，小声说："你们说的人到了，去'芙蓉城'房间了。"

对讲机里传来一阵嘈杂，随后一个男声问："多少人？"

"就……就一个。"前台抿抿嘴，手心里都是冷汗，险些攥不住那大黑家伙，"你们下……下次能别让我干这个吗，我……"

她话没说完，那边隐约传来了一声骂街声："妈的！就一个人，真嫌命长，早知道门口等着，一个麻袋套走，弄死他得了，费他妈什么事！"

无线电在骂骂咧咧中被对方切断了。

随后，一个穿着白裙的女孩被两个人连推带搡地往里赶，胸口上挂着工作牌"Linda"，正是吴雪春。

吴雪春经过前台，无助地看了一眼前台姑娘，两个人对视了一眼，又飞快地互相错开。

骆闻舟走后没几分钟，费渡就懒得吃了，他从市局食堂里出来，出来的时候正好看见何母已经醒了，一个值班警察正口干舌燥地企望说服她出去住宾馆。何母鼓着眼，脸色蜡黄，攥着自己的衣角，不吭声，也不点头。外面的事她都不懂，因此总是疑心别人要骗她，总是觉得无助。

常年生活在相对封闭的环境里，和外界缺乏联系的人，身上往往会有这种孤陋寡闻的胆怯和愚蠢。对这个缠绵病榻多年的女人来说，儿子是她唯一的依靠，是她和这个熙熙攘攘的世界唯一的保护罩和联系。

费渡隔着玻璃窗打量了她一会儿，觉得她就像一只没了壳的蜗牛。

他没有惊动何母，快步离开了市局，独自往花市西区去了。

"芙蓉城"是一个角落里的包间，骆闻舟一进来就觉得有点不对劲——因为这里不像其他包间那么暗，他的目光在包间里扫了一圈，在一个角落里发现了些许玄机。

方才绕着鸿福大观转的时候，骆闻舟就发现了，由于建筑的问题，这大厦四角把边的地方有几扇窗户没封——看来这包间里就有一扇。

包间不开窗户，用遮光布粘在壁纸上，从室内封住了，可能是经年日久，贴的地方有些掉了，罅隙中漏了些许路灯光进来。骆闻舟浑不在意似的扫了一眼，很快收回视线，他随手把音乐打开，四下寻找烟雾警报器似的往天花板上看了看。似乎是没看出什么异状，骆闻舟摸出烟来，给自己点了一根。

他一手拿着打火机，一手自然而然地拢了一下火，借着这动作，展开手心中藏着的一张字条。

前台那女孩第二次把相册推给他的时候，借着相册的遮掩，往他手心里塞了一张字条。里面有一行圆珠笔匆忙写就的字迹："有人等着堵你。"

骆闻舟一眼扫过，有些意外。他当然知道有人在等着堵他，陈振给他打电话求助，对方肯定预料到他会来，因此骆闻舟故意在门口提起"吴雪春"，之后又大剌剌地直接闯进来，表现得既老练又不那么高明。他让自己看起来满心戒备，却又是一头雾水似的戒备。

这样，藏在幕后的人才会自以为胜券在握，不会狗急跳墙，甚至会自作聪明地和他周旋。

骆闻舟打算用自己诱敌深入，再玩一手黄雀在后。可他倒是没想到，一个素不相识的前台接待居然会暗地里帮他。这么看来，把他安排在有暗窗的"芙蓉城"包间，显然也是那女孩做的手脚——万一出了什么事，包间有窗户，他有逃跑的渠道。

骆闻舟伸手捻了一下自己的下巴，心里生出无限感慨。

他想："长得帅还是有点好处的。"

这时，包间的门被人从外面推开了，骆闻舟不动声色地放下打火机，把字条攥入手心，抬头看去。

门口站着个穿着白裙子的女孩，染过的长发显得有些暗淡，妆化得格外浓，女孩抿嘴冲他笑了一下，嗲声嗲气地说："先生，您好，我是Linda。"

骆闻舟："……"

这位妆化的，脸上一个鼻子两只眼，好似抹平以后用化妆品重新组织的，饶是经验丰富的刑警，也有点看不清她到底是不是吴雪春本人。

几个服务员跟着进来，把骆闻舟点的酒排排放好。骆闻舟想了想，冲那女孩一点头："坐。"

Linda服务精神十分饱满，进包间以后不闲着，一边主动和骆闻舟搭话，一边三下五除二地把酒水在桌上摆好了。骆闻舟刚想弹烟灰，她就很有眼色地把烟灰缸捧到他面前等着接，很乖巧地问：“帅哥，点这么多酒，客人肯定多吧？需要我再叫几个姐妹过来吗？”

她语气很娇很黏，却不由自主地带出了一点儿鼻音，离近了看，才能看出她眼睛里有一层血丝——似乎刚刚哭过，这一脸大浓妆恐怕是为了掩盖通红的鼻头和眼圈。

骆闻舟一顿，轻轻地端起她的下巴，左右打量了一下，动作很像登徒子，表情却十分严峻，好像打算从她脸上看出一点儿和身份证上女孩的相似之处。好一会儿，不知道他看出了什么心得，正要缩回手开口说话，Linda却突然一把抓住了他的手腕。

骆闻舟轻轻地眯了一下眼。Linda借着他将收未收的手，做了个能以假乱真的推拒动作，嗔道：“帅哥，别，我今天来那个，只能陪酒的。”

她说着，整个人柔柔弱弱地往后倒去，正好靠翻了茶几上的一瓶酒，酒瓶摇摇欲坠地就要跌倒，女孩浓墨重彩的脸上露出一闪而过的紧张。骆闻舟却在那一瞬间突然伸出手，稳稳当当地越过她，一把将酒瓶捞进手里，一滴都没洒。

Linda愣住了。

骆闻舟无声地叹了口气，他当然猜得出包间里有窃听器，不在茶几下面就是沙发底座——现在看来，应该是在茶几下面，这女孩企图装作意外，用洒出来的酒破坏窃听器的动作太明显了。

骆闻舟看了Linda一眼，一语双关地说：“女孩子做事要小心一点儿，不要毛手毛脚的。”

Linda以为他没领会自己的意思，城府不深的脸上立刻露出焦急神色。骆闻舟却不慌不忙地把酒瓶放回原位，闲聊似的，问：“在这里做多久了，有男朋友吗？”

Linda茫然地看着他，下意识地做出回答：“一年多，没有。”

骆闻舟盯着她的眼睛：“没找男朋友？”

Linda点点头。

“总要找的。”骆闻舟一笑，手指轻轻地敲着茶几的边缘，他压低声音问，“平时有玩得好的男孩吗？”

他有一双修长的手，规律性地在旁边轻敲的时候，十分吸引目光，Linda

本能地看了一眼，发现他的手指敲击时并不在原地，而是上下左右地点……点出了一个“陈”字！

他知道这屋里有监控和窃听！

Linda——吴雪春的眼睛里倏地蒙上了一层水汽，她强忍着情绪，斟词酌句地说：“有……有一个，是我过去的邻居，我下班被人纠缠，他帮过我，也一直很照顾我……可是有什么用呢？我是这里的人，他心里肯定很恨我。”

骆闻舟：“恨你？”

吴雪春并没有说“嫌弃”，而是用了“恨”。她这一句话里暗示了她和陈振的关系，还说她是“这里的人”，那么也应该知道一些“这里”的内情，说不定正和陈媛的死有关。

骆闻舟想了想，轻声问：“那个男孩还在‘本地’吗？”

吴雪春冲他点点头：“在，我没脸见他，但只要他还好好的，我心里就满意了。”

骆闻舟松了一口气，吴雪春的意思是，陈振只是暂时被关起来了，还活着。

这女孩比他想象的还要机灵。

骆闻舟轻轻往沙发后面一靠，又问：“他是做什么的？”

吴雪春迎来送往，惯会察言观色，一看他略微放松的肢体语言就明白，骆闻舟听懂了她方才的暗示，下一句好像是在问她，陈振来鸿福大观的目的。

吴雪春强行克制着自己想往监控摄像头的方向看的冲动，组织了一下语言，轻声细语地说：“我不知道，忙吧……对了，听说他家里有个‘孩子’，前些日子离家出走了，现在家人正在满世界找，听说那‘小孩’放学后曾经到这边来过，好像交了不三不四的男朋友，前些日子他还来问过我。”

“少年儿童失踪……”骆闻舟一字一顿地重复了一遍，又问，“怎么不报警？”

“没用的，没人管的。”吴雪春听见“警”字浑身一僵，嗫嚅了一句，随后她想起什么似的，补充说，“那孩子作业本上写了个地名，也在这附近，他离得很远，所以来跟我打听过。”

骆闻舟眉头一皱，陈振是来打听“金三角空地”的！

监控和窃听器完完整整地把他们俩有一搭没一搭的“闲聊”传到了一些人的耳朵里。

鸿福大观二楼，某个豪华包间中充斥着酒气和一股奇怪的味道，旁边几个明显已经神志不清的男男女女嗑了药，为了尽快散出来，开始了群魔乱舞。几个清醒的男人围成一圈，坐在沙发上，透过镜头和耳机盯着骆闻舟，为首一个，正是花市区分局刑侦队的负责人黄敬廉。

他们几个从来不跟着碰毒品，此时只是稍微喝了点酒，也不理会身后的盘丝洞。其中一个戳着屏幕对黄敬廉说：“这姓骆的跟那女的叽叽歪歪十几分钟了，怎么还没扯完淡？”

黄敬廉冷静地说：“你没看出来吗？他在旁敲侧击那小子的下落，现在他知道人没死，也不敢轻举妄动。”

“黄队，您怎么知道？”

“那小子肯定什么都没告诉过他。”黄队端着运筹帷幄的架子，跷起二郎腿，“但凡姓骆的知道这里头有什么事，他也不敢冒冒失失地一个人闯进来……话说回来，那女的可真是吃里爬外，过一阵子要想办法处理掉她。”

“那咱们怎么处理这个姓骆的？明天向王局汇报吗？”

“王局？王局年纪大了，手腕软了，你今天告诉他，不等明天，他就得带着现金去那小子家里求他网开一面——就算这姓骆的懂事，跟咱们上了一条船，以后给他的孝敬也少不了，那就没完了，不如一了百了。”黄敬廉阴阴地笑了一下，“但是不能在这儿收拾他，西区刚出了一桩事，现在太敏感，我们得更不动声色一点儿。”

“您那意思是说……”

“先留着姓陈的小子，等这阵风头过去了，用那小崽子当饵，把骆闻舟勾出来。”黄敬廉舔了舔嘴唇，“来的路上，要是巧遇个他以前抓过的罪犯……对吧？毕竟干咱们这一行的，本来就有一定危险性——当然，前提是陈振那小崽子听话。针给他打了吗？”

旁边一个人立刻站起来：“打完了，我看看去。”

黄敬廉抬起头，一脸厌恶地躲开一个吸了毒的女孩神志不清的纠缠，心里不无得意地想：市局的所谓“精英”原来就这点水平，一进门还没试探两句，就把自己的馅露了个底儿掉，全程都在他们监控下，看来各行各业都是一样，能不能爬上去全看爹。

他面容阴鸷地啜了一口酒，隔着监控，看着正和那“野鸡”对暗号的骆闻舟，心里升起了说不清道不明的愤世嫉俗。

就在这时，方才出去的人突然慌慌张张地闯了进来：“黄……黄队，他……他……他……”

黄敬廉不耐烦地一抬头，见他那手下脸色惨白，整个人活似被雷劈过，语无伦次地说着：“死……死了！”

黄敬廉皱起眉：“你他妈的傻×，话都说不清楚，什么死了？”

“那个……那个……”手下指着关押陈振的方向，舌头像系了个死扣。

黄敬廉突然反应过来，头皮都炸了，他“腾”一下从沙发上站了起来，劈头盖脸地把酒杯砸在那手下脸上，咆哮起来：“死了？！谁让你们动他的？”

手下哭丧着脸：“没……没人动他，就按着您说的，给他打了一针，就一点量，一点啊黄队，要是给这帮孙子打，他们肯定都没反应的。那么一点，谁知道他能死啊？这他妈的碰瓷呢？”

一次性吸毒过量会死，但究竟多少算“过量”，也要因人而异——有的人吃颗花生喝口牛奶都能过敏致死，当然也会有碰一点毒品就死的，但那都是少数极端情况，谁也没想到陈振一个活蹦乱跳的大小伙子会这么脆弱。

黄敬廉脑子里嗡嗡作响，蓦地，他转过头，狠狠地盯着监控里的骆闻舟，仿佛自言自语似的：“这回事大了，得把他留下。”

第十四章

一圈清醒的人听完这番语出惊人的话，全都目瞪口呆地看着黄敬廉。

黄敬廉焦躁地低头在屋里转了几圈，这时，有人小声说了一句：“那可是市局的……”

虽说是徇私枉法，包庇犯罪，但这屋里的大多数人其实都没掺和过什么具体事务，他们只要睁一只眼闭一只眼，坐等拿封口费就可以了，平时还是该上班上班，该领工资领工资，充其量多上几笔“灰色收入”，偶尔出入一些“娱乐场所”应酬而已。没有人自认是穷凶极恶之徒——何况深受王洪亮的三观影响，他们也一致认为，死上几个野鸡和小流氓也就算了，对同行下手就太过了。

一双肉眼生于额下，平视或是仰视的时候，常常觉得自己看见的是人；俯视的时候，则常常觉得自己看见的是动物、是牲口——那些没权没势的、随波逐流的、挣扎求生的、老弱病残的，就大多属于牲口一类。

人看动物，认为它们也知道温饱冷暖，然而也就仅此而已，死就死了。毕竟，成语只说了“人命关天”，其他的命，碍不着老天的事。

因此死一个陈振只是意外失误，死一个骆闻舟，那可就不得了了——众人都或多或少这么想，唯独黄敬廉天生一副熊心豹子胆，居然是个人物。

“黄队，这不行，这真不行。”又有人怯生生地说，“要我说，那个谁死就死了，咱们把尸体处理了，骆闻舟活不见人，死不见尸，没有证据、没有搜查证，他还能怎么样？”

“怎么样？他知道那个陈振是在这儿失踪的！”黄敬廉的牙关咬得紧紧的，说出来的话像是从牙缝里蹦出来的，“今天他无功而返，明天呢？后天呢？你丫天天不干别的，二十四小时到这地儿蹲点等他？你能保证这地方的人嘴都严实？买卖是买卖，现在弄出了人命，别说是他，今天这事，就算你告诉王局，王局都不见得愿意保你！”

那人讷讷道：“这……都是自己人……”

“怕的就是他妈的自己人！二十号那天晚上，一个死人为什么会莫名其妙地出现在‘那个地方’？你们当时都在吧，谁看见了？别跟我说是巧合，那地方那么背，就算是哪个王八蛋杀人抛尸，又怎么会正好把尸体扔在那儿？这事就跟……就跟特意‘标记’我们一样！”黄敬廉讲起阴谋论，活生生地把自己说得打了个寒噤，“还有刚才那个陈振，莫名其妙冒出来打听‘那里’，你们谁来告诉我，他是怎么知道的？要不是正好有监控听见，要不是我正好在，明天你们兜里的手铐还指不定铐在谁手上！一个开黑出租的小崽子，到底是什么时候，是怎么搭上市局刑侦队的？啊？你们知道吗？都不知道，你们他妈的懂个屁！”

不知是谁把屋里的音乐停了，嗑过药的还迷糊着，清醒的却都没了声。

“‘5·20’和今天这事之间必有关联，咱们当中也必有内鬼。”黄敬廉一字一顿地说，“本想扣住姓陈的小子，给他点‘甜头’，从他身上套出点什么来……但是算了，逼到这一步，也只好简单粗暴了。你们就说敢不敢吧？”

一开始没人回答。

黄敬廉于是重重地叹了口气：“行，你们这些废物，爱怎么着怎么着吧，现在就出去自首，去吧，没准能落个从轻发落。”

这时，方才那个被他泼了一脸酒的开了口：“那小子身上那针是我打的。”

黄敬廉回过头来斜睨着他。

“我……我杀了人……我没办法，我干！”

“针是你打的——当时和那小子动手的都有谁？在他慌不择路地跑出去，躲在旁边一棒子把他干晕的又是谁？”黄敬廉扯了一下嘴角，目光在一群人身上扫过，“绑人的是谁？看门的是谁？哦，说起看门的，我倒要问问，小宋说他分明只打了一点，怎么人就死了，嗯？”

几个人一个接一个地低下头，不吭声了。

“自认毫无干系的，现在可以走了。”黄敬廉阴森森地一笑，点了点自己的嘴角，“只是出去以后要管住自己的嘴。”

人人都长了嘴，长了嘴的人只要出了这扇门，就是潜在的内鬼。没人想在黄敬廉这种心狠手辣之徒面前承认自己是“内鬼”。

这一次，没人敢吭声了。

“动手的时候小心点。”黄敬廉面无表情地说，“记住了，骆队是在西区调查‘5·20’杀人案的时候，不幸撞上发疯的瘾君子殉职的。”

骆闻舟看了一眼表，此时距离他呼叫外援已经过了二十多分钟，厚重的隔音材料挡不住隔壁拆房一样的音乐，他正和一个工作不甚体面的女孩相对而坐，旁边是一桌花了他大半个月工资的酒水。

不知是不是屋里的空调太凉了，不知哪里吹来的小阴风扫过他的脖子，骆闻舟突然无端有些不太好的预感，他于是抄起桌上那个厚重的大烟灰缸，假装拿在手里端详，对吴雪春说：“我看你年纪也不大，干点什么不行？想改行吗？”

吴雪春摇摇头，没吱声，只是撩起连衣裙的长袖给他看，细瘦的胳膊上有几处针眼，还有注射手法不当产生的瘀青。她人很白，瘀青看起来就越发触目惊心。

骆闻舟愣了愣。在这种场合里，他似乎应该像个大哥一样温声说几句劝慰鼓励的话，那样比较符合社交礼仪。可有些境遇残酷异常，如果易位而处，骆闻舟自觉也做不出比别人高明的选择。说那些话，就好比对绝症患者说“多喝水”一样，未免太过站着说话不腰疼。

他无言以对，只好闭了嘴。

就在这时，隔壁的“拆墙重金属”正好播放到两首歌的间隙，略作停顿，骆闻舟恢复知觉的耳朵听见外面传来了一阵急促的脚步声。他没来得及思考，已经做出下意识的反应，脱口问吴雪春：“陈振在哪儿？”

吴雪春被他这突如其来的一问问傻了，也跟着脱口而出：“二楼西边的储物间里。”

她话音刚落，整个人就被骆闻舟一只手拖着拎了起来，骆闻舟猛地把她往窗户处一推：“跑。”

吴雪春连退几步，被自己的高跟鞋崴了下脚，她依然蒙着，犹犹豫豫地扶着墙站稳：“我……”

她本打算说“我没事的，我是他们的人，他们不会把我怎么样”，可是这漫长的句子尚未启程，已经被骆闻舟不由分说地打断：“让你跑就跑，把鞋脱了，别废话。”

话音刚落，包间的门已经被人一脚踹开，几个花红柳绿的小青年二话不说便闯了进来，带来了一股浓重的酒气和特殊的臭味。进来以后一声不吭，就直接动了手。骆闻舟回手从桌上拎起那豪华的烟灰缸，眼角扫过，贼光一闪，他立刻把那烟灰缸往前一挡，金属划过玻璃，“铮”的一声，一把西瓜刀正好捅在烟灰缸底，继而滑了出去。

骆闻舟把烟灰缸往下一扣，狠狠地砸在那人手腕上，压住他的胳膊往后一带，抬膝盖顶在那持刀人的小腹上。持刀人的胆汁差点儿被他揍出来，西瓜刀顿时脱手，骆闻舟顺手把刀夺走，薅着他的黄毛往旁边墙上狠狠一撞，同时一矮身，躲过另一个扑过来的打手，顺手从桌上拎了一瓶也不知是真是假的人头马，照着身边的人影拍了下去。

这几个打手都是不知从哪儿找来的流氓，一个个脸如活鬼，看样子像沾过毒，而骆闻舟街头斗殴经验丰富，年轻力壮，定时锻炼，每天吃煎饼馃子都要额外多加个蛋，所以很快，就用过硬的实力收拾了这帮瘾君子。

骆闻舟回头一瞟，发现吴雪春被他吼了一嗓子后果然听了话，脱了鞋从窗口跑了。于是，他深吸一口气，出门往二楼储物间赶去。

为什么风平浪静那么久，他们突然对他发了难？此时，骆闻舟已经顾不上多想，几步蹿上二楼，浓重的不安弥漫到他心头，一个无来由的念头突然从他胸口掠过，他想：陈振是不是出事了？

被他干翻的小流氓们呼朋引伴，张牙舞爪地要追上来，一个送酒水的服务员吓得大叫一声，贴紧了墙。骆闻舟一把推开他，看见了储物间的标志：一块斑驳的牌子，上面写着“非员工止步”。

骆闻舟后退半步，飞起一脚踹在门上，木门回震得他小腿生疼，他立刻又换了条腿，再一脚重重地蹬上去，这回小腿穿越门板而过——他把门踹了个窟窿。

骆闻舟暴力撞开门，看见里面躺着个一动不动的人：“陈振！”

他本想一步迈上去查看，但方才踹门的腿有点麻，阻拦了他片刻。这片刻的光景里，方才因为大打出手而过热的大脑随着他平复的呼吸缓缓降温，骆闻舟突然反应过来——不对，他那么直白地从吴雪春口中问出了关押陈振的地方，当时监控后面肯定有人在盯着，他们为什么不把陈振转移走？

这念头一闪而过，骆闻舟想也不想地往后退开。与此同时，原本躺在地上的人毫无征兆地一跃而起，一刀戳向骆闻舟的颈侧。骆闻舟正在戒备全开的状态下，当下把夺过来的西瓜刀一架，别开那人的手腕，揪住那人的肩膀，把他往一侧的架子上撞去。

对方却也极有经验，一缩肩膀，卸了撞击的力度，借着这一撞的反弹，他一拳撞在骆闻舟的肋下。骆闻舟一口气没上来，刀差点儿脱手，险险地侧身躲过对方一个擒拿，他揪着那人的胳膊转了半圈，一脚踩上了那人的膝窝。

对方惨叫一声跪倒在地，骆闻舟也终于借着门口的微光看清了手里拎着的人——他不知道这个人姓甚名谁，但见过他在王洪亮身边鞍前马后。骆闻舟薅着他的头发迫使他抬起头来：“陈振在哪儿？”

被他一脚踹跪的那位，正是黄敬廉。此时，他正吊着眼盯着骆闻舟，丝毫不知悔改，反而轻轻地微笑起来：“在前面等着你呢。”

骆闻舟听懂了这话的言外之意，瞳孔倏地一缩。与此同时，他身后响起风声，骆闻舟本能地侧身，抬起胳膊护住头脸，只听“哗啦”一声脆响，一瓶酒和骆闻舟的左臂几乎两败俱伤。身后等着偷袭的人一拥而上，有拿刀的，有拿酒瓶的，有拿棍子、铁锁的，劈头盖脸地朝他招呼过来。

骆闻舟狼狈地左躲右闪，身上很快挂了彩。

临来的时候，他其实申请了配枪，但没到命悬一线，他却不敢把枪拿出来——因为他并不确定王洪亮的这些狗腿子会不会老老实实地遵守“五条禁令”。这些人现在以为他无备无防，用冷兵器就能解决，他们也不想在闹市区弄出好大的动静，这才肯陪他动手。骆闻舟这会儿是孤身一人，跟人动手总比动枪强，何况鸿福大观外不远处就是闹市，混乱中真有走火误伤，那问题就太严重了。

就在这时，一阵尖锐的警笛声突然响了起来，一群人同时僵住了，唯独骆闻舟反应极快，他一抬手按住一个挡路狗的脸，照着他鼻子上的软骨自下往上来了一拳，随后飞快地闪过一刀一脚，两步蹿到了楼道里——骆闻舟知道这警笛声必定是假的，西区路不好走，还不到半个小时，他叫的支援来不了那么快。他没走楼梯，怕有埋伏，一头冲进了拐角处的卫生间，直接拉开窗户，从二楼跳了下去。

骆闻舟后背被划了一刀，左小臂有点抬不起来，不知道是不是骨折了，剩下其他大大小小的砍伤和瘀青就不用说了。两个小时之前，他还盘算着“5·20”案的凶手会咬张东来这支钩，优哉游哉地在食堂“喂猫”，没想到两个小时之后穿到了动作片里。

人生境遇，简直像骆一锅的性情一样无常。

忽然，身后有人叫他：“大哥，这边！”

骆闻舟一回头，看见光着脚的吴雪春正拼命朝他招手，骆闻舟头皮一炸：“不是让你跑吗？你怎么还在这儿！”

“刚才那个报警器就是我扔的。”吴雪春说，“你不熟，我带你出去。你找到陈振了吗？”

骆闻舟还没来得及回话，追兵已至。

“在那儿呢，抓住他！”

骆闻舟只好一把拉起吴雪春，在她语无伦次的指路声里来到鸿福大观后面的一处矮墙，幸亏吴雪春身量苗条，骆闻舟双手把她往上一送一托，就将人举上了矮墙，随后自己利索地翻了过去。

落地时，被他强行动用的左臂已经从麻木的钝痛转为钻心的疼，骆闻舟皱着眉轻“嘶”一声，傍晚的凉风一吹，后背上被血浸透的衬衫透心凉。

吴雪春借着路灯看清了他这血染的风采，吓得差点儿叫出声。

骆闻舟转头问：“往哪儿跑？”

吴雪春哆哆嗦嗦地给他指了个方向，下一刻就被他拖起来狂奔。

“没事。”狂奔中，骆闻舟还随口安慰了她一句，“我又没破相。”

两个人迅速穿过几条小路，七拐八拐后竟然看见了大道，骆闻舟紧绷的心这才放下，对上气不接下气的吴雪春说：“你先跟我回市局，然后……”

他的话音戛然而止——只见道路两边，原本热热闹闹的摊位都闪出了八丈远，行人更是躲闪一空，几辆“突突”乱响的摩托车堵在路口，早已经恭候他多时。

骆闻舟余光瞥了一眼表，算时间，再拖一会儿，外援差不多就该到了。他心里微定，把吴雪春藏在身后，冲那为首的摩托车油腔滑调地一笑：“哥们儿，对我有点误会吧，下来聊聊？”

谁知对方并没有“反派死于话多”的毛病，从头盔里射出森冷的目光，盯住了骆闻舟，随后猛地一拧油门，那摩托车直接原地蹿了起来，张牙舞爪地向他们撞过来。

这一次，骆闻舟终于再没有退路，只好一把握住兜里的手枪。

就在他刚把枪拿出来的时候，突然，一阵比摩托车的突突声还嚣张的汽车引擎声呼啸而来。众摩托没料到这鬼地方还能出现脑残飙车族，连忙四散躲闪，瞬间被冲了个七零八落。

一辆明艳如毒蛇的四座跑车闪电似的凭空亮相，原地一个熟练的漂移，正好蹭到了那行进中的摩托车后轮，摩托连人一起，直接从空中飞了出去。

跑车半落下来的车窗里露出一个长发挡住的侧脸，来人没正眼看骆闻舟，只简短地说：“上车。”

第十五章

费渡从天而降，骆闻舟和歹徒一样震惊。然而形势危急，骆队好汉不吃废话亏，当机立断，他先把吴雪春塞上车，随后自己跳上了副驾驶。还没等他坐稳，那车上四门大开的门窗已经自动缓缓合上，“轰”一嗓子蹿了出去。

骆闻舟差点儿被拍扁在座椅靠背上：“我怎么感觉你情绪不太稳定……喂！”

费渡没去看他，但血腥味不以人的视线为转移，依然源源不断地飘过来。小跑的加速度已经让人眩晕，旁边一个移动的血袋更是叫人晕上加晕，两厢叠加，晕血的费总在潇洒的漂移过后，直接就很不潇洒地冲着电线杆子撞了过去。

骆闻舟一嗓子变了调，费渡额角青筋暴跳，在千钧一发间险而又险地把方向盘打开。劫后余生的电线杆子恐怕一口气还没松下来，就目睹了那车的整个车身一起又一伏——费总不小心又冲上了马路牙子。

骆闻舟以最快的速度扣上了安全带，感觉自己刚出龙潭，又入虎穴——没死于歹徒砍杀，恐怕要死于费渡这位马路自杀手。

骆闻舟冲他嚷嚷：“你这车开得也太曲折离奇了！”

费渡连大气也不敢出，因为一出就闻见血腥味：“谁让你坐前面的，我快吐出来了！”

骆闻舟纳闷，对着这么英俊潇洒的男青年也能作呕，什么毛病？

费渡冷汗一层一层地出，甚至要看不清路了，翩翩风度终于再也维持不下去，生生让骆闻舟逼出了一句粗话：“我他妈的晕血，你给我遮一遮！”

骆闻舟一愣——他一直以为费渡“晕血”是开玩笑的，因为清楚地记得他小时候没这个毛病。吴雪春十分机灵，闻言立刻从后座上递过一件外套，骆闻舟把衣服一抖，反罩在身上：“啧，我还晕车呢，你……这些人疯了吗？”

骆闻舟本想问他怎么会到这里来，谁知一瞟后视镜，发现那几辆摩托车居然追上来了！

此时虽不是光天化日，可也是在法治社会的大街上，这简直已经是明目张胆了。

黄敬廉没想到，他们一大群人在自己的老窝里居然没能堵住一个骆闻舟！可是开弓没有回头箭，事已至此，也只能一不做二不休，丧心病狂到底了。

一个自觉“寻常”的普通人，从“有智慧地向现实妥协”到“亡命徒”，大概真的只要三步。

按理说，顶级跑车不应该被一群摩托车围追堵截，可现实的路况就是如此，尤其在这城乡接合部一样的花市西区，路况复杂，“道阻且长”，有些地方火箭来了也跑不过“接孙子专用”的老年代步车。费渡对这里本来就不熟，开导航是来不及的，天又黑，他只能全凭感觉——旁边还有个“污染源”，让他的感觉失灵了大半，这一路着实是险象环生。

费渡晕血晕得手脚冰凉，连心率都开始失常，胃部好像要造反，蠢蠢欲动地往上翻，他攥着方向盘的手直发白，咬牙切齿道：“告诉我你不是自己来的。”

骆闻舟不知是失血过多还是怎样，已经真有点晕车了，为了不再刺激发挥不稳定的司机，他毫不犹豫地说：“我不是自己来的，有外援……你这车修理费用不用我们报销吧？”

说话间，就听吴雪春一声尖叫，原来是一个摩托飞车赶了上来，拿了个铁棒狠狠砸向费渡的车窗。

车窗是没碎，却当场裂出了一片蜘蛛网。

骆闻舟一看要糟，忍不住冲费渡吼：“你这什么华而不实的破车，有那钱还不如买个防弹的！”

费渡斜眼一扫后视镜，方向盘猛地一偏，极有技巧地把那挥舞铁棒的骑手往路边挤去。摩托车反应不及，前轮一偏，扭上了马路牙子，连人带车一起翻了。费渡得了空，捏着鼻子反驳了回去：“我又不是总统，防谁的弹？”

他们两个人当中肯定有一个是乌鸦成精，费渡这话音刚落，就听见后车窗“嗒”一声响。骆闻舟汗毛一竖，最先反应过来：“姑娘，趴下！这帮孙子居然真动枪！”

吴雪春二话不说，抱头蜷缩了起来。与此同时，另一辆摩托车冲到了侧面，抬手露出黑洞洞的枪口，不管三七二十一地打了过来。好在，世界上并没有那么多十项全能的坏人，此人虽然有枪，但枪法跟闹着玩儿似的，基本是瞎打——不过打得多了总有一两发能蒙上，一颗子弹从副驾驶那一边破窗而入，情急之下，骆闻舟蓦地一侧身，挡住费渡，同时一把将人按了下去，子弹擦着他的肩膀崩到了前挡风玻璃上。

然而费总对这惊魂一刻毫无感想，也并不领情，他实在已经快被血腥气熏死机了，在百忙之中腾出一只手，忍无可忍地抓起了车载香水，看也不看，照着骆闻舟就是劈头盖脸的一通狂喷。

骆闻舟无端招惹了一身芬芳，膝盖一软，要给费总这大无畏的事儿精跪下了。

费渡看准了一条没人的小路，再次加油门，一打方向盘，擦着最右侧打了个弯，不给那开枪的摩托追上来的余地。

随后，他刚刚成功拐弯就猛地刹了车——小路尽头，三四辆摩托车蹲点似的在那里等着他。

轰鸣声从身后传来，他们被前后夹击，堵在了小路里。

费渡面无表情地扫视了一圈，脸色冷得可怕，苍白的手扣住了换挡拨片，引擎不住地发出暴虐的轰鸣，那车子好像一头被激怒的巨兽，伤痕累累地盘踞在原地，随时准备暴起致命。

费渡轻轻地说："我要是挨个碾死他们，会算防卫过当吗？"

机动车噪声太大，骆闻舟只看到他毫无血色的嘴唇动了动，一个字都没听清，却莫名地看懂了费渡的表情，他心里重重地一跳，一把抓住了费渡扣在挡片上的手。

那手非常凉且坚硬，带着冰冷的力度，像某种色泽黯淡的金属。

就在这时，警笛声第二次响了起来，红蓝暴闪灯照亮了大半边天。

外援终于到了。

骆闻舟使了吃奶的劲，才把费渡那只扣在换挡拨片上的手掰下来。跑车的引擎声随之缓缓平息，千疮百孔的车里一时鸦雀无声。

外援们十分靠谱，赶来之后第一时间控制现场，干净利索地缴了几个飞车党的械，而且考虑周到——救护车就跟在后面。

郎乔率先跑过来，扒在车门上，上气不接下气地说："老大，你们没事吧？吓死我了！"

骆闻舟冲她笑了一下，还没来得及说话，费渡就踉踉跄跄地滚下了车，一言不发地走到路边，吐了出来。

骆闻舟正在跟郎乔交代后续事宜时，被亲自赶来的陆局打断，塞进了救护车。他觉得这老头子小题大做，因为自认这点小伤完全不算事，直到被押上了救护车，他还在不依不饶地扒着车门指挥："陈振也许还活着，我觉得他们没有立刻杀他的理由，去鸿福大观好好搜一遍。还有，得立刻去分局提马小伟，必须在王洪亮得到消息之前把他弄出来。妈的，他们现在有可能已经得到消息了……好，好，大夫，我马上，让我再说最后一点……”

比起多嘴多舌的骆闻舟，他的“病友”就老实多了——尽管费总连一根汗毛都没刮到，事后却莫名其妙地吐了个死去活来，自己脱水虚脱了，也被救护车一起拉走了。

这天晚上漫长得像是一个世纪，对于一些人来说，每一秒都被无限拉长。

花市区分局一片悄无声息，正在值班的肖海洋握紧了手机，搭档的睡死过去了，他小心地避开一众视线，前往关押马小伟的地方。

手机上有一条短信：“我们被抓了，马上通知王局，处理掉马小伟，十万火急！”

马小伟已经蜷缩着睡着了，不知在做什么噩梦，他偶尔还会抽搐一下，那张稚气未脱的脸已经瘦得脱了形，像个猴。

肖海洋闪身进去，谨慎地回头看了一眼，伸手抓住了马小伟的肩膀。马小伟半夜惊醒，吓了一跳，张嘴刚要叫，被肖海洋一手捂住了嘴，少年惊惧地睁大了眼睛。

骆闻舟在医院里处理完了一身的伤口，自觉身体倍儿棒，还能再放倒一个足球队的小流氓，于是溜达着去看他的“救命恩人”费渡。就见娇弱的费总挂着点滴，正奄奄一息地靠在那儿闭目养神——也不知挨刀的是谁。

骆闻舟走过去，轻轻地在费渡的脚上踢了一下：“别人晕血都直接倒，你怎么晕得跟怀孕似的。”

费渡不睁眼，朝他哼唧了一声：“离我远点。”

“都弄干净了。”骆闻舟大剌剌地在他身边坐下，“好不容易请你吃顿饭，还都吐了。”

费渡面无表情地说：“我觉得这倒没什么值得可惜的。”

骆闻舟想了想他们单位的那个破食堂，认为这话言之有理，他又问：“你怎么找过去的？”

这回，费渡装死不吭声了。骆闻舟于是又踢了他一脚：“你不会一路跟着我吧？你跟着我干吗？”

对于这种低级的激将，费渡一般是高贵冷艳地给他一个“你这个小傻×

又无理取闹"的眼神，然后飘然而去，不过他此时实在太难受了，胃里翻来覆去几次，疼得直抽，鼻尖好像还萦绕着挥之不去的血腥味，睁眼就晕，旁边还有个"更年期"的王八蛋不给他清静，于是怒火中烧之下，他脱口冷笑了一声。

骆闻舟趁机套话："没跟着我，你个少爷去那贫民窟干什么？"

费渡靠着医院雪白的枕头，深深地皱起眉，调动了自己有生以来全部的涵养，强忍着没骂人："我去看何忠义平时住的地方。"

何忠义住的地方和鸿福大观后街确实不远，两条路也确实有相似之处。骆闻舟等了半天，没等到他的后文，看了费渡一眼，突然心里灵光一闪："然后你不会迷路了吧？"

费渡一言不发地把头扭到一边，假装耳边飘过了一个屁。

骆闻舟惊奇地看着这点细微的恼羞成怒，感觉费渡身上透露出了一丝凡人气，这个人也头一次因为真实而显得有点可亲起来。骆闻舟赶忙收敛起了自己的一身贱气，趁着这点还热乎的"人气"追问："你是因为那个老阿姨，才去看何忠义生前住过的地方吗？"

费渡沉默了一会儿，低声说："那地方又破又偏僻，鱼龙混杂，附近有个公共厕所，阴天的时候，整条街都是臭的，比当地其他的租屋环境差很多。住在那儿的人都图便宜，有拖家带口的，有上有老下有小的，有家里有病人的——自己在外面吃苦，留着钱给家里人。还有一些赌徒和瘾君子，穷得叮当响，迫不得已住在那儿。"

"何忠义不吸毒。据他朋友说，也没参与过赌博，平时省吃俭用。"骆闻舟蹭了蹭自己的下巴，"他每天记账，账本很细，所有收入前面都是减号……"

"应该是在攒钱还债。"费渡睁开眼睛，"而且这个神秘的债主或许对他表示过'我给你钱，你不能对别人提起我'。"

骆闻舟皱了皱眉，随着他们深挖何忠义的生活状态，怎么看，都觉得这个单纯的年轻人不可能和贩毒网络有什么关联，调查到这里，此事非但没有清晰明了，反而越发扑朔迷离了。他掐了掐眉心："算了，反正老鼠都抓住了，有没有关联，到时候审审看吧。"

费渡模糊地"嗯"了一声，重新闭上眼，又不想搭理他了。

两个人相对无言了片刻，骆闻舟忽然蹭了蹭鼻子，就着刚刚共患难的

"友好"氛围，他问："有个事我一直想不明白——当年你家里的案子，是我、陶然、法医——还有后来为了防止我俩判断失误专门找来的老法医和老刑警……一群人一起判断的结果，你为什么单独跟我过不去？"

费渡嗤笑了一声。

"没事，你实话实说。"骆闻舟跟他假客气了一句，"我不生气。"

费渡闻听此言，果然就不客气了："因为你那种觉得别人都瞎，就你能，就你长了一双伦琴射线眼，能看透一切的臭德行很讨人嫌。"

骆闻舟不淡定了。

就在这时，他的手机振了一下，低头看了一眼，脸色顿时古怪起来，心头那点气性也一下烟消云散了。

憋了半天，骆闻舟才声气微弱地说："那个……那什么……"

费渡莫名其妙地看了他一眼。

"我同事说你那车……损坏挺严重的，而且限量版的进口车，可能没法在国内修。"

费渡："是啊，怎么了？"

骆闻舟深吸一口气，豁出去脸皮不要，把后面的话一口气吐了出来："他们说修理费用实在太高，跟买个新的差不多，我们好几年的见义勇为基金跟悬赏的钱加起来都不够——要不我们送你一面锦旗行吗？"

骆闻舟说完就后悔了，很想把给他发短信的同事倒着拎起来，控一控脑子里的水——这都是用哪个器官想出来的馊主意！

费渡先是一愣，随即笑了出来——这回他既不虚也不假，是真正忍俊不禁的笑法。

骆闻舟又尴尬又哭笑不得。

还不等他"百感交集"完，手机又响了，这回是郎乔。

郎乔语气非常严肃："骆队，我们找到陈振了，人死了。"

骆闻舟放松的神色蓦地一沉，猛地坐直了："什么？"

"还有，一个嫌犯在被捕前发了一条短信出去，让人处理马小伟。咱们的人现在赶过去了，不知道还来不来得及。"

郎乔三言两语给了他两个最不好的消息，刚挂断，另一个电话紧跟着进来——是难得请假的陶然。

骆闻舟心不在焉地匆忙说："陶然，我这儿有点事，你先等会儿……"

"骆队，刚才张东来的那个律师联系我。"陶然说，"说他在张东来的车上发现了一根可疑的领带。"

第十六章

"陶警官，万一检测结果出来，要是证明是我过敏，能不能麻烦您替我保密？"这是刘律师给陶然打的第三通电话，中心思想依然是"我恨不能穿越回半小时之前，剁掉自己给你打电话的那只手"。

陶然无可奈何地叹了口气，感觉这位刘律师恐怕确实有点神经衰弱。刘律师又絮絮叨叨地对他说："要不然以后我在这行真没法混了，您说我办的这叫什么事？您可千万千万不能跟别人说啊，陶警官，我的身家性命就在您手上了。"

陶然只好第三次做出保证，就差指天发誓、签字画押了，那边瞻前顾后的律师总算勉强同意，马上把那根领带送到市局去化验。打发了这一位，陶然非常过意不去地回头冲车后座的姑娘笑了一下："不好意思。"

他是在看电影中途惨遭刘律师打扰的，当时电影正好演到男女主角翻脸处——连累人家姑娘一起，在男女主角涕泪齐下的互相控诉声里退场，对于相亲而言着实是个不怎么吉利的开头。

姑娘倒是没说什么——也可能心里在骂街，只是涵养好，没有外现，她还很善解人意地说："你要是忙就不用送我了。师傅，麻烦您在前边那地铁口给我停一下就好，然后您送他先走吧。"

陶然的耳根有些泛红——完全是尴尬的："这不……不太……"

"没事，我们也经常周末被逮过去加班。"姑娘说，"再说，我们加班只是给老板打工，你们这为了公共安全呢——我也在网上看见那起富二代杀人案了，你们得快点破案啊。"

陶然有点结巴："不……不一定是富二代，还……还……没确定凶手。"

说话间，出租车已经到了地铁口，司机笑呵呵地停了车，等着那姑娘挥手和陶然告别。临走时，姑娘又回头跟他说："说真的，陶然，在外地能看见老同学挺开心的，就是咱俩见面的方式有点尴尬。”

倘若地上有缝，陶然肯定头也不回地跳进去了。

身在异地他乡，相亲相到高中同学的概率是多少？而这高中同学恰好是当年暗恋对象的概率又是多少？

当然，这都没什么值得庆幸的，哪怕他相到了奥黛丽·赫本，此时此刻还是得抛下姑娘，回去加班。

直到目送那女孩走进地铁站，陶然那被严重干扰的智力才重新回归均值线，他长出一口气，用力晃了晃脑子里的粥，努力让它们变回正常的脑浆，重新聚焦到案件上来。

出租车司机冷眼旁观，下了结论：“小伙子，我看你有戏，那姑娘好像挺中意你。”

陶然苦笑一声：“师傅，前面掉个头，去市局。”

司机师傅这个中老年男子看热闹不嫌事大，对男女感情纠葛和“富二代杀人事件”都很有见解，想抓住陶然大聊一番，直到这会儿，陶然才有点后悔拒绝了他两个混蛋朋友借车的提议。为了让旁边的话痨闭嘴，他只好装出一副昏昏欲睡的样子，给自己插上耳机，随手打开个有声音的App，堵住了耳朵。

耳机里的有声书在悠然的背景音乐里流进他的耳朵：“……‘如果我蔑视我自己，’于连冷冷地回答，‘我还剩下什么呢？’……”

这是一个非常小众的有声书平台——里面没几本畅销书，大部分都是些老掉牙的名著，平时会随机播放一些催眠的散文，只有投稿当“领读员”的用户才能点播。“领读员”得提交大段的作品原创赏析，投稿被编辑选中，平台才会播放他点的有声书，并在播放完毕后和其他听众分享他的赏析文章。

陶然没太认真去听内容，只是借着里面的音乐隔绝噪音、整理思路。

出租车很快开上辅路，马上要到市局了，陶然正准备关上有声书，就听见里面说到了结束语：“那么，法国著名作家司汤达的《红与黑》，我们就为您播放到这里了。下面分享本书的领读员——ID为‘朗诵者’的这位朋友的赏析文章。”

这个ID名好像一道惊雷，猛地把陶然劈在了原处。

星期五晚上本该是美好而放松的，满城都是迎接周末的人，市局一干刑警却都在加班途中和赶去加班的路上。

接到陶然和郎乔两通电话后，骆闻舟就在医院坐不住了，这想法恰好与费渡一拍即合——费总倒没什么正事，他主要是嫌弃公立医院人多、条件差。

俩人难得意见一致，行动力变成了双倍。费渡立刻给助理打电话，让人送了辆车来，骆闻舟则再次不要脸地蹭了车。

此时已经接近深夜十点了，郎乔给骆闻舟发了消息，汇报最新进展。看完后，骆闻舟半晌没说话。最后，他前不着村后不着店地开了口："法医初步判断，陈振死于一次性摄入毒品过量。"

在医院听骆闻舟单方面的"闲聊"时，费渡已经大致了解了自己爱车报废的前因后果。这会儿，身边没有刺鼻的血腥味，车里温度适宜，费渡刚吃过助理带来的夜宵，稳稳当当地把车停在斑马线后等红灯，并趁着等红灯时间拿起旁边的香蕉牛奶喝了几口，甜饮料让他非常心平气和，于是回了骆闻舟一句："听着有点奇怪——好像不太文明。"

骆闻舟听了"文明"这个字眼，不由得用眼皮掀了他一眼："我对犯罪分子从来都不敢有这么高的要求。"

费渡说："不是这个意思，再坏的人，也不是什么时候都肯铤而走险的。比如那几位想对你赶尽杀绝的，最后能演变成在大街上放枪子，是因为已经在你面前暴露了——你跑了，他们就死定了。因为害怕结果，所以才变得丧心病狂。这是有因果关系的，不会随便逆转，真正的疯子很难在社会上长久地混下去。"

关于这点，骆闻舟倒是跟他英雄所见略同，因为吴雪春曾跟他确认过陈振是"安全的"，如果那女孩当时没说谎，那证明至少在她目睹的时候，黄敬廉他们还没有想杀人的意思。

何况如果对方一开始就想杀陈振、杀他，根本不会允许他和吴雪春扯那么长时间的闲。

可是陈振死于一次性摄入毒品过量，这死法听起来也不像是意外事故。

"注射毒品倒是像他们干的。不过话说回来，常年和毒品打交道的人，居然也会把握不好量，失手把人弄死，这就很让人费解了。"费渡不慌不忙地分析，“如果是我涉嫌包庇贩毒团伙，一个陌生人带着敏感问题误打误撞地闯进来瞎打听，我绝对不会贸然杀他。”

骆闻舟一听他这种讨论天气的语气，头皮就发麻。然而费渡的意见总有可取之处，因此他一边麻，还是一边问：“然后呢？”

“然后第一步，我会把人控制住，摸清他的底细，查明他涉入的深浅，以及背后有没有人指使，再用毒品、暴力、恐吓、威胁等手段瓦解他的意志。等我弄明白，死者只是刚开始和你接触，并不完全是你的线人，而且背景简单、无亲无故的时候，就进行第二步。”费渡用香蕉牛奶味的语气说，“第二步，我会用一点毒品强制他上瘾，并且在他精神恍惚的时候，反复对他灌输是你出卖了他，给他洗脑，让他相信你和那些人是沆瀣一气的。这样一来，他很容易就会绝望，认为这个世界没有所谓公道，他这样的人想活命只能学着妥协。”

骆闻舟看了他一会儿，点评说：“你可真是缺了大德了。”

费渡不以为意，接着说：“第三步，他已经成瘾，我会酌情开始给他一点甜头，让他知道我们没那么可怕，还充满了人文关怀——这就妥了，很容易激发斯德哥尔摩综合征，实现了对一个人精神和生理的双重控制。等你们想尽办法把他捞出来，我只需要偷偷告诉他，我和你双方是因为分赃不均产生了一点儿矛盾，正在互相使手段，他就会带着对你出卖自己的恨意，变成一颗打入你们内部的钉子。”

也许是因为他们俩之间的气氛刚刚缓和了一点儿，也许是因为车里弥漫的香蕉牛奶味让人严肃不起来，骆闻舟头一次在听了费渡的奇葩言论后没有暴跳如雷。他沉默了一会儿，忽然说：“你要是有一天违法乱纪，我们可能会很麻烦。”

费渡不置可否地一笑。

下一刻，骆闻舟又说：“但是你只是随口说说，而且还只是跟我说，没有实践，也没有满世界去办‘无痕杀人培训班’，让我们工作之余能偶尔休个小假、谈个恋爱，所以我还是要代表组织对你表示感谢。”

这反应和平时不一样，费渡奇怪地看了他一眼。

骆闻舟点了点头，又非常慈祥地说：“应该给你再额外发一面锦旗。还有别的吗，再说出来给我们参考参考？”

费渡于是紧紧地闭了嘴，直到抵达燕城市局，都没再和骆闻舟提一个标点符号。

市局门口，骆闻舟前脚刚下车，一辆警车就冲过来停在了他旁边，郎乔匆忙下车："老大，马小伟不见了！"

"别嚷。"骆闻舟后背伤口刚刚缝合，还有点半身不遂的症状，他单手摸出烟盒叼出一根，不慌不忙地说，"人不见了是好事。"

郎乔把奇大的眼睛瞪得又圆了两圈，正要说什么，突然，她的目光越过骆闻舟，落到了他身后不远处："那是……"

骆闻舟循声回头，只见长街对面出现了一个畏畏缩缩的瘦小人影，探头望着市局的方向，一个人走过来，领着他过了马路。

郎乔讶然道："马小伟和那个歪腿的小眼镜！"

肖海洋总算把破眼镜换了新的，有些呆板的方形框架显得他年长了几岁。他领着马小伟一路走到骆闻舟面前："骆队。"

骆闻舟见了他，好似丝毫不意外，和颜悦色地一点头："来了？进去吧。"

市局里一点儿也没有周末的气氛，验尸的、验领带的、询问证人的与审问犯人的——刑侦队和法医科忙得到处乱窜，借住在值班室里的何母不可避免地被惊动，有点风吹草动就要眼巴巴地探头看一眼。

一行人带着马小伟他们走进来的时候，正好看见何母逡巡在楼道里。她看见骆闻舟，站了起来，随后又将疑虑重重的目光落在马小伟身上。

骆闻舟对马小伟说："那是何忠义他妈。"

马小伟原本无精打采的脚步突然顿住，一脸惊惧地看向她。

瘦弱的女人和憔悴的少年面面相觑，好一会儿，大约是少年的模样让她想起了自己的儿子，何母试探着问马小伟："你……你认识我儿子吗？"

马小伟倏地退后半步。

"我家忠义是个好孩子，你认识他，是不是？"何母哆哆嗦嗦地往前走了一步，殷殷地看着马小伟，看着看着，眼泪"唰"一下下来了，她梗着脖子，抽了一口细细的长气，"谁害死他的呀？啊？娃儿，你告诉姨吧，到底是谁害死他的？"

马小伟的眼圈通红，继而毫无征兆地“扑通”一声跪在地上。

“我，是我！”他号啕大哭起来，“我对不起忠义哥，对不起你……对不起……”

第十七章

马小伟已经是第二次在公安局里口述自己涉嫌杀人了，这个惊世骇俗的少年比受害人家属哭得还凶，几乎要以头抢地。旁边两个警察反应过来，赶紧冲上来架起他，在何母的哀叫声中把马小伟拉走了。

骆闻舟没想到自己随便一句介绍居然还引发了这么个变故，一个头变成两个大，预感今天晚上是个不眠夜，只好飞快地给他家那楼的管理员发了条短信，央求人家去给饥寒交迫的骆一锅抓一把猫粮。

郎乔正要领着费渡去做笔录，骆闻舟一抬头叫住他。

“哎。”骆闻舟没称谓没落款地说，“谢谢啊。”

费渡没想到此人的狗嘴里居然吐出了一颗象牙，有些意外。他脚步一顿，端出了总统就职演讲一般的风度，十分正经八百地一点头：“不客气。”

骆闻舟吊着高低眉目送着他模特儿似的背影，莫名想起了趾高气扬的贵宾犬，很想追上去往他手里塞一根“文明棍”。不过他俩对掐了七年，这会儿才刚刚看到休战的曙光，骆闻舟也不想没事找事，只好按下了自己种种才华横溢的奇思妙想，转身拍拍肖海洋的肩膀：“你跟我来。”

肖海洋默不作声地跟着骆闻舟来到了一处单独的询问室。他有些神经质地扶了一下眼镜，不躲不闪地看着骆闻舟：“我现在不是以协助办案的警察身份来说话了，对吗？”

骆闻舟冲肖海洋一伸手：“坐吧。那你觉得自己是什么身份？”

肖海洋应声直挺挺地坐了下去：“我是嫌疑人还是证人？”

骆闻舟笑了，习惯性地跷起二郎腿往后一靠，后背的伤口立刻抗议，冲着他的痛觉神经尖叫了一声，疼得他差点儿当场龇牙。骆闻舟强忍着保持住了气质，坐正了，不动声色地抽了口凉气，他问肖海洋：“工作几年了？”

肖海洋：“两年……一年半。”

"哦，刚过实习期没多久吧？"骆闻舟点点头，回忆了片刻，又说，"小时候，我爸本来想让我报考国防生，但是我当时叛逆期没过，他说往东我偏往西，我说'我才不去撒哈拉研究导弹'，然后自己跑回学校乱填一通。那时候受香港警匪片影响很深，总觉得警察都是梁朝伟和古天乐那样的，于是错入了这行。"

肖海洋非常严肃地接了一句："撒哈拉不是中国领土。"

骆闻舟一噎。

肖海洋可能也意识到了，坐姿更拘谨了些："您接着说。"

骆闻舟感觉肖海洋可能不知道什么叫"放松"，于是放弃了这方面的努力，他正色下来，单刀直入地问："你究竟是立功的同行、证人还是嫌疑人，都得看接下来的调查结果——我知道你已经有心理准备了，也准备坦白你知道的一切，对吗？"

肖海洋点点头。

"好。"骆闻舟说，"我先从眼前的事问起吧。你今天晚上为什么要把马小伟送过来？"

"因为有人要杀他灭口。"肖海洋不假思索地回答，同时，他从兜里掏出了一个手机——手机已经非常妥帖地用证物袋装好了，递给骆闻舟，"今天晚上，我和一个同事值班，这是他的手机，来信息的时候他睡着了。"

骆闻舟隔着透明袋快速扫过短信内容，和郎乔说的对得上，于是放在一边："你没事为什么会看别人的短信？"

肖海洋说："因为我在监视他。"

这个年轻人语速很快，不大会笑，和人说话的时候，他的肢体语言一直是紧绷的，时常有扶眼镜、攥拳头一类的小动作，很不像个"见过世面"的成年人，倒是有点像那种发育得四肢不协调的中学男生。

骆闻舟看着他，感觉要是把费渡的油滑分给他一半，这俩人大约就都正常了。

"那你又为什么要监视他？"

肖海洋抿抿嘴："我可以从头说吗？"

骆闻舟点了头。

肖海洋深吸一口气，略微思量片刻，条分缕析地开了腔："我们那里的工作氛围和市局不太一样，不是重要场合或者发生了什么重大事件，我们通常见不着王局。他对我们有什么指示，都是通过黄队——哦，花市区分局刑侦队负责人，全名是黄敬廉——来传达。

“黄敬廉和副队关系很一般。在我们部门里，有几个同事是他的心腹和‘重点培养对象’，有事时黄敬廉会直接叫自己的人去做，别人有时都不知道他们在忙什么，副队基本被他架空了，什么也管不了。

“我一直以为黄敬廉是按自己的喜好挑选工作骨干，也没大在意，毕竟从小到大，这种小团体都和我没什么关系。直到有一天，辖区派出所报上来一起案子——他们发现了一具女尸。那天正好我值夜班，本来已经准备好要去看看，临走，被同事拦了下来……就是那部手机的主人，他说隔天他家里有事，问我能不能跟他换个班。大家轮流值班，私下里互相换班调时间很正常，我没多想，就同意了，所以最后是黄敬廉带着那位同事出警的。”

“黄敬廉当时也在？”骆闻舟一顿，追问，“死者是什么人？”

肖海洋：“死者叫陈媛。”

骆闻舟微微一眯眼：“为什么会记这么清楚？对你来说，陈媛有什么特别之处吗？”

肖海洋平平板板地回答：“我看过的东西大多都记得，现在还能报出‘5·20’案时你们开到现场的那辆警车车牌号，您需要……”

骆闻舟哭笑不得，这小眼镜的风格和花市区分局真是格格不入，他连忙一摆手：“不用报了，我相信，你快接着说吧。”

“不过那个死者确实有点特殊。”肖海洋话音一转，“我看了尸体的现场照片，陈媛死的时候，身上穿着镂空的上衣和超短裙，脸上化着浓妆，但那件上衣穿反了。有一种女装的扣子是设计在背后的，如果没有领子，乍一看很容易弄错前后，只有穿在人身上，才能感觉到脖子、腋下处不自然。如果是死者自己穿的，应该立刻能感觉到自己穿反了。所以我当时第一反应，就是这个人的衣服很可能是死后被人换上的。如果是那样，那这起案子就可能涉及他杀。我在同事出警前，特意跟他们提到了这一点。”

骆闻舟的手指轻轻地敲着桌子，没插话。他也调取过陈媛案的材料，但他清楚地记得，女尸身上的衣物没有异常，肖海洋说的那件背扣式的上衣也并没有穿反。

"我知道这案子的调查结果已经是几天之后的事了。黄队他们把这事定性为'卖淫女死于吸毒过量'。我去问那位同事，死者那件穿反的衣服怎么解释的，他躲躲闪闪了一会儿，只说是我看错了。"肖海洋说到这里，长长地停顿了一会儿，"我没有保留那张照片，当时只是匆匆看了一眼，看错的可能性不是完全没有——但是当天下午，我的工资卡上莫名多了两千块钱，银行短信备注写的是'奖金'。我们工资不算高，大家养家糊口，生活压力都很大，偶尔有奖金，一定会集体口头庆祝，整个队里的气氛都会不一样，可是那次却根本没有人提。临下班，黄队才特意找我过去，提了之前的几项日常工作，说我工作认真负责，这笔钱是他找王局特批的，用于鼓励刚参加工作的'先进'。我觉得这个理由很牵强，那笔钱我没有动，因为我怀疑它是'封口费'。"

骆闻舟一听就懂，那就是明目张胆的封口费："但是你没有证据，陈媛案的结案报告处理得很干净，没有破绽。"

肖海洋两颊紧了紧，颇不甘心地点点头。

骆闻舟吐出口气："然后呢？那天在案发现场，你为什么暗示我们发现尸体的地方不是第一现场？"

"陈媛案后，我觉得黄敬廉他们可能有什么问题，所以经过考虑，奖金的事当时没有声张。"肖海洋微微抬起下巴，示意骆闻舟看旁边证物袋里的手机，"我找了机会在这个同事的手机上装了个病毒，偷偷打开了他的GPS，每天监控他的行踪。"

骆闻舟闻言挑了下眉。

肖海洋连忙解释："我知道这违法，但是培训实习的时候，我好多科目都是擦边过的，跟踪调查他们不现实，一定马上就会被发现，我只能这样。"

"不，我只是没想到你还是个人才。"骆闻舟笑了笑，"你发现了什么？"

"他下班后经常出入一些娱乐场所。除此之外，每月逢五、逢十的日子，只要他不值班，都会在固定的地点活动，包括发现何忠义尸体的那片空地附近，以及其他几处比较偏僻的地方。我避开他们，偷偷走访过其中一两处，没能查出什么，但是有一次装成外地人问路的时候，一个住在附近的老婆婆警告我天黑以后不要往那边去，她说那边'有时候有抽白面的'。"

骆闻舟："也就是说，五月二十号当晚，你通过GPS，确定你的同事恰好出现在何忠义被杀案发地。”

“他下班以后是和黄敬廉他们一起走的，我怀疑黄敬廉等人当时也都在，一直到快十一点时，他们才离开。”肖海洋说，“骆队，我想如果是咱们自己人杀了人，一定会更专业一点儿，不可能大剌剌地把尸体扔在那儿，乃至于第二天闹得那么不可收拾。后来马小伟的出现证实了我的一部分猜测——黄敬廉他们当时在案发地干了什么不可告人的事，当中或许发生了口角，参与人中有人吵起来，被周围居民听见了，马小伟肯定也在。但他们都没看见尸体是怎么出现在那儿的。”

骆闻舟听了，点点头，不予置评，又问：“二十号晚上，你在什么地方？”

“在局里值班，大夜班，有值班记录和监控影像。”肖海洋面不改色，倒没有因为骆闻舟这句不轻不重的质问而有什么不快，十分冷静客观地说，“你怀疑我是那个抛尸人吗？我不是。西区路况复杂，要能做到神不知鬼不觉地把尸体扔在那儿，首先要非常熟悉周围环境，其次要有私密的交通工具，我没有这个能力。”

骆闻舟神色淡淡的，不知信了没有，随后他问：“那你听说过‘金三角空地’吗？”

“马小伟说，所谓‘金三角空地’，就是发现何忠义尸体的那一片荒地，是他们交易毒品的固定地点之一，这个代号只有经常参与交易的人才知道，严禁外传——一个分局，从一把手到底下刑警居然集体涉毒，这事简直……”陶然步履匆匆地离开审讯室，把笔录往桌上一扔，对郎乔说，“骆闻舟这个混蛋，这么大的事，他居然招呼都不打一声，就自己私下去查，他以为他是美国队长吗？”

郎乔好奇地问：“那何忠义真是马小伟杀的？”

“我感觉不像。马小伟说，他染上毒瘾以后，时常捉襟见肘，周围的人都知道他这毛病，平时不往住处拿钱，马小伟就盯上了何忠义的新手机，顺手牵羊，正想拿出去交易，没想到那天何忠义下班回来不知怎么的想起那手机，没找到东西，于是当面质问了他几句。马小伟鬼迷心窍，拒不承认，最后俩人不欢而散——小乔儿先给我瓶水，一晚上没歇气了。”陶然接过矿泉水，一口灌下了半瓶，这才喘了口气，“当天晚上，马小伟就用何忠义的手机换了毒品。

本来得意扬扬地想着，等何忠义回来，就让他搜自己的东西。等搜不到了，看他还有什么话说。结果何忠义没回来，还正好死在那个地方。”

“马小伟以为何忠义正好看见他卖手机，所以去讨回自己的东西，结果被人打死的？”郎乔大眼珠一转，飞快地反应过来，“后来因为老百姓打架，我们得到了意外的证词，王洪亮为了掩盖事实，用那手机栽赃了他？这就合情合理了，但……何忠义到底是谁杀的？”

陶然没顾上说话，手机就响了，来自法医科的座机。他连忙接起来：“喂，怎么样了？”

那边说了什么，郎乔没听清，就见陶然的脸色越来越严肃，然后挂断电话问她：“费渡走了吗？”

骆闻舟刚和肖海洋谈完，正好推门进来，听见陶然这一句，他诧异地一抬头：“费渡又怎么了？”

陶然没顾上和“中国队长骆”掰扯他个人英雄主义的问题，皱眉说：“刘律师送来的那条领带上有张东来的指纹，初步判断和死者脖子上的勒痕相符，上面沾有少量血迹——何忠义被勒死的时候，脖子被磨破了点皮。加班加点的话，DNA结果最快明天就能出来。法医那边的人说，这条领带就是凶器的可能性很大。”

骆闻舟一言不发地听完，抬头看了一眼表，已经接近零点了。

“去追。”他说，“我估计费渡没走，走也是刚走，追得上。”

费渡果然没走。

他做完笔录以后，又去陪着何母坐了一会儿。

也许是一直有人陪，也许是看见深夜里灯火通明的市局，何母好像看到了一点儿希望，她情绪也平稳了不少，甚至能跟费渡主动聊几句了：“你没来的时候，我好像看见下午的那个……叫什么？”

她指的是刘律师，但一时想不起他是干什么的了，支吾片刻，脑子里还是一团糨糊，干脆略过，问：“他们找到新证据了吗？”

何母坐着舒服的椅子，费总就未必舒服了，两条长腿没地方放，这少爷又不肯没形象地蜷起来，只好以一个别扭的姿势端正地摆在一边，没多久就开始发麻，他忍不住伸手敲了敲腿：“可能是吧——等抓到了凶手，您有什么打算？回家吗？”

何母眼皮一垂，却没有回答，只是瞥了一眼他敲腿的手，说："你不是警察吧？太晚了，快回家吧。"

除了腿麻，费渡倒没觉出疲惫来，对于年轻的浪荡子来说，这会儿才刚刚是夜生活的开始，正是他最精神的时候。可惜今天没有美人，相伴左右的只有个干瘪瘦小的中年妇女。

不过费渡对待中年妇女和大美人的态度一视同仁，他从万花丛中过，倒是多少修炼出了一点不为色相所惑的境界。

"没关系，我陪您一会儿。"费渡温和地对她说，"我妈没得早，她在世的时候也一直要吃药治疗，没法出去工作。我爸工作忙，常年不在家；我当时在读书，学校离家远，跟保姆一起住在学校附近，一个礼拜才回去看她一次。"

何母有些腼腆地打量着费渡："这么好看的小伙子，你妈肯定喜欢得不行，每天都盼着你回家的。当妈的，要是自己没什么别的本事，每天能盼一盼的，就剩下你们这些娃儿了。"

费渡听完，面不改色地冲她一笑："嗯。"

这时，他看见骆闻舟和陶然一人沉着一张加班脸走了过来，陶然隔着几步远冲他招招手。费渡慢悠悠地走过去，冲陶然笑出了八颗牙："哥，相亲怎么样？"

费渡分寸感十足，说改，他就连称呼和肢体语言全改了，说不添乱就不添乱，摇身一变，他成了个亲近又不过分的好兄弟。

"别提了。"陶然一言难尽地摆摆手，看了眼巴巴的何母一眼，示意费渡跟他们到一边去，"过来一下，有几个问题跟你确认。"

"怎么了？"费渡一边走，一边懒洋洋地说，"你终于发觉当警察没前途了吗？我早就说了，我公司楼下食堂卖油条的都比你们队长工资高。"

骆队长一声没吭也能被他见缝插针地恶损一句，冤得整个人都饿了，没好气地叫来个值班员，给人塞了一把零钱："去那个二十四小时店买点油条回来。"

何母探着头，一直目送着费渡他们走远。她坐在角落里，眼泪已经干了，在眼球上结成了一层透明的膜，倒映着冷冷的城市和冷冷的夜色。

忽然，她的手机响了，那是个早被众多智能机淘汰出市场的玩意儿，只有接、打电话功能。她整个人哆嗦了一下，慌里慌张地接起来："喂？"

电话那边传来“沙沙”的杂音，随后，一个怪异的声音传来：“你看见那个律师了吗？他本来是收钱帮那些少爷说话的，受不了良心的谴责，才半夜来举报，现在警察已经明确知道了谁是凶手。他们现在肯定很忙吧？证据确凿，可是不好掩盖——现在你愿意相信我了吗？”

何母干裂的嘴唇颤了颤，几不可闻地说：“你到底是谁？”

“我是帮你的人。”那个古怪的声音说，“外面的事太复杂，你根本就不懂。他们对你好，是怕你出去乱说，因为凶手是有来头的，他们不敢抓。”

何母一点一点睁大了眼睛。

那古怪的声音问：“你做好准备了吗？”

这时，陶然直接把费渡领进了自己的办公室，掏出几张相片，单刀直入地指着上面那条银灰色的条纹领带：“这种领带你见过吗？”

费渡扫了一眼：“烂大街款，人手一条。”

陶然：“张东来有吗？”

费渡一愣，脸上闹着玩的笑意倏地散了大半：“什么意思？”

骆闻舟冷眼旁观，发现这小子真是敏锐，就是可惜，不总往正经地方使：“就是你想的那个意思。”

费渡迟疑片刻，伸手接过照片，仔细看了一会儿：“这个牌子他确实有一条，没记错的话，还是张婷送的。他一般也就是在他爸公司里混日子的时候戴一戴。有一次被别人看见，还给嘲笑了很久。不过老张这人虽然不靠谱，还挺疼他妹的，天天抱怨，但也一直没舍得扔——这条领带有什么问题？”

“这条领带是从张东来车里的座椅缝隙中发现的，有他的指纹，疑似凶器。”陶然压低声音说，“现在你帮我们回忆一下——五月二十号晚上在承光公馆，这条领带有没有在张东来身上？”

“没有。”费渡很快回答，“监控录像里应该拍到了。”

陶然又问：“二十号那天是工作日，他有没有可能是白天戴过，晚上摘下来放在车里或是兜里？”

“那就不知道了。”费渡轻轻一皱眉，随后他好像想到了什么，问，“领带上只有张东来一个人的指纹吗？”

陶然神色微闪，费渡已经察言观色地知道了答案。他沉默地站了一会儿，好似长在眼角眉梢的笑意一同凝固起来，继而缓缓地开口说：“张东来不可能是凶手，如果领带上只有他一个人的指纹，说明凶手拿到这条领带的时候，就已经打算好了要栽赃嫁祸，不管是偷的还是捡的。”

他说话慢条斯理，语气和平时并没有什么区别，陶然却莫名感觉到了他隐晦的火气。

从陶然给他打电话，询问张东来的不在场证明开始，费渡一直表现出了局外人的漠不关心，即便后来陪张婷两次来市局，也只是纯粹地陪，纯粹地走过场，是一副彻头彻尾的“酒肉朋友”样。他并没有急扯白脸地替张东来分辩过，甚至没有主动问过他们到底查得怎么样了，张东来的嫌疑有没有彻底被洗清。

“我没想到你会为了张东来生气，我以为……”陶然颇有些意外，斟酌了一下措辞，“我以为你跟他没好到那份儿上。我看你先前好像都不大上心。”

“我没有生气，只是觉得有些人未免把事情做得太绝。”费渡偏过头来冲他一笑，看似温和又平静，然后自己说漏了嘴，“给我一杯咖啡味的香油提提神。”

“没生气”的费总面色坦然，全然没意识到自己说错了什么。

及至费渡皱着眉，一脸苦大仇深地把速溶咖啡干了，这才缓缓呵出一口气来：“你们释放张东来的时候说证据不足，其实那时候已经有他没有嫌疑的证据了，是吗？”

陶然一愣，旁边骆闻舟却点了点头：“对——你送来的那几个烟头上的DNA确实是何忠义的，我们顺着这条线索往下查，发现何忠义之后坐公交车离开了承光公馆，去了别的地方，并在那里遇害，当时张东来还在承光公馆里寻欢作乐，他的不在场证明比较充分。释放他的时候没有说明这一点，因为我有预感，这个凶手一定在密切关注着这件案子，我们模棱两可地放了张东来，他肯定会有下一步的动作，果然，他给我们送来了这条领带。”

“密切关注案情，能神不知鬼不觉地把凶器塞进张东来的车里而不被怀疑，凶手应该是我们这些来接张东来出‘小黑屋’的人中的一个，除了张婷和刘律师，那天晚上我们又恰好都在承光公馆。”费渡伸长腿，半靠半坐在陶然的办公桌上，“其中最关注案情、牵涉最多的应该是我。我嫌疑大吗？”

“不大。”骆闻舟想也不想地回答，“你刚才还在西区那堆小胡同里找不着北，抛尸在那儿的难度对你来说有点高。”

费渡面无表情地看着他。

骆闻舟接着说：“行了吧，费总，知道你‘财德兼备’，吃得起油条，锦旗正给你做着呢，快别闹脾气了，给我说人话。”

费渡勉强保持住风度，正色道：“除了我以外，最清楚案情调查情况的应该就是张东来的律师，整个领带事件有可能是他自导自演的，不过据我所知，这个刘律师以前没有接触过张东来，很难在杀人前拿到老张的领带。另外，刘律师直接向张婷汇报，张婷更符合以上条件，而且和死者何忠义有过密切接触，虽然她没有必要陷害她哥，但保险起见，你们最好去调查一下案发当晚张婷的不在场证明。”

费渡顿了一下，又说：“除了张婷和刘律师，还有第四个人，就是张婷的男朋友赵浩昌。赵浩昌是一位小有名气的法律顾问，专攻并购方向，刘律师是他推荐给张婷的，今天也是他陪着张婷来接张东来的。案发当晚，赵浩昌应该也在承光公馆，并且在饭局之后离开……”

骆闻舟突然打断他：“你确定他是在饭局之后就离开了？”

费渡暧昧地扯了一下嘴角：“不然呢？你会当着未来大舅子的面参加‘午夜场’活动吗？”

骆闻舟磨了磨牙——这混账！

费渡想了想，又问：“能不能告诉我何忠义从承光公馆离开后，大概去了什么地方？”

陶然和骆闻舟对视一眼，见骆闻舟微微点了一下头，陶然才说：“他在文昌路口附近下了公交，之后我们就没再找到他的踪迹。”

费渡从兜里摸出一个皮质的名片夹，翻了翻，翻出了一张名片：

荣顺律师（燕城）事务所

赵浩昌（二级合伙人）

地址：燕城市安平区文昌路103号金隆中心三层

陶然猛地站起来：“就是他！”

骆闻舟却轻轻蹭了一下自己的下巴，预感此事未必会像想象中那么顺利。

“不忙。”他说，“我们现在没有足够的证据，何忠义在文昌路口下了车和一个在文昌路工作的律师就是凶手，这两件事之间没有逻辑关系——还有没有其他线索？”

“何忠义刚到燕城的时候，有个神秘人物给了他十万块钱。”费渡说，“如果那个人就是赵浩昌，说明他们以前或许有某种联系。对于一个头一次离家打工的人来说，赵浩昌有可能去过他的家乡，你们可以拿他的照片给何忠义的妈妈看看。”

骆闻舟立刻拿起手机拨给了郎乔：“大眼，何忠义他妈还在等结果吗？要是还没休息，你把她请到办公室来一趟。”

郎乔干脆利落地应了一声。

十五分钟过后，骆闻舟把所有的线索重新理了一遍，郎乔还没把人带来，他一抬头，眼皮不由自主地跳了起来。这时，郎乔上气不接下气地跑了进来：“老大，何忠义他妈不在局里，不知道跑哪儿去了！”

第十八章

“奇怪了，几个厕所我都找过了，谁也没看见她是什么时候走的……哎，老大，怎么了？”

“调监控，去找。”骆闻舟的思绪还没有理清，一股出于直觉的凉意却已经顺着他的后脊梁骨爬了起来，“快点儿！”

郎乔愣了一下，扭头就跑。

监控很快调出来了，里面能很清楚地看见，费渡站起来走后没多久，何母就接了个电话。那电话不知说了些什么，三言两语把她说成了一块人形石头，电话持续时间大概两分钟，然后何母发了一会儿呆，又站起来原地逡巡片刻，接连往费渡离开的方向张望了好几眼，没等到人。

她有一点失望地低了头，继而仿佛下了什么决心，悄无声息地离开了市局。

监控一直拍到市局门口，何母的脚步丝毫不迟疑，飞快地穿过了马路，经过一个路口的时候拐了弯，然后失去了踪迹。

不用骆闻舟吩咐，郎乔已经先行带人顺着何母拐弯的路口追了出去，分头去找。

“我刚刚去问了肖海洋。”陶然快步走过来说，“分局从火车站接到人之后，立刻就按着王洪亮的指示，直接送到咱们这儿来了，来了就没走过，她对燕城不可能很熟悉。可是门口的监控显示，她出了大门之后连往左右看看的动作都没有，直接过马路拐弯，我觉得那边肯定有人在等她。”

骆闻舟：“把附近路口的监控都调出来，这段时间经过的车辆和行人挨个排查。”

“够呛，这几天单双号限行。”陶然叹了口气，“限号的社会车辆只有零点到三点才能走，好多人因为各种原因迫不得已开夜车，路上不像往常那么消停，恐怕要排查好久，没事就算了，万一……”

骆闻舟一言不发地转了好几圈，忽然，他的脚步一顿，记忆终于追上了腿——骆闻舟终于想起了他方才心里那股浓烈的不安来自哪里，他想起了费渡在车上和他说过的：

“……让他相信你和那些人是沆瀣一气的。”

“他很容易就会充满绝望，认为这个世界没有所谓公道。”

“实现了对一个人精神和生理上的双重控制。”

打何母电话的人，怎么才能说服一个怯懦胆小的女人深更半夜走出市局？

她觉得那个人比市局的刑警更值得信任吗？

还是……她完全不信任警方？

她也认为这个世界并没有所谓“公道”，才失望离去，用自己的方式去寻找她想要的“公道”吗？

骆闻舟蓦地扭过头去看费渡。

费渡低着头，长发垂下来挡着脸，黑色的衬衫把他露在外面的皮肤映衬得异常苍白，像个从没有见过光的吸血鬼。有一瞬间，骆闻舟想：“他为什么那么了解那些人？”

当费渡不和那些四六不着的富二代搅在一起的时候，当费渡独自一个人的时候，他都在想些什么？

这时，费渡忽然开了口，仿佛在自言自语：“我居然没听出来。”

骆闻舟一愣：“什么？”

“我问她抓住凶手以后有什么打算，她没回答，只是让我早点儿回家。

“她还说过，‘当妈的，要是自己没什么别的本事，每天能盼一盼的，就剩下你们这些娃儿了’。”

她几乎没有劳动能力，是个病骨支离的废物，平生是不是也只有这么一个儿子可以盼一盼？现在儿子没了，她余生怎么办——还能怎么办呢？

费渡自嘲似的顺着自己的眉骨从两边往中间轻轻一捻，偏头间，露出个半酸不苦的假笑：“我居然……我居然连她这是什么意思都没听出来。”

陶然敏锐地感觉出他有点不对劲，忙问：“你没事吧？”

费渡看了他一眼，若无其事地反问：“没事啊。怎么这么问？”

陶然说：“发生一起案子的时候，我们的视线一般集中在死者和嫌疑人身上，确实经常会忽略受害人家属，尤其忙起来，这都是人之常情，现在关键是要找到她人在哪儿。”

费渡镇定地一点头：“嗯，对的。”

“她是不是还觉得人是张东来杀的，我们徇私局长的侄子才把人放了？”陶然问，“那她会不会去找张东来？需要给张家打电话吗？”

“打电话提醒张东来注意一下。但我觉得应该不会……”骆闻舟一手按着太阳穴，按着按着，不知怎么碰到了额角的瘀青，他抽了口凉气，“她去找张东来能有什么用？杀张东来偿命吗？就张东来那个块头，站着让她捅，她都不一定有力气捅进去，这是无用功。你从凶手的角度想想，他半夜三更不睡觉，不可能就为了带着何忠义他妈逛一圈大街。”

费渡抓起一根签字笔。

“如果带走她的人就是凶手……”费渡飞快地在纸上写了“5·20”的日期，“那么首先，凶手杀何忠义，是临时起意还是蓄谋已久？”

他说完，还不等别人跟上他的思路，就自问自答：“我倾向于他是临时起意——因为何忠义遇害当晚，还在向别人打听承光公馆的具体位置。”

骆闻舟插话：“你怎么知道？”

“我当天在他送货的咖啡店里见过他一面，正好听见了。抱歉，我不是有意隐瞒，只是当时还以为这是个可以忽略的细节。”

骆闻舟没追究，点点头：“有道理。如果凶手早想在这天晚上杀何忠义，他不会连地址都不说清楚。”

陶然不知道他们俩为什么你一言我一语地说起这个，有些莫名其妙，正要开口，就见骆闻舟冲他一摆手：“做一下简单的嫌疑人分析。”

“监控记录显示，何忠义接了个电话，然后离开承光公馆，赶往文昌路，这像是有人约了他，这个时候，凶手应该已经知道他在公馆外了，他们在电话里会说什么？”费渡略微闭上眼，轻轻地用笔杆敲了敲桌面，“我没有被人看见，没有被监控拍到，只是想和你说几句话——”

“出于某种原因，凶手即便听了这些保证，还是决定要杀何忠义。”骆闻舟说，“按着方才的推论，既然他是临时起意，那凶器早准备好的可能性不大——最大的可能性是，张东来那个二百五摘了领带后不知随手扔在了哪儿，正好被起了杀心的凶手看见，他突然灵光一闪，想出了一个很绝的主意。那么第二个问题，他为什么要把死者约到这里——文昌路？”

陶然想了想：“如果凶手是赵浩昌，文昌路是他的工作地点，熟悉的环境好下手。”

“他熟悉的地方应该不止文昌路一处，如果只是为了安全感，他家附近不是更好？”骆闻舟缓缓抱起双臂，对上费渡的眼睛，他发现费渡的眼神非常冷，冰冷得像是一对无机质堆砌成的，“费渡，你的看法呢？”

“我挖了个坑，放了一只替罪羊在坑里，现在我当然要把自己择出去——”费渡说，“为了不在场证明。”

陶然既不是被人越砍越精神的中国队长，也不是能昼伏夜出的小青年，到了后半夜，生理上已经很困倦了，被塞了一大堆信息的脑子里乱成了一锅粥：“慢点儿慢点儿，这个不在场证明是怎么算的？我们分明从监控里查到了何忠义去文昌路……”

骆闻舟点了根烟，先是背过身去深吸了两口，接着伸长了胳膊，尽可能让烟往门外飘，声音有些含糊地说：“陶然，你忘了吗？咱们查到的监控是意外。”

陶然激灵了一下。

对了，何忠义当晚小心翼翼地避开了监控，却不料低估了有钱人怕死的心，除了明处的监控，承光公馆外围的小路上有几个隐藏的摄像头。拍到他的，就是其中一个伪装成鸟窝树屋的摄像头。

所以他和凶手都不知道这个永远被记录下来的剪影，而警方也正是顺着那个意外的镜头才摸到了公交车站，乃至于追踪到了何忠义的去向。花市东区的各种监控太多了，公共的、交通的、商铺的、私人的……不一而足，如果不是事先知道一个人在什么时间走了那条路，挨个排查是不现实的。

也就是说，凶手想不到警方竟会追踪到何忠义去了文昌路。

“凶手可以选一个同伴，随便找个借口，比如喝了酒，搭别人的车回到公司，然后故意找点事，叫一个或几个下属来加班——这在律所是常事，没人会觉得不对劲。作为二级合伙人，他有独立办公室，他可以在别人忙的时候悄悄离开，用替罪羊的领带杀了赴约而来的何忠义，藏好尸体，再回到办公室，装作上了个厕所的样子。”费渡在纸上画了一个完整的圆圈，“这样，他就得到了一个完整的证明。案发当晚，他从承光公馆出门后，就和某个人一起回公司，然后一直在公司加班，没有见过何忠义，对不对？如果不是你们恰好跟踪到了何忠义，那么凶手的这个不在场证明几乎是无懈可击的。”

“何忠义的尸体在花市西区出现，第一嫌疑人张东来当天在花市东区……”骆闻舟立刻听懂了，“凶手抛出了领带这个撒手锏，为了他无懈可击的不在场证明，下一步，他应该是想除掉何忠义他妈这个可能暴露他身份的人，同时继续给我们强化‘这起凶杀案发生在花市区’的概念——所以他很可能会把何忠义他妈带到案发现场附近！”

他话音刚落，陶然已经开始联系起在外面搜索何母的警察们：“各部门注意，后续搜索以花市区为主——费渡，西区还是东区？”

费渡沉吟片刻：“东区。”

骆闻舟一抬眼：“为什么？”

“这样更有视觉冲击力，更能逼迫你们重新逮捕张东来，还有……”费渡轻轻地说，“我的直觉。”

骆闻舟和陶然同时站起来。

费渡静静抬起眼：“我能一起去吗？”

第十九章

王秀娟，女，汉族，48周岁，小学肄业学历，是“5·20”案受害人何忠义的母亲。她的丈夫在十年前死于意外事故。她本人身患重病，基本无劳动能力，平时靠少量手编筐和两亩耕地的微薄租金生活。到燕城之前，她去过的最远处就是省城医院。

有生以来第一次到燕城来，就是独子与她生离死别。

除此之外，有关她的一切，基本也没什么特别值得一提的。至于其有无喜怒哀乐，乏善可陈的生命中是否曾经有什么期盼和渴望，便不可考了。

“继续排查市局附近经过的可疑车辆——手机定得出来吗？”

“骆队，她的手机在市局门口不远处的垃圾箱里。”

骆闻舟拎起对讲机，张了张嘴又放了下去，无言以对。也是，偌大一个燕城，对她来说，除了那个拐走她的神秘人物，也就诈骗的和推销的会拨打她的号码了，手机也没什么用。他有些暴躁地加了些油门：“为什么？凶手的动机呢？临时起意杀个人就能有这么多后招吗？说真的，费渡，我现在不得不怀疑你的推论——另外，如果凶手就是这个赵浩昌，他为什么会把尸体抛尸西区？要是想嫁祸张东来，直接把尸体扔到承光公馆门口不是更好吗？”

旁边没有人接话，骆闻舟余光一扫，发现费渡正在出神，眼睛一眨也不眨地透过前挡玻璃盯着路面，除了一直以四四拍敲着膝盖的手指，半天没动过一下了。

骆闻舟不客气地伸手扒拉了他一下：“喂，跟你说话呢！”

费渡长到这么大，还从没有人敢上手摸他金贵的头——摸就摸了，还是那种“拍一巴掌”的摸法。他一时间好似不知该做何反应，转过头来盯着这个胆大包天的人类，眼神有点瘆人。

不过作为铲屎工，骆一锅每天都盯着他，密谋要谋杀他，因此骆闻舟才不在乎这点“射线”，依然自顾自地问：“把尸体扔在西区的，和杀何忠义的凶手有没有可能根本不是一个人？”

费渡的眉尖轻轻动了一下，就在骆闻舟以为他陷入到新一轮的走神中时，他惜字如金地开了口：“有。”

骆闻舟：“哪种可能性大一些？”

“要看还有没有别的线索。”费渡身上颠倒的生物钟好像走入了正轨——终于有点困倦了似的，他低下头，用力捏着自己的鼻梁，“仅就我知道的情况来看，两种可能性都说得通。”

“抛尸者和凶手不是一个人的情况，可能性就太多了。”骆闻舟说，“那就先不讨论这个。如果抛尸者就是凶手，那么他抛尸西区的逻辑是什么？”

费渡睁开眼，原本尺寸适中的双眼皮被他生生扯厚了两层，沉甸甸地压在眼眶上：“之前我推断，凶手和何忠义应该是认识的。你们警方办案，通常会第一时间排查受害人的社会关系，所以这个凶手是有风险的。尤其他小心翼翼地掩盖的一些东西，可能会在这个过程中被警方随着犯罪动机一起发掘出来——为什么抛尸在西区？你可以反过来想想，如果发现尸体的不是那些自拍狂，那……很可能，何忠义就不会被发现了。”

骆闻舟瞳孔一缩，立刻领会了他的意思——何忠义也许会像陈媛一样，即使尸体暴露在大庭广众之下，最后也被不了了之。

费渡又说：“而万一发生了意外，第一道‘防火墙’失效，尸体还是被发现了，警方开始按照常规思路去查这桩案子，那么他可以设置第二道防火墙——就是张东来。张东来近期内和死者发生过冲突，属于‘浅层社会关系’，就是你们粗略一扫就能打听出来的，而一旦这个人有重大嫌疑，警察就会把侦查重点放在这个人身上，继而停止、减缓挖掘死者其他的社会关系。由于张东来的特殊身份，你们无论是查他还是包庇他，一个弄不好，就是满头包，扯皮就够你们受的了，哪还有时间去探索一个乡下小子还认识什么人？”

骆闻舟默然——他们调查还真是这个思路。

费渡好像坐久了不舒服似的，动了动，心不在焉地望着车窗外飞快倒退的景物，盘旋的立交桥被成排的路灯勾出了蜿蜒优雅的全景，花市东区已经远远地流露出了火树银花不夜天的景象，不知是不是他的错觉，这天晚上，东区的天幕长廊上巨大的LED屏比往常还要亮一些。

骆闻舟看了他一眼，突然问：“你没事吧？”

费渡面无表情地反问：“我能有什么事？”

骆闻舟想了想，直言不讳地指出：“那你怎么突然对我这么好声好气？”

费渡无言以对片刻：“对不起，骆队，我不知道你比较喜欢粗暴一点儿的方式。”

随后，两人同时沉默了下来，都觉出这话好像有点不对劲。

费渡心想：我是吃饱了撑的吗？

骆闻舟则是过了一会儿才慢半拍地反应过来，那小崽子居然随口调戏了他一句！还是用挖苦的语气调戏的！

“算计办案人员的心理，在市局里把人拐走，如果不考虑团伙作案的可能性，我觉得这个人一定有前科。”费渡干咳一声，扭过头，目不转睛地盯着不断逼近的花市东区，假装失忆地扭转了话题。

“什么样的前科？”

“没有被人发现的——只有埋在土里的罪行，才能催生出这种自恋又疯狂的傲慢。”

一长串的警车冲进了中央商圈，迅速兵分几路，重点排查承光公馆附近、中央广场和何忠义曾经送过货的地方。

“真是见了鬼了。”郎乔的声音从被干扰严重的对讲机里传出来，“费总也在，是吗？我说，你们这边平时半夜三更也这么多夜猫子吗？广场上怎么这么多人！”

费渡也觉得莫名其妙，除了后面的酒吧街和私人会所群，平时到这个点，再怎样也消停了。就算是周末，也鲜有这么热闹的。

“闻舟。”陶然接了进来，“查监控的兄弟们发现了一辆可疑的车，上面有商标，应该是某家比较不正规的私人租车公司。刚才他们已经去找过这家租车公司的负责人，发现他们经营很不正规，登记的身份证和人对不上，都看不出来……”

“登记的身份证是谁的？”

“何忠义。”陶然叹了口气，“大概十五分钟前，那辆租车开进了东区中央商圈……呲……”

四周毫无预兆地爆发出一阵喧哗，骤然打断了陶然的话音。

骆闻舟把车停在路边，下来一看，见那“天幕”上突然流光溢彩成一片，然后爆出一个巨大的倒计时牌：五分钟。

“天幕”本身就是一个巨大的LED屏，一半在旁边的大楼上，像一条流泻而下的毯子，在距离地面三层楼左右的高度形成一条与地面平行的巨大长廊，上下两面都有画面——无论是在中央广场，还是四周的高楼上，都能看见铺展开的画卷。

对讲机里有人做出了解释：“老大，据说会场那边今天晚上闭幕式预演，经贸大楼上的观景台是最佳观景地点，这边所有LED屏也都会跟着实况转播。”

“爱谁谁吧。”骆闻舟说，“几个重点区域排查得怎么样了？”

“承光公馆附近什么都没有，问了好几个保安，说是没看见人，监控要不出来，说是私人领域，咱们要查得拿手续来，现在走手续来不及啊！”

“老大，广场上人太多了，我们正在挨个问。”

“骆队，几家咖啡厅都打烊了，附近没人——我们再去他平时送货的路线上走一圈。”

“骆队，暂时还没能找到那辆车，我们正在扩大搜索范围。”

骆闻舟的耳朵里灌了七嘴八舌的一堆汇报，飞快地从中整理出了个轻重缓急，正要开口部署，却见费渡突然从车里钻了出来，以一种非常可怕的目光注视着头顶天幕上的倒计时牌——已经是四分四十秒了。

骆闻舟一愣：“怎么了？”

“以自杀的方式引起关注，动静必须非常大，一般是在标志性地点或者人流量很大的地方。”费渡沉声说，“众目睽睽下，怎样才能让别人又能看见又来不及阻止？”

骆闻舟猛地抬起头，东区中央商区里高楼林立，鳞次栉比，直指天际，从下往上望去，几乎有些眼晕，倒计时牌的背景上有乍起乍落的烟火图案，花团锦簇地不断磋磨着狭隘而逼仄的时间。

“这里超高层就有七八栋，普通的楼根本数不清……”骆闻舟一把抓住费渡的肩膀，“她会在哪一栋楼的楼顶？”

费渡的脸色难看得好像被刷了一层惨白的漆。骆闻舟立刻意识到自己问了一个无理取闹的问题——费渡又不是神仙。

他一把抓起对讲机，迈开长腿，冲最显眼的经贸大楼跑了过去：“各小组注意，马上开始排查所有楼顶！”

费渡有种强烈的感觉，倒计时牌结束的时候，一定会发生什么可怕的事。

有那么一瞬间，他茫然地站在原地。

骆闻舟连车门都没顾上关，人已经没影了。可是不到五分钟，他们能找到什么？

一时间，女人含着眼泪和微笑的脸在他面前来回忽闪，成了一片浮光掠影，而其渐渐延伸，险恶地勾连起遥远光阴的那一头，绵延到那年夏天奢侈而孤独的别墅里……

这时，一声尖锐的刹车声刮回了他的神志，原本去承光公馆那边搜索未果的刑警们赶到了，陶然带着一大帮人冲了出来，陶然一边飞快地冲着对讲机说着什么，一边指挥着众人分头行动。

倒计时牌四分钟整，三分五十九秒……

费渡突然拿起手机，迅速拨了个号："是我，'天幕'长廊的所有权是在经贸中心吗？给我找一下他们李总，急事，快！"

酒吧街灯火通明，亮如白昼，不少寻欢作乐的客人听了灯光表演的噱头，纷纷端着五颜六色的鸡尾酒来到了中央广场，欢快地跟着倒数计时起哄。焦头烂额的警察们顶着华丽的灯光，在所有高楼里穿梭——等电梯已经完全来不及，只能从应急楼梯往楼顶上跑。跑到顶层后上气不接下气地举着手电搜索一番，没有，再掉头回去搜索下一栋……

女人站在高处，送她来的人已经离开了，或许在某个地方看着她吧。她觉得那个人有点熟悉，然而并没有心情去深究他究竟是谁，这一点熟悉感反而安抚了她。即使已经入了夏，深夜楼顶的风竟然还是凉的，她往下看了一眼，俯瞰视角中，中央商圈那些闪个不停的LED屏幕和镭射灯光让她头晕目眩。

"这要费多少电呢？"她漫无边际地想。

在家的时候，她为了省电，一到晚上就到院子里坐着，洗漱也都是借着月光摸着瞎来，能不开灯就不开灯，她从没见过这样铺张的夜色。

女人又看了一眼那大屏幕上的倒计时：一分零五秒，一分零四秒……

她于是吃力地弯下腰，从地上捡起一块大牌子，牌子外侧写满了她的"冤情"，内侧有两根结实的布带，可以让她像背翅膀一样地把它背在背上。

她不知道这么高的地方掉下去，那块牌子会不会也摔坏了，所以还在兜里藏了一封遗书——都是那个人给她打印好的，至于上面写了什么，她只能看个大概，小时候学过的那一点读写知识已经忘得差不多了。

倒计时牌的分钟一栏很快变成了"零"，秒数则在飞快地减少。

女人咬了咬牙，背着她沉冤的"翅膀"，一步迈过护栏……

第二十章

倒计时还剩四十五秒，突然，整个“天幕”卡了一下，接着，在所有人茫然的注视下，一张少年的照片豁然打在了上面。

他有十八九岁，长得很普通，有点黑，面对镜头的时候，站姿十分拘谨，一张笑口却大开着，露出无遮无掩的白牙。

楼顶女人的目光猝不及防地遭遇了这张灿烂的旧照，当即一滞，她整个人一脚里一脚外地跨在护栏上，背后的“翅膀”被夜风吹得猎猎作响。

女人看见了，所有在中央广场等闭幕式预演的人也都看见了，骆闻舟刚查完一栋建筑，正往外跑，一偏头看见外面竟然改天换日了，他脚下一个趔趄，险些顺着入口的楼梯滚下去。旁边一个刑警倒抽了一口凉气：“骆队，直播权是人家买的吧，这还能突然换？”

“别废话！”骆闻舟脚步不停，拿起对讲机，“一组回个话，找到那辆车了吗？注意所有路口，车主一旦露面，立刻抓捕。把车型和车牌号给费渡，让他顺便打在大屏幕上，鼓励举报。”

与此同时，经贸中心大厦的控制室里，一群工作人员正忙得脚不沾地。

“录像机接好了吗？”

“视频处理器呢？”

“灯灯灯……哎，小心那根线！”

费渡在一片嘈杂声里强忍着走来走去的冲动，强迫自己一动不动地戳在墙角。

他不知什么时候污了一块的皮鞋一下一下地在地面上轻点，好像他的世界里始终有一首节奏舒缓的四四拍歌曲，随时能隔绝周围所有的声音。

突然，他面前的灯光亮了，费渡抬起头。

“费总，设备就位了！”

楼顶的女人贪婪地盯着少年的照片，不知看了多久。

要说起来，真是奇妙，他明明是一副平凡相貌，走在大街上都不会有人多看一眼，落到她眼里，却是说不出地可爱。蠢蠢的方下巴可爱，分得很开的双眼可爱，稀疏的眉毛可爱，连那相距有点远的两颗门牙也可爱，看一万年也看不够。

可惜，不能了。

这念头一起，她的记忆就好似潮水，迟缓而不由分说地弥漫上来，她眼睛里的亮光像一小片执迷不悟的礁石，渐渐地被没了顶。女人仰起头，抹了一把眼睛，回想起来——忠义是没了。

她咬咬牙，准备把另一条腿迈过去，心里指望着到那边还能团圆。

就在这时，“天幕”上的图片陡然撤了，一段视频插播进来。

草草搭出来的背景是一面苍白的墙，几道光从不同角度打上去，亮得有点刺眼，一个穿着黑衬衫的年轻男子出现在屏幕正中央，大约是设备设置得仓促，像素和尺寸并不匹配，他整个人被拉长得有点失真。

是她临走时本想告个别，没等到的那个年轻人。

“天幕”上的人轻轻扶了一下话筒，开了口：“阿姨好，我到现在还没有收到有关您的任何消息，对我来说，这就是好消息，我想试着通过这种方式跟您聊聊，万一您能听见，我想求您给我两分钟的时间，听我说几句话。”

王秀娟有些畏惧地看着突然出人的屏幕，心里茫然得没了主意，只好下意识地点了一下头，随后才想起他们谁也看不见谁。

骆闻舟此时正在横穿中央广场，左耳的耳机里听着各小组的进度汇报，右耳留心着周围环境，一心二用地吩咐：“中央广场找几个人维护一下现场秩序，人手不够了让保安兄弟们帮个忙，不要让围观的人乱说话干扰她的情绪。”

大屏幕上的费渡继续说：“阿姨，我自己的妈妈如果还活着，应该是跟您差不多的年纪。”

骆闻舟听了这一句，下意识地抬头看了一眼，但是看归看，他脚步不停，飞快地穿过广场空地，赶往下一座建筑物：“三组，临街的那几个大高楼顶楼有监控，可以直接调，不要浪费时间。陶然，你那边注意疏散通道。四组跟我去东区的双子大楼，有几个楼层正在施工，重点排查。”

费渡略有些低沉的声音如影随形地追着他匆忙的脚步：“……我比忠义回家回得勤一些，毕竟他得辛苦攒钱给您治病，我当时只是个无所事事的学生。每周末，她都会提前在花瓶里换好鲜花，强打精神准备好我喜欢吃的东西，打扫我的房间，把我的被子拿出去晒。她不喜欢和保姆住，所以这些事都必须独自完成——您也会给忠义晒被子吗？”

王秀娟难以忍受地发出一声长长的抽泣，旋即被卷入了风中。

而抽泣的风从高楼楼顶盘旋而下，刮过骆闻舟见汗的鬓角，像一声掠过的叹息。

“可是有一天，我满怀期待地回到家，却发现门口的花瓶里只有一堆枯枝败叶，所有的窗帘都拉着，屋里透着一股死气沉沉的味道，等我战战兢兢地来到她的房间里，发现等着我的不是晒好的被子，而是她的尸体。”费渡停顿了一下，抬起眼，“您不久前才和我说过，说我妈肯定每天盼着我回家，可是当时办案的民警告诉我，她是在我回来的前一晚死于自杀——我每周都是固定的时间回家，她一直都知道。

“我一直很想问妈妈一个问题，什么样的妈妈会掐着时间，特意把自己的尸体留给她的孩子呢？我每天都在想，怎么样讨你喜欢，怎么样能让你高兴一点儿——怎么样攒够给你治病的钱，还清当年人家借给我的手术费……钱还没有还清，我现在一个人在冰库里回不了家，你就打算把我扔在那儿不管了吗？你们如果都这么狠心，为什么以前还要表现出好像很在乎我们的样子？”

王秀娟哽咽得喘不上气来，就着跨在防护栏上的动作蹲了下来。

费渡停顿了片刻，再一次伸手按在话筒上，心里默数了五下。

与此同时，画面角落里放上了那辆神秘租车的车型与车牌的文字信息。王秀娟文化程度有限，对文字十分不敏感，但围观的路人却看见了，纷纷拿起手机，呼朋唤友地转发。

“骆队，双子大楼的施工队说他们在趁周末检修大楼电力系统，停电时间超过一个小时了。”

骆闻舟受伤的后背已经被汗浸透了，叫他活活体会了一回老廉颇负荆请罪的滋味，只恨不能就地跟自己那后背拆伙，让脊梁骨兜着五脏六腑净身出户、逃之夭夭。他抬头看了看高耸的双子塔，一咬牙：“上去。”

费渡放缓语气，把方才刻意混在一起的自己和何忠义重新拆开：“阿姨，凶手还没抓到，您还什么情况都没了解，这么稀里糊涂地下去，打算怎么和忠义说？我想再求求您，无论您现在在什么地方，能不能尽快到广场上来？我们都在找您，咱们一起去抓凶手，等抓住了，您还得把忠义带回家呢，我也还想再跟您多待一会儿。

“您能不能……再给我一次假装看见妈妈的机会？”

王秀娟号啕大哭起来。

她把三魂哭出了七魄，想要把自己砸在这城市脸上的勇气也随着眼泪付诸东流，重新软弱成了刚到燕城时惶惶然不知所措的女人，甚至于从高处看下去时，她突然觉得有些腿软。王秀娟别开往下看的视线，但还是一时站不起来，她试着抓住了防护栏，想把迈出去的那只脚缩回来，然而就在这时，异变陡生——那看似坚固的防护栏居然只是虚搭在那里的，王秀娟毫无提防，一抓之下，断裂的护栏轻飘飘地荡了出去，她重心顿失，整个人往后倒去。

王秀娟睁大了眼睛，脑子里“嗡”的一声。

千钧一发间，一个人影一闪而过，抓住了她那只堪堪被半开的护栏卡住的脚，女人本能地剧烈挣扎，细瘦的脚踝险些从他手里滑出去。

骆闻舟双臂被人体的重量狠狠一抻，刚缝好的后背顿时皮开肉绽，整个人好似被一分为二，他全凭意念抓着那女人，吼道：“别动！”

好在他不是一个人上来的，跟着的人立刻扑上来，三分钟后，几个人七手八脚地把已经没了意识的王秀娟拽了上来。

骆闻舟平时总觉得自己能随时上天和孙悟空大战三百回合，这回却脱力得险些站不住，他踉跄着后退了几步，干脆很没形象地往地上一坐，喘得有点缺氧，等听到有人说了一句：“骆队，人还活着！”他紧绷成一团的肌肉才放松下来。

这一放松，骆闻舟发现后背上的血和汗已经混在了一起，疼得他抽了一口断断续续的气：“咝……真要废了……”

这时，对讲机里传来郎乔的声音：“老大，刚才有对小情侣举报，说在景观公园里看见了嫌疑人的车。内置灯亮着，恐怕凶手还在里面，他们没敢过去！”

骆闻舟：“公园？在哪儿？”

“距离中央广场大约一公里吧，晚上挺人迹罕至的，除了野鸳鸯，也没人往那边去。”

“不对，凶手不可能在那么偏僻的地方。”骆闻舟在难忍的疼痛中闭上眼，“协调施工维修队，让他们给开一下大楼的应急备用电源，打开所有监控，监控死角就派人过去蹲守——这个凶手派律师刺探调查情况，又从市局直接拐人，我不相信他还没看到自己想要的结果，就肯消停地躲到没人的地方。”

第二十一章

那些高楼有色泽冰冷的外立面，直上直下的躯体压迫感十足，大厅里往往铺着光可鉴物的石砖，前台和保安会对每一个涉足其中的人投以注目礼。

一栋楼有一栋楼的电梯分布——电梯各有各的规矩，有的不能上，有的不能下，有的要区分单双数楼层，有的则必须刷卡才能使用，它们有一套自成一体的规则，常常让陌生人一头雾水，继而对这拒人千里的小小“国度”心生隔阂。

但双子大厦不同，哪怕它已经几经装修改造，对他来说，还是了如指掌——他曾经在这里做过半年的实习生，后来依然没能留下，他们宁愿要一个只懂欧美法系的“名校”留学生。

现在，他已经今非昔比了，那些摆着好看的法务只能审一审基本的合同，真做起对专业度要求非常高的案子，他们还是要把他请回来当顾问。在这幢大楼里，当年的实习生小赵已经摇身一变成了“赵老师”。但每一条长廊，每一处隐藏在暗处的楼梯间，依然都在他心里条分缕析。即使没有停电，他也有把握避开楼里的监控。

可惜，今夜天时地利人和俱全，还是被人搅了局。

当他混在人群中，准备在“天幕”上看一场绚烂的“表演”，却被费渡中途截断的时候，他出离愤怒了，几乎立刻确定，这是一场手段卑劣的借势炒作——也许是那个姓费的为了给他的狐朋狗友撑腰，也许根本就是有什么商业目的。这些人掌握着他难以想象的财产和社会资源，哪怕个个是草包，哪怕一份普通的报告也能把他们听得昏昏欲睡、哈欠连天——只要偶尔在无数专业人士的努力下，假装做出一两个显而易见的结论，他们立刻就会被吹捧成“青年才俊”。

警察来疏散广场人群的时候，谁也没注意到，一个斯文白净的男人转身消失在黑暗里。

警察来了，那蠢女人还没有跳下来。他不知道她是临时害怕了，还是被那小白脸低劣的表演蒙蔽了。按理说，他都做好了预案——A座楼顶上只有一个方向面朝中央广场，他特地在防护栏上做了手脚，就算她临时犹豫，那松动的防护栏也会帮她做好决定的。

他的安排理应万无一失，到底出了什么意外？

他必须回去看看。

他简单盘算了一下，耍了个滑头，没有进入A座，而是绕到了B座一端，从写字楼底部一家咖啡厅的偏门潜入，轻车熟路地上了专供快递和外卖跑腿的应急通道，一路跑到了八层——在双塔之间有一个空中走廊，正好连着八层的应急梯。

空中长廊的出入口有监控，但没关系，长廊一侧有绿植墙，后面有供一人穿过的缝隙，是监控死角。即使他知道双子大楼停电停得一片死寂，监控全都中看不中用，可还是决定最大限度地小心谨慎。

这场停电真是命运送给他的礼物。

他心里得意，步履轻快地穿过绿植墙，没注意自己带起来的风把一片爬墙植物碰得摇摆起来。

成排的绿植墙挡住了他，也挡住了摄像头，他没有留意到，随着叶片的微微颤动，原本死气沉沉的监控摄像头突然转过了一个非常小的角度……

十五分钟后，骆闻舟跟着急救人员一起下来，把王秀娟送上了一辆救护车。一回头，正好看见陶然和几个刑警押着一个面容清秀的男人上警车，那有过一面之缘的男人感觉到他的注视，仇恨愤怒的目光立刻戳向他。

骆闻舟叼起一根烟，将那阶下囚上下打量了一番。

男人愤怒地朝他吼："我只是回来取一份文件，你们凭什么随便抓人？你们有证据吗？警察破不了案就随便抓个无辜的人顶罪吗？放开，你们这些野蛮人！弄皱了我的衣服你们赔不起！"

"哎哟，金贵。"骆闻舟叼着烟说，"吓死我了，看来我们这些穷鬼得先找费爸爸借点钱。"

看着那男人被强行押进警车里，骆闻舟伸手给了他一个飞吻："拜拜。"

话音没落，一只手伸过来，毫不客气地抽走了他嘴里的烟。郎乔的妆早就花了，露出奔波大半宿的黑眼圈，闹得一张脸上除了眼睛什么也没剩，她顺手把烟往几步以外的垃圾桶里一扔，指着后面的救护车，以下犯上道："你也给我上去！"

“你看看你这花红柳绿的德行。”郎乔没好气地数落，“赶紧上车，明天老实在医院待着，别回来了。”

骆闻舟叹道：“闺女，还没成人，就打算要夺父皇的权啦？”

郎乔七窍生烟，用尖尖的手指戳他：“你……”

“哎，别闹。”骆闻舟打断她，“知道费总去哪儿了吗？”

郎乔一愣，下意识地抬头看了一眼“天幕”。“天幕”上已经正常播放起了闭幕式预演，灯火绚烂得晃眼，不过跟方才的警匪片现场比起来，灯火表演显然差了点儿意思，围观群众都无聊地去朋友圈里刷话题了。

“不知道，一直没看见，你找他……”郎乔扭着脖子找了一圈，再一回头，骆闻舟已经没影了。

骆闻舟随手从一辆警车里扒出一件不知谁放在那儿的外衣，往身上一披，遮住血迹。打费渡的电话，通了，却没人接。骆闻舟于是大步往经贸中心走去，先去了控制室，看见一帮工作人员正在吃夜宵，一问才知道，费渡已经走了。他问清了费渡的大致去向，随即追了出去，一边走一边打电话，最后，终于在楼后面隐约听见了《You raise me up》的铃声。

骆闻舟循声找过去，发现那里有个的小花园，被灌木包围，里面有几个石头桌椅，抬头能看见“天幕”的一角，没有路灯。费渡坐在其中一个石礅上，也不嫌脏，他斜靠在石桌上，手机放在一边，任凭铃声响着。

骆闻舟挂上电话走过去：“让我给你点歌听是吧？”

费渡懒得理他，合着眼，好像已经睡着了。

骆闻舟僵着上身，在距离他几步远的地方坐下：“你怎么不去看看她？”

费渡懒洋洋地开了口：“不是都救回来了吗？”

“凶手把楼顶防护栏弄松了。”骆闻舟说，“就差一点儿。”

费渡敲着节拍的手一顿，睁开眼，却正好对上了骆闻舟的目光。骆闻舟的脸色十分憔悴，他坐下来的时候，后背不自然地板着，看起来有点半身不遂。

可是他的眼睛里却不知从哪里映出了两簇光，微微跳动着，并不灼人。

有那么一瞬间，费渡觉得这个还算熟悉的男人有点陌生起来了。

骆闻舟眉目清晰俊朗，身材依然很好，看不大出年纪，说他三十有人信，说他二十大概也有人信——不过费渡认识他好多年，知道骆闻舟在他真正二十出头的年纪里不是这样的。

那会儿骆闻舟是个不折不扣的少爷，踟得很有水平，说话常抖机灵，非常不留情面，因此相由心生，总是带着一股张扬跋扈的奶油味。而此时，他的外表像是一座被岁月打磨过的石雕，原本模糊的轮廓清晰了起来，浮在表面的灵魂却沉淀了下去，从更深的地方看过来，竟近乎是温柔的。

骆闻舟略微变换了一下坐姿："你方才在天幕上说的话，是真的吗？"

费渡十分无所谓地一扬眉："当然不是，我只是在混淆自己和她的经历，试着跟她建立感情联系。"

骆闻舟迟疑了片刻——他跟费渡好好说话的经验不多，总是一不小心就进入互相人身攻击的环节，好半天，他也没斟酌出合适的措辞，只好一如既往地有什么说什么。

骆闻舟："当年我调查过你爸。"

这并不新鲜，一个女人无声无息地死在家里，独子坚持认为她不是自杀，为了保险起见，除了法医证据外，肯定也要稍微查一查死者身边的人，因此费渡略带几分不耐烦地看了他一眼，很想让他别再说废话。

"在这个过程中，我发现有另外一拨人也在跟踪调查他，抓回来一问，发现是一帮自称'私家侦探'的无业青年，是你花钱找的吧？"

费渡的耐心到了头，站起来就要走。

"还有一次，你在陶然家写作业，留下了几张没用过的演算纸，上面有压痕，后来我用铅笔把它涂了出来，发现是一份你父亲的行程表，当时已经是你妈出事后两年多了，当时我就想，这两年多，你是一直在注视着你爸的行踪吗？"骆闻舟没在意他的态度，静静地说，"我曾经一度觉得这件事让人毛骨悚然，后来你爸又出了意外……"

费渡听到这里，脚步一顿，他正好走到骆闻舟身侧，忽然无声地微笑了起来。他低头看着骆闻舟，目光有一点儿危险，问："你怀疑是我做的手脚？"

骆闻舟正面迎上了他那随时能飞出桃花的眼神，忍不住心生感慨——这小子长得实在是很对得起观众。

费渡略微弯下腰，伸出一根手指，竖在嘴边，耳语似的对他轻声说："很可能就是我啊。骆队，你想想，他死也好，变成植物人也好，我都是他巨额财产的唯一继承人，只要……"

他话没说完，骆闻舟突然强行打破了这个进程，他一伸手揪住了费渡的领子，把他的脖子拉低，随后一巴掌拍在他的脑门上。

那手心太烫了，费渡觉得自己好像被一块烙铁打了一下，整个人惊愕地往后退了半步。

骆闻舟："我跟你好好说话，你怎么那么讨人嫌？"

费渡回过神来，愤怒地往回扯自己的领子——到底是谁讨人嫌！

结果骆闻舟下一句说："但是我突然觉得，为了救一个素不相识的女人，肯在大庭广众之下剖开自己胸口的人，不应该是个危险的人。我是打算为了这些年的偏见和怀疑给你道歉的。"

费渡愣了愣，然而还不等他一个冷笑酝酿成熟，他的领口突然毫无预兆地往下一沉，骆闻舟重重地往前倒去，正好扑到了他的身上。

费渡顿时觉得自己是被一张滚烫的电热毯裹住了，一愣之后，他试探着伸出手背在骆闻舟额头上碰了碰，滚烫，烧得快冒烟了。

费渡又捏着他的外衣角，掀开看了一眼，一眼过后立刻扭过了头——一身血，看得他又想吐了。

他保持着这个诡异的姿势原地戳了一会儿，好不容易平息了翻滚的胃，面无表情地盯着骆闻舟，好像在琢磨这块五花肉是炖着吃还是煎着吃。随后大约是觉得此人皮糙肉厚，口感太老，费渡十分嫌弃地"啧"了一声，弯下腰比画了几个姿势，既不想背着他，也不想抱着他，试着拽着他的腰带往肩上扛，又发现这货有点沉。

于是费渡把晕过去的骆闻舟扔在一边的石椅上，拿起快要没电的手机拨了陶然的电话。

"喂，110吗？"他语气不怎么好地说，"我捡了个老大爷，好像快不行了，怎么交公？"

第二十二章

骆闻舟百无聊赖地趴在病床上，他因"越狱"经历，被列入重点看管对象。这时，他隐约听见门外陶然正和医生说话，过了一会儿，医生走了，病房的门"吱呀"一声推开了，软底皮鞋的脚步声传来。

骆闻舟头也不回地开始念台词："我是要不行了，你一定要……早点儿找个好人嫁了，嫁了别人，也别亏待了一锅。一锅命苦，是个从小就没娘的娃……"

陶然好似吃了鸡毛，重重地咳出了一长串。

骆闻舟听这声音有点不对，连忙扭过头去一看，正看见他们陆局不知什么时候来了，背着手站在旁边。

陆局和蔼地回答："我也想啊，但是老菜帮子一个，实在是嫁不出去啦！"

骆闻舟老实了，连忙撑着床板爬起来："陆局。"

陆有良把公文包放在一边，大马金刀地坐下，伸手捋了一把自己的球寸，指着头顶说："看见没有，猴崽子们，一宿，我这头发白了一小半。"

骆闻舟和陶然一坐一站，都没敢吭声。

"今天早晨，我先被上面叫去问话，然后又赶着去见了王洪亮一面。"陆有良叹了口气，"王洪亮这老东西，拽着我的袖子声泪俱下，说自己管理监督不严，负有严重领导责任，还请求组织不要对他从轻发落，简直……"

当着小辈人的面，陆有良作为一个有素质的领导，把后面那句骂街的话咽下去了。

他沉闷地一摇头："黄敬廉他们那伙人招出什么了吗？"

"两个小组正在轮流审，"陶然说，"看他们能挺多久吧。另外，我们已经申请去清查王洪亮的个人财产了，不过就目前来看，他的财产恐怕早就转移走了，表面上的没有问题。"

"查个底儿掉也得揪住他的尾巴，这个事证据一定得硬，必须办得扎扎实实的，否则跟谁都没法交代。"

骆闻舟听了这句话，心里突然一动："陆叔，张局呢？"

分局出了这么大的娄子，张局才是真正的上级部门监管不力，张东来又搅和在另一桩杀人案里牵扯不清。

此事不言而喻，陆有良叹了口气，没回答，伸手按了按骆闻舟的肩膀。他转头又问陶然："何忠义那案子怎么说？两件事之间到底有什么联系？"

陶然不像骆闻舟，跟谁都敢嬉皮笑脸，他在陆局面前多少有点紧张，下意识地靠墙根立正："今天凌晨抓住了嫌疑人赵浩昌，从他兜里搜出了一副手套，手套上沾了铁屑和油漆，嫌疑人应该是戴着这副手套去给双子大楼顶层的安全护栏做了手脚的，但是他很狡猾，只承认自己确实弄松过栏杆，为了‘恶作剧’，对其他事全部矢口否认。另外，他还声称自己五月二十号当晚有不在场证明。”

陆有良问：“你们不是有死者二十号晚上在文昌路出没的确凿证据吗？”

“监控只拍到死者在文昌路口下车，之后就失去了他的踪迹。”陶然说，“而赵浩昌的同事说他一直在公司加班，咱们不可能因为死者从他公司附近经过就说他杀了人。现在咱们手里有这段监控的事，还没有透露给赵浩昌——他是个律师，虽然不是专攻刑法的，但脑子转得很快，很有可能当场能听出我们的底牌就这一张，到时候咱们就被动了。”

骆闻舟苦笑，感觉费渡跟赵浩昌这两个衣冠禽兽实在是心有灵犀，不在场证明的思路一模一样：“王秀娟那边能指认吗？”

“受害人王秀娟说，当晚接走她的人戴着墨镜和口罩，头上有假发，衣服也换过，外貌特征难以确认。”陶然顿了顿，“我们给她看了赵浩昌的照片，她好像也没什么印象。汽车租赁公司那边情况差不多。嫌疑人用的假发和外衣我们在那辆被弃置的租车上找到了，没能提取到指纹，嫌疑人很谨慎——下一步什么策略？考虑安排‘测谎’吗？”

“可以准备。”骆闻舟想了想，“但是先不急，有个疑点我们还不清楚，何忠义案和分局的案子到底有什么关联？”

陶然还没来得及说话，手机忽然连振了两次。

陆有良和骆闻舟一起看向他，陶然抬起头：“一个坏消息和一个不知有没有用的线索——坏消息是，张东来领带上沾的血迹经过DNA检测，确实属于死者何忠义。”

陆有良神色有些凝重地站了起来。

骆闻舟问：“线索呢？”

“线索是，王秀娟刚刚想起了照片上的人，说他看起来很像当年他们村里一个叫‘赵丰年’的男孩，只是变化太大，她一时没认出来。”

赵丰年——“冯年”哥。

骆闻舟当时就要站起来，站到一半险些折了腰：“嘶……有……有个人跟我说，凶手很有可能有前科，马上去查从‘赵丰年’到‘赵浩昌’的来龙去脉，重点看看他身边有没有非正常死亡，后来不了了之的案子！”

陆有良把“有个人”仨字重复了一遍，皱皱眉：“话说回来，我听说昨天那个‘见义勇为’的车主，后来以闭幕式预演转播权的全额价格买了花市东区‘天幕’五分钟，临时对王秀娟做了自杀干预？你们谁知道这转播权得多少钱？”

“他说预演的转播权没多少钱，”陶然十分实诚地回答，“还没他那车贵呢。”

陆局顿时感觉自己头上硕果仅存的几根黑毛又有要自行美白的趋势。

“你们刑侦队……”老头子掂量着他听说的金额，血压有点要往上飙，斟酌着问，“你们了解过情况吗，是不是队里哪个女同志的‘个人感情生活’……要不人家花这么大一笔钱是图什么？见义勇为？”

骆闻舟和陶然面面相觑，无言以对。

陆有良很认真回忆了一遍刑警队都有哪些长相周正的女青年，不确定地问：“不会是小郎吧？”

说完，陆有良又摇摇头，好像自己也觉得郎乔那个二百五招不来霸道总裁。再一看骆闻舟眼珠乱转的模样，陆有良想起了一些关于骆闻舟至今没有女朋友的“传闻”，忽地一瞪眼，指着骆闻舟问：“不会是你小子招来的吧？”

骆闻舟立刻说：“冤，千古奇冤！那个混蛋玩意儿，跟他过一天能让他气死八回，我跟他毫无牵扯。”

陆有良没料到他不要脸得这么豁达辽阔，气得血压直接冲到了一百八，无言以对地伸手点了点骆闻舟，愤怒地走了。

等陶然送走了怒气冲冲的老领导，回到病房，却发现骆闻舟正偷偷摸摸地开着窗户抽烟。

“哪儿来的？”

“陆老头兜里摸的。”骆闻舟说，“哎，是兄弟不？我一会儿还得跑，你掩护我一下。”

陶然太阳穴直跳：“你又要干吗？”

“陈媛——就是开黑车的那孩子他姐，离奇死亡前半个月，曾经跟一个许久没联系过的女孩通过电话。我总觉得那通电话不太寻常，想去找她了解点情况。”

陶然无奈道：“你非得今天去？”

骆闻舟弹了弹烟灰：“越快越好，局里压力太大了。”

陶然皱着眉打量了一眼他们队长的熊样，想絮叨两句，想了想，感觉说也白说，只好妥协："行吧，那女孩叫什么，干什么的？"

"崔颖，是燕西政法研二的学生。"

陶然倏地一愣："燕西政法？那个死了的陈媛难道也是燕西政法的？"

骆闻舟："怎么？"

"赵浩昌就是燕西政法毕业的！"陶然飞快地说，"去年好像还受他们导师的邀请，回去当了一阵子社会实践导师！"

骆闻舟直接把烟头按灭在窗台上："走！"

此时，另一间病房中，郎乔眼睛眨也不眨地听何母王秀娟说话。

费渡在旁边戴着一次性的手套削苹果——按理他不应该在这里，只是王秀娟寻死未果，又受到了莫大的惊吓，醒过来以后情绪一直不稳，成了个需要"监护人"在场才能说出几句整话的"老孩子"。

费渡就成了她的临时"监护人"。

郎乔轻声问："那何忠义有没有跟您提过他在燕城遇见赵丰年的事？"

何母小幅度地摇摇头。

"关于这个赵丰年，您还记得什么吗？您一开始没能认出他来，是因为他已经很多年没回过村里了吗？"

何母看了费渡一眼。

费渡鼓励性地冲她笑了笑，他把削好的苹果切成小块，放在一次性的纸盘里，又插了两根牙签，摆在两个女人之间："天干物燥，补充点儿维生素。"

"他没的回，家里没人了。"何母声音有些沙哑，缓缓地说，"他们家里原来有一个瘸子爹，一个哑巴娘，除了他，还生了三个娃——两个女娃，一个男娃，家里困难啊！好不容易培养出了一个大学生，大家都说好运要来了，谁知有一年冬天，大半夜里，村里有个傻子被家里人关在门外，没处去，一边游荡一边弄火暖和，一不留神把赵家院门口的那棵大树烧着了。当时正好刮大风，'呜呜'地响，大家伙都睡觉呢，谁也没注意。傻子不晓事，也不知道求救……着火的大树中间烧断了，当时就倒下，把房子压垮了，一家老小……除了老大丰年当时不在家，逃过一劫，全死了，太惨了。"

除了小时候学校组织的“学农活动”，郎乔就没有离开过城市，听到这里，她一时没能理解，忍不住追问：“您是说……赵家门口一棵树着火，倒下来之后把他们全家都烧死了？他们全家难道都住一间屋？”

“他们家房子不好。”何母细声细气地解释，“我们那儿落后，我记得……是有了忠义以后，才流行起翻盖砖瓦房。他们家男人做不了活计，娃又多，平时吃喝拉撒都顾不过来，哪有钱盖？一直都是住过去的老房子，冬天下一点儿雪都要马上扫干净，不然房顶就塌了。

“好不容易供老大读出书来，全家都可以指望他了，那两口子欢天喜地的，说这回儿子在城里上班，有钱了，家里就靠他了，新房能盖了，又聋又哑的老幺和二丫也有指望了。当时正好刚扒完厢房，两个丫头没地方住，在爹妈屋里打地铺，着火的大树一倒，把房梁砸倒了，老两口子当时就被砸死了。两个丫头都小，一个被压住了腿，另一个天生听不见，脑子也有点慢，吓慌了，就知道使蛮力拉她妹妹，结果自己也没跑出来，老幺才不到两岁，就更不用提了。”

郎乔愣了半晌，连忙打开笔记本一通记：“正好是修房子的时候着的火，当时赵浩昌——赵丰年在什么地方？燕城吗？”

何母想了半天：“没有，我记得他好像是专门为了房子的事回了趟老家……但是那天他不在，去县城看老师了还是什么。唉，要是他在就好了。这一家，小的小，残的残，要是有个好好的大小伙子在，哪至于落这么个下场呢？”

这诡异的故事把郎乔听得起了一身鸡皮疙瘩，细思极恐：“出事以后，赵浩昌什么时候回家的？”

“唉，我们那儿的路不好走，去一趟县城要好几个钟头，他赶回来的时候，烧焦的死人身上都凉了，抬出来摆了一院子，警察都到了。”何母细声细气地叹了口气，“太惨了。”

“那怎么知道是傻子干的？”

“当时他就在旁边嘛，手里还拿着一盒洋火，最早救火的跑过来一看，发现他还在那儿无动于衷地点树叶玩。就问是不是他点的，傻子就嘿嘿笑，还点头。”

“这件事后来是怎么处理的？”

“还能怎么样？就那样了。一个傻子，什么都不懂，能把他怎么样？傻子爹妈没了，哥哥嫂子都拿他当累赘，嫂子到处撒泼，说自己家没钱，不负责，让他们把傻子绑去枪毙。镇上派出所也来人了，一看是个傻子，也没什么办法，拍了几张照片就走了。”

郎乔脱口说：“那怎么能不负责？无行为能力人侵犯他人生命财产，监护人不应该承担相应赔偿责任吗？”

何母茫然而畏惧地回视着她，没听懂她在说什么天书。

郎乔和她面面相觑片刻，突然意识到自己说了句蠢话，尴尬得一时忘了词。

这时，一直没吱声的费渡非常适时地插了句话：“您记得这个赵丰年是个什么样的人吗？和忠义关系怎么样？”

“怎么不记得？全村就数赵家老大最有出息，忠义他们一群小的，从小都爱围着他转，其实人家大孩子根本不愿意带他们玩，经常随口把他们糊弄走，就那群小傻子满口丰年哥长、丰年哥短啊。”何母说到这里，不知想起了什么，眼圈突然红了，旁边递过一张湿纸巾，她接过来胡乱往脸上抹了半晌，“赵家老大挺知书达理的，在家的时候不怎么出来，整天一个人在屋里看书。有时候去地里给家里帮忙，遇见村里熟人，他都是打个招呼就没有二话了，是个话少的孩子。”

费渡若有所思地点点头：“后来这个赵丰年也一直没回去过？”

“都不知道他去哪儿了，没想到他在城里还改了名，变化还这么大……”何母说到这里，话音突然一顿，缓缓地睁大了眼睛，她好像如梦方醒地回过神来，“昨天开车把我拉走的人就是赵家老大吗？这……看不出来啊！他……他怎么也没跟我说？他是不是跟我儿子的案子有什么关系？”

费渡叹了口气，略微前倾，用一种非常舒缓的语气说：“还在调查。您当时为什么会跟他走？他都说了什么？”

“他说……他是个专门替人打官司的人，一个姓刘的同行正好是那个有钱人的状……状——就是昨天晚上到公安局去的那个人。”

费渡接话说：“刘律师。”

“对，律师，他说那个刘律师手上有凶手杀人的证据，因为实在良心不安，偷偷去公安局举报，可有证据也没用，因为凶手是个大人物，警察不敢管，我儿肯定是要白死的……我急了，问他那怎么办。他说，这个社会，想申冤，就得能豁出去……”

接到郎乔电话的时候，陶然正充当司机，带着轻伤不下火线的骆队前往燕西政法。

“我找人查了查，赵浩昌刚毕业的时候，没钱租房子，曾在花市西区住过大半年，这应该能解释他为什么会熟悉西区地形。另外我和刘律师确认过，刘律师说，赵确实很关心张东来的案子，张东来没放出来的时候，他比张婷问得还详细。”郎乔在电话里说，“而且刘律师很肯定地说，领带的事关乎他的职业生涯，除了警方，他连自己老婆都没透露出一个字，赵浩昌绝对不可能知道。”

车载电话是免提，骆闻舟在旁边打断她：“他可以狡辩说权贵都这样，或者干脆说是他编出来骗王秀娟的，‘豁出去’也不一定是让她自杀，只是让她到大庭广众之下喊冤——太模棱两可了，有更硬的证据吗？”

“还没有。不过赵浩昌他们家当年的事也很蹊跷，这事要是落在一个普通的村民头上，最后不了了之，我信，可是赵浩昌当时已经工作了，他会善罢甘休吗？我看他玩操控舆论的那一套挺溜的。”

“这样，你快打个报告，走手续，去他们镇上派出所调取当年赵家案的留档。”骆闻舟想了想，又说，“他给何忠义买的那部手机能追踪吗？”

郎乔叹了口气：“走私的水货，追不到。”

骆闻舟：“那当时的十万块钱呢？”

郎乔旁边有个声音慢悠悠地插进来：“在一些比较错综复杂的并购项目里，‘靠谱的’法律顾问经常会有灰色收入，有时候可能就是简单粗暴的现金，你查不到的。”

明明是很客观的一句话，从姓费的嘴里说出来怎么就那么像挑衅？

骆闻舟：“那费总有什么高见？”

电话里好一会儿没吭声，骆闻舟都以为他随便撩了一句就自己走了——这事费渡干得出来——半晌，费渡才在那边说：“我今天早晨给张东来打了电话，问他还记不记得自己的领带去哪儿了，结果他根本不知道自己领带丢了，半天才回忆起来，说承光公馆聚会那天，他白天确实去上班了，晚上为了参加活动在公司换了衣服，旧行头都丢在那儿了。领带那么大一团不可能塞进裤兜里，如果他是换衣服的时候丢的，那么我之前的理解或许有错。赵浩昌拿走那条领带的时候，应该还不知道何忠义在公馆外面等他，也不知道他将会用这条领带勒死一个人。那么他这么做的动机就很值得推敲了。”

“你是说，他只是单纯的偷。”

“以他的收入，这种不值钱的小东西应该不至于偷窃。”费渡说，“说不定只是收藏纪念什么。”

骆闻舟起了一身鸡皮疙瘩：“收藏张东来的东西？什么毛病？”

“如果我没记错，这是张东来第一次以私人身份，把他这个准妹夫带到承光公馆这种社交场合。”费渡说，“刚才跟何忠义妈妈聊了两句，我觉得赵丰年这个人的性格十分封闭，喜怒哀乐不喜示人，无从宣泄，也许他自己会有一些特殊的纪念方式，你们要不要去查查？”

“二郎，听得见吗？申请搜查赵浩昌的家。”骆闻舟听见郎乔在电话里应了一声，于是挂断了电话，回头对陶然说，“烧死他全家的是个傻子，‘勒死’他同乡的张东来也比傻子强不到哪儿去。青年才俊赵律师的一生都在各种大傻子的戕害之中，可怜啊。”

陶然嘴唇动了动。

骆闻舟：“陶副队，你又有什么高见？”

“没有。”陶然迟疑良久，“不是这件事……我就是……突然有个匪夷所思的想法。”

“上奏吧，吓不死朕。”

陶然趁等红灯的时候偏头看了他一眼：“你说，会不会有人在我们还没破案的时候，就已经知道凶手是谁了？”

“废话！”骆闻舟说，“凶手自己杀了人自己不知道？还得警察给盖戳开证明？”

陶然问：“除了凶手呢？”

骆闻舟眨眨眼：“陶然，你想说什么？”

这时，绿灯亮了，后车司机性急地按了喇叭催他们，陶然一抿嘴，转头看路，把车开了出去。

“没什么。”他说，“算了，我胡思乱想呢——燕西政法的研究生院就在前面吧？”

“嗯。”骆闻舟拿出一个资料夹，“我先给崔颖打个电话试试。”

崔颖的照片、院系、电话号码等资料一应俱全，骆闻舟刚拨通电话，就看见几个年轻人从研究生院后门走了出来，其中一个女孩正好从包里掏出手机，似乎是对着不认识的来电犹豫了一下。

陶然远远地看了一眼那几个学生，又看了一眼资料夹里的照片，忽然用胳膊肘碰了碰骆闻舟：“你看，那姑娘像不像你要找的人？”

正说着，女孩接起了电话，同时，骆闻舟的听筒里传来一声迟疑的“喂”。

“就是她。”骆闻舟当即下车，不远不近地叫了一声，“哎，崔颖，这边，往右看。”

崔颖的同学见她在大街上被陌生帅哥喊住，都开始欢脱地起哄。崔颖一脸莫名其妙地转过头来，随即，她的目光落在了警车牌照上。那女孩的脸色倏地一变，活像见了鬼，转身就跑。

“什么情况？”骆闻舟一边拔腿追，一边对陶然臭贫，“看看，这大姑娘看见你吓得扭头就跑。你完了，陶然，注定孤独一生了。”

陶然咬牙：“你吓的！”

两人配合默契，一追一堵，眼看就要追上崔颖，女孩却跟不要命了一样，直接窜上了大马路，一辆出租车正好开过来，尖锐的鸣笛声刺破了天空。陶然眼疾手快，一把揪住她的后颈，狠狠一拉，把崔颖拽向路边，急刹车的出租车堪堪和她擦身而过，厉风把女孩的长发一下掀到了身后。

惊魂甫定的出租车司机拉下车窗破口大骂，陶然也是一口气卡得胸口疼，只好连连摆手道歉。二十分钟之后，陶然和骆闻舟两人把崔颖带到了一家窗明几净的冷饮店。

“这里行吧？你自己挑的地方，这落地窗外满大街都是人，你叫一嗓子，能招来半个城的人。你现在还可以给你亲朋好友发个短信，告诉他们你在什么地方。”骆闻舟没好气地把自己的工作证往桌子上一拍，“这是我警号，你可以拍个照片发微博上——不许直接发我证件照啊，要不打马赛克，要不给我加个磨皮的滤镜。”

崔颖：“……”

陶然点了几杯饮料，怕崔颖戒心太重，于是自己没碰，直接请服务员放在崔颖面前：“你为什么跑？”

崔颖低着头不吭声。

“你是怕警车……还是怕警察？”陶然轻轻地问，见她还不吭声，陶然压低声音说，“也许这对你来说应该是个好消息，花市区分局局长王洪亮昨天晚上被捕了。”

崔颖一愣，终于小心翼翼地抬起眼。

骆闻舟敲敲桌子：“你讲点儿道理。哎，姑娘，麻烦你把你那俩瓶子底眼镜扶一扶，好好看看，你见过本人这么英俊的反派吗？我告诉你，我要是想发财，早靠脸红透半边天了，全世界的姑娘都得哭着喊着叫‘欧巴’，给我塞钱，还用得着铤而走险去违法乱纪？”

“别听他胡说八道。”陶然说，“姑娘，我不知道你怎么才能信任我们……”

崔颖忽然小声说：“是不是还有个姓黄的？”

骆闻舟和陶然对视一眼——她果然知道点儿什么！

“黄敬廉。”骆闻舟正经下来，从手机里调出一张黄敬廉被拘留时拍的照片，“就是这个人，现在涉嫌滥用职权、贩毒、谋杀等多项罪名。昨天晚上我亲自抓的，为了抓他，现在背后还有一条光荣的‘绶带’呢。”

崔颖下意识地想开口说点儿什么，随后却又紧紧地闭上了嘴，她充满疑虑地看着骆闻舟和陶然，极力想以她有限的社会经验判断这两个人到底是不是值得信任。

她没出过象牙塔，甚至分辨不出骆闻舟那张工作证的真假。

“姑娘。”陶然放缓了声音，问，“你认识陈振吗？他是陈媛的弟弟。昨天晚上，陈振死了，我们抓了那些凶手，却因为缺少证据，拿他们背后的人没有办法，你要眼睁睁地看着坏人逍遥法外吗？”

崔颖艰难地咬住嘴唇，迟疑片刻，她说：“我……我不知道，我要问问我老师。”

“你为什么要问别人？”

“因为在……在他那里。”

陶然皱皱眉，追问：“什么在他那里？难道是陈媛给过你什么东西？”

这时，骆闻舟冲崔颖一伸手：“请，你可以当面打给你老师。”

崔颖拿出手机，在通讯录里翻到了“赵老师”的名字，拨了过去，打了两遍，她讶异地说：“没人接……”

当然没人接，“赵老师”本人已经在公安局小黑屋里蹲了一宿了。

骆闻舟煞有介事地摸出个小本：“这样吧，你给我们一个老师的联系方式，我们去找他聊聊。”

崔颖又犹豫起来。

“陈媛去世前两周给你打过电话，我想她如果告诉过你什么，也都是那段时间的事，查查你接触过的老师都有谁，找个姓赵的很容易，我们问你也只不过想省点儿事。”骆闻舟说，“反正你都泄露这么多了。”

崔颖慌张片刻，果然被他说服了，细声细气地说：“他叫赵浩昌，是我们的师兄，实践课应邀过来当指导，带了我三个月。我可以……可以把他的手机号写给你。”

骆闻舟打量了她片刻，忽然说：“如果我没记错，陈媛毕业以后没有继续读研，直接出去找工作了，你的老师应该不认识她吧？”

崔颖没意识到他在套话，诚实地摇摇头：“不认识。”

“哦，我明白了，她交给你一份性命攸关的东西，怕被人翻出来，连她弟弟都不知道。”骆闻舟说，“但你觉得这东西太可怕了，拿着它不知所措，所以去找了一个你信赖的人，把这些东西寄存在了那个人那儿——大概是这个意思吧？”

崔颖神色闪了闪，没吭声。

骆闻舟：“这么信任他？你这老师长得挺帅吧？”

崔颖的脸一下红了。

一边是不信任的警察，一边是暗恋对象，要是再告诉她赵浩昌已经被捕，崔颖什么反应就更不言而喻了。

骆闻舟暗自长出了口气，心想，那怎么办？色诱吗？

他看着战战兢兢的崔颖，突然，心里闪过一个念头……

第二十三章

陈媛生前一定知道自己的任何私人物品都逃不过，甚至身边的近亲属都会被人盯上——西区出了何忠义的事，立在风口浪尖上的那几天，王洪亮紧张之下，连一无所知的陈振身边都有人盯梢，何况当时涉入更深的陈媛？

她一个远近无援的女孩子，究竟是怎么躲开王洪亮的天罗地网，去跟崔颖联系的？

王洪亮他们有没有深度调查陈媛联络过的人，暂时不知道，但他们起码暂时看来和崔颖相安无事，为什么？只有两种可能，要么王洪亮他们那帮孙子都缺心眼儿，要么即是他们自以为已经找到了自己要的东西。

陈媛当年曾经通过某种方法，把某种东西送到了崔颖这里，过后没多久，陈媛就死了，王洪亮他们那伙人也相当消停，没有动崔颖——这又说明什么？

骆闻舟看着眼前的女孩，眼神微冷。

两种可能：第一，眼前这个涉世未深，一试就知道深浅的女孩子出卖了陈媛。

第二，崔颖惊慌之下，把整件事托付给了一个自己很信任的人——也就是赵浩昌。赵浩昌把陈媛卖给了王洪亮。

这时，一通来自市局的电话打到了陶然的手机上，陶然接起来默不作声地听了一会儿，低头在手机上打字给骆闻舟看："吴雪春刚才在医院录完了口供，指认黄敬廉等人为贩毒网络提供保护，参与抽成，但是她没见过王洪亮，无法做证。"

骆闻舟皱眉。

陶然字打得飞快："她说陈媛那样的人叫'鲜儿'，吴雪春的原话是：黄上面还有个不露面的人，嫌场子里的姑娘脏，平时只喜欢玩外面的，遇上不好'调教'的，就会用一点儿药，玩腻了，人也废了，到时候就会丢到他们那里。黄敬廉他们中有个人喜欢录像，根据指认，我们在那个人的电脑上搜到了一些视频，大部分是聚众吸毒淫乱的，其中有一段拍到了陈媛，法医根据图像判断，她当时很可能已经死了。"

骆闻舟递给陶然一个疑问的眼神——黄敬廉交代了吗？

陶然摇摇头。

骆闻舟默不作声地把烟盒转了几圈，突然开口出了声："让他们把那段视频传过来。"

他吊儿郎当的态度陡然严厉起来，把崔颖吓了一跳。崔颖身上学生气很重，长发，不施粉黛，戴一副秀气的眼镜，有一点儿咬吸管的习惯，睁大眼睛看过来的时候，眼神里有种不谙世事的天真。

天真的坐在这里一惊一乍地喝饮料，不天真的已经死了。

“传过来给她看看。”骆闻舟一反方才的插科打诨，伸手把桌子上的饮料推开到一边，“崔颖，我不想跟你兜圈子了，现在老实告诉你，你的那位赵老师已经被捕了。”

崔颖瞪大了眼睛：“什么……”

陶然的手机振了一下，一段截取的视频文件传了过来，骆闻舟接过来，打开后直接推到崔颖面前，画面上光线晦暗，群魔乱舞，尖叫声此起彼伏，录像的人手舞足蹈，镜头看得人头晕。

一个男人晃晃悠悠地从一道小门里出来，冲着镜头招招手：“你们看看，这个好像不行了。”

他话没说完，自己先神神道道地笑了起来，这是典型的吸毒过量症状。然后他一弯腰，从身后的门里拖出了一个浑身赤裸的女人。崔颖不知道这是什么限制级镜头，下意识地想移开视线，骆闻舟却紧紧地盯着她：“赵浩昌涉嫌谋杀、抛尸、绑架诱拐等多项罪名。”

崔颖的手腕上起了一层鸡皮疙瘩。

接着，视频的镜头拉近，拿着摄像机的人在背景音里笑嘻嘻地发嗲：“让我拍一下，让我拍一下嘛。”

镜头一边上下起伏地跟着陈媛的尸体，一边没完没了地对着她的脸和隐私部位拍，崔颖一把捂住嘴，看起来快要吐了。骆闻舟冷冷地说：“你看清楚，陈媛就是这么死的。”

崔颖猛地站了起来。

骆闻舟：“她信任你，把一样很重要的秘密交给你，你居然转手就给了一个人渣！让她落到这种下场。”

“不……不是……”崔颖声气微弱地摇着头。

骆闻舟不留情面地反问：“不是他出卖了陈媛，难道是你？你要不要解释一下，为什么她给你打过电话没几天就死了？”

万年陶白脸悄悄进入状态：“你别吓唬她——姑娘，陈媛最后一次和你联系，之后不到两个礼拜，就意外身亡，这一点我搭档没骗你——你们俩感情好吗？”

崔颖踉跄着跌坐下来：“你们胡说，赵老师不是那种人……”

陶然轻轻地问：“那他是哪种人？”

“他很成熟，也很冷静……他……他对我说，太阳底下没有新鲜事，他一点儿也不觉得惊讶，现实本来就是弱肉强食，那些侥幸成为食肉动物的人，就是会毫无怜悯地分食猎物的血肉……能捕猎豺狼的，只有虎豹，作为一只兔子，只能等，等合适的时机，或者自己成为虎豹。”崔颖带着哭腔说，“他说那些警察都是垃圾，他不可能跟他们同流合污的。”

她话已经出口，才意识到面前的两个人也是警察，连忙咬断了话音，哽咽着不吭声了。

陶然：“你相信我们吗？”

崔颖用力揉着衣角。

“你的赵老师现在已经是虎豹了。”骆闻舟冷冷地说，“昨天晚上花市东区跳楼未遂事件在朋友圈刷屏，你没看见？”

陶然紧接着说：“赵浩昌杀了人，并且把他抛尸到了所谓‘金三角空地’——看你的反应，你知道这地方？”

崔颖听见“金三角空地”的瞬间，就抽了一口气，整个人仿佛僵住了。

陶然：“怎么？”

“他……他跟我开玩笑的时候说过，要是杀了人，小心地避开他们，丢在他们的交易地点，那些垃圾肯定连查都不敢查……”

“崔颖。”骆闻舟沉声问，“你到底给赵浩昌看过什么？”

“一段视频。”崔颖六神无主地说，“只有一段视频。”

她说着，一咬牙，从脖子里钩出了一条红绳，绳上拴了一根鸡骨头形的护身符，她将那根小骨头从中间一分为二，里面是一块袖珍的移动硬盘。

就在骆闻舟感慨这傻孩子有点什么东西居然贴身放着的时候，郎乔带人来到了赵浩昌的家。

赵浩昌家里窗明几净，装修审美偏向于西化，有巨大的落地窗和酒柜，位于繁华地段一座大高楼上，有一览众山小的视野。乍一看，他家里没有任何奇怪的东西，就是一个典型的城市中产之家。

搜查人员翻来覆去，终于确定这屋子既没有密道，也没有不为人知的保险柜，它干净得就像个酒店的样板间。

“什么都没有。”郎乔站在采光良好的客厅里，叉着腰给骆闻舟打电话，“柜子、橱子、床底下……都翻了，这里就是个普通商品楼，开发商交房的时候，好几百套都长一样，不可能单独给他开辟一个密室出来。总共就一百来个平方，我们一寸一寸地查过来的，除非他们家有个任意门，否则不可能藏匿东西。老大，我查过了，除了这里，赵浩昌名下没有其他房产，如果真像费总猜的那样，他会把那么变态的东西放在别人的地盘上吗？”

骆闻舟沉吟片刻。

“对了。”郎乔又补充说，“当年纵火案的相关材料也传过来了，没什么有用的，时间太长，当时村民们都说是傻子干的，派出所也没仔细查，就有几张现场和纵火者的照片。”

照片上的傻子确实是一副缺灵魂、短智慧的相貌，穿着一件破破烂烂的大棉袄，一对套袖只剩下了一只，脏得没法看。

骆闻舟：“你稍等，通过一下视频申请。”

郎乔很快通过了视频连接，看见视频那头对着一个电脑屏幕。燕城市局整个刑侦队——连同陆局一起，都围在旁边。电脑上正在播一段视频，画面是用针孔摄像头拍的，刚开始对准了一片模糊不清的黑色背景，随后响起一声尖叫，一个披头散发的年轻女人猛地扑到屏幕正中央，她眼神涣散，脸色惨白，拼命向前伸出了一只手，又像渴望，又像推拒。

视频里有个画面外的人说：“差不多了，给她吧。”

接着，摄像头缓缓地转了个角度，拍到了说话的人——正是王洪亮！

黄敬廉跟在他身边，正弯着腰低声和他说着什么！

整个办公室里，抽气声响成了一片。

陆局抬起手一砸桌子：“这回他跑不了了！”

随后，摄像头重新对准那狼狈的女人，偷拍的人大概是往前走了几步，一个托盘从镜头前闪过，一双手拿起了托盘上的注射器——焦躁不安的女人得到了毒品，抽搐片刻，长长地出了口气，脸色放松了下来，露出优美清秀的轮廓。她一动不动地趴在一个小榻上，瞳孔放大，双眼无神地和偷拍视频的人对视着，带着一点儿迷茫的笑意。

忽然，镜头猛地晃动了一下，好像是偷拍的人被谁推了一把，黄敬廉走到镜头里，催促说：“快走了，别在这儿碍事。”

他一直把偷拍的人推到了门口，镜头才有机会转过一个角度，再一次对准屋里——王洪亮叼了一根烟，踱到那个几乎没有意识的女人身边，猥琐地伸手抚摩着她的肩，然后很感慨似的抬头一笑，冲着镜头的方向说：“看腻了这种，就好比天天吃米糊，有点没劲啊。”

镜头后面的人慌忙后退几步，“咣”一下合上了房间的门，视频结束。

“视频里这个被注射了毒品的女性已经确认死亡，死因是吸毒过量，结案方式和陈媛案一模一样。”骆闻舟点起一根烟，“这段视频应该是陈媛拍的，之后不久，她就以同样的方式被掩埋在了卷宗里，倒好像是她提前给自己录好的结局。

“陈媛读书的时候，经常出去打工补贴家用，缺勤比较多，成绩也一般，毕业时没能通过司考，因为家庭条件，也没能像同学一样继续深造。她先去律所试了试，但是因为缺少相关资质，工作待遇都不太理想。为了尽快减轻家里的负担，她找到了一份薪资较高，工作时间也相对自由的销售工作，打算临时过渡一下，想先通过第二年的司法考试再去找正式工作。

“她所在的公司卖各种山寨的名牌洋酒，鸿福大观是大客户之一。陈媛在鸿福大观推销的时候遇上了黄敬廉他们，因为气质出众，她被黄敬廉看上，黄诱骗她喝了一杯加了料的酒，陈媛就成了吴雪春所说的‘鲜儿’。”

“一个受过正规法律教育的女大学生。”陆局叹了口气。

“陈媛本想自杀，临了，又不甘心——这是陈媛留给她朋友崔颖的遗言。”骆闻舟缓缓地说，“她利用公司的网店，给崔颖下了一单，把搜集来的种种证据塞进红酒包装里寄了过去。其中包括这段视频，几个交易点名称、对应的暗号和一封信。

“‘没有人能救我了，但我必须给自己一个交代’，这是她写在信里的第一句话。”骆闻舟说，“这是崔颖知道的所有事。”

“除此之外——”骆闻舟转过手机，“郎乔，你还在听吗？”

“在，老大。”

“崔颖曾经把这件事透露给了赵浩昌，赵浩昌听了一半就打断了她，叫她不要在电话里说，把她约到了一个郊区的小酒庄里。我回来的路上打听了一下，那家酒庄老板租用集体用地做商务会所，曾经非法建设并且转卖过一部分小产权房……”

“给我地址。”郎乔倏地冲身边众人一挥手，“跟我走！”

烈日当空，成片的葡萄架有点发蔫，零星的槐花已经凋谢得差不多了，蔫头耷脑地垂着，一排小产权的“迷你别墅”悄无声息地藏在没人注意的角落，绿化还没完成，透着一股乡土气息。

一群警察推开战战兢兢的管理员，打开了其中一扇大门，分头搜查。

“这里有个地下室！”

郎乔率先侧身沿着逼仄狭窄的楼梯间走了下去，一股吸湿剂的气味扑面而来，她按开壁灯，抬头望去，惊呆了。

第二十四章

骆闻舟接到郎乔的电话，没说什么，心事重重地叼了根烟走到门口。

两桩案子，一个星期的连轴转，到现在为止，纠结的案情大半都已经清晰了，甚至找到了有说服力的证据，可不知为什么，他心里的疑虑却越来越重。

陶然走过来：“你又想什么呢？”

骆闻舟不想多说，只随口搪塞了一句：“想费渡这个人。”

陶然诧异道：“啊？”

还不等骆闻舟开口，就听见旁边有个人问：“想我？稀奇！骆队有何贵干啊？”

对比一宿没回家的陶警官、刚从医院里偷渡出来的骆队长，费总的打扮大约是够出席个典礼了。此人又换了一身衣服，依然是巧妙地介于严肃和休闲、禁欲与闷骚之间，长发该蓬松的地方蓬松，该服帖的地方服帖，一丝不乱，他还戴上了那副颇有斯文败类风范的金属框平光眼镜，居然还换了香水。

头天晚上，为了找王秀娟，费渡几乎跟着熬了一宿，据说一大清早又去医院陪王秀娟做笔录，也不知道他从哪儿弄来的南半球时间捯饬自己。纵然骆闻舟从来都有天下第一帅的自信，在如此鲜明的对比下，他也很想动手将眼前的骚包殴打一顿——尤其该骚包还不怀好意地透过一对镜片看着他。

骆闻舟用力清了清嗓子，硬生生地把自己从“想骂街”的恼羞成怒，切换到了“事无不可对人言”的“仙风道骨”。他一本正经地对费渡说：“我的人找到了赵浩昌的一处秘密住所，在地下室里发现了一些东西，跟你推断的八九不离十。我真诚地觉得你很神，费总，不愧是专业变态二十年。”

陶然在旁边十分牙疼地说：“我现在有点尴尬，不知道你们有没有同感？”

惨遭拆台的骆闻舟没好气地一插兜，问费渡：“你怎么又来了，贵公司是要倒闭了吗？”

“我替何忠义的妈妈跑趟腿，问下调查进度。”费渡敲了敲手腕上的表盘，“另外，鉴于骆队您已经老糊涂了，我提醒您一下，现在是周六傍晚六点整，无论日期还是时间，都已经是下班时间了。”

骆闻舟一噎。

“哥。”费渡转向陶然，“即使是自愿加班，别人也应该对你付出的辛苦表达感激，这不是起码的礼貌吗？忘记周末、忘记下班时间的老板都是垃圾，我觉得这种人的恶劣程度仅次于忘记发工资的——幸亏你的工资不是他给发。”

城门失火，池子里就陶然一条鱼——陶鱼面无表情地拍灭了身上的战火：“我们还是来聊一下郎乔有什么发现吧。”

郎乔这会儿头皮有点发麻，她站在楼梯间，破天荒地用自己没洗过的手在脸上用力搓了两下——地下室的布置像那种旧式的图书馆，几排巨大的木头柜子顶天立地，柜子上有一个一个的小方格，每一个小格里都摆着一个透明的玻璃罐，罐里陈列着各种各样的东西，下面挂着标签牌，写着日期和事件。

一股陈腐、阴冷、无法言喻的气息扑面而来，郎乔的汗毛根根倒竖起来。有那么一瞬间，她觉得那些罐子好像是实验室里泡标本用的。

但最让她起鸡皮疙瘩的还不是这几个大柜子，而是柜子中间围着的一个落地灯。

那灯身打造成了一棵树的形状，造型非常诡异——灯座是一棵行将从中间折断的“树”，空心的“树干”里装了灯，打开的时候，一簇明亮的光就从“树干”上将断未断处溢出来。所有伸展的“树枝”都是秃的，光秃秃的“树枝”上装了一小段一小段细长的灯管，远远看去，像是被一团熊熊燃烧着的火包裹着。

搜查员们按顺序对架子上的物品及标签做登记，发现赵浩昌非常有条理，从左往右，是严格的时间顺序，最早的一个，标注写了“大学”，按时间记录来看，应该是赵浩昌——赵丰年刚刚考上大学，第一次坐火车离开H省的那天。上大学确实值得纪念，只是普通人通常会保存自己的录取通知书，赵浩昌却独辟蹊径。

他保存了一根火腿肠。

警察把它拿下来的时候，这已经过期多年的火腿肠包装还一点没破。

匪夷所思的东西不止这一样，还有不少让人摸不着头脑的东西，比如他的大学期间，收藏了诸如棉袜、护腕、移动硬盘等众多鸡零狗碎的小玩意儿，收藏物和标签上的事件在外人看来，全然是八竿子也打不着，叫人看得一头雾水。

“小乔儿。”一个比较灵活的同事架起了梯子，爬上早期的柜子，一边把上层的玻璃罐子和标签日期挨个取下来登记，一边问，“你确定这些破烂有用吗——工夫茶小茶杯一个，写的是‘实习’……这又是什么玩意儿？”

他话音一顿，拿起下一个罐子，仔细看了好一会儿：“标签写的‘解脱’，纪念品是……一块抹布？”

郎乔抬头看了一眼，瞳孔骤缩：“给我！”

她隔着手套，小心翼翼地接过那透明的罐子，心里“咯噔”一下，在阴冷潮湿的地下室里结结实实地打了个寒噤——那是一条脏兮兮、油腻腻的套袖，落地灯光下，陈年的污垢依然在反着光，隐约能看见上面碎花的底色。

当年处理纵火案的小镇民警传过来的扫描照片里，傻子的套袖是单只的！

当地警方抵达火场时，就扣住了嫌疑人傻子，留下了那张照片，而根据何母王秀娟的说法，赵家出事后，赵浩昌才接到通知，从县城赶回来时，警方已经粗略地处理了火场，一切都尘埃落定了。

可傻子的一条套袖在赵浩昌这里，也就是说，当地警察抵达之前，赵浩昌很可能就在家，和纵火的傻子有过接触，还弄来了他一条套袖……他眼睁睁地看着自己家被大火吞噬，几个小时后才假装从县城赶回来！

“小郎。”最右边的架子上有人叫她，“你再过来看看这个！”

及至周六傍晚，赵浩昌已经在市局度过了难挨的一天一宿。

再赏心悦目的人，干熬一宿，脸上的胡楂儿和皮脂也足以毁容了。他看起来有点狼狈，然而依然面无表情地保持着自己的坐姿，看见夹着档案夹走进来的骆闻舟时，他甚至有几分倨傲地朝他抬起了下巴。

“你好，赵律师，我先简单说两点：第一，24小时还没到，我们还可以再聊几句；第二，没有人不让你请律师，没有人对你刑讯逼供，更没有人虐待你，对吧？当然，你要是非得说我局食堂伤害了你的胃口，那我也没办法，我们实在没有叫外卖的公费预算——对此，赵律师没别的异议吧？”

骆闻舟人没坐下，先一口气把赵浩昌的开场白抢光了。

赵浩昌眼角微跳，好像被他这态度激怒了，故意轻慢地对骆闻舟说：“看您有点眼熟，抱歉忘了您是哪位，怎么称呼？”

骆闻舟不但没有生气，反而笑出了声。他懒洋洋地调整了一下自己的坐姿，不当回事地回答：“我是哪位？看你这么聪明，要不猜猜看？”

赵浩昌坐的时间太长，整个人有些发僵，连累了本该游刃有余的冷笑，他不太自然地扯了扯嘴角：“没这个必要吧，我觉得我们俩的缘分不会很深。”

骆闻舟把手里的笔转了一圈：“你半夜三更潜入花市东区双子大楼，弄松了A座顶楼的安全护栏，差点儿导致一起……”

他还没说完，赵浩昌就不耐烦地打断他：“我已经说过了，我并不知道有人刚好要在那天晚上，而且刚好要在那个地方跳楼，你说我破坏公共设施，危害公共安全——OK，我承认，我道歉，我可以写检讨，罚款也没问题。警官，并不是每个人都可以拿得到纳税人支付的工资的，我们这些做事的，压力还是很大的，有时候为了relax，可能确实会做出一些没素质的事，我以后也会接受这次的教训，好吗？谢谢了，同样的话，你们不要每次换个人来都让我重复一遍。”

骆闻舟听完了这篇长篇大论，微笑着说：“我工作这么多年，很少能碰见赵律师这么跩的嫌犯。”

赵浩昌冷冷地说：“这位不知道姓什么的警官，麻烦你注意一下措辞，你凭什么认定我是‘嫌犯’？”

骆闻舟敛去笑容，双臂抱在胸前：“我还有几件事想请教赵律师。”

赵浩昌目光在他的肢体语言上停留了片刻，十分“大度”地一点头，冲他做了个“请”的手势。

“第一，昨天差点儿从楼顶掉下来的那位女士看了你的照片后，认出了你，她说你原名叫‘赵丰年’，恰好是她的同乡，是吗？”

赵浩昌听了“赵丰年”三个字，气息明显粗重了，苍白的脸板得好像一块石砖，淬了毒的目光狠狠地戳向骆闻舟。骆闻舟丝毫不为所动，平平淡淡地扫了一眼卷宗，又说：“根据她的证词，我们略微调查了一下赵律师的背景，发现你出生于H省地级市T市地区所辖的一个比较偏远的小村，曾用名‘赵丰年’，父母都是在家务农的残疾人，下面还有三个弟妹，是个苦出身。”

他每说一句话，赵浩昌的神色就冷上一分。偏偏这时候，骆闻舟抬头看了他一眼，感慨道：“这么看来，赵律师真是不容易，你们那边一年也考不出一两个大学生吧？更别说上了重点，还混得这么人模狗样的——而且我发现赵律师说话完全听不出口音啊，你在家说话也满口洋腔吗？”

赵浩昌放在桌子上的双手不受控制地颤抖起来，仿佛打算直接站起来把骆闻舟捶进地板里。

“哦，我忘了。”骆闻舟偏偏还火上浇油了一句，“听说你好多年没回过老家了。这不对啊，赵律师，乡亲们把你培养出来不容易，你怎么能忘本呢？”

赵浩昌猛一捶桌子，敲断了骆闻舟的话音，他将站没站起来，屁股已经离开了椅子，整个人往前倾着，像一只准备扑上来的猛兽——数息之后，不知用了多大的毅力，赵浩昌强行压住了自己的暴怒，重新坐了回去。

“是吗？好巧，我不知道。”赵浩昌每个字里都好似带着牙釉质的磨痕，“我离家很多年，那些人都不太记得了。另外，警官，我的大学是用助学贷款和奖学金完成的，路费是自己攒的，并没有劳烦谁‘培养’我，至于我回不回老家……你们未免也管得太宽了吧？”

骆闻舟：“维护社会公序良俗，也是我们的工作之一。”

赵浩昌翘起嘴角：“原来你们是有编制的居委会，难怪那么多大案要案都不了了之。”

“接受你的批评。”骆闻舟成功地激怒了对方，不以为意地一耸肩，话音一转，“说起大案要案，我也正好有一件事要请教赵律师。”

他说着，从卷宗中抽出一张照片，放在赵浩昌面前：“这女孩叫陈媛，几个月以前死于吸毒过量，是你的校友。”

赵浩昌盛怒之下，没料到这个峰回路转，干巴巴地说了一句：“太遗憾了。”

“她死因蹊跷，临死前两个礼拜，曾经联系过一个叫崔颖的大学同学，将一些指认花市区分局局长参与犯罪的重要证据传给了崔颖。”骆闻舟盯着他的眼睛，“我们刚刚去拜会了这个姑娘，她提交了这些证据，还提到了你。”

赵浩昌的眼珠飞快地动了一下，垂在膝盖上的拳头微紧，好似在飞快地回忆着自己的疏漏。

骆闻舟：“崔颖说她曾经把陈媛的故事分享给了你，你阻止了她举报，有这回事吗？”

“有。”赵浩昌迅速想好了应对方式，略微坐正，“我确实看了那段视频，真是让人毛骨悚然，但是我该往哪儿举报？上级部门吗？警官，即使是我现在坐在你对面，也不知道你是不是一个人面兽心的蛀虫，万一你和他们是一伙的呢？举报岂不是自投罗网？我们小老百姓，能力有限，只能明哲保身，这不够仗义，但又有什么不对吗？”

“没有，可以理解。”骆闻舟又问，“知道了这件事以后，你除了说服崔颖保持沉默，还做过什么？”

“我去实地调查过。”赵浩昌说，“但没敢很深入，因为有一次假装开车经过的时候，被几个疑似毒贩子的人盯了很久，那时我就意识到这很危险，于是警告崔颖千万不能说出去。”

骆闻舟略微前倾，压低了声音：“崔颖说，你以前和她说过，如果杀了人就扔在花市区里毒品交易地点，警察们连查都不会查——有这事吗？”

赵浩昌的眼角神经质地跳了起来，面无表情地道：“我对崔颖不错，她是我的学妹，我也一直在试图保护她，我不知道她为什么会这么说，这明显只是一句玩笑，我可能说过，也可能没有——不过一句玩笑都能作为被举报、被栽赃的把柄……我真不知道自己是在当代文明社会，还是在大清国的文字狱里……”

他话没说完，就被骆闻舟倏地打断：“五月二十号晚上，你在什么地方？”

赵浩昌想也不想地回答：“先和朋友去了承光公馆，后来朋友把我送回公司加班，一直到临近午夜时才离开。”

“你公司在哪里？”

“在文昌……”

“我们拿到了34路公交的监控视频。”骆闻舟不让他把话说完，直接逼问道，“‘5·20’案死者何忠义当天晚上九点到十点前后在文昌路口下车，随即被人杀害。凶手为了混淆视听，在行凶之后，将他抛尸到花市西区——正好是一处毒品交易点。关于这一点，你有什么话说？”

审讯室监控外，陶然低声说：“他一上来就被激怒，之后没想到崔颖会‘出卖’他，刚才已经有点失控了，骆队提到34路公交视频的时候明显慌了。”

费渡扶了扶眼镜：“哥，你把我放进来，合规吗？”

“没事。”陶然说，“陆局特批的，他正忙着对付王洪亮，要不然还想亲自见见你。”

费渡想了想，对接见一个满脸褶子的中老年男子没什么兴趣，不以为然地转头看向赵浩昌。只见赵浩昌刚开始神色一变，整个人好像僵在了原地，然而仅仅是片刻，他又意识到了什么，露出了一个有些狡黠的微笑。

“他比普通人更容易被激怒，也更容易感到冒犯，尤其是别人冲着他软肋戳的时候。”费渡摇摇头，“但是这样都能忍住，还保持基本的理智，真是个人才。要不是因为这件事，我愿意高价聘他做常年法律顾问。”

“他在文昌路口下车……”赵浩昌缓缓地把这句话重复了一遍，“然后呢？下车以后到他被杀害的过程中间发生了什么，你根本不知道对不对？”

骆闻舟缓缓收敛了他的“故作惫懒”，脸色难看起来。

“你们什么也没有。”赵浩昌轻轻地靠在椅背上，“一句玩笑话，一个前不着村后不着店的监控镜头，就想诈我投案自首？”

难堪的沉默在小小的审讯室里蔓延开来，骆闻舟一声不吭，好像已经黔驴技穷。

赵浩昌难以自抑地笑了起来，好像又“想起”了眼前这无计可施的警察是谁，直接叫出了骆闻舟的姓。

“骆队，你们破案未免也太偷工减料了。”赵浩昌说着，伸出手腕，亮出他手腕上的镶钻名表，冲骆闻舟敲了敲，“离二十四小时也没多久了，我看你们也没别的事，我可以提前走吗？不行的话，给我一张床也可以，我想躺一会儿。”

骆闻舟莫名不喜欢他这个敲表盘的动作，一声不吭地注视着他。

这表情最大限度地娱乐了赵浩昌，他成功地压抑住了暴怒，却没有压抑住此时的扬扬自得："我给你一个忠告，骆队，不是所有人都会被你们那一套老掉牙的刑讯手段审出什么的，别太自以为是了，聪明人不会选择警察这种工作的——你们燕城公安大学录取分数线是多少？够一本线吗？"

赵浩昌说着，自顾自地站起来，装腔作势地整理了一下自己的衣襟。

"赵丰年。"骆闻舟终于轻轻地说，"你别太自以为是了，西郊北二十镇'风情酒庄'12号的地下室，还睁着眼等你回去呢。"

赵浩昌的笑容冻在了脸上。

骆闻舟的食指在桌上敲了两下："能解释一下，为什么死者何忠义用过的旧手机会在你家里吗？"

审讯室的门应声而开，两个面无表情的刑警走进来，一左一右地把赵浩昌按回座椅上，锃亮的手铐"咔嗒"一下，铐上了他那钻光四射的手腕，金属的手铐和金属的表带相互呼应，居然有种诡异的相得益彰。

华美、冰冷又尖锐。

在外面冷眼旁观的费渡忽然眯着眼品评了一句："你们这手铐做得非常有美感，回头能送我一副做纪念吗？"

陶然一时没反应过来："你要手铐干吗？"

费渡回头看了他一眼，随后似乎自觉失言似的闭了嘴，只是意味深长地弯了一下他的桃花眼。陶然后知后觉地领会了好半天，才隐约明白过来。作为一个生命中只有加班和房贷的传统男子，陶副队实在欣赏不了资产阶级酒池肉林的那一套，看见费渡那个花花公子的德行，就觉得非常污染视野，于是义正词严地给了他一句训斥："再胡说八道，你就出去。"

费渡干咳一声，正襟危坐地收起了他"洪湖水，浪打浪"的神通，不吭声了。

冰冷的手铐让赵浩昌狠狠地打了个寒战，他回过神来，仍然试图不死心地辩解："慢着，你在说什么房……"

骆闻舟冷冷地截断他的话音："想说那房子不是你的？赵律师，风情酒庄的监控可不是那么说的。"

赵浩昌脸上的慌张神色终于抑制不住，手铐"哗啦"一阵乱响。骆闻舟欣赏着他的表情，又不慌不忙地补了一句："再说，是谁告诉你，何忠义离开文昌路口的公交车站以后，我们就找不到他的踪迹了？”

“不……不……不可能……”

“你涉嫌蓄意谋杀、故意抛尸，怕受害人家属认出你，居然还企图诱逼一个无辜无知的女人当众自杀，弄断了高空防护栏，几次三番介入调查，误导警方，栽赃嫁祸给他人——赵浩昌，这些事现在证据确凿，你还有什么好说的？”骆闻舟说到这里，忽然抬眼一扫赵浩昌，嘴角痞气地一翘，流露出某种公子哥儿似的轻蔑嘲讽，稳准狠地冲着赵浩昌的心窝戳了下去，“辛苦奋斗了这么多年，混得人五人六，差点儿就要一步登天，一步没走好，就滑下来变成个杀人犯。真是‘命里有时终须有，命里无时莫强求’啊！赵丰年，我看着你都觉得可怜。”

赵浩昌好像被人当胸戳了一针，突然失控，歇斯底里地叫了起来：“这算什么证据确凿？你们拍到我杀人了？那手机上查出我的指纹、我的DNA了？张东来的指纹清清楚楚地印在领带上，难道不是直接证据？哪个硬，哪个软？你凭什么说是我！就因为张东来是你们局长的亲戚？就因为他家有钱？伪造证据、栽赃嫁祸这不是你们警察的专业吗？谁知道那手机是不是你们……”

赵浩昌一口气吼完，突然看清了骆闻舟略含戏谑与讥诮的眼神，他陡然回过神来，当即觉得脑子里“轰”的一声，所有的血液全部四散奔流，朝着僵硬的四肢狂流而去。骆闻舟将双肘撑在桌面上，盯着赵浩昌布满血丝的眼睛：“张东来的指纹清清楚楚地印在领带上？赵律师，你比我们的法医还能干，他们还得拿着仪器对比半天才能检查出指纹属于谁，你光凭主观臆断就知道。”

赵浩昌呆若木鸡，冷汗顺着他油光水滑的头发静静地浸出来，被阴凉潮湿的空调凉风一吹，他结结实实地打了个寒噤。

骆闻舟嗤笑一声，好像玩够了耗子的猫，对赵浩昌失去了兴趣，他回手一推椅子站了起来，懒洋洋地冲守在一边的两个刑警点点头：“嫌犯——这回可以叫嫌犯了吧，赵律师？犯罪事实成立，剩下的都是细节问题，难度不大，你们随便审一审吧，我不跟他浪费工夫了。”

说完他就往外走去。就在这时，赵浩昌猛地一拉手铐，在看守刑警的呵斥中，他一边剧烈挣扎，一边大声说：“慢着，我是……我是正当防卫！”

骆闻舟几乎有些惊奇地回头去看赵浩昌，突然觉得所谓“体面”，原来就像一层薄薄的纸皮，挖空心机地辛苦经营，临到头来一扯就掉，里面狼狈的皮囊轻易就捉襟见肘——陶然他们在花市区处理群体斗殴事件的时候，闹得最凶的那个老法盲一开口也是这句话，而现在，闪闪发光的大律师赵浩昌与小学保安于磊在慌乱之下，居然殊途同归了！

“我没听错吧？”骆闻舟拉了拉耳朵，“赵律师，你，一个受过正规法律教育的业内精英，管这种情况叫‘正当防卫’？当时你打何忠义那一闷棍是不是反噬到自己头上了？”

赵浩昌的脸色泛着青，怨毒又凶狠地盯着骆闻舟，近乎咬牙切齿地说：“何忠义参与贩毒，一再纠缠我，我实在没有办法，逼到这里，只能动手。”

“何忠义参与贩毒？”骆闻舟声音一沉，“你怎么知道的？”

赵浩昌被铐在一起的双手搭在大腿上，抖动得停不下来，他死死地握着拳头，指甲把自己抠得血肉模糊，却好似全然没有察觉：“我有证据！我知道你们要查陈媛案，我是重要证人！我可以配合调查，但你们必须给我从轻的承诺。”

骆闻舟看了一眼监控镜头，隔着设备，正好对上外面费渡的目光。

费渡双臂抱在胸前，往前一探身，颇有兴趣地“嗯”了一声。

陶然：“怎么？”

“他先是自以为大获全胜，随后马上经历了致命打击、慌乱、暴怒，乃至于不小心被你们诈供，满盘皆输，却居然能这么快地认清形势，调整心情，抓住你们的需求提出交易……”费渡低声说，“真让人想起沼泽里的蜈蚣。”

百足之虫，死而不僵。

骆闻舟重新坐回到赵浩昌对面：“你说。”

赵浩昌深吸一口气：“我需要你的承诺、一条干净的毛巾和一杯咖啡。”

审讯室里，坑蒙拐骗、斗智斗勇，骆闻舟掂量了一下，感觉自己的“承诺”一分钱也不值，于是慷慨地一点头：“行。”

片刻后，外面送进来一个精致的骨瓷托盘，摆好了湿巾、香气浓郁的咖啡，旁边额外搭配了西点和一枝带着露水的鲜花，骆闻舟闻着味就知道，准是那姓费的孙子干的。

书记员和旁边的刑警面面相觑——同时不忿起来，他们春节值班的时候都没有这种待遇！

赵浩昌神色一缓，循着那枝花，他好像捡回了一点儿尊严，而尊严让他挺直了脊背，说起了人话。

“去年年底，我作为法律顾问，带着一个团队去花市东区见客户，那天准备喝酒，所以没开车，散场的时候我在附近找出租，结果被跟踪了。”赵浩昌慢条斯理地吃完东西，啜了一口咖啡，他微微呵出一口气，闭上眼睛，“是曼特宁吗？口感太冲了，有点野蛮。”

骆闻舟：“跟踪你的人是何忠义吗？”

“是，他认出了我，跟我要钱。”赵浩昌的话音已经重新稳定了下来，方才乱瞟的目光不动不摇地回视着骆闻舟，“敲诈，要十万。”

骆闻舟打量了一下赵浩昌——此人皮囊上佳，堪称高大端正，再披上一张社会精英的皮，着实不像是能被何忠义那小身板胁迫的：“你给了？”

“给了，你们应该查得出来。”赵浩昌嘴角微微一抿，他在小黑屋里蹲了一宿，苍白的脸上挂起了一点儿黑眼圈，显得眼窝深陷，神色阴郁，“我父母都是残疾人，连我在内，生了四个孩子，两个都有先天问题，我从读中学开始，家里就没有一分钱能给我花了，我攒蝉蜕，替人背东西，帮学校里的老师打杂，深更半夜到山里摘野果，攒起来拿到镇上集市上卖……什么都干过，就是为了能把书读下去，有一天出人头地。

“可是你知道村里人怎么说吗？他们说我们是哑巴一家。后来我一路读完了高中，考上了大学，那些人这才另眼相看，我家一度门庭若市，出来进去的，都是来推销自己家里那些村姑的蠢货。

“但是我大三那年，小弟弟出生了，我父母梦寐以求的第二个男丁，可是生出来跟二妹一样，是个先天性聋哑的智力障碍儿，那是一场噩梦，从那以后，我们在村里人嘴里，又成了傻子一家。这是遗传的，将来我的孩子有很大的可能性也会这样，懂吗？我的事业刚刚有起色，甚至有了女朋友，我很爱她，我不能任凭这种阴沟里的耗子在她面前胡说八道，只好拿点钱打发掉他。”

骆闻舟低头从烟盒里敲出一根烟，叼住了，在一片白烟后面打量着赵浩昌：“阴沟里的耗子？”

赵浩昌的心理素质卓绝，到了这步田地，居然还不闪不避地盯着骆闻舟的眼睛：“骆警官，你是燕城本地人吧？看你的样子，家庭条件恐怕还不错。所以你肯定不知道，一个人离家在外，住西区群租房里的滋味，我从来不敢跟同学一起出去玩，上学的时候拼命赚奖学金，工作以后没完没了地加班，就为了能多攒一点儿钱给家里——父母根本不知道我在外面过的是什么日子，他们只会三天两头地和我要钱，因为小弟的问题，他们甚至还打算冒着高龄生育的危险再要一个孩子丢给我养，村里人的流言蜚语，村里人给他们的压力，最后全压在我的背上。

“我的家，快把我的骨髓都吸干了，但我还是毫无怨恨，希望他们能在村里过得好一点儿，甚至专门请假回家帮着翻盖新房。谁知道我只不过是中途去了一趟县城，再回来，我家就因为一场意外烧成了一片废墟，父母、弟妹都没了，一个都没跑出来……我伤心欲绝，可是村里却在这时候传出谣言，说那场火跟我有关系！”

他说到重点了。

骆闻舟神色漠然地反问：“哦，那跟你有关系吗？”

赵浩昌的嘴角猛地收缩抿紧，勃然大怒：“这种话你也问得出来？你是畜生吗？”

骆闻舟跷起二郎腿，不惊不怒地上下打量着赵浩昌，直到赵浩昌已经快要忍无可忍，他才不慌不忙地一弹烟灰，淡淡地一笑：“行吧，你纯洁无辜、身世凄惨。继续说何忠义。”

“我背井离乡、改名换姓，以为自己终于摆脱了那个蒙昧的鬼地方，谁知道太平了没有几年，那个姓何的垃圾又找上了我。他说他不是第一次看见我了，还见过我女朋友，威胁我说，如果我不给他钱，他就要把我家的遗传病史和那场大火的所谓真相告诉张婷。”赵浩昌说到这里，原本还算平静的态度好像开水一样沸腾起来，浓郁的仇恨甚至盖过了咖啡的香气，有如实质地扑面而来，“他们毁了我前半生，还要毁我后半生，我所有的努力、期许，全都会在这些恶心的虫子爬过的地方化成泡影，凭什么！”

骆闻舟沉声说：“所以你决定杀人？”

“我没有！”赵浩昌的胸口剧烈地起伏着，“我只是想息事宁人，我甚至拿了十万块的现金给他，只求他不要在别人面前提起我。可他还是不满意，几次三番地纠缠不休。我甚至做好了长期被他敲诈的准备，专门申请了一个不记名的号码，让他能联系我。

“我应当年导师的邀请，回母校带一个师弟师妹的课外实践，认识了崔颖。那女孩性格文静，依赖性很强，什么事都要找我问。有一天，她急急忙忙地联系我，像是出了什么大事，我听了几句，察觉到不对，立刻阻止了她在电话里说，把她约到了……约到了一个私人地点。”

“她给你看了陈媛传给她的东西。”

“我非常震惊，但为了保护崔颖，我勒令她不许说出去。当天回去后，我辗转难眠，出于良知，我决定利用自己对西区的熟悉去验证这些证据的真伪。”赵浩昌轻轻地说，“结果我看见了何忠义和另一个……很瘦小的年轻人混在一起。我在附近蹲守到傍晚，看见何忠义的朋友偷偷去了观景西街附近，正好是陈媛的信中提到的一个毒品交易地点，他居然是个瘾君子！”

听这个描述，“很瘦小的年轻人”“何忠义的朋友”好像说的是马小伟，赵浩昌居然也不是凭空瞎编。

赵浩昌喝了一大口咖啡：“那个吸毒的男孩把买到的货带回家，我一直跟着他，眼睁睁地看见他回了家，打开灯，窗户上映照出人影，那个何忠义在和他分享毒品！为了敲诈我，何忠义还出尔反尔，去纠缠张婷，让我抓了个正着！”

“何忠义纠缠张婷？是你眼睁睁地看着张东来动手打人的那次？”

“张东来打他，他确实没敢还手，可是眼睛一直在盯着我。”赵浩昌冷冷地说，“他想报复，我知道。我怕了，事后我再一次向他低头，给了他想要的东西。”

“那部手机？”骆闻舟说。

“他几次三番地跟我旁敲侧击过，说看见别人用，觉得很羡慕。”

骆闻舟无聊地拿起一根中性笔，在指尖上转来转去，用笔杆敲了敲桌子：“好吧，就算他纠缠过张婷，但你单看个窗户上的影子就知道他吸毒，你有透视眼……”

“我说了我有证据！”赵浩昌强势地打断他，“我在‘金三角空地’里装了两个针孔摄像头！”

审讯室里的骆闻舟和外面的陶然等人都是一愣——他们排查现场的时候竟然没有发现。

“当然不是装在现场，否则早就被那些垃圾发现了。”赵浩昌好像看出了他在想什么，目光略带不屑，“西区小路错综复杂，有些地方你觉得是一条路通到底，其实中间被挡住了；有些地方你觉得很隐蔽，其实从远处的某个角度能窥得一清二楚——我把其中一个摄像头装在了何忠义的租屋外窗上，另一个装在附近公厕的屋顶上。”

旁边的书记员一脑门汗，简直记不过来。

骆闻舟：“你拍到了什么？”

“拍到了‘金三角空地’中几次交易过程，有时候只有毒贩，有时候有你们警察败类在旁边巡逻，给他们保驾护航。”

骆闻舟立刻追问：“监控记录呢，在哪儿？”

“在我家地下室的落地灯下面，那儿有个保险柜，你们可以查。”赵浩昌痛快地说，“查完你们就知道我说的是真的。何忠义很小心，通常是让他的朋友出面，但是二十号那天晚上的监控记录里拍到了他托人拿我买的那部手机交易——他手机上还应该有一条短信记录，是他们临时更改交易地点的通知。”

骆闻舟用一种异样的目光打量着他：“何忠义额头上有一张字条，上面写着个‘钱’字。他当天晚上去找你的时候拿着个牛皮纸袋，我们的技术人员分析，那张字条是从牛皮纸袋上撕下来贴在他头上的，是你干的吗？”

“是。”赵浩昌一扬眉，“他跟踪我，一直跟到了承光公馆，还以还钱的名义死皮赖脸要见我——那纸袋里有两万块钱，骆警官，我问你，除了贩毒，一个外地来的穷小子，去哪儿弄两万块钱？”

骆闻舟有点无言以对。

“我再问你，一个敲诈勒索你的瘾君子突然要还钱给你，你会有什么感受？你会欣然接受，觉得他改邪归正了吗？不可能，他必定是图谋你更多！给你两万，就是要从你兜里掏出二十万、两百万！这些贪婪的泥腿子，除了钱，他们还知道什么？”赵浩昌深陷的眼窝好像两口深井，几乎是不透光的，里面摇摇荡荡，满是冰冷刺骨的黑暗，“我是为了保护我自己，也是为民除害。警官，在你们这些蛀虫和废物不作为的时候，我有什么过错？”

“赵律师教训的是。”骆闻舟心平气和地点点头，“能把你的保险柜密码给一下吗？我们去核实一下何忠义的‘犯罪’证据。”

旁边一个刑警立刻上前递过纸、笔给赵浩昌。赵浩昌脸上带着冷笑，痛痛快快地写下了密码。骆闻舟立刻传给正在“风情酒庄”的郎乔，五分钟以后，收到了郎乔的确认短信。

“谢谢了。”骆闻舟站起来，冲赵浩昌一笑，“赵律师，我就剩最后两句话，您能屈尊听一下吗？”

赵浩昌被迫仰头看着他。

“第一，”骆闻舟竖起一根指头，“何忠义的尸检报告显示，他没碰过毒品，关于那手机，证人的证词也说明了，是被他室友偷走的。”

赵浩昌眉头一皱，正要开口辩驳，骆闻舟就竖起了第二根手指。

“第二，你既然能神通广大地把针孔摄像机安在何忠义租屋的外窗处，为什么不干脆安在屋里呢？一天到晚对着他拍，连吃喝拉撒都拍下来，他到底是吸毒还是贩毒，不是更一目了然吗？只要有他吸毒贩毒的证据，你不就有了摆脱他的砝码了吗？”

赵浩昌倏地一愣。

“你太聪明了，赵律师。”骆闻舟笑了一声，“逮住了你这种不见棺材不落泪的王八蛋，鄙人深感欣慰，把该鬼混的时间全用来加班我都觉得值了。至于我的承诺……不好意思，我也是个王八蛋，承诺只有在我未来老婆面前才当真，你啊，省了吧。”

骆闻舟说完，懒得看他那张人模狗样的画皮脸，直接离开了审讯室。

陶然一时没明白：“老骆什么意思？”

“通过画面，是可以追溯到摄像头方位的。”费渡眼睛一眨不眨地盯着崩溃的赵浩昌，低声说，“他根本不在乎何忠义是不是无辜的，是不是真的和马小伟他们有牵扯，是不是真的吸毒。从何忠义自作多情，试图联系他的时候起，赵浩昌就没打算让他活下去。”

陶然蓦地反应过来：“你是说他把何忠义外窗上的监控记录匿名寄给过王洪亮？”

他本想在自己不露面的情况下，利用王洪亮杀何忠义！

“虽然不知道何忠义为什么逃过了这一劫，但这确实是合乎赵浩昌逻辑的做法。”费渡远远地看见骆闻舟披着件衣服，有些半身不遂地叼着烟走过来，转头冲陶然一点头，“哥，别的事我也不关心了，我先走了。”

说完，他扶了一下眼镜，慢条斯理地往外走去，与骆闻舟擦肩而过的时候，他好奇地看了一眼骆队僵硬的站姿，十分彬彬有礼地问候了一句：“看您似乎有点腰肌劳损，上了年纪，要注意身体啊。”

骆闻舟真是又好气又好笑，同时莫名觉得今天的费渡似乎比平时开朗了一点儿——也许是把捂出脓的陈年旧伤重新挖开的缘故，或许痛苦，或许鲜血淋漓，但总有机会重新愈合。

“问你个事儿。”骆闻舟说，“你猜赵浩昌的全家是不是他杀的？”

费渡万万不肯配合着他好好聊天，连讥带讽地回答：“骆队，坑蒙拐骗、软硬兼施半天，你没有诈出赵家人是谁杀的？”

骆闻舟后背疼得厉害，有点站不直，于是毫不客气地伸手按住费渡的肩膀，拿他当了人形拐杖：“我倒觉得不像，虽然我们家小乔儿说他保留了纵火犯的一条套袖，细思恐极，不过我倒是觉得，他当时可能最多是见死不救。一般来说，犯罪是有一个升级过程的，新手很少一上来就能有条有理、谋划得当地杀自己全家。”

费渡觉得他话里有话，神色一顿。

骆闻舟一耸肩：“我没有影射你，我都道过歉了。”

费渡面无表情地说：“你压住我头发了。”

他说完一偏头，避开骆闻舟的狗爪子，十分嫌弃地伸手在自己肩头上弹了几下，飘然而去。

“骆队！”一个刑警跑过来，“黄敬廉看见证据就蒙了，把王洪亮他们那些事都交代了！”

骆闻舟蓦然转身。

“还有陈媛那事。黄敬廉交代说，起因是当时他收到了一个包裹，打开以后，发现里面是一段拍下了他们整个交易过程的视频，他们认定了有内鬼，立刻开始查，一查就查到了陈媛身上藏的摄像头，这才把她……”

骆闻舟愣了愣。

赵浩昌本想借刀杀人，利用王洪亮灭何忠义的口，但也许是他那摄像头装得太隐蔽了，黄敬廉他们竟然把它漏了过去；也许是黄敬廉根本没想到偷拍他们的人会用固定摄像头等着他们查，所以他第一反应就是排查内鬼，无辜的女孩就这样阴差阳错地成了何忠义的替死鬼。

而那不懂看人脸色的莽撞少年，也终于没能逃过来自沼泽的注视。

“接着审吧。”骆闻舟艰难地伸了个懒腰，“看看到底是谁在二十号晚上给何忠义发了那条短信。”

“是！”

汇报的刑警转身跑了。

骆闻舟在原地站了一会儿，沉思片刻，忽然觉得身边似乎有股味道，淡淡的，一丝一缕缭绕在鼻尖，旋即往更深的地方钻去——是尾调悠长的男用木香，闻久了，叫人胸口有点痒。骆闻舟四下找了找，最后抬起自己的手指，轻轻地闻了一下，发现居然是从费渡身上沾来的。

“啧！”骆闻舟扫兴地捻了捻手指，一找到出处，他也不痒了，也不觉得好闻了，“瞎喷什么，浪费老子的荷尔蒙。”

第二十五章

经过了一个周末的发酵，天幕上空的跳楼未遂事件在周一清早就爆炸一般地沸反盈天起来，费渡还没走出停车场，已经遭到了两拨围追堵截，他这才发现，自己居然摇身一变，成了个网红。

费总端着半杯已经凉了的“伦敦雾”，在自己办公室里琢磨了一会儿，感觉钱不能白花，人也不能白红，于是招手叫来了助理，嘱咐她借题发挥，找市场营销部的人以公司的名义做一份关于企业社会责任感的特别企划。

董事长特助苗小姐拿着笔记本噼里啪啦地记下了他的突发奇想，临走，她欲言又止好半天，眼圈都红了，才小心翼翼地问出口：“费总，你在天幕上说的都是真的吗？”

“嗯？”费渡随手翻着自己的日程表，闻声一抬头，露出一个掺着揶揄、拌着纵容的笑容，“当然不是，有自杀干预的专家在后面提示台词的，那种场合不会让我自己随便发挥的——你怎么什么都当真，也太可爱了吧。”

苗助理眼圈的红晕立刻平铺到了脸上，啐了一声，转身就走。

“哎，等等。”费渡笑眯眯地叫住她，“今天公司有没有需要我出卖色相的饭局？”

一腔母爱被浪费的苗小姐翻了个白眼：“没有，咱们暂时用不着您老美貌这项宝贵的无形资产。”

“那就好。”费渡把披在身上的西装外套一扒，笔记本一合，“那我出去一趟，有事打电话。”

半个小时后，费渡从医院接出了何母，一起赶往市局。

王秀娟毕竟身患重病，年纪也不小了，经历了这么一场大悲大恸，她被留在医院观察了一个周末，才勉强出院，要去接回何忠义的遗体。

一个异乡少年的死亡就这样引出了一起震惊全国的腐败贩毒大案，燕城市局不得不和纪委成立了联合工作组，没日没夜地加班加点。相比而言，何忠义被杀一案反而没那么多人关注了。只有骆闻舟、陶然和郎乔等几个一开始就接手案子的人负责后续的收尾工作。

何忠义尸体的仪容已经整理好了，看起来反而不像他刚在路边被发现时那么骇人，脸上蒙着化妆师牵强附会出的安详。赵玉龙和何忠义生前的几个同事都自发地过来帮忙，马小伟也在肖海洋和另一个民警的监督下露了面。

张东来不知是迫于压力还是怎样，中途一身严肃地亮了相，远远看见费渡搀扶的王秀娟，他老大不自在地晃了晃脑袋，同手同脚地走过去，生硬地冲王秀娟一点头，开口说：“阿姨，你儿子真不是我害死的。”

他人高马大，王秀娟有些畏惧地往后退了半步。

张东来又搜肠刮肚地想了想：“不过我倒确实打过他……”

费渡凉飕飕地刮了他一眼，张东来尴尬地蹭了蹭鼻子，闭了嘴不敢多说，冲着何母做了个请的手势。何母王秀娟非常瘦小，费渡每次和她说话，都要稍微弯着点儿腰，显得分外温柔，他用一个眼神打发了张东来，附在何母耳边说：“要是您实在不行，剩下的手续，我可以替您办。”

王秀娟艰难地摇摇头，随后，她挣开费渡的手，踉踉跄跄地往前走了几步，忽然想起了什么，回头问：“我家忠义犯过错误吗？他有没有干过什么坏事？”

费渡垂下眼睫注视着她，好一会儿，他轻而坚定地说：“没有，阿姨。”

赵浩昌非常狡猾，煽情推卸、偷换概念做得炉火纯青，听完他的陈述，只让人觉得整个社会都是个大泥坑，就他是一朵出淤泥而不染的白莲花，受尽迫害地盛开。只有靠郎乔他们在场外扒拉蛛丝马迹，再加上骆闻舟的连坑带诈，才能从他嘴里套出一点儿真话，拼凑出一个破破烂烂的来龙去脉。

乡下少年何忠义，带着希望和压力，从偏远的小山村来到喧嚣的燕城，他看见满目的车水马龙与红男绿女，和他同龄的少男少女们青春洋溢地出入校园，走在大街上，个个都可以直接走进街拍镜头。

而他初来乍到，无亲无故，只能住最破的房子，每天踩着泥泞，伴随着下水道的气味往返于工作和租屋之间，身边除了暮气沉沉的中年人，就是一帮不学好的浑小子，沾黄聚赌涉毒，什么样的混账都有。他却从不与他们为伍，每天掰着手指计算本子上的账目，省吃俭用，一分钟也舍不得浪费，总想多干一点儿，早点儿还清欠人家的钱，给病病歪歪的母亲治病，偶尔也会幻想着自己有朝一日能在这个城市立足。

他从小崇拜着一个人，虽然严格遵守着和对方的约定，从不把他的存在告诉任何人，却还是忍不住想朝他接近一点儿。

丰年大哥对他避之唯恐不及，何忠义思前想后，觉得可能还是自己太穷的缘故，这偌大一个燕城，日日奔波，谁容易呢？当然不想要一个三天两头来打秋风的穷亲戚。他虽然难过，却也理解，于是小心翼翼地和那个人保持着基本的联络，偶尔问候，拼命攒钱。

问候是必须的，即使别人不爱搭理他——因为借了人家的钱，没有就此断了联系的道理。

他好不容易攒够了第一笔钱，两万元整，不够少爷们糟践一瓶酒的，却已经是他有生以来最大的一笔存款，他得非常小心地收好，不敢显摆，也不敢让任何人看见，因为身边总有手脚不干净的室友。钱放在自己手里不踏实，何忠义总是想早还早安心，可是丰年大哥不好联系，他迫不得已，只好找上了张婷——他偶然见过她在丰年大哥身边。

何忠义鼓足勇气找她说话，结结巴巴地希望从她那里打听到大哥的去向，没想到反而吓着了女孩。

陌生男子并不可怕，可怕的是穷酸与不体面的陌生男子。

女孩的激烈反应给他招来了一顿臭揍，这倒没什么，偏偏那个人就在旁边看着，冷静地拉架、头也不抬地劝阻，好像不认识他、从未见过他。直到那一刻，何忠义才后知后觉地反应过来，丰年大哥或许真的并不想有一个他这样的同乡。他们不是亲人，也不是朋友，自己对他来说，原来更像一个泥点子，甩在人家一尘不染的白衬衫上，洗都洗不掉——哪怕事后，对方非常敷衍地塞给他一款新手机。

那时，何忠义想，等把那些钱都还完，就不再联系了吧。

有一次送货的时候，他远远看见丰年大哥和他的朋友们在不远处谈笑风生，这一次，他主动避开了他们，没有上前讨嫌，偶然听说他们打算去一个名叫承光公馆的地方暖场，他捏着手里的两万块钱，打算等在路上，悄悄先还上一笔。

可是……

何忠义的尸体盖好白布，被人抬了出来。王秀娟的眼眶瞬间充血，膝盖一软，坐在地上，众人连忙七手八脚地凑过来，想把她架起来。她混浊的眼泪顺着眼角横流而下，浸染到花白的鬓角，抓住了身边一个人的袖口，含混不清地哭了起来："我教他待人要好，做人要实在，我是教错了吗？"

谁也回答不出这个问题，只好一致缄默下来。

王秀娟文化水平有限，鉴定书基本看不懂，陶然只好等她情绪稍微平复之后请她坐下，一条一条念给她听，他逐字逐句地解释，解释完一句，王秀娟就木然地点一下头。她并不号啕大哭，只是悄无声息地坐在一边，流着漫长而绵延不绝的眼泪。

张东来低着头蹭到费渡身边，脚尖踢了踢地面上的小石子，抓耳挠腮地说："费爷，婷婷托我打听……咯，这他妈都什么事！我二叔也因为这事要调岗，提前退居二线，我们家今年犯太岁吗？"

费渡隔着几步远，望着王秀娟，忽然问："你找到那条灰条的领带了吗？"

张东来一愣："什么？"

"不用找了，那条领带现在就在市局。"费渡说，"上面有被害人何忠义的血迹和你的指纹，是有人从你车上捡到后举报的。"

张东来张着嘴，瞠目结舌半晌，锈住的脑子终于"嘎啦嘎啦"地跑完了漫长的反射弧，隐约听明白了费渡的话，他呆若木鸡地一伸手，把从额前支棱出去的头发捋到脑后，发出一声简短有力的国骂。

费渡拍拍他的肩膀："让婷婷别打听了，这种人渣，及时止损吧。"

"慢着，等等。"张东来头昏脑涨地一摆手，"你是说那……那谁，偷了我的领带杀人，还要栽到我头上？你是这个意思吗？"

费渡不予置评地看了他一眼。

“不是，不可能吧？我对他——赵浩昌，还不够意思吗？他在荣顺里算什么东西，好项目哪能轮得上他？还不都是我介绍，才让他去做你们家的业务！婷婷带他回家，我爸、我叔对他也没意见啊，拿他当新姑爷，招待得周周到到的——我什么事碍着他了？”

费渡想了想，道：“喘气。”

张东来用他有限的脑浆原地思量半晌，还是难以置信，嘀嘀咕咕地说：“不可能吧，我还是觉得……哎，骆闻舟那货到底靠不靠谱？他怎么能……”

“骆闻舟那货要是不靠谱，现在关在里面等着被公诉的杀人犯就是你了。”骆闻舟本人不知什么时候溜达到他俩身后，点了点张东来，“少爷，你可长点儿心吧。”

张东来有点怕骆闻舟，一见他，腿肚子先转筋，此时背后说人被正主听个正着，他连个屁也不敢多放，麻溜地跑了。

骆闻舟来到费渡身边，负手而立，注视着不远处的生离死别：“她以后怎么办？”

“经贸大厦的老板借机蹭热度，”费渡说，“要牵头发起一个‘乡村失独老人基金会’，已经发过通稿了，应该能负担她以后的治疗费和生活费。不过……”

不过钱可以给，人却回不来了。

别人能在物质上关爱她，却没有人能还给她一个儿子。

“对了，”骆闻舟从怀里的文件夹里摸出几张照片，“给你看个东西。”

那照片上是一根装在证物袋里的钢笔，隔着镜头都能感觉到钢笔的质感，笔盖上有个刻上去的“费”字：“赵浩昌的藏品之一，眼熟不？是不是你的？”

他本来期望着从费总脸上看见一点儿惊讶，谁知费渡只扫了一眼，就毫不意外地说：“原来在他那儿啊，去年圣诞节那天丢的，那应该是他第一天作为法律顾问团队负责人去我那儿报到。”

骆闻舟惊了一下。

日期和赵浩昌的记载一模一样，不知道的还得以为是费渡送给他的。

“我找不着东西的时候，一般稍微回想一下前后发生的事，就能大概推断出当时的心理状态，以及东西会放在哪儿。”费渡一耸肩，“再找不着，只可能是被人拿走了——不过那天进出我办公室的员工和客人很多，为了怕闹出不愉快，我也没声张。”

骆闻舟问：“你不想知道他给这根笔的标签是什么吗？”

费渡耸耸肩，他的目光落在钢笔照片后面——镜头拉得稍远，拍进了赵浩昌地下室落地灯的一角，标本似的树灯静静地亮着，像是遥远时空以外投注而来的目光，永远跟着那一年改名换姓的乡村青年。

“不太想。”费渡说，“庭审完也不用还给我，沾了怪味，我不要了。”

尾声

安顿好王秀娟，费渡没和别人打招呼，悄然离开，独自开车去了郊外。

才刚过傍晚，约莫是有点阴天，陵园里碑影幢幢，鸦雀低飞，湿润的泥土气息从地面反出来，沉睡的亡者注视着往来的生人。费渡拎着一束百合花，轻车熟路地踏着他第七年的脚步，来到了一座有些陈旧的墓碑前。墓碑上的女人容色苍白，眼神忧郁，笼着一层脆弱的美感，永不褪色地看向他。

费渡和她对视了一会儿，挽起袖子，先用细致的软布把墓碑擦了一遍，然后伸出两根手指，轻轻地吻了一下，印在墓碑上，七年来，第一次在她面前露出了一点释然的微笑。好像终于把那口压在他心里的棺材推了出来，放入空置的坟墓中，尘埃落定。

等费渡走了，一个人才做贼似的走过来，在墓前放下一把小白菊，又给墓碑上的女人鞠了个躬……正是骆闻舟。

这位不速之客和墓主人无声地交流了一会儿，准备抬脚离开，忽然，他脸上一凉，天上居然毫无征兆地下起了雨。骆闻舟没带伞，“啧”了一声，正想用胳膊遮着头冒雨跑出去，刚一抬手，头上却张开了一道黑影。

他吃了一惊，蓦地回头——费渡不知什么时候去而复返，正举着伞，神色有些复杂地看着他。

淅淅沥沥的小雨大概花了一分钟“试音”，随后放开喉咙，咆哮成瓢泼之势。

墓园里和费渡面面相觑的骆闻舟被人“赃”并获地堵在了墓碑前——团

团圆圆的小白花还在雨中舒展着枝丫。

那一瞬间，伟大的骆队很想叛逃朝鲜。

骆闻舟磕磕巴巴地辩解了一句：“我……呃……那什么……我其实就是顺路过来看看。”

费渡没接话，气氛一时更尴尬了。骆闻舟觉得此时此刻，哪怕他把长城借来糊脸，也挡不住费渡那让人无可遁形的视线，他慌慌张张地避开了对方的视线，打算胡乱应付两句，撒丫子开溜。

“你们聊吧。”骆闻舟客客气气地说，冲过世七年的女人一敬礼，“我明天还得上班，不打扰了，先走了。”

他说着，迈开大步，就要冲进雨幕中，还没来得及感受大自然的“滋润”，那把黑色的大伞就又如影随形地跟了上来。

费渡脚步没动，只是略微伸长了举着伞的胳膊，半个肩膀很快被大雨打湿，雨水在他身上结了一层似有还无的氤氲。他终于开了口，静静地问：“原来花是你放的？”

七年来，费渡每年在他母亲忌日前后，都会来墓园，偶尔他稍微推迟一两天，就会邂逅一簇品位欠佳的小白花。

谁会来看她呢？墓园每天人来人往，管理也是稀松二五眼，费渡问了，管理员也说不出个所以然来。放花的人看起来没有恶意，费渡也没太较真儿，只是他考虑过很多可能性，单单没想到会是骆闻舟。

骆闻舟十分尴尬地“嗯”了一声，又顾左右而言他地说：“来都来了，总不能空着手，是吧——你……那什么，不是已经走了吗？”

费渡用更加意味难明的目光盯住了他，反问：“你怎么知道我已经走了？”

骆闻舟愣了一下。

很好，堂堂刑警队长被诱供，不打自招了！

费渡把沉重的大伞塞进他手里，弯下腰捡起墓碑旁边落下的软丝巾：“我忘了把这个带走。”

骆闻舟被少爷委以撑伞重任，一时走也不是，留也尴尬，只好跟在费渡身后，假装欣赏风景的目光四下乱瞟。周围整齐排列的墓主人们或庄严或肃穆的遗像纷纷向他投以注目礼，远处的雨幕把灰蒙蒙的天空和郊外的小山连在了一起，山间的松鼠也钻回树洞中闭门谢客——骆闻舟目光没着没落地盘旋半晌，终于只能认命地落在黑伞撑开的小小空间中的费渡这唯一的活物身上。

骆闻舟惊奇地发现，只要该“活物”不满口厥词地藐视道义王法，原来还是个身材高挑、肩膀平正的美男子。费渡深灰的衬衫熨帖而笔挺，湿了一小块，紧贴在腰间，几乎堪称“色相”，非常赏心悦目。

忽然，费渡转过身来，骆闻舟躲闪不及，目光与他轻轻地一撞，呼吸不由得一滞。

骆闻舟干咳一声：“哥跟你聊两句行不行？”

费渡脸上终于露出了骆闻舟熟悉的皮笑肉不笑：“哥？骆队，您跟谁都这么自来熟吗？”

这个久违的嘲讽终于打碎了方才紧绷的气氛，骆闻舟莫名松了口气，他伸手指了指石墓碑下面的小台阶：“在这儿等会儿吧，回去还得先下山，这么大雨，走山路危险。”

费渡不置可否地抹了一把湿漉漉的小石阶，坐了下来。

骆闻舟举着沉重的碳素伞，回头冲墓碑上的女人一躬身，并肩坐在了费渡旁边。

费渡给人——起码给骆闻舟的感觉，常常就像他偶尔架在鼻梁上的金属框眼镜，看似很精美，其实在无声无息中透着一股不近人情的冰冷。

然而此时，被困在一把伞下，骆闻舟却惊奇地发现，费渡的体温并不低。疾雨转眼就下透了，暑气消退，潮湿的凉意扑面而来，越发映衬出旁边人身体的温暖。

他原来不是吸血鬼，不是僵尸，不是午夜作祟的魑魅魍魉。

似乎也只是个肉体凡胎而已。

“我偶尔会过来看看。”骆闻舟率先开了口，“这毕竟是我处理过的第一起命案。”

费渡一挑眉：“所以印象深刻？”

“嗯。”骆闻舟简短地点头之后，沉默了一会儿，又说，“但不是对你妈妈印象深刻。”

费渡不怎么在意地接话：“骆队什么样的尸体没见过，当然……”

骆闻舟打断他：“我是一直忘不了你。”

费渡闻言，略带惊愕地看了骆闻舟一眼，怀疑他是吃错药了。

骆闻舟没留意到自己说了一句颇有歧义的话，他用结着老茧的指腹缓缓摩挲着碳素伞柄，盯着眼前平整的青石板："我记得那天天气也不太好，接到通知，我跟陶然一边打电话请示前辈，一边拼命往你家赶，因为当时情况不明，我们怕万一是一起谋财害命的案子，凶手可能没走远，你又不肯离开，一个小孩自己在那儿会遇到危险。"

费渡脸上找抽似的似笑非笑渐渐消失。

"赶到的时候，你就是这个姿势坐在你家院门口的石阶上。"骆闻舟说，"听见脚步声，你抬头看了我俩一眼，我一直忘不了那个眼神。"

那是一个清澈、执拗、直勾勾的眼神，好像压抑着许多未曾宣之于口的求救和期冀——尽管那少年当时的态度是克制而内敛的。

"你让我想起我师父曾经说过的一个故事。"骆闻舟说，"那是他老人家年轻时候的事了，二十年前吧——有一起儿童失踪案，先后丢了好几个孩子，都是十岁上下的小姑娘，放了学，该回家没回家，就这么神不知鬼不觉地没了。那会儿咱们国内刑侦技术和水平都有限，DNA基本不知道是什么东西，确定个死者身份都是靠血型和家属提供受害人特征的笨办法，这案子没破，成了个悬案，失踪的六个小女孩一个都没找回来，其中一个受害人的父亲受不了这个刺激，崩溃了。"

费渡没插嘴，静静地坐在旁边听。

"他来来回回地往局里跑了上百趟，没有得到任何结果。因为案子不止这一桩，迟迟没有突破口，大家的视线肯定要转移，就派了个比较能说会道的老刑警，去打发这个纠缠不休的父亲……这个老刑警就是我师父。接触得多了，我师父可怜他，有时候会劝他往前看，实在过不去孩子这道坎儿，不如趁年轻再生一个。他不听，没人帮他查，他就自己查，好几个月之后，有一天，他突然冒出来，拉住我师父，说他找到了嫌疑人。"

骆闻舟说到这儿，顿了顿，偏头看着费渡的眼睛。

费渡的眼角已经彻底长开，形状依稀还是少年时的模子，内里却大不相同了，他的目光不知什么时候开始变得懒洋洋的，眼睛总是半睁不睁的，眼角不笑也有三分促狭刻薄的弧度，有时候他彬彬有礼地对别人微笑，其实眼神都没对焦，充满了漫不经心，当年那倔强甚至于有些偏执的目光，一丝痕迹都不剩了。

它们好像只存在骆闻舟心里，是他自作多情的一个幻觉。

他盯着费渡发呆的时间太长，费渡忍不住想出言恶心他一下，目光不怀好意地从骆闻舟的鼻梁和嘴唇上扫过，费渡说："骆队，您老这眼神真的很像索吻的小姑娘。"

骆闻舟身经百战，并没有那么容易被恶心着，他回过神来，面不改色地回击："索也索不到你头上，小崽。"

俩人同时感觉到一场新的战争又在酝酿中，然而此处没有陶然调停，四下雨幕接天，他们俩只有一把伞，躲都没地方躲，只好拿出成年人的理智，各自忍让地退了一步——同时扭过头，闭了嘴。

平息了战火，俩人总不好大眼瞪小眼地坐着，于是费渡试着说了句人话，他爱答不理地说："丢孩子的案子和我有什么关系？"

"我师父跟我描述过他当时的眼神，说那个父亲的眼睛像一个冰冷的岩洞，里面有两团炽烈的渴望，烧着魂魄——我看见你的时候，不知怎么就想起了他这句话。"

费渡听完，短暂地忘了"停火协定"，一侧修长的眉高高挑起，嗤笑了一声："您要不然是眼神不好，要不然是想象力太丰富。"

骆闻舟看着他说："费总，十分钟不找碴儿，对你来说是不是特别难？"

费渡一耸肩："好吧——然后呢？你刚才不是说那个丢孩子的家属要指认嫌疑人吗？"

骆闻舟见好就收，继续说："他指认的是一个颇有名望的中学老师，那老师是远近闻名的好人，拿过乐于助人的公益奖，还当过劳模。虽然觉得受害人家属有点失心疯了，我师父还是按着他说的去查了一下。"

费渡问："私下里？"

"一个男老师，要是传出这方面的流言蜚语，哪怕他是无辜的，这辈子也就算完了，我师父也只能秘密调查。但是查了半天，没有可疑迹象，我师父更疑心是那个失踪女孩的父亲精神有问题了，两个人不欢而散。之后不久……就出了一起命案。那位父亲揣着一把西瓜刀，把他怀疑的老师捅死了。"

费渡听了这么个惨烈的故事，一时不知做何回复，好一会儿，他回过神来，"哈"了一声："你放心，我肯定不会动刀捅人，买凶才是我们的风格。"

这回，骆闻舟没理会他的挑衅："但可怕的是，他们对死者进行调查的时候，从他的地下室里发现了失踪女孩的衣服和一个昏迷中的小女孩。”

骆闻舟说到这儿，借着雨幕，他很轻缓地吐出一口长气，想起那老刑警反复叮咛过他的话：“如果有人用那种眼神看着你，说明他对你是存着期待的，无论结果是什么，都千万不要辜负那种期待。”

费渡听了这个都市传说一样的故事，脸上好似没什么触动，只是颇为好奇地问：“你还有师父？”

“刚入行的时候带我们的老前辈。”骆闻舟说，“不知道陶然有没有跟你提过——前些年抓捕犯罪分子的时候牺牲了。”

费渡迟疑了一会儿，皱着眉想了想：“三年前？”

“你怎么知道？”

“因为我没什么印象。”费渡说，“三年前我爸刚出事，正好是我各种事缠身的时候，只有那段时间没怎么联系过陶然。”

骆闻舟听到这里，心里忽然不知哪根筋搭错了，脱口问：“我和陶然一起认识你的，你一见我就找不痛快，怎么那么喜欢陶然？”

费渡的坐姿十分放松，双腿交叠，手指搭在膝盖上，闻言一弯眼角，揶揄地说：“这口陈醋很够味儿。”

“你小子嘴这么欠，还到处跟大姑娘聊骚，人家没拿大耳刮子抽过你吗？”骆闻舟有些无奈，摇头笑了，忽然觉得他们俩有点相逢一笑泯恩仇的意思，他无意识地摸了摸怀里的烟盒，想起了什么，又艰难地把冲动忍了回去。

旁边费渡说：“抽吧。”

骆闻舟：“你不是咽炎吗？”

“没有。”费渡坦荡地说，“我就随便找个碴儿不让你舒坦而已。”

果然还是个混账东西！

骆闻舟忍不住伸出拳头给了费渡一下，谁知费总是个奉行“动口不动手”的真君子，并不禁打，猝不及防地挨了他没轻没重的袭击，本来优雅放松的坐姿平衡顿失，架起来的长腿掉进了旁边的水坑里，费渡慌忙伸手撑了一下地，抹了一把泥。

骆闻舟非但不道歉，还好像觉得挺好玩，在旁边没心没肺地大笑起来。

两人难得相安无事地一起待了很久，眼看雨势渐消，骆闻舟把伞还给费渡："陶然那新房子装修完了，这礼拜要搬家，回头你也过来吧，正好一起坐坐。"

费渡不吭声，面无表情地睨着他。骆闻舟突然觉得他和骆一锅很像，眼神里都有一种"满世界都是疯狗，就我独自高贵"的"睥睨凡尘"，一边忍俊不禁，一边抱着头冲进了淅沥沥的小雨里。

至此，沉怨仿佛烟尘散尽，真相似乎水落石出。

"5·20"案和花市区分局特大腐败贩毒案后续收尾工作忙而不乱地推进，综合王洪亮等人的证词，警方彻底排除了何忠义涉毒的可能性，那条神秘的短信也终于没能问出确切出处，于是和附近找到的两个针孔摄像头一起，被警方认定成"影帝"赵浩昌的又一场自导自演。

虽然他坚决不肯承认。

马小伟被拘留了几天，与吴雪春一起，被送进了戒毒所，准备拼命挣出一个新生。

骆闻舟亲自送他们俩上了车，临走，骆闻舟冲吴雪春点了一下头，又顺手在马小伟剃得好似猕猴桃的寸头上摸了一把："大难不死，往后可要好好的。"

车子绝尘而去，骆闻舟在路边抽了一根烟，独自叹了口气，暂时咽下了心里两根如鲠在喉的刺——陈振的死亡到底是不是如黄敬廉所说，只是意外？

而那总是带着一股不信任的黑车司机，当时又是怎么在王洪亮的严防死守下，把粗制滥造的举报信成功捅到市局的？他不怕市局和那些人蛇鼠一窝吗？

这些事随着陈振的死，终于还是无法追溯了。

离开的马小伟用头皮记下了那年轻刑警掌心的温度，默不作声地坐在车上，看着道路两侧飞快后退的广告牌。

等红灯的时候，一辆貌不惊人的小轿车停在旁边，车窗一闪，缓缓地下摇，两指宽的缝隙里闪过一个手机屏幕，上面贴了防两侧偷窥的膜，只有从马小伟的角度，才能正好看清上面一行字，那上面写着——你做得很好。

马小伟睁大了眼睛，打了个寒噤，还不等他看清那只举着手机的手，小轿车的窗户已经合上了，在前方路口与他分路而行。

Part 2

亨伯特·亨伯特

The light in the night

“我爱你，我是个怪物，但我爱你。”——《洛丽塔》

第一章

陶然的新家终于装修完毕，准备乔迁，一大帮同事、朋友热热闹闹地去给他暖房。

新家看起来还不错，其实房龄已经奔三了，是个金玉其外，败絮其中的大龄商品楼。

“陶副队，我跟你说，进门这个地方应该放一个复古钟，伸出来，就是欧洲火车站里的那种钟，能看时间，又特有感觉。拐角这里太单调了，可以挂点植物生态球之类的。厨房要放一整套丛林系的清新厨具……”郎乔是个站着说话不腰疼的室内装修爱好者，知识储备全部来源于家装杂志，一进门就到处乱窜，指点江山，及至她往厨房一探头，正好看见骆闻舟正单手端起一锅调好的酱汁。

郎乔整个人都震惊了：“妈呀，老大，怎么是你？”

“不是我是谁，你家陶副？你想吃挂面全餐？”骆闻舟嫌弃地看了她一眼，“躲开，不帮忙就别在这儿碍手碍脚。”

郎乔连忙让路，看着他把酱汁浇在一盘白灼菜里，香味立刻蒸腾起来，她咽了口口水，很想捏一块尝尝，被骆闻舟背后长眼地拍开了爪子。

郎乔：“那怎么你老往食堂跑？”

“不然呢？”骆闻舟抄起菜刀，快且均匀地把一个洋葱削成薄片，一股脑儿地扔进煮着咖喱鸡的锅里，“自己回家弄一桌满汉全席，然后跟猫一起吃吗，我有病吗？”

郎乔的眼睛“唰”一下亮了：“对了，你家还有猫！老大，你真是亲同事，快给我看看你家小喵喵！”

“你把舌头伸直了说话。”骆闻舟被她纠缠得受不了，不耐烦地把咖喱锅拧小火，从兜里摸出手机，打开宠物监控的手机App，“自己看吧，可能不在窝里。我说你们村能换个图腾吗？崇拜什么不好，崇拜猫，低级趣味！”

“就是崇拜猫，猫招财！”郎乔虔诚地双手接过他的手机，不料刚一连上监控，镜头里就出现了一张巨大的猫脸。

骆一锅幽幽地盯着镜头看了一会儿，不知看出了什么，接着，这位大爷纵身跳上窗台，当着骆闻舟和郎乔的面，对窗台上的一盆吊兰做出了惨无人道的戕害。骆闻舟眼睁睁地看着它连抓再咬，对吊兰使出了夺命连环爪，最后把花盆扒到地上，骨瓷的花盆和植物一起香消玉殒。

郎乔看着那炫酷场景，默默地把手机交还：“那什么……节哀顺变？”

骆闻舟身为一家之主，有点想离家出走了。

这时，陶然探头进来：“费渡说过他什么时候到吗？他找得着地方吗？”

骆闻舟从厨房窗户往外看了一眼，正好在楼下看见了一辆扎眼的巨大SUV——另一只“一锅”已经驾到了，而且该“一锅”人高马大，且嘴特损，不能被拎着后脖颈子扔出门外。骆闻舟一阵头疼，后悔起自己那天在陵园多的嘴：“我看见他车在楼下了。”

按照当地风俗，庆贺乔迁要给主人家带一些锅碗瓢盆和小家电做礼物，费渡想起了市局那香油味浓郁的办公室，干脆买了个泵压的全自动咖啡机。足有一米高的大纸箱子分量着实不轻，费爷为了陶然，难得干一回体力活，把这大家伙扛到了电梯间……然后他对着一个罢工的电梯，和几个爬不动楼梯的遛狗大爷面面相觑。

好一会儿，他后知后觉地意识到了什么，摸出手机：“哥，你家住几楼？”

“十二楼。”陶然在电话里笑呵呵地说，“今天电梯坏了，你走两步吧。”

费渡低头看了一眼那大箱子，心情十分复杂。

修理工姗姗来迟，哈欠连天，看起来很难让电梯立刻满血复活，原本还在等的几个大爷也渐渐不耐烦地走了，只剩下一个年轻力不壮的费总。咖啡机净重十二公斤，再加上包装纸盒，差不多有小三十斤重，很有一点分量。

虽然费渡是个要啥有啥的大小伙子，二三十斤的东西对他来说也不算什么，但那是个长方体状的纸箱，没有拎手，要爬十二楼，无论是背是抱是扛，形象都会比较不堪入目，费总接连设想了几个姿势，都没法和自己达成审美意义上的和解。

可是自己买的累赘，揉破了衬衫也得自己拿，费渡无奈地和那纸箱大眼瞪小眼片刻，打算豁出去了，托起脏兮兮的纸箱往一尘不染的肩头一搭。就在他认命地迈开腿往楼梯间走的时候，背后忽然有个人问："您要上几层啊，需要搭把手吗？"

费渡一回头，看见了一大一小两个美人。

大美人看着有二十多岁，长得像个女明星，很是养眼，手里牵着个十岁出头的小女孩。小女孩梳着公主头，穿了一条漂亮的碎花裙，一边举着冰激凌慢慢舔，一边好奇地打量着费渡。

费渡当机立断地把那箱子扔下了，然后他拿出了转个身就能走台步的翩翩风度，冲对方颔首一笑："我挡路了吧？不好意思。"

"没事没事，我没想走这边，就是看您拿的东西挺沉的。"大美人说着，迟疑了一下，回头看了一眼电梯，"这么热的天，电梯居然坏了，物业也真是的——要不您等一会儿电梯吧，没准一会儿就好了。"

资深花花公子费爷求之不得，愉快地忘了自己的出访目的，让小女孩坐在他的箱子上，自己站在楼道里，就地和大美人大聊特聊起来。

"有五分钟了，怎么也该爬上来了。"楼上，陶然看着骆闻舟盛出了异香扑鼻的咖喱鸡，看了看表，"费渡怎么回事，坐蜗牛来的？"

骆闻舟炒完菜，有条不紊地指挥着手下小弟们装盘，掀开旁边小火慢炖着肘子的砂锅盖，随口挖苦："不知道，可能是在楼底下生根发芽了。"

他一边说，一边抽出一把汤匙舀了半勺汤，轻轻一抿，感觉还差点儿意思："你家有冰糖吗？"

"没有。"陶然一边换鞋一边回答，"我下楼看看他去，顺便买一包上来，你要什么样的？"

骆闻舟皱了皱眉："爬个楼还要人接，真把他惯成少爷了。"

陶然好脾气地一笑，谁知等他换好鞋刚要出门，就看见骆闻舟臭着张脸跟了上来。

陶然奇怪地问："你干吗来？"

“我买冰糖。”骆闻舟说，“你不知道买什么样的。”

冰糖还能有几种花样？陶然几乎让他气笑了。

骆闻舟：“看什么看？”

陶然想了想：“你最近跟小费关系好像好了不少？”

骆闻舟趿着拖鞋，大爷似的一摆手：“谁跟他好？是我不跟那混账玩意儿一般见识了。”

“混账玩意儿”费总在维修工人们热火朝天的“乒乓”乱响中，正自由地跟美貌的姑娘舒展着他修炼多年的风流倜傥。

骆闻舟一身咖喱味，人还在楼梯间里，隔着老远就被这万恶的资产阶级作风伤了眼，很是看不惯费渡那德行，心说这货一天到晚也没点正事，不是聊骚就是撩闲，幸亏是家里有点钱，不然出门要饭他都找不着组织。骆队于是很没好气地走过去，一句讥讽堪堪到了嘴边，忽然听见身后的陶然倒抽了一口气，险些原地来个稍息立正。

陶然带着点颤音说：“常……咯，常宁？”

大美人倏地一回头，先是一愣，随后笑了起来：“呀，陶然，你怎么也在这儿？”

费渡和骆闻舟不约而同地原地闭嘴，目光整齐划一地在两人中间转来转去，从那两人互称姓名中闻到了一丝不同寻常的气味。

陶然的耳根一下红透了，瞬间忘了天、忘了地、忘了手足兄弟。他摆动的手脚僵成了一副不协调的同花顺，半身不遂一般地挪到女孩面前，结结巴巴地开了口：“我……我以后住这儿，刚……刚搬过来。你……你怎么……”

“真的吗？我就住这儿！”常宁冲他笑出一副小酒窝，“咱俩太有缘了！你看，我没骗你吧，我们小区就是下地铁就到，很方便的。”

陶然先是被“有缘”俩字砸了个五迷三道，又被迫回想起了那次失败的相亲，顿时无地自容得语无伦次起来：“是啊……呃，不对，咯，那什么，真对不起，上次也没把你送回家……”

被遗忘的骆队和费总听到这里，已然知道了这女孩的身份。

知道是一回事，亲眼看见又是另外一回事，俩人下意识地对视一眼，思想感情都有点复杂。他俩你争我夺、互相怄气了半天的对象平时淡定得好似定海神针，而此时这根“金箍棒”正在众目睽睽之下，对着他的梦中情人犯着“直男傻”。

两位特约资深“情敌”默不作声地在一边并肩围观，中间隔着一个体重感人的小家电。

外面绿树浓荫，暑气逼人，蝉鸣聒噪连连。

此情此景，堪称是“两个情敌望翠柳，一根棒槌上青天”。

唯有坐在纸箱上的小女孩不受影响，“咔嚓咔嚓”地啃完了冰激凌的蛋卷筒，她冲费渡伸出了一只小爪子：“大哥哥，有纸巾吗？”

三分钟以后，陶然终于成功地向梦中情人发出了到自己家做客的邀请，常宁略一犹豫，点了头，陶副队就好似中了举的范进，美得快要找不着北，欣然把那两位男性客人遗忘了，殷勤地带着常宁和小女孩上楼去了。

剩下两位不受欢迎的男性客人大眼瞪小眼。骆闻舟：“我现在心情有点复杂。”

默读

费渡收回目光，非常总裁地用下巴一点自己旁边的箱子，示意迟来的“小弟”拎上，他自己双手一插兜，悠悠然地提步就走。

不知是不是自己的错觉，骆闻舟总觉得费渡跟他是越来越不见外了。

骆闻舟最终还是任劳任怨地把咖啡机搬了起来，不过他虽然身体很诚实，嘴上却依然对着费渡的背影冷笑一声：“这点东西都拿不上去，你是不是肾虚啊，年轻人？”

费渡听了，在几层台阶上居高临下地一转身，他打量着抱着重物的骆闻舟，心里突然起了点促狭，费渡盯着骆闻舟的眼睛，色泽略浅的瞳孔里装了对方一双缩小的人像，倏地逼近。骆闻舟本能地后退一步，踩住了下一层的台阶。费渡轻轻一笑，伸出一根手指在咖啡机的纸箱上敲了敲，“咚咚”两下，敲得语焉不详、暧昧难言：“这么操心我的肾，难道骆队想试试？”

骆闻舟哑了。

费渡见他无言以对，遂心满意足，袖着手溜溜达达地上楼了。

陶然和骆闻舟下楼一趟，捡回一位女神和一位“肾虚”的霸道总裁。

某个人到底是忘了买冰糖，冰糖肘子只能用白糖代替。

“女神”常宁是陶然的高中同学，少年情怀总是诗，时隔多年依然念念不忘，正好男未婚、女未嫁，还好巧不巧地被同乡介绍去相亲。常宁刚被公司外派到燕城分部，暂时借住在她小姑家，小姑家和陶然的新家在一栋楼，这简直是宿命般的缘分。新客人一到，陶然家客厅里无所事事的单身青年们沸腾了，哄得陶然面红耳赤，突发奇想来了一招祸水东引，指着在一边拾乐的费渡说："对了，你们不是把锦旗带来了吗？人在这儿，赶紧送。"

郎乔一边喊着"对对对"，一边捧出了一卷红彤彤的锦旗，"唰"一声打开，整个客厅气质突变，被锦旗的先进光芒笼罩得熠熠生辉。

这还不算完，郎乔郑重其事地将锦旗强行塞给他之后，又摸出一封金红交加的奖状："费渡同志，我们陆局说了，先把这个给你，让骆队代表他讲两句，等彻底忙完了王洪亮的案子，他一定要亲自再办一个表彰大会——骆队，是你讲还是我替你讲？"

骆闻舟正在和油盐酱醋做斗争，无暇分神，在"刺啦"乱响的厨房里喊了一句："你说什么——陶然，抽油烟机怎么突然停了，你家是不是断电了？"

费渡唯恐警花冲他来一段长篇大论的"核心价值观"，连忙借口看电闸逃之夭夭："我去看看。"

郎乔意犹未尽地眨眨眼："霸道总裁还会看电闸？"

霸道总裁当然会——费渡少年时代常常混迹在陶然简陋的小租屋里，跟一帮破破烂烂的二手家具为伴，陶然过得糙且节俭，能修的东西绝对不换，也不可能允许费渡花钱买，久而久之，费总掌握了一身修理工的技能。

老筒子楼的电路系统没有经过改装，里面还挂着旧式的保险丝，一掀开电表盖子，费渡就闻到了一股淡淡的煳味——保险丝烧断了。刚搬家的陶然肯定没预备这种东西，费渡只好打了个招呼，去楼下找五金店。

临出门，常宁带来的小姑娘叫住了他："大哥哥，我刚才忘了买作业本，你能带我一起去小超市吗？"

小女孩叫"晨晨"，是常宁小姑的女儿，十岁，暑假过去就升六年级，正好她父母不在家，于是跟着表姐出来蹭饭。费渡带着晨晨在楼下转了一圈，很有效率地买完了两个人需要的东西，然后在临街小店里买了两个泡芙，坐在小区的石凳上，和晨晨一人一个，分了。

"那些大人真是太吵了。"晨晨小大人似的点评，"我们等会儿再上去吧。"

费渡刚想顺口逗她一句，突然眉头一皱——他俩坐的石凳是围着一个早已经干涸的荷花池摆开的，烂泥和枯枝败叶中间竖着一个铜像，那铜像造型抽象，雕的是个什么玩意儿，肉眼基本分辨不出，但有一面磨得很光，能从上面看到扭曲的人像虚影。

就在方才，费渡无意中一抬眼，正好对上了铜像上反射出的一双眼睛。费渡心头无端一紧，下意识地抬起头，循着铜像上的影子四下寻找。

这老旧的小区四周没有院墙，几栋楼混在一起就自成一帮，与车水马龙的大街边界暧昧，附近有一个公交车站点，因为早年规划失当，已经侵入了小区内部，不少人在灌木丛外排队，一拨一拨来了又走，几个临街小店的生意也相当兴隆，此时正好临近中午，小吃摊前已经有人站着等位了。

人群熙熙攘攘，有穿着睡衣出来的小区居民，有在外围区域活动的过路人，有把小区内部道路当成近路抄的私家车车主，还有来来往往的快递和送餐员……

那双眼睛的主人十分机警，察觉到自己被人注意，立刻悄无声息地隐入了人海中，费渡没找到一点儿可疑的迹象。他立刻站起来，对晨晨说："走，我们回家了。"

晨晨毫无危机意识，失望地拖着长音"啊"了一声，恋恋不舍地舔了舔手指上残余的奶油，眼珠一转，有理有据地对费渡提出了要求："我还有零花钱，你刚才请我吃了一个泡芙，要不然我现在请回来吧？我还想吃一个抹茶的。"

"改天。"费渡温和且不由分说地拒绝了，"不然你要吃不下午饭了。"

晨晨不情不愿地被他拉走，嘀咕起来："我不爱吃饭，我还有好多不爱吃的菜。"

费渡很坦率地说："真巧，我也不爱吃饭，我也有好多不爱吃的菜。"

晨晨一愣。

费渡又说："不过我是大人，大人爱吃什么自己付钱买，谁也管不着。"

晨晨无言以对地抬头瞪他，感觉这些大人都好不要脸。这时，她看清了费渡的表情，青春前期的孩子半大不小，已经基本能看懂别人的脸色，晨晨发现费渡正皱着眉，带着一点冷峻的严肃。

晨晨下意识地攥住了费渡的衣角："大哥哥，怎么了？"

说话间，两人经过一座住宅楼，一楼楼道的窗户正好向外打开，展开了一个弧度，费渡余光瞥见，不动声色地让女孩走在自己前面，假装低头和她说话，走到窗户前，他突然毫无征兆地抬起眼，果然在明净的窗户上捉到了一道如影随形的目光！

那人戴了墨镜和口罩，整张脸包裹得严严实实。费渡一把按住晨晨的肩头，飞快地一扭头，与此同时，在他们身后大约两百米处，一个人慌张地钻进旁边的灌木丛中，转瞬不见了踪影。

这回，费渡看清了他佝偻的身影和花白的头发。

老人吗？

晨晨不明所以，有些紧张地看着他。

费渡冰冷的目光穿透鼻梁上的镜片，扫过不远处的人群，开口问：“你平时上学有人送吗？”

“有。”晨晨说，“我爸妈在家就开车接我，不在就让姐姐带我坐地铁。姐姐如果也加班，我就在学校待一会儿，学校有专门的老师管。”

费渡若有所思地点了下头，又问：“你有没有在附近碰到过奇怪的老爷爷？”

晨晨回想了一会儿，冲他摇摇头。

两个人很快走进了住宅楼里，浅灰色的老建筑隔绝了来自阴影处的视线，不知过了多久，一个后背佝偻的老人从公交车站牌后面缓缓走出来。

他遮着脸，脸上顶着个巨大的墨镜，手里还拿着一根拐棍，好似个视力不良的人，用探路的拐棍在地上来回敲击。

周围的人们各自插着耳机，大多在漠然地摆弄着自己的手机，没有留意他蹒跚的脚步。

深色的镜片是他绝佳的掩护，阳光无法穿透，贪婪的视线却可以。那视线经过长途跋涉，洞穿了时间与空间，纹丝不动地盯着小女孩方才所在的地方。

她碎花的连衣裙上好像跳动着浮光，水晶的发卡映衬着一张明净的小脸，是他视野所及范围内唯一的亮色，稚拙的剪影在映入他眼底的一瞬间就猛烈地燃烧起来，在他的视网膜上留下了层次分明的轮廓，他难以自抑地想要靠近、触摸。可是禁果身边还守着可怕的蛇怪，他想起女孩身边那男人的目光，又畏惧地往阴影里躲了躲，恐惧与渴望汇聚成独特的感觉，让他干渴地抿了抿嘴唇，重重地往后一倒，靠在一棵树干上，胸口剧烈地起伏着，心惊肉跳，神魂颠倒。

就像一个溺水或是服毒的人。

一顿泡芙的工夫，电梯已经修好了，费渡按下十二层，和晨晨一起进了电梯。

晨晨小心翼翼地问："哥哥，刚才怎么了？"

费渡并不拿她当小孩糊弄，十分坦白地告诉她："我看见了一个很可疑的人盯着你——以后记住，和大人单独在一起的时候，你要自己多留心。"

"我知道，我开学就上毕业班了，又不是一年级的小孩儿。"难得有大人这样平等地和她说话，晨晨下意识地模仿起成年人的语气，"要和陌生人保持距离，不吃陌生人给的东西，陌生人求助，礼貌地让他们找警察……老师天天说，烦都烦死了。"

"不陌生的人更要当心。"费渡说，"不要单独上别人的车，也不要和某个大人单独待在没有其他人的地方——比如现在，你和我待在一起就很不安全，如果我是坏人呢？"

"啊？"晨晨瞪大眼睛看着这个自称坏人的男人，"可是……你是我姐姐的朋友。"

"我是你姐姐朋友的朋友，你姐姐以前不认识我，即使是我的朋友，有可能也只是偶尔和我一起玩而已，不一定真的知道我是好人还是坏人。"费渡说，"熟人也可能很危险，包括你们学校的老师，也包括看起来行动不太方便的爷爷奶奶——他们可能是装的——记住了吗？"

晨晨听了他嘴里这番世道险恶，不由得打了个寒噤。这时，电梯抵达十二楼，铁门应声而开，她小声问："为什么呀？哥哥，我有点害怕。"

"知道害怕是好事，因为美好的东西就像瓷器一样。"费渡伸手挡住电梯门，示意女孩先出去，"对它们来说，最危险的往往不是在房间里乱跑的猫。"

"那是什么？"

费渡注视着女孩的眼睛，轻轻地说："是瓷器自己没有意识到自己易碎。"

第二章

骆闻舟正在电表箱前，叼着根烟，靠在墙上等着费渡他们。

“你俩买个保险丝要半年，偷吃什么去了？”骆闻舟把手电和一字改锥拎出来放在一边，“再不回来，冰箱里冻的鱼都要越狱潜逃了。”

晨晨没吭声，被费渡的安全教育吓到了，寻求安全感似的迈开小短腿，飞快地跑进了屋里。

费渡从骆闻舟手里接过改锥，十分熟练地拆开电表箱，把烧断的保险取了下来，用老式的保险丝在线路两头转了几圈，轻轻一拧，也没要钳子，直接用一字改锥的锥头一划，就把那一小截保险截断下来，他伸手拉了两下，确保装结实了，回手重新推上电闸。身后的屋里传来“哔——”的一声，冰箱和空调同时满血复活，整个过程没有超过半分钟，旁边骆闻舟叼在嘴里的烟还没来得及点。

骆闻舟看着他，突然惊觉，费渡已经完全脱离了少年的范畴，是个男人了。他认识费渡多年，看费渡的眼光是时常分裂的——针锋相对的时候，骆闻舟觉得费渡是个危险的祸害，目无法纪，有钱有手段，随时有可能爆炸，而且一张嘴就找揍，特别不会说人话。

而心平气和的时候，他又总会想起当年那个缩在别墅门口的单薄少年，有时候会担心他，有时候也会不由自主地对他过度关照。

然而也许是最近两人关系有所缓和，骆闻舟那一分为二的视角居然有点要合而为一的意思，偏差和谬误彼此修正，擦出了一小块客观的清明——他想，费渡其实既不是危险的反社会，也不再是可怜的小男孩，他长成了一个男人，而且是非常英俊好看的男人，知情知趣，有点假正经，不过假得赏心悦目，不惹人烦。

人齐了，来电了，众人闹哄哄地上了桌，费渡和常宁都属于外向会说话的类型，很快就能融入气氛，看着一点儿都不像外人。郎乔还狗长犄角装了个洋，带了两瓶红酒过来，除了未成年人，一人倒了一杯，热烈庆祝陶副加入房奴大军。

陶然家的餐桌地方不够，好多菜摆不上来，只好端过来直接给大家分，骆闻舟一不留神，舀了一大块“白糖肘子”在费渡手边的小盘里，放进去才想起来，此处属于“膝盖以下”，那少爷不吃。

骆闻舟动作一顿，还没等他说话，就看见费渡用筷子尖轻轻地戳了那肘子一下，皱着眉和蹄髈大眼瞪小眼片刻，一脸嫌弃地夹到了自己碗里，表情好像嗅到了进口猫粮气味的爱国家猫骆一锅。

果然，什么“膝盖以下”，什么“咽炎”，都是这混蛋玩意儿装的孙子。

郎乔机灵地看出陶然和常宁之间粗大的单箭头，当着常宁的面，即兴口头组织了一篇“陶副礼赞”。从陶然如何爱岗敬业讲到他热爱生活、热爱小动物，分门别类地列举了陶副队多年来为了保护广大“碎催”，和鬼见愁的骆队长做出的种种艰苦卓绝的斗争。最后在骆闻舟皮笑肉不笑的注视下，她的话音生生打住，又凭空给陶然编造了一个加强连的美女追求者，吓得陶然赶紧作揖，恳求这位女施主不要无故坏人清白。

“陶哥真的很有耐心。”费渡适时地插话进来，“等将来有孩子了，肯定也是模范爸爸。我小时候没少给他添麻烦。”

陶然面红耳赤地连连摆手。

常宁好奇地看着他，费渡抿了一口红酒：“我妈没得早，陶哥当时正好是处理我妈那起案子的民警，当时我父亲顾不上管我，他义务照顾了我好几年——其实我那时也十多岁了，就算没人管，自己也饿不死，但我是在他这儿才知道什么叫‘认真生活’。姐姐，你别看他自己老是瞎对付，其实照顾起别人来特别周到，什么都能替你想到。”

常宁听完了这伙人你一言我一语地推销陶然，别的没感觉，先觉出了陶副的好人缘，忍不住偏头冲着陶然笑。陶然的酒量本来就是比“一杯倒”强点儿，被灌了大半杯红酒，头已经晕了，又被梦中情人似笑非笑地瞄着，整个人几乎丧失了思考机能，窘迫得胡言乱语起来。

“没有没有，真……真没有。小费渡那时候也不是我一个人照顾的，大家都关心你。连我师父后来听说，都时常会问几句……还有那谁——闻舟。”陶然随口出卖了战友，“你别看他平时不说，其实偷偷去看过你好几次，你那游戏机还是他托我……”

骆闻舟听着话音不对，连忙在桌子底下给了他一脚，然而已经来不及了。陶然所剩无几的平衡感在他这一脚下灰飞烟灭，整个人一侧歪，碰倒了旁边还没来得及收拾的一个装杂物的纸箱。

各种专业书、闲书、文件夹、笔记本稀里哗啦地掉了一地。

费渡和骆闻舟一人守着一个桌角，各自僵住。

郎乔没心没肺地用胳膊肘顶了骆闻舟一下："真的假的，老大，你还干过这事？铁汉柔情，好尴尬。"

骆闻舟抽搐：知道尴尬你还广而告之！

他顶着费渡沉甸甸的视线，硬着头皮干咳一声，欲盖弥彰地站起来去收拾陶然碰掉的纸箱。

"没出息啊，一喝多就瞎说。"骆闻舟捡起一个泛黄的笔记本抖了抖灰，僵硬地转移了话题，"哎，师父的旧笔记怎么在你这儿？"

他话音没落，一张铅笔的人物肖像从本子里掉了出来，上面画着个男人，五官端正、文质彬彬，平视纸外的眼睛里却隐约压抑着某种黑沉沉的东西。

画纸上标着日期，是二十年前，角落里还写着注解。

"吴广川——六个女孩的尸体仍未找到。"

郎乔还没闹腾够，正打算乘胜追击，伙同一干同事继续围剿骆闻舟，不料一探头，正好和那张掉在地上的画像看了个对眼——公安系统里有专门做模拟画像的技术人员，其中不乏高手，相比而言，这幅肖像画的画技实在属于初学者水平。但是很奇异的是，画中人的神韵极其生动，那张脸好像曾经在绘画人的心里反复描摹过无数次，忍无可忍，方才借由生硬的笔付诸纸面。

郎乔好奇地问："这是什么？"

陶然被骆闻舟一脚踹翻，略微清醒了一点儿，也意识到自己说错了话，他扶着沙发站起来，一边帮骆闻舟收拾地上的东西，一边顺水推舟地帮着转移大家的注意力："是莲花山那事吧？老头儿念叨了一辈子。"

"莲花山"在燕城北郊，早年是燕城下辖的县城，叫作"莲花山县"，近年来城市扩张，它成了燕城的开发区。笔记本的那一页中，除了那幅传神的画像，还夹了几张泛黄的旧照片，用透明胶条贴在纸页间，时间太久了，胶条失去黏性，一碰就往下掉。

它们有的是画面模糊的生活照，有的是时代特色浓郁的照相馆作品——都用的荷兰风车的背景布，打着夸张的打光，少女们的笑容有些僵硬，像是曝光时间过长的摆拍。

一共六张。

老照片这东西很奇怪，所有的相纸放上几十年，都是一样的褪色、一样的泛黄，但如果照片上的人幸福美满，那泛黄的旧迹就显得回味悠长、岁月静好。而如果照片上的人后来遭到不测，旁人再回顾他当时的音容，却总能从中看出些许诡异阴沉的气息，好像主人的怨愤与不甘都附着在了静态的图片上，冥冥之中昭示着什么似的。

“杨老？”郎乔问，“他怎么会管开发区的事？”

“当时市局有个政策，不满三十五周岁的都得下基层锻炼——要么是去派出所，要么是到当时几个县里，我师父他们去的就是莲花山，在那儿待了半年多。”骆闻舟小心地捏起照片的边缘，重新夹回笔记本里，“刚去没多久，就遇上了那起案子——郎二可能都没听说过，那会儿我都还是个学龄前儿童呢。”

“刚开始是有个男人来报案，说孩子丢了。”陶然翻了翻笔记本，除了照片和画像以外，笔记本上的大部分内容都是纯手写的，老刑警的字很漂亮，清秀又有力，有形有体，照片前面的一页上写着“郭恒”两个字，名字下面画了三行重点线，“对，报案人就是这个郭恒，失踪的是他十一岁的女儿，小名叫‘菲菲’。”

骆闻舟纳闷地抬头去看陶然：“你都喝成这样了，还记得那女孩叫什么？”

陶然：“听老头儿念叨多少年了，来龙去脉我都能背下来。”

常宁平时工作忙，看电视的时间都少，难得近距离地听刑警队的人讲故事，不由得好奇地追问：“怎么丢的呀？”

“那时候家长带孩子不像现在这么上心，十一二岁的已经属于大孩子了，平时都散养，去哪儿玩一般都是跟家长说一声就跑了，大人也不会一天到晚围着他们转。但是郭菲这个小女孩属于特别文静规矩的，上学、放学都有固定点钟，晚回来五分钟都能有原因，学习也从来不用家里操心，失踪当天没什么特别。据她同学说，那天郭菲放学后没在学校逗留，像往常一样按时回了家。从学校到她家，孩子步行大概十五分钟吧，她就是在这十五分钟里失踪的。我师父他们沿着她平时走的路来来回回踩了几十遍，那时候虽然没有‘天网’，但那孩子回家的路没有特别‘背人’的地方。当时正是夏天，放学的时候天还没黑，外面人很多，按理说，那么大的一个女孩被人从街上带走，哪怕稍微有一点儿不对劲，也不可能没人注意到。

“可是他们走访了一大圈，就是一无所获，把学校附近翻了个底朝天，连女孩的一根头发都没找着——福尔摩斯不是有句名言吗，‘排除了一切不可能的，剩下的再不可思议，也是真相’，所以当时有人说，这个事，要么是亲戚朋友中的熟人作案，要么是孩子自己离家出走了。

“孩子身上没什么钱，要真是离家出走倒好了，最多一两天，她自己就回来了。于是当年的警察们先顺着熟人作案的思路查，学校的老师、校工、郭家的亲朋好友，甚至那孩子平时常去的文具店主、小超市收银员……警方一共传讯了上百人，一无所获。”

陶然说到这儿，话音一顿：“就在他们调查陷入困境的时候，女孩父亲郭恒突然接到了一通电话，接起来以后没人说话，就听见有个小女孩声嘶力竭地惨叫。孩子她妈一听就晕过去了，警方立刻通过号码找着了电话的位置——是个很偏僻的电话亭。”

郎乔奇怪地问：“没有监控吗？”

“那年月哪来那么多监控？再说那个电话亭本身在垃圾站旁边，看着像废弃的，垃圾站的工作人员都不知道那台电话还能用。”骆闻舟说，“电话亭旁边找到了一点儿血，和郭菲的血型一致，但当时不能检验DNA，无法确准究竟是不是她，也没找到有价值的指纹。”

客厅里一时没人说话，好一会儿，半天没吭声的费渡才插嘴问：“只有这一通电话吗？没有勒索，也没有要赎金？”

“没有。”陶然说，“那通电话之后，绑匪再也没有联系过女孩家里。”

费渡端着酒杯轻轻晃着，若有若无地嗅着酒香，好像杯子里盛的不是超市里随便买的干红，而是罗曼尼·康帝。

“那就奇怪了。”他说，“听起来绑匪绑架女孩不是冲孩子，而是为了折磨她家里的大人——女孩父母都是做什么的？”

“郭恒本人是个中学老师，妻子是基层公务员，在当时看来，家境还算不错，但也就是小康，都是按月拿死工资的普通人，要说多有钱，那不可能。两口子平时都是知书达理的人，工作上野心不大，和同事关系也挺好，没听说和谁有利益纠纷，也没有婚外情。”

普通人家，普通父母，普通女孩……女孩甚至都不是个漂亮女孩，全家都过着循规蹈矩的日子，和酒店样板间一样乏善可陈，任凭警察掘地三尺，也挖掘不出什么特殊的故事。

虽然有民谚说“苍蝇不叮无缝的蛋”，但是警方把和郭家有关的人都反复梳理过几次，乃至于连个人隐私都拿着放大镜剖析了一通，最后得出了结论，郭菲和她家里人就是个“无缝的蛋”。

时间在流逝，沉默的绑匪再也没出过声，无论是警察还是女孩家里人都知道，孩子找回来的机会很渺茫了，她最好的下场是被贩卖到某个穷乡僻壤的地方，更有可能是人已经死了。

绑匪因为什么选中这个女孩，警方全无头绪。未知的绑匪好像只是在大街上扔骰子，随机地点到谁就是谁——平白无故。

郎乔问：“那……其他五个小孩也是这么丢的吗？”

“类似。郭菲失踪案所有线索中断，没办法，这案子只好就这么悬而未决地不了了之。后来我师父调回市里——当时是在玺台区分局的刑侦队，辖区内又发生了一起儿童走失案，也是女孩，也是十一二岁，也是放学路上神不知鬼不觉地失踪，绑匪还是一声不吭。最可怕的是，那女孩失踪两天以后，她家里也接到了一个孩子哭喊的电话。

“我师父立刻意识到不对劲，向上级反映了情况，当时的玺台区负责人决定上报市局。结果发现，整个燕城市含周围县区，类似的儿童走失案居然有六起。”

“其实是七起。”骆闻舟说，“最后还有个幸存的女孩。当时市局牵头，从各区抽调了人手，成立了专案组，老杨后来也是因为这个机会才调到市局的——但是专案组查了半天，也没有进展，因为几个失踪女孩之间没有任何交集，除了……”

骆闻舟说到这里，突然不知想起了什么，目光落到了旁边听得目不转睛的晨晨身上，他一顿之后，生硬地把话音一转：“除了绑匪的作案手法都差不多。”

“郭菲的父亲听说以后，办了长期的停薪留职，专门跑到市里，想从专案组这里等一个结果，可惜终于还是失望了。”陶然十分珍重地把老刑警的笔记本收进纸盒里放好，“后来专案组也散了，还在一直记挂这案子的，就剩下受害人家属和我师父这个一开始就经手的。又过了大半年，郭恒突然找到师父，说他查到了嫌疑人，是个老师，叫吴广川——就是画像上的那个人，他是‘锦绣中学’的老师。锦绣是当年最早的私立初中，寄宿制，面向全市招生，学费高，教学质量也高，不少远郊区县的家长觉得当地中学不行，都把孩子往锦绣送。郭菲失踪的时候，吴广川恰好在锦绣中学派往莲花山地区招生的团队里。”

常宁屏住呼吸：“那……是他干的吗？”

“吴广川那年三十六岁，离异独居，确实有作案条件。老杨私下里去跟踪过他，还非法用了一些手段，但都没查出什么来。吴广川脾气温和，人缘不错，是个远近闻名的好人，不仇视社会，平时工作经常接触小孩，也没做过越线的事，跟走失儿童家长也没有私人恩怨。老杨跟踪了一阵，觉得不是他。但郭恒鬼迷心窍似的，死活认定了吴广川就是绑匪。后来老杨撤了，郭恒自己带着一把西瓜刀找上了吴广川，把人捅了。”

郎乔“啊”了一声：“死了吗？”

“嗯，拉到医院就没气了。警察在吴广川的地下室里发现了第七个失踪女孩，以及之前六个女孩的衣服——衣服都被剪成了一条一条的，上面有和几个受害人血型相符的血迹。当年的连环儿童绑架案就这么破了，可是衣服在，人却找不着，活不见人，死不见尸，嫌疑人也死无对证。”骆闻舟站起来，伸了个懒腰，“郭恒涉嫌故意杀人，也给判了。这事在老杨心里一直过不去，他总觉得是自己判断失误才导致了后来的悲剧，念叨了一辈子——不提这个了，吃饭。”

众人在陶然家闹腾到下午，打车和坐地铁来的都散了，自己开车来的留下帮陶然收拾新家，顺便等醒酒，常宁和晨晨也回家了。陶然后来又被灌了几杯，洗碗的时候都有点站不住，“碎碎平安”了一个盘子，被骆闻舟赶走了。

骆队三下五除二地洗干净一堆盘子和碗，回到客厅的时候，看见费渡背对着他，正有一搭没一搭地翻着老刑警的笔记。他好像背后长了眼似的，对骆闻舟说：“你刚才是不是少说了一句，除了作案手法，失踪女孩肯定还有个共同点——是衣服吧？”

骆闻舟靠在门厅墙上，哑然失笑：“你怎么知道？你不会是凶手的转世吧？”

“你当时看了晨晨一眼，然后把话咽下去了。晨晨今天穿了一条碎花裙。”费渡转过身来，“当年在吴广川地下室里找到的衣服，该不会都是碎花裙子吧？”

骆闻舟一看见他，就想起那尴尬的游戏机，有几分不自在地避开他的视线：“嗯。”

费渡：“怎么没说？”

“没什么好说的。”骆闻舟说，“你可以教孩子防备陌生人，提高警惕，但是不能让她怕穿碎花裙子，不然要我们干什么用的？”

“嗯。”费渡轻轻地一点头，“骆队说得对。”

骆闻舟难得从他嘴里听几句好话，被他这一点头点得肝都颤了，果然，下一秒，他不祥的预感成了真。费渡静静地问：“除了小白花，游戏机之外……还有什么？”

第三章

客人都走了，醉酒的陶然也睡到异次元去了。

采光良好的客厅里泛着细细的酒味，酸甜黏腻。费渡关了空调，打开窗户，用新买来的咖啡机打了一杯意式浓缩，沉郁的香气在桌角冒着热气。骆闻舟被夏日的暖风当头吹了一下，甩了甩手上的水珠，用冰冷的手掌根一按自己的额头，无奈极了，叹口气：“少年啊，你能委婉一点儿吗？红领巾从小教育我们做好事不留名，你这么捅出来，美感何在，嗯？”

费渡没搭话，整个人好像已经凝固了，“假正经”几乎要以假乱真。

骆闻舟看了看他，忽然意识到尴尬的不止自己一个人——以费总过目不忘的记忆力，想必还记得他一边拿着旧PSP，招摇过市地在市局玩游戏，一边冷嘲热讽地跟自己抖机灵的那一幕。

骆闻舟真诚且设身处地地把自己代入费渡，设想了一下该场景，感觉浑身的汗毛都酸爽地奓起来了。这样一想，他的目光中不由自主地加上了奓毛的“滤镜”，再看费总，就觉得无论是他抿成一条线的嘴唇，不自然地扣在身侧的手指，还是在镜片后面遮遮掩掩的视线，都显得无比不自在。

自己不自在的时候，常常越描越黑、越说越乱，但如果能发现对方也一样不自在，那症状就能一瞬间不治自愈。

骆闻舟忽然笑了，慢吞吞地把手插进裤兜里。他低头叼了一根烟，眼皮先一垂，再一抬，从下往上撩了费渡一眼，因为占着嘴，齿缝里说出来的话就带了鼻音：“干吗？终于发现被你咬了这么多年的‘洞宾叔叔’是好人？没事啊宝贝儿，不用这么紧张，我们活雷锋是不会随便让人以身相许的。”

费渡的五官好似一副画上去的面具，堪比铜墙铁壁，尤其他在精神紧张的时候，对自己的微表情和肢体语言控制得近乎精准，绝不泄露一点儿情绪。相比他，满嘴谎言的赵浩昌之流，简直堪称“胸无城府”了。他没有回应骆闻舟半带玩笑的话，沉吟片刻，回身端起那杯现磨的咖啡，细细的油脂浮在表面上，随着他的动作，晃出细小的涟漪，费渡一颗糖也没有加，好似失去了味觉一样，默无声息地喝下去大半杯。

他方才就喝了几杯酒，没怎么正经吃饭，此时基本是半空腹，酒精和高浓度的咖啡立刻形成了“血压增压器”，诱使心脏把大量的血液强行推进血管。紊乱而突然加剧的心跳让他有点难受，他手心泛起冷汗来。

骆闻舟不由自主地按住他：“别喝那个了。”

费渡手心贴住温暖的骨瓷杯，嘴角一提，用一个皮笑肉不笑打断了他：“确实，像我这种随时准备买凶杀人、干掉自己老爸的，能保持现在这个状态，已经是难得没长歪了，骆队长年累月的照顾功不可没。”

骆闻舟从这句话里感觉到了某种说不出的紧绷感，他还没来得及咂摸出味道来，费渡就不顾劝阻，把剩下的咖啡一口干了，大约是太苦了，他拧起眉，抬起的下巴与脖颈间有一道锋利的弧度。

然后费渡把杯子一放，点点头，转身往外走去：“那我先回去了，替我和陶然说一声。”

“哎，”骆闻舟下意识地嘱咐了一句，“刚喝完酒别开车。”

费渡没理他。

骆闻舟喋喋不休：“你听见没有？”

费渡神色漠然地伸手去拉门把手，好像没听进去。

骆闻舟见两次动口不成，只好动手，回手抓住了费渡的胳膊，很有技巧地往后一拉一拽，用平时逮犯人的擒拿，把费渡的手别在了身后，将他从门上拽了下来。

“说话都不听。”骆闻舟在费渡震惊的目光下，一手按着他的后颈，一手卡着他的胳膊，把他“押送”到了三步之外的躺椅上，“坐下，要么躺在那儿睡一觉，要么我给你叫代驾。”

费渡吃力地从他手里挣扎出来，语速都快了几分：“骆队，你能从晚期智人的状态里稍微往文明人方面进化一点儿吗？”

骆闻舟没理会，原本搭在费渡后颈的手指略微运动了几寸，最后落在了费渡的颈动脉上：“你不舒服吧？我就说我记得好像在哪儿看过，咖啡和酒不能混着喝。”

费渡看着骆闻舟。

骆闻舟也看着他，叹了口气：“你这个人啊，对你不好也不行，好也不行，你比慈禧老佛爷还难伺候。”

费渡干巴巴地说：“失敬，不知道您还伺候过她老人家。”

骆闻舟屈指在他颈侧弹了一下，拎着手机出去叫代驾了。

这一番暗潮汹涌的口角，屋主人陶然是一无所知的，他被几杯红酒撂倒，一直躺到了夕阳浸透地面，才口干舌燥地爬起来。

客人们不出意外，已经走光了，临走时还很有素质地把狼藉的屋子给他收拾利索了。

陶然在他新居里洗了把脸，看见冰箱上贴了两张字条，一张是骆闻舟留的，告诉他没吃完的菜都在冰箱里，起来自己热。另一张是费渡留的，比较长，陶然揉了半天眼，才看清他写了些什么。

费渡说，他带着晨晨出去买本的时候，有种被人跟踪的感觉，不确定是不是针对晨晨，也可能是他神经过敏，不过为了以防万一，请陶然晚上有时间，去一下同一单元的“1101号”拜访一下晨晨家长，提醒他们注意孩子的暑期安全，别忘了拎点儿东西去，顺便感谢大美女中午让他“蓬荜生辉”。

这些好事的东西，连人家姑娘的门牌号都打听好了。

陶然不由得失笑。接着，他笑容渐渐凝固，把费渡描述疑似追踪者的那几句话重新看了一遍，下意识地透过窗户往外望去——老小区里植被丰沛，茂密的松柏与灌木郁郁葱葱，从楼上看去，什么都没有。

安宁又静谧。

陶然走到小柜旁，翻开老刑警的笔记。

扉页上有一张老旧的一寸照片，是笔记本前主人年轻时的旧照，寸头、国字脸，面对着镜头不苟言笑，照片旁边龙飞凤舞地写着他的名字——杨正锋。

“莲花山连环儿童绑架案”那几页，杨老用红笔圈了一下，陶然知道，这代表在师父心里，这案子没结。纸页间记载了老刑警当年非法跟踪、窃听吴广川的记录，时间跨度长达半个月，每天基本都是“无异常”。

中间还有一段小字：“经吴广川的同事证实，此人在莲花山招生期间，曾因重感冒住院两天，恰好就是受害人郭菲失踪的时间，相关情况已和医院方面确认过，吴广川的作案时间存疑。”

陶然给自己倒了一杯温水，缓缓梳理着自己纷乱的思绪——据说，吴广川身高一米八以上，是个身材高大的男人，对于小女孩来说，需要仰起头才能看见他的脸，青春前期的孩子已经开始发育，正是有性别意识，并且开始敏感的时候，一个陌生的成年男子，即使有老师的身份，恐怕也需要多次或者长时间的接触，才能取得女孩的信任。住院的吴广川有这个机会和时间吗？

陶然出神间，手指一松，笔记本倒着合上了，露出夹在尾页的一张小字条。是陶然自己的字，写了个广播调频频道，后面跟着标注“午夜，零度阅读”。

老刑警杨正锋死于三年前，一个通缉犯的刀下。

他年纪渐长，级别渐高，好几年前就已经从一线刑警转到管理岗位了，骆闻舟听来的小道消息，说他马上能提副局，他们本来摩拳擦掌地惦记着狠狠吃那老头儿一顿。

出事的时候甚至不是他的工作时间——当时为了送孩子去外地上大学，杨正锋请了两周年假。送完孩子，他可能打算用最后一天假期好好当一回煮夫，大清早就前往菜市场，在经过一处地下通道时，看见了一个一脸神经质的流浪汉。流浪汉一脸焦躁，哪个路人多看了他一眼，他都会凶狠地瞪回去。杨正锋敏感地发觉这个人的一些小动作很像攻击前的准备动作，就留了心，再仔细一看，认出那流浪汉居然是一个“A级”通缉犯，丧心病狂地捅死邻居一家四口后在逃。

嫌疑人的精神状态明显不稳定，杨正锋没敢贸然行动，偷偷联系了同事。可是巧合就巧合在，有个老太太正好遛狗经过，小狗可能是感觉到了危险，冲着那人狂叫不止，一下刺激到了通缉犯，他大叫一声，不知从哪儿摸出一把刀，向老人猛扑过去。杨正锋逼不得已，只能上前，被丧心病狂的凶手捅了十几刀。

那天正好是陶然值班，他最早赶到现场，堪堪赶上见杨老最后一面。但奇怪的是，杨正锋的遗言既不是询问他犯人抓住没有，也不是托付自己的妻儿，他抓着陶然的手，反复重复一句话："调频……88.6……十二点零五分……88.6……"

FM88.6是本地的一个广播频道，十二点零五分时恰好有个节目叫"零度阅读"，后来节目停播了，改成了一款非常小众的手机App，每天不温不火地放着有声书，内容极其枯燥无聊，费渡偶然从他这里听过一次，还笑谈说这是催眠神器。

经常值夜班的人生活不规律，偶尔会有一点儿睡眠障碍，陶然每次睡不着，就会听一阵这个古怪的有声书，除了催眠，真的没听出这节目有什么异常，他一直怀疑是自己领会错了师父遗言的意思，直到有一次，他偶然听见"朗诵者"这个ID。

陶然打开自己快没电的手机，打开"零度阅读"App，翻开他收藏的那篇《红与黑》赏析，作者就是"朗诵者"。赏析文章第一句写道："'那么，我跟谁同桌吃饭'——这个问题，是人物的精魄所在。"

而无比巧合的是，"5·20"杀人抛尸案的凶手赵浩昌，曾因搭上了张家的人脉，顶替同事取得了一个绝佳的机会，成为一家费氏的法律顾问团队负责人，并凭借这资源成功晋升为二级合伙人。为了纪念这件事，他去费氏签约的那天，偷了费渡的钢笔，并留下了一个纪念标签，标签上写的就是"我跟谁同桌吃饭"。

这件事巧合得近乎诡异，而且跟别人没法解释，说出去，人家只会觉得他沉浸在案子里的时间太长，有点神经衰弱，看见什么都觉得有既视感。

可问题是，陶然总觉得相似的既视感已经不是第一次了，而且每次都有这个"朗诵者"。

师父临终时攥着他的手，说的真是一档无聊的读书节目吗？会不会是他当时就听错了，一直在自我暗示"这节目有问题"，以至于久而久之，真的草木皆兵起来，把每一个巧合都拿出来疑心一次？

陶然做刑警七年多，知道这种情况其实很常见，人要是自己疑神疑鬼起来，记忆都会出来骗人——有很多目击者当面撞上暴力犯罪，事后却连嫌疑人是男是女、是高是矮都说不明白。多年来，他把老刑警的笔记本从头到尾翻了无数次，企望从中找到一点儿蛛丝马迹，弄明白师父真正的遗言到底是什么，可笔记上的东西都倒背如流了，他还是没找到除了那档节目以外的蛛丝马迹。

陶然叹了口气，自嘲地摇摇头，感觉自己说不定也需要找局里的心理辅导老师聊聊。

就在这时，手机App右上角出现了一个更新标志，陶然无意中低头看了一眼，瞳孔倏地一缩，只见更新的标题是——“徘徊的人啊，找到你失去的夜明珠了吗？——重读《洛丽塔》，投稿人：朗诵者。”

第四章

那房子太大了，有限的人气浸染不过来，散发着一股死气沉沉的味道。那是阳光、鲜花与灯光都无法驱散的死气。

他站在玄关处，踟蹰着。

按理说，这应该算是他的家，可他每次踏上这一尘不染的玄关，面朝满室透过落地窗打进来的阳光，心里都是含着畏惧的。

忽然，隐约的音乐从楼上传来，悠扬的女声在反复吟唱副歌，他恍惚了片刻，好像知道将要发生什么，缓缓地迈开脚步，往里走去。落在他身上的阳光变得很奇怪，阴冷潮湿、凉飕飕的，不像阳光，反而像是暴雨中的风，吹过他裸露在夏季校服外的小臂，皮肤上起了一层细密的鸡皮疙瘩。

他走上二楼，音乐也越来越清晰，熟悉的旋律如鲠在喉地卡在他的胸口，他有点呼吸困难，忽然停住脚步，想要逃出去。然而当他蓦然回头，才发现，自己身后所有的东西都已经融化在了黑暗里，一切都好像是既定的、编排好的，他面前只有一条路、一个去向。

无处不在的黑暗从四面八方包抄过来，逼迫他退上狭窄的楼梯，逼迫他推开那扇门——“轰”一声巨响，他觉得有什么东西在耳边炸开了。

然后他低头看见了倒在地上的女人。

女人的脖颈不自然地往一侧歪着，身上已经泛出了僵硬的铁青色，眼睛却睁着——好像她的身体已经死了，灵魂却还活着。她活着的灵魂透过僵死的双目，直挺挺地盯着他，眼角留下两行血泪，冷冷地问：“你为什么不救我？”

他的呼吸骤然一紧，倏地后退。

女人却摇摇晃晃地站了起来，冲他伸出一只已经生出了尸斑的手：“你那么聪明，分明什么都知道，为什么躲着我？为什么不救我？”

那只手被席卷而来的黑暗缠住，黑暗像是有了生命，毫不留情地侵吞着她，她不断地发出惨叫与质问，奋力地伸手去够他，却又不断地被拉入黑暗。他下意识地握住了那只冰冷而布满尸斑的手，听着呼啸的尖叫，感觉自己往下坠。突然，身后有什么东西拽住了他，他的后背抵在一个坚硬而温暖的身体上，一双手环过他，盖住了他的眼睛。

他闻到那只骨节分明的手上有淡淡的烟味，随即，指缝间有一道光倏地炸开。

费渡猛地惊醒。

他活动了一下僵硬的头颈，发现自己正坐在书房里，膝盖上是一本有些枯燥的项目书，看到一半睡着了，大约是坐姿窝住了脖子，他做了个上气不接下气的噩梦。

此时正是下午，一股带着潮气的凉风从窗外涌进来，眼看酝酿着一场大雨，梦里那些轰鸣的响动和乍起乍落的强光原来是电闪雷鸣，手机在旁边响个不停，上面显示已经有了三个未接电话——难怪他做梦都听见那段音乐。

费渡一边站起来去关窗户，一边拿起手机：“喂？”

张东来的声音叽哇乱叫地撞进他的耳朵：“这大白天的，费爷，你这又是在哪个美人身上下不来了？我给你打了好几通电话你都不接！”

“雷太大了，没听见。”费渡头还有些沉，揉了揉眉心，“干吗？”

张东来：“风大雨大太阳大，宝贝儿，出来浪啊！”

费渡走到窗边，感觉空气中的水汽几乎就要喷薄而出，窗边的植物都微微垂下了头，有点不耐烦地说：“这破天，上哪儿浪去？”

张东来说：“西岭生态区那边新开了个越野赛车场，牛得不行，专门有个‘死亡赛道’，天不好的时候才开，越暴风雨越刺激——那话怎么说的来着？海燕儿啊，让暴风雨来得更猛烈些吧！”

费渡听完，只觉得泥点子都随着这话溅到了耳廓里，一脸冷漠：“作死啊？”

“你听你这话说的，多么暮气沉沉，一点儿都没有当代青年的活泼气。人这一辈子，吃过见过，还能干什么？不就剩下作死玩了吗？”张东来振振有词道，“车，你不爱开就不开，过来露个脸就行。我告诉你，他们这车场配了俱乐部，刚拉了个小艺术团过来，里面各种气质美人，有黑长直大美妞儿，有拉琴的小文青，跟那些蛇精脸不是一个档次的，完全符合你的品位，机会难得，快点儿过来！”

费渡是个温室里长大的总裁，并不想在大雨中作死玩，本打算回绝掉，拒绝的话已经到了嘴边：“我就不……”

这时，费渡斜靠在窗边，忽然看见了自己光线暗淡的书房，不知怎么就想起了方才那个颠倒的梦……还有那双沾着烟草气息的手。费渡有一点轻微的洁癖，最讨厌二手烟，公司的下属也好，狐朋狗友也好，没人会让他闻见烟味——除了那遭瘟的老烟枪骆闻舟。

啧，噩梦缠身。

“行吧。”费渡临时改了口，“你把地址发给我。”

进入七月底，燕城的雨季也接近尾声，然而今年，连绵的雨水非但没有停下的意思，反而越发大了起来。骆闻舟下班之后两小时又去而复返，把车往市局门口一扔，他也没拿伞，直接把带兜帽的衣服往头上一罩，顶着雨冲进了大楼。

“骆队，二楼会议室，快点儿！”

骆闻舟把湿淋淋的外套抖了抖，露出手背上三道血痕，三步并作两步地跑上二楼：“到底什么情况？”

“不知道，我也刚到。”陶然把雨伞胡乱卷起来，“你的手怎么了？”

骆闻舟没好气地在手背上已经止血的伤口上挠了挠：“我家灯泡坏了，我那儿正黑灯瞎火地换呢，老爷子突然打电话催命，催得我一不留神踩祖宗尾巴上了——哎，陆局！”

说老爷子，老爷子立刻就到。

陆有良冲他俩一招手，一阵风似的刮往会议室，骆闻舟和陶然连忙跟上。

“今天是市十六中招生夏令营的最后一天，学校组织参加夏令营的学生去西岭的古猿人遗址纪念馆参观，租了一辆中巴车，上面除了司机外，有一个带队老师和十八个开学准备升入毕业班的小学生，下午五点左右参观结束，他们发车往回走，原定七点到学校，结果现在连车带人，一起失联了。”

半夜三更惊动市局刑侦队，想也知道肯定不是车祸。骆闻舟和陶然对视一眼，谁都没插话。陆局一抬手推开了会议室的大门，会议室里的人正要站起来，陆有良抬手往下一压：“别管我，继续说！”

会议室的幻灯应声一变，一幅巨大的实景地图铺在了上面。

“失踪中巴车的车牌号为燕NL××××，来自恒通租赁公司，司机韩疆，男，四十一岁，驾龄十五年。带队老师胡玲玲，女，三十二岁，是十六中的老师，燕城本地人。这辆车五点零五分从西岭博物馆后门出发，大约六点进入国道。几个学生家长得知，因为天气原因，该国道部分路段临时封路，曾经打电话和带队老师确认，得到的消息说司机已经绕行了，但路况不好，预计到校时间比计划晚一到两个小时。

“七点四十分左右，等在学校门口的家长再次打电话，带队老师胡玲玲的电话却显示已关机。这时家长还没意识到有问题，紧接着又打了孩子的电话，只有一个孩子的电话接通了，接通后听见里面有孩子的哭声、尖叫声和男人吼叫怒骂的声音，四秒钟后，电话被挂断了。

“家长随即报警，车上有几个孩子带了有儿童定位系统的手机，但是追踪结果显示它们零散地分布在一个山脚下，推测可能是被勒令扔了。但还有个孩子穿的运动鞋上有GPS芯片，显示他的位置现在已经偏离既定路线，在西岭县南部山区，还在继续往南走。”

“绑匪是车上的人，还是途中遭遇到的？”骆闻舟问，“有没有主动和外界联系，有没有和家长提什么要求？”

“目前还不清楚，绑匪还没打来电话。”

“骆闻舟，”陆局抬起头来，“这件事涉及我市好几个区县，各部门以及特警队需要严密配合，现在由你来统筹安排，直接向我汇报，你能不能行？”

骆闻舟一愣，一时间，他感觉好几道目光落到他身上，幸亏他心理素质绝佳，脸上纹丝不动，若无其事地一点头：“行。”

“一切以孩子们的人身安全为先，行动，快！”

雨越下越大，没有一点儿减弱的意思。

女孩坐在带队老师身边，身上的碎花小裙已经被车窗外飘进来的雨丝打湿了，可她不敢去关车窗。她听见胡老师的哀求声：“大哥，你想要什么？车上的东西、钱，你随便拿走，我们绝对不多嘴，肯定不告诉别人……我这里还有一些家长的联系方式，您要是有什么困难，我也可以立刻联系他们……”

“闭嘴。”坐在司机身边的男人冷冷地打断她的话，手里刀光一闪，“让你干什么你就干什么，哪来那么多废话！继续往前开！”

年轻的女老师面带哀求地抬起头，通过后视镜，和中巴司机对视了一眼，期待着这个手握方向盘的中年人能想出点办法。

可是司机只回了她一个惊惧的眼神，继而躲躲闪闪地避开了她的视线，对歹徒言听计从。

这辆满载学生的中巴车在因路况改道以后，途经一条泥泞的小路，碰上了一个路边抛锚的小车。那段路很窄，小车这么当当正正地挡了路，中巴车就开不过去了，司机和老师下车与车主交涉。车主是个青年男子，形象有些狼狈，却很好说话，三个大人合力把抛锚的小车往旁边挪了一点儿。

然而好不容易腾开道，胡老师还没来得及直起腰来，就被一把钢刀顶住了后腰——那个“好说话”的青年是个预谋已久的劫匪。

雨刷发出过载一般的“吱呀”声，中巴彻底开进了西岭山区，远近杳无人烟，一道惊雷劈下来，照亮了歹徒惨白的面孔。

“开到前面那片空地上，”他说，“然后停车。”

中巴车乖乖地停在了指定位置，引擎声一熄，四下越发静谧，气氛也越发恐怖。女老师的心已经提到了嗓子眼儿，她听见身边的女孩子不受控制地发出抽泣声，连忙一回手捂住她的嘴，拼命冲周围的孩子们摇头，让他们保持安静，不要激怒歹徒。同时，她暗暗深吸了几口气，努力压下了自己的慌乱和恐惧，悄悄把手伸进了包里。

“你，”歹徒拎着一把砍刀，架在司机脖子上，又伸手一指胡玲玲，女老师的手僵在了包里，歹徒冷冰冰的目光盯在她身上，命令道，“别躲在后边搞小动作，到前边来。”

千钧一发间，胡玲玲摸到了她想找的东西，她收回手，悄悄把那东西塞进怀里学生的手里，安抚性地摸了一下那女孩的头发。女孩睁大了眼睛，老师没有说话，只是用眼神冲她示意了窗外的方向，然后慢慢站起来，亮出双手，依着歹徒的要求往前走去。

穿碎花裙的女孩把老师塞进她手里的防身报警器紧紧地捏住，背在身后。

距离此地不到三公里的地方，闹疯了的纨绔们滴汤挂水地回到室内，刚开始本来说要玩越野车，开到一半嫌不够狂野，换成了越野机车，嗷嗷叫着跑了一圈，个个都浇了个透心凉。

费渡解开领口的扣子，把头盔扔到一边，接过一条毛巾，抬手将湿答答的头发捋到脑后，不得不承认，作死的娱乐方式确实非常纾解心情。

“费总今天不走了吧？”递给他毛巾的漂亮姑娘托着下巴看着他，“猎豹”的香水味混着潮湿气息扑面而来，浓烈且冷峻，与雨天飙完车后沸腾起来的血一拍即合，配上姑娘文雅的气质，简直是照着费渡口味量身定制的反差诱惑。

张东来在旁边笑得像条狗，费渡用脚指头想也知道这是谁安排的。

其实留宿一宿也无伤大雅，但是费渡看了那女孩一眼，莫名提不起兴趣，于是文质彬彬地冲那姑娘微笑了一下，假装不明白对方的暗示：“不了，明天早晨公司有点事，得早点儿赶过去，我一会儿回城里。”

姑娘有些失望：“好不容易来一趟，天这么黑，路又不好走，现在回去多不安全。”

“比大雨天里骑着越野摩托在泥地里乱窜还不安全吗？其实我今天本来没打算来，结果冥冥中有种预感，总觉得自己不来得抱憾终生。”费渡低头看着那姑娘，甜言蜜语不要钱一样，“见了你，才知道我的预感果然准，不虚此行，今天就算下刀子也来得值。”

那姑娘被他一个眼神看得脸红了，愣是没接上话。

费渡端起一碗姜汤，打算灌完就走，俱乐部老板走了出来：“费爷，要走您也得先等会儿，我刚听说这边封路了，好像是有个疯子在附近绑架了一车郊游的小学生，现在不知钻哪儿去了，特警都出动了。”

绑架小学生的疯子守在中巴唯一的车门口，双手上各持一把刀，有恃无恐地对准了车上仅有的两个成年人，扔了一个旧式的非智能手机给胡老师："现在我要你给他们打个电话。"

胡老师看了那穿碎花裙的女孩一眼，又回头看了看懦弱地缩在一边的司机，缓缓接过手机和纸质的学生名录，拨了其中一个家长的电话："喂……我……我是带队老师胡玲玲，我们的车半路上被一个劫匪……啊！"

歹徒用刀尖在她后颈上戳了一下，尖锐的刺痛混着冷汗一起扯动着女老师的神经。

"别说多余的话，告诉他们，说我要钱，他们集资也好，找个有钱的当冤大头也行，尽快凑齐五百万，天亮之前送到我指定的地方，准备好了，我会再打电话通知他们把钱送到哪儿。他们要是愿意报警，我也无所谓，反正这些小崽在我手里，看见警车我就动手，看见一辆警车我就挑一个小崽宰了，我跑不了，我就把这辆车炸了，让你们尝尝烟家雀是什么味！"

电话"咔嗒"一声断了，骆闻舟抬起头。

"老大，大概能定位，和那孩子鞋里的GPS信息基本吻合，咱们怎么过去？"

骆闻舟沉吟片刻："司机和老师的个人情况查得怎么样了？"

郎乔一愣："不是说是半路上碰到的劫匪……"

骆闻舟："孤身上路的劫匪怎么知道那车里都是孩子？就算知道，他怎么有信心独自对付两个成年人？"

郎乔悚然一惊。就在这时，陶然的电话打了进来："骆队，我们现在正在查司机韩疆的住所，他把不少家具都变卖了，听周围的人说，他可能是染上了赌瘾。"

女老师胡玲玲的心跳得极快，绑匪正在她面前手舞足蹈地耀武扬威，刀片上下翻飞。

这样下去不行，她想。目光再次和那穿碎花裙子的女孩对上，女孩好像看懂了她的眼神，小小的身体蜷缩在车窗边，神不知鬼不觉地把窗户扒开一条缝，将手里的警报器拉响扔了出去。

尖锐的警笛声在中巴车旁边炸开，持刀歹徒当场一愣，胡玲玲趁机猛地跳起来，扑到他身上，两个人一起从半开的车门里滚了出去，她不顾寒冷的刀刃划破身体的刺痛，大声朝那司机喊："开车！快跑！"

第五章

车里的孩子们乱成了一团，有尖叫"韩老师快开车的"，还有哭着喊"胡老师"的，持刀歹徒眼珠充血，一刀捅进了胡玲玲小腹。教师是个安稳工作，胡玲玲一辈子活到现在，平平稳稳、无灾无病，从来不知道世界上还有这样的痛苦，她手脚脱了力，本能地蜷缩起来，却始终望着停在旁边的中巴车，期冀那车门能趁机关上，安全地带着学生们逃之夭夭。

钥匙插在车上，歹徒好像忘记将它抢过来，司机韩疆手握换挡器，只要一个按钮就能关上车门。他驾龄长、车技很高，一秒钟就能挂挡上路，从空旷的山路里逃出去……

可是这一切都没有发生。

司机韩疆一脸惊恐，却只是坐在驾驶室里没动地方，冲那歹徒吼道："快住手！"

胡玲玲已经疼得说不出话来，急得眼圈发红，拼命冲韩疆摇着头，想叫他不要管自己，然后她就听见那忠厚老实的男人说出了下一句话："不是说好了只要钱的吗？你他娘的弄出人命来啦，到时候怎么收场！"

胡玲玲终于意识到了什么，一股透骨的凉意顺着她的后脊爬了上去。

就在这时，谁也没有注意到，角落里的窗帘轻轻动了一下，方才那个穿碎花裙的女孩子趁乱钻进了窗帘里，借着车帘的掩盖，扒上了打开的车窗，像一只细胳膊细腿的小猫，灵巧地钻过车窗，跳到地上。

歹徒行凶的企图被韩疆打断，颇为不满地把刀扔给韩疆，弯腰抓起了胡玲玲的头发，泄愤似的朝她拳打脚踢。

所有人的目光都被这残忍的一幕吸引，女孩的脚步也被呼啸的风雨声与女人的惨叫声掩盖，无星无月的黑夜成了她的朋友，女孩避开车灯，不管不顾地狂奔了出去。

山区道路崎岖，没有路牌、没有灯光、没有活物，幢幢的山石与歪脖的树都像是藏在暗处的怪物，女孩辨不清方向，也不敢回头，听见自己的脚步声也心惊肉跳，总觉得提着刀的怪物就追在身后。

没有人教过她在荒郊野外遇到这种情况应该怎么办，她只能不停地往前跑。

突然，女孩面前闪过一道车灯，她惊恐极了。此时此刻，人和鬼一样让她恐惧，慌不择路中，女孩脚下踢到了一块石头，她横着飞了出去，一不小心叫出了声。

刹车声在一侧响起，女孩耳畔轰鸣作响，肌肉僵成了一团。这时，她听见一个很脆很嫩的声音说："爸爸，是小动物吗？是羊吗？"

这稚嫩的声音惊醒了光怪陆离的噩梦，逃出来的女孩慌得发麻的心狠狠地一跳，窸窸窣窣的脚步声响起，女孩睁大了眼睛，看见一个男人打着伞来到她面前。

他斯文而干净，看上去不像是坏人。

女孩哭着说："叔叔救命！"

她布满碎花的小裙子沾上了斑驳的泥水，膝盖蹭破了一片，小小的脚指甲被石子掀起来，鲜血直流。男人端详了她一下，非常轻柔地把她抱了起来。女孩坚固的防备心在极端恐惧的情况下被打碎了，她毫无理智地信任了这个荒郊野外突然冒出来的陌生人。

"有坏人劫我们的车，他有刀，还捅了我们老师，就在前面，叔叔……"

男人的脚步非常轻，像是怕惊动什么似的，举着伞的手上竖起一根食指。

"嘘——"他说，"不要怕，乖一点儿，让我女儿陪你。"

女孩顺着他的视线看过去，半摇下来的车窗里露出一张少女的脸，她十二三岁，梳着双马尾，脸颊丰腴，有一双狡黠而美丽的眼睛，嘴唇是亮晶晶的樱桃红色，像是偷偷用了大人的唇膏。

笑靥如花。

不远处，灯火通明的越野车俱乐部里，一大帮纨绔正各自捧着手机打听小道消息。

费渡背着手，目光盯在一面墙上，墙上有西岭区地图，赛车赛事实况、名人签名和工作人员合影等。

"我对这附近不太熟。"费渡回头问"作死俱乐部"的老板，"附近除了这里，还有什么聚居村或者活动场所吗？”

“西岭的规划就是燕城后花园，主打高端休闲娱乐。”老板说，“除了咱们，附近还有个带高尔夫球场的酒庄和马术俱乐部，原来几个自然村都迁到县城里让他们‘上楼’了——不过看今天这天气，酒庄和马术那边可能都没什么人。”

“嗯。”费渡一点头，目光停在了越野车俱乐部的工作人员大合影上，忽然问，“我看今天好多人没来上班啊，乐队都是从外面请的，自己的琴师呢？”

俱乐部老板含混地应了一声“客人不多”，心说：这凄风苦雨的破天，要不是为了伺候你们这帮吃闲饭的少爷，我也不来。

费渡：“一会儿警察要是打电话，你让我来接。”

俱乐部老板一脑门问号：“打电话？警察为什么给我……”

他这句话还没说完，前台的电话就响了，正好在旁边弹钢琴的姑娘腾出一只手，钩起电话，懒洋洋地放在耳边：“喂，西山越野俱乐部……啊？什么？哦，您稍等——老板，这个人说他是警察！”

警方行动极快，已经逼近了绑匪所在地。

从卫星上看，绑匪选的地方很巧妙，四周都是空地，特警队一旦靠近，很容易被察觉，而中巴车上都有窗帘，劫匪手里攥着一帮孩子，他窝在车上，只要拉上窗帘，狙击手也没有办法。时间一分一秒地过去，警方试着拨了方才那个电话，却显示电话已关机。这劫匪的控制欲极强，必须要他主动对外联系。

过了夜里十点，大雨终于停了，平静了下来，陶然带着几个人，连夜赶到嫌疑人之一的司机韩疆住处，把人查了个底朝天。

“韩疆以前是开大货的，沾上了‘打牌’的毛病，一年输了十几万，还曾经因为打牌耽误工作，被车队开除了，闹得妻离子散。后来他老实了一阵，托人在租车行找了份工作，才安分几年，不知怎么又玩上了麻将，被诈赌的团伙盯上了，输得倾家荡产不说，还欠了一百多万的高利贷。”

“怪不得要铤而走险。”郎乔按着耳机，“另一个人呢，有线索吗？韩疆除了是个滥赌鬼之外，好像连‘小黑屋’都没蹲过，即使想走歪门邪道，也未必敢一上来就这么劲爆，我觉得策划这件事的主谋肯定有前科。”

"韩疆有个远方亲戚，叫韩诚正，男，二十九岁，曾经因为持刀抢劫和故意伤人两次入狱，最近刚放出来，到燕城来找工作，经常到韩疆这里蹭吃蹭喝。这个人说是找工作，来了以后一直游手好闲，几次与人发生冲突，常常带着砍刀四处乱转，周围邻居都躲着他走——昨天傍晚，韩诚正去租了一辆破破烂烂的小轿车，一早出发，不知道去哪儿了，他多半就是那个绑匪。"陶然说，"照片我已经给你们发过去了。"

"这他妈的也不知道是臭味相投还是物以类聚。"骆闻舟在旁边说，"韩疆结过婚吗？有孩子吗？孩子多大，男的女的？"

"有个男孩，九岁，已经和他前妻搬到了外地，因为韩疆的赌瘾，前妻不让孩子联系他。租车公司跟十六中有长期协议，每次学校有活动都会派韩疆过来，老师们都把他当自家校工，这个人平时忠厚老实，性情温和，也挺喜欢孩子，没人想到他会干出这种事。"

"知道了，谈判组听见了吗？"骆闻舟飞快地整出了一个条理，"绑匪第一次来电话的时候，就带队老师当时的反应来看，她还不知道韩疆和绑匪串通一气，她和司机之间存在一定信任，因此非到特殊情况，韩疆应该也不想暴露自己，他很可能是被高利贷逼迫，才干出这种事，对孩子也应该有一定同情心。而另一个绑匪应该是这次绑架勒索的主导者，有前科，是个无可救药的惯犯，什么事都干得出来，他们俩现在利益一致，但关系不可能太牢固，可以分化……"

"老大，"郎乔突然打断他，"电话！绑匪打来电话了！"

骆闻舟一抬眼："各部门注意。"

一句话落下，所有人严阵以待起来，众人纷纷戴起耳机，谈判组已经迅速就位。

第二通电话的时间与前一通电话正好相隔一小时，谈判员接起电话，说话的却不是方才那女老师，而是一个戾气十足的男人声音："钱准备好了吗？"

所有人的心都是一沉。

谈判员试探着问："你是谁？刚才那位女老师呢？"

电话里能听见男人粗重的喘息声，谈判员怕激怒对方，连忙又补充了一句："我们几个家长已经凑到了三百多万现金，我老婆正带着钱往这边赶，剩下的一定尽快筹集到，实在不够我们还能去借，但是你不能出尔反尔伤人！"

电话那头的男人笑了起来："哦，你们这么乖去筹钱了，没报警？"

谈判组的警官抬起头，无声地用眼神请示了一下，旁边郎乔飞快地在手写板上传达了骆闻舟的指令："惯犯，实话。"

"报……报了。"谈判的警官刻意用一种有些慌乱的声音说，"在你联系我们之前就已经……你……你当时又没说不能……"

绑匪打断他："哦，那警察呢？"

"西岭县的公安局说要请示市局，市局说他们至少还要一个小时才能过来。"谈判员演技逼真，用一种焦急得快要哭出来的声音说，"我们实在等不了，只能先筹钱做两手准备，你……你千万不要伤害孩子。"

电话那头的歹徒颇为得意："我早跟你们说，指望那帮废物没用。"

大概是听说钱已经快到位了，劫匪口气略松，又说："行吧，让你跟你家小崽子说句话，他叫什么？"

旁边递过一张字条，谈判员飞快地瞄了一眼："陈浩，我是陈浩爸爸，求你让我跟他说句话。"

电话里冷笑一声。片刻后，男孩的声音传来："爸爸，爸爸！"

旁边谈判组的几个警察互相比了个手势——听声音，孩子应该是吓坏了，但中气十足，暂时没有受到人身伤害。

"浩浩，不要害怕，你和别的小朋友在一起吗？"接线的谈判员试图确定其他人质安全，"你要勇敢起来，得给其他小朋友做出表率，是不是？"

男孩可能听出了对方不是自己爸爸，含糊地应了一声，但还没等他回话，绑匪已经一把抢过了电话："别废话了，你儿子的声音你也听见了，别他妈的干多余的事。另外，我们不需要送饭，也不需要送水，别指望让警察趁机混进来，赶紧筹钱去，有钱就有你儿子的命。"

谈判员皱起眉，冲周围同事摇摇头，郎乔把"想办法派人靠近"的计划单撤了，抬手冲他做了个"计划二"的手势。

"慢着，能……能不能让我跟车上的老师说句话，孩子太害怕了——随便哪位老师都可以！"

听了"随便哪位老师都可以"的说法，电话那边古怪地冷笑了一声，竟然答应了。

随后，一个低沉而有些畏缩的男声传来："喂。"

是韩疆！

“老师，我……我是陈浩爸爸。”谈判员压着声音，让自己听起来有几分掏心挖肺的祈求，“老师，我知道这很自私，但是您……您自己有孩子吗？您能理解吗？”

那边沉默了一会儿，韩疆说：“有。”

“那请您无论如何都照顾好孩子，老师！钱的事我们会尽量想办法。都是为人父母的，您肯定知道咱们做家长的心情，我知道您的处境也很艰难，您肯定也害怕……您的孩子应该也和浩浩差不多大吧？您想想他，我们不能到现场，只能求您替我们照看，受点惊吓无所谓，人千万别有事，我们全拜托您了！”

这一回，韩疆沉默了更长的时间，语气忽然变得不那么稳定起来：“我……我会尽力……”

韩疆话音没落，远处的半山腰上突然传来一阵巨大的轰鸣声，接着，爆炸似的重金属音乐在静谧的夜色中横冲直撞地扩散开，晃眼的灯火亮起来，紧接着是疯狂的口哨声和尖叫声。

绑匪立刻炸了，拎起刀一把抢过电话：“什么人，警察吗？你们耍诈！不想要那些小崽的命了吗！”

电话那边传来谈判员慌乱的解释：“我们没……没……”

这时，有个甜得发腻的女孩的声音通过扩音器传来：“宝贝儿们别㞞，上车啊，不就一条山道吗？刚才‘死亡赛道’都跑下来了，帅哥们还能让你们出事吗？”

口哨声透过扩音器，要把方圆十里的地都震碎，彩色的激光漫山乱窜，灯光中，几辆嚣张的改装跑车在山间亮了相，好像要起飞的赛车巨大的影子被灯光技巧地投射到不远处的山腰上。

韩疆一把抓住绑匪握刀的手，低声说：“附近有个越野俱乐部，来之前不是查过了吗，你镇定一点儿！”

绑匪暴怒：“走开！怎么那么巧他们正好到这边来？”

电话里的谈判员大声说：“我们真的不知道，你们可以换地方，钱马上就到了，不要伤害孩子，老师！老师！老师！”

连着三声“老师”像一根尖锐的针，挑着韩疆的神经。

学校里的孩子有时候分不清校职工和外包人员，在学校里遇到大人都叫“老师”，那些孩子平时也是这么称呼韩疆的。这称呼唤起了他为数不多的良心，韩疆双手按住同伙：“听见了吗，钱都快到了！就差最后一步，你非得这时候节外生枝吗？你抬头看看，那像警车吗？他们跑的是山道，根本没打算过来，几个影子就把你吓尿了，你还能干什么！”

绑匪顺着他的目光望过去，似乎被他说服了，持刀的手略微放松。

韩疆说：“正好，刚才跑了一个小崽子，这里本来就不安全了，我去开车，咱们换地方。”

飙车的富二代们群魔乱舞，存在感十足，嚎叫的跑车巨大的引擎声绕着山路轰鸣不止，虽然距离很远，且没有靠近的意思，却几乎把中巴车所在的地点围了起来，舞曲的鼓点声一下一下砸在两个绑匪的胸口上，他们不得不撤出原本的空地，往唯一的远离噪声的方向开去。

郎乔耳机里传来骆闻舟的声音：“目标车辆已经被逼进了狙击范围，想办法让他们停下。”

中巴车上，绑匪手上没来得及关机的手机突然响了，方才那家长语无伦次地在电话里说：“钱到了，现金，但只有三百多万，剩下的我们还在想办法凑……”

音乐声越来越远，鼓点却越来越快，一下一下撩着人的神经，听得人越来越心慌。

持刀的劫匪烦得要死，更加仇富，大声咆哮：“不行，一个子儿都不能少！”

韩疆一脚踩住刹车：“差不多行了，咱们俩五五分，一人拿一百多万也不少了，别拖到警察来！”

一百万足够他还高利贷了，摆脱了那些人，他以后就能堂堂正正地做人，再也不用担惊受怕了。

可是同伙却并不买账：“我就要五百万！”

电话里的谈判员忙说：“我们真的已经尽全力了，老师，你想想自己的孩子，那都是孩子啊！老师，求求你！”

韩疆额角青筋暴跳。

“没有五百万，我就杀光这些小崽子，反正老子坐过牢，再进去一趟有什么大不了！”

韩疆一把抄起方才同伙抛给他的砍刀：“老子不想坐牢！”

两个男人斗牛一样地喘着粗气，好一会儿，那绑匪瞪着眼睛，冷冷地盯住韩疆：“叔，你是不是后悔了？”

韩疆木着脸没吭声，余光扫见一车惊恐的儿童——他确实已经后悔了。

绑匪却忽然阴阴地笑了起来，抬手把电话递给他：“好，听你的，三百万就三百万，咱俩见好就收。”

韩疆迟疑片刻，接过电话：“这样，你们找一个人来送，要一个人，最好是女的，地点在……”

他话没说完，眼前突然寒光一闪，孩子们的惊叫声在耳边炸开，韩疆下意识地侧身，没躲开，同伙的利刃插进了他的小腹。韩疆大吼一声，剧痛之下本能反抗，猛地往对方身上扑去，绑匪后退一步，后背撞上了车门，发了狠地拧动砍刀刀柄，就在这一瞬间，他暴露在没有窗帘的玻璃车门上，被韩疆的身体牢牢压住。

一颗子弹破窗而入，正中绑匪后脑——狙击手一枪毙命！

警笛与救护车声响彻了夜空。

半个小时后，骆闻舟收拾了现场，来到方才那音乐声震天的半山腰，老远就看见费渡靠在一辆车上，衬衫扣子解着，从胸口开到小腹，文身和肉体黑白分明，背在脑后的发梢还在往下滴水。

不需要道具和布景，就他自己往那儿一站，就无端给人一种酒池肉林的感觉。

骆闻舟的来意本来光明正大，然而目光从他半裸的胸口上扫过，突然无端尴尬了起来，他连忙干咳一声：“今天谢谢你们了。”

费渡从旁边的女孩手里接过半杯香槟，远远地朝他一举杯：“不用客气，本色出演。”

骆闻舟莫名又看他不顺眼了。

“骆队，”这时，郎乔一个电话进来，打断了这古怪的气氛，她上气不接下气地说，“车上少了个孩子！”

第六章

“失踪女孩叫曲桐，十一岁，当时本来在车上，试图帮老师引开歹徒注意，曾经往窗外扔了个报警器，之后趁乱爬窗户逃走，现在不知道跑哪儿去了。”

“从西岭县里调几条警犬过来。”骆闻舟听完，反应倒是比较镇定，“没事，一个小孩，跑不远，找几个会说话的，好好安抚一下家长。说实话，她当时要是不跑，绑匪回过神来知道报警器是她扔的，后果不堪设想，我看这孩子还怪机灵的。”

费渡回过头去，远远地冲他的狐朋狗友们吹了一声口哨，他在这帮游手好闲的社会闲散人员里一呼百应。

纨绔们先是在雨中飙机车，身上的水都还没甩干净，紧接着又参与了解救人质行动，虽说只是个道具，连绑匪是圆是扁都没瞧见，但也算是把下半年的刺激都攒一块儿嗑完了，闻声一拥而上：“费爷，还有什么事？”

“市局的。”费渡抬下巴朝骆闻舟点了一下，用了仨字，高度概括了他面前这位帅哥经天纬地的生平，随后说，“刚才那车上丢了个十一岁大的小女孩，一会儿我把照片发朋友圈，晚上没事的都帮忙找找。”

“好嘞，没问题！”张东来难得能在骆闻舟面前直起腰来，嬉皮笑脸地凑过来，“骆队好，骆队辛苦了，有什么事您吱一声，都是一家人！”

骆闻舟冷眼打量此人，听说张少爷上回闯了祸以后，被家里关了俩多月的小黑屋，眼下可能是刚刚“刑满释放”，只见他光膀子穿了个马甲，裤子上一边一个大窟窿，剃了个鸡冠子似的新发型，一排五颜六色的长毛在头顶支棱八叉，后脑勺儿上还剃出了一个什么字。

骆闻舟：“你脑袋上是个什么玩意儿？”

张东来连忙立正，汇报说：“一个‘忍’。”

骆闻舟不由得有些肃然起敬——原来张少爷这副尊容是忍过的结果。

“骆队，您放心，这边我熟。”张东来说，“咱们这里是资产阶级的大染缸，除了奢侈腐败，绝对没有别的洪水猛兽，方圆五十公里之内，最有攻击性的野生动物是小松鼠，肯定不会有什么危险！”

这倒确实也是，西岭这一代本来就“高贵冷艳”，那场大雨更是下得

“人迹罕至”了，一个小女孩惊慌之下能跑多远呢？

刚听说这个消息，谁也没太慌神，所有工作都在有条不紊地进行——丧心病狂的绑匪韩诚正被装进裹尸袋拖走了，救护车拉走了重伤的胡老师与那还有一口气的绑匪韩疆，一帮受到了惊吓的学生在家长陪同下分批离开，集体去接受身体检查和心理辅导，抽调的警犬也很快就位。几支搜救小队分头行动，张东来不知从哪儿弄来了一大堆五颜六色的敞篷车，里面集体播放着《喜羊羊与灰太狼》的主题曲，帮忙到附近的大小行车道上找人。

专业人员和水货们各行其是，谁也不影响谁，十分相得益彰……就是到处都是此起彼伏的“别看我只是一只羊”听着有点闹心。

费渡伸手扶住车门：“你要不要去小孩跑了的地方看看？”

骆闻舟不客气地蹭车，顺手点了点他的前襟，用很封建的语气开了口：“你给我把衣服穿好了——你们半夜三更在这边聚众鬼混什么呢？”

费渡懒洋洋地把衣襟一拢，也没看扣眼对不对，随便系了几颗，湿漉漉的前襟什么都盖不住，看着比敞怀还有伤风化，他说：“飙车。”

骆闻舟：“开着敞篷飙？”

“机车，还翻了两辆，你们封路之前，刚有个救护车拉走个摔骨折的。”费渡轻轻地把车踩了出去，少见地用没带贬损的愉快语气调侃了一句，“当然，对中老年人来说可能确实是有点刺激。”

骆闻舟低头看了一眼他脚上沾满泥点的靴子，突然悲哀地发现，自己可能确实是奔着中年去了——因为已经不能理解这些小青年究竟空虚到了什么地步。

“手怎么了？”费渡无意中瞥到他身上的“三道杠”，“谁这么火暴？”

骆闻舟凝神听了听各搜救队汇报进度，随口回答：“你弟弟。”

费渡莫名其妙。

“知道了。”骆闻舟对着对讲机嘱咐，“注意沟沟坎坎的地方，小孩经过这事多少会有点应激反应，没准会自己躲在什么地方。”

他说完，放下对讲机，转向费渡：“你看这像灵长类的爪印吗？没常识——就是当年陶然给你那只杂毛猫，忘啦？你们这些小崽子，弄个什么都是两天半的新鲜，后边还得跟个收破烂的。”

费渡一愣，夜色在两侧车窗中呼啸而过，他好半天没接话，直到看见前方灯火通明，已经逼近女孩最初逃走的现场时，费渡才意味不明地问：“那么多年了，你还养着？”

“不然呢，给你啊？你想要就赶紧抱走，千万别再给我送回来了。”骆闻舟想起骆一锅就手疼，不由自主地伸手挠了挠伤处，“车停远点，那孩子没准会留下脚印，别破坏了。”

费渡依言把车停在稍远些的地方：“你……喀，需要打疫苗吗？”

骆闻舟听了这句正常的关怀，十分震惊——比骆一锅突然跑过来对他又亲又蹭还震惊，以至于舌头略微打了一下结：“不……不用，上次打的还没过期。”

骆闻舟打狂犬疫苗的频率比狗还高，一年十二个月，骆队有十一个半月都是“无敌状态”，给他开疫苗针的大夫建议他干脆办张“年卡”，从此零售改批发得了。

他震惊过后，又忍不住脱口嘴贱了一句：“你突然这么孝顺，我有点慌。”

费渡敛去脸上异色，又拖起他那很讨人嫌的腔，似笑非笑地说：“哪里，关爱孤寡老人，人人有责。”

“怎么关爱？”骆闻舟流氓惯了，顺口怼了费渡一句，“你就口头爱啊？”

这句过火的玩笑话音一落，两个人同时沉默下来，狭小的跑车里，气氛非常难以描述。骆闻舟自知失言，恨不能把方才那句话怎么扔出去的再怎么叼回来，哑然片刻，他干咳了一声，不怎么高明地往回找补了一句：“以后逢年过节，别忘了拎个点心匣子看看爸爸。”

费渡勉强一笑：“还用顺便上三炷香吗？”

骆闻舟：“滚蛋！”

俩人对视了一眼，默契地同时下车，打算把方才的尴尬遗忘在车里。

这时，骆闻舟忽然想起了什么，回头问费渡：“话说回来，我记得你当时挺喜欢那猫的，后来怎么说什么也不肯养了？”

费渡一顿，远处的灯光倏地扫过他露出来的额头与眉目，那些弧度像是雕刻而成的，有精心设计的轮廓剪影。

“没有。”费渡说，“我不喜欢养宠物，嫌麻烦。那时候当着陶然的面没好意思说，再说……”

他抬起头，一侧的眉梢轻轻地动了一下：“没准我还有虐杀小动物的爱好呢？控制不了自己，又怕弄死了跟陶然没法交代，只有敬而远之。骆队，你觉得这个说法合理吗？”

骆闻舟愣了愣，直觉费渡这句话并不是一个恶劣的玩笑，可还没等他从字里行间分析出什么，耳机里就传来了搜救队员的声音：“骆队，找到了女孩扔出去的警报器和一些脚印。”

胡老师遇刺的时候，雨已经渐渐小了，中巴车停泊的车辙没有完全被水冲走——当时司机在车头，绑匪被胡老师扑出了车门外，女孩如果要逃走，只能是从车尾跳车，往某个能避开车灯的方向逃，依此推断，搜救队员很快找到了少女的几个小脚印。

警犬循着踪迹冲了出去。

所有人都觉得运气不错，因为劫匪挑的地方道路年久失修，很多泥土地，曲桐留下了不少痕迹，顺着脚印，一定很快就能找到她。

可是直到后半夜，依旧音信全无。

曲桐的父母眼巴巴地看着来回过往的警察和自发帮忙寻人的车主们，每次有人经过，那位母亲的眼睛都会像声控的灯——稍有风吹草动就跟着亮起来，随着搜救人员来而复返，又一次一次熄灭。

“骆队，你过来看看这个。”

骆闻舟从人群中穿过去，几条搜救犬都停在了同一个地方，伸着舌头蹲在一边，他顺手摸了一下旁边的狗头，半蹲下来，见尖锐的石子上有隐约的血迹，一块皮制的凉鞋带缠在了上面。

“给家长看过了，确认这根鞋带是曲桐凉鞋上的装饰品。”旁边的搜救人员说，“后面有孩子的脚印，这里有几条很长的擦痕，推测可能是小女孩跑到这儿，鞋带绊在石头上，摔了一跤。这里还有大人的脚印和车辙的痕迹，我估计一下，鞋码大约是四十一或者四十二号，成年男性的可能性比较大。”

骆闻舟沉吟片刻：“你的意思是，有个开车的人恰好途经这里，把那孩子带走了？”

“很有可能，狗已经闻不到什么了。”

骆闻舟借着同事手里的光源，目光在附近搜索了一圈。杂乱的脚印，女孩摔倒的痕迹，男人的脚步倒是很稳当，有一步算一步，看起来不慌不忙。

“骆队，我觉得这应该是个好消息，毕竟刚下过雨，这里又是山区，泥土松动，可能有安全隐患——有路人经过见义勇为，把女孩救走，好歹她今天不用在荒郊野外过夜了。”

骆闻舟脸色依然很严峻，没吱声，好一会儿，他缓缓地说：“注意保护现场，去通知技术人员过来看一下，我希望他们尽快给我一个报告，根据痕迹判断出那孩子是不是自愿跟人走的。还有……准备发布寻人信息，密切关注附近有没有捡到孩子后报警的。”

“是！”

“去联系一下学生们今天去过的博物馆。”骆闻舟心事重重地叼起一根烟，仔细回忆自己是否有遗漏，又补充说，“查一下博物馆的访客，还有附近国道路口的监控。”

旁边的搜救队员不明所以：“啊？”

“看看有哪些车经过。”骆闻舟轻声说，“特别注意单身的男性车主，我刚才很乐观，现在突然觉得这事有点不太乐观。”

人迹罕至的荒郊野外，途中突然冲出来一个狼狈的小女孩，告诉你附近有歹徒劫了他们的车，正常人会是什么反应？普通人大概没有勇斗持刀歹徒的胆子，或许都未必敢不经确认就让那孩子上车，毕竟，社会上经常会流传一些利用孩子犯罪的段子。所以路人一般要么会冷漠地假装没看见离开，要么会在仔细问明情况后，第一时间打电话报警。

然而警方确认中巴车在西岭县境内被劫持之后，整个县区里所有报警电话都会第一时间被转到骆闻舟这里，从曲桐独自逃走到现在，几个小时过去了，为什么他这里没有任何消息？

失踪的曲桐给整个营救行动蒙上了一层阴影。

一晃三天，寻人信息铺天盖地，网络、纸媒、交通广播轮番轰炸，但警方仍一无所获，捡走了女孩的神秘人也始终没有消息。

第三天傍晚，曲桐的父母来到了燕城市局，带来了一张存储卡。

“不知道是谁放的，也不知道什么时候放的……就在牛奶箱里，孩子找不着了，这两天我们都没顾上取。”曲桐的父亲红着眼说，“积压了好几天，今天早晨送牛奶的敲门来问，我们才想起打开牛奶箱……就掉出了这么个东西。”

郎乔隔着手套接过那张存储卡：“里面有什么？”

她话音刚落，曲桐的母亲就突然崩溃，失声痛哭起来。

“里面是……是一段录音。”

十五分钟以后，骆闻舟紧急去了陆局办公室。陆有良听完了录音，手里夹的香烟竟然忘了点。

录音只有不到一分钟，刚开始是一个女孩惊恐的尖叫，然后是剧烈的挣扎声，几十秒后，尖叫和挣扎声渐渐微弱了下去，直至悄无声息，最后“锵”的一声，好像是一个装满了铃铛的铁盒子被人用力晃响，震颤的蜂鸣声敲在人心口上，“嗡”的一下被无限拉长——随即，录音戛然而止。

陆有良眼角一跳，竟有些色变。

“陆局，”骆闻舟说，“现在我们手头线索太少，本来不应该胡思乱想，但是我听老杨念叨莲花山念叨了大半辈子，印象实在太深刻了，必须得找您确认一下。二十年前的案子，我们都只是道听途说，您是唯一亲身经历过的，您觉得这段录音像不像当时绑匪打给受害人家属的电话？会不会是当年那案子的模仿案？”

陆有良缓缓吐出一口烟圈，半天没吭声。骆闻舟从来没在老局长脸上见过这么严峻的表情。

“那事当时闹得很大，现在还能找到当年报纸上连篇累牍的报道，那会儿由于欠缺保密意识，一些诸如‘受害人家长收到恐怖电话’之类的细节，都曾经对外披露过，但是……”陆有良话音一顿，“最早失踪的女孩——就是莲花山的那桩案子里，有一个细节，你们不说，我都忘了。那案子中的受害人父亲在配合调查的时候提到过，他说他在电话里听见了铅笔盒的声音。郭菲用的是那时候时兴的铁铅笔盒，据家长说，她攒了一把彩色的小圆铃铛，放在铁铅笔盒里，有时候会拿出来晃着听响，家里大人嫌烦，还骂过她……郭菲父亲说，电话里传出来的绝对是晃铅笔盒的声音，他也是因为这个才肯定，里面女孩的声音肯定是他女儿。”

陆有良和骆闻舟对视一眼，两人的神色都很严峻。

因为这是个太小的细节，当时甚至没能留下音频证据，只是一段受害人家长的证词，家长在焦急和恐惧中，精神状态不稳定，误听的可能性很大，真实性不好说，因此只能作为参考。

卷宗档案与杨正锋的笔记里都没有提到过这个被忽略的细节，连陆局都差点儿遗忘，骆闻舟更是闻所未闻。警方不会把这种不知真假的小细节公之于众，那么……

这究竟是巧合，还是有人在复制二十年前的案子？

是模仿犯，还是幽灵？

第七章

“按着这个推论，”郎乔吊着一双和眼睛差不多大的黑眼圈，幽幽地说，“要么是吴广川从太平间里爬出来了，要么是当年那案子，咱们抓错了人，真凶在二十年后又重新出来作案了。”

“一个人成功作案六起，警察连个鬼影都没抓住，还配合他找了个替死鬼，正常人都得得意成变态，何况真变态，他会消停这么多年吗？”骆闻舟摇摇头，“要真是当年错认了真凶，这二十年够他杀完一个万人坑了。”

郎乔扭过头：“骆队，我听你说话好瘆得慌。”

“我听你说话也挺瘆得慌。”骆闻舟把笔杆在手心里转了一圈，“不管怎么样，我已经让人去曲桐家蹲点了，先查扔存储卡的人。”

“不是我说，未必能查出来。”郎乔说，“我刚才问过了，曲桐他们家住在一个老小区，物业一个月三十还总有人拖着不交，小区里连保安都没有，基本就是‘我家大门常打开’的状态，上个月刚失过窃。你想想，有人从你家拿点什么走都抓不着，别说扔点什么了。”

陶然问：“其他线索呢？”

“存储卡是那种最普通的，国产山寨货，网上一模一样的东西能搜出好几百页来，上面擦得很干净，半个指纹都没有。至于录音内容，技术那边正在加紧分析，但嫌疑人有明显的反侦查意识。”骆闻舟摇摇头，“不乐观。”

有线索的可能性很小，女孩还活着的可能性也很小。

黄金七十二小时已经过去了，送给女孩父母的录音更像是某种自鸣得意的“总结”——我还在，我依然是胜利者，你们抓不住我。

“其实还有一个思路。”陶然沉吟片刻，说，“案发当晚，那周围会有什么人经过？当时我们排查过附近的几个景区、园区以及主要道路的监控，如果带走女孩的人恰好开车经过，不会完全没有痕迹，但是直到今天，我们都没从这条途径找到什么线索，所以有没有可能是这样：这个人不是恰好经过，而是一直在跟踪曲桐——或者那辆车上某个差不多大的孩子，结果恰好碰上了劫持事件——只有这样才能解释他为什么会刻意避开监控。”

郎乔听到这儿，明白了他的意思：“而跟踪和尾随不是一蹴而就的！”

夏令营最后一天，学生去了近郊，但此前却一直是在市区的学校附近活动的，如果那个神秘的绑匪尾随了其中某一个人，那他在市区里隐藏形迹的困难要大得多，交通监控、周围的常住居民很有可能会注意到他！

郎乔立刻站起来：“我这就去安排。”

“我已经安排过了。”骆闻舟冲她一摆手，“你先坐吧，那天查完案发地，又没找到可疑人物的时候，我就让人顺着他们班几个女孩之前的行踪排查了一遍。十八个学生里有十一个是女孩，和曲桐年龄相仿的，其中体貌特征和曲桐近似的有六个，即使把重点放在这六个人身上，查她们每天去了哪儿，和什么人擦肩而过，也涉及上千人。通过现场测量，我们只知道这个嫌疑人穿四十二码的鞋，信息太少，男性的可能性大，但女性也并非完全不可能，我们现在连嫌疑人的轮廓都画不出来，挨个排查不现实。”

陆有良在旁边听着，忍不住叹了口气，自认这件事即使是他亲自坐镇，也不可能比骆闻舟更周全了，可曲桐还是丢了。

简直是宿命般的厄运。

“当年的绑匪是直接给受害人家里打电话，现在知道我们能追踪电话了，就换成了来无影去无踪的投递，还真是挺与时俱进的。”郎乔叹了口气，“这是不是也算道高一尺，魔高一丈了？”

骆闻舟想了想，忽然说：“我记得当年的受害人一直活不见人，死不见尸，最后究竟凭什么认为吴广川就是连环绑架事件的嫌疑人？就因为他手里那几套带血的小孩衣服吗？”

“不是，当年办案不太规范，但也没有那么不规范。”陆局插话说，“除了那几套被剪碎的衣服，认定嫌疑人就是吴广川的原因主要是第七个女孩，她身上留有遭到性侵的证据，本人醒过来以后，也指认了吴广川。那孩子叫什么来着？好像姓苏，苏……”

“苏筱岚。”陶然说，“我师父的笔记本上提到过，是嫌疑人吴广川的学生。”

“对，是这个。”陆局想了半天，实在是无能为力，只好叹了口气，“唉，时间太长，上岁数了，脑子不好使，不少事记不清了，我看你们还是调档吧。”

骆闻舟用脚尖踢了没眼力见儿的郎乔一下，郎乔反应过来，赶忙应了一声，跑去办手续。

陆局亲自点名，旧案的档案调得很快，比杨老的笔记更详细客观的记录终于拂开了二十年的灰尘，再次暴露在光天化日之下。

“对，应该就是这个女孩。”陆局抽出其中一张照片。

因为当事人还活着，而且恐怕不想被打扰，杨老的私人笔记里并没有保留她的照片。骆闻舟和陶然也是第一次见到第七个受害人苏筱岚的样貌。她无疑是个非常好看的小姑娘，杏核眼，眼角修长，往两鬓挑着，拍照的时候化了一点儿妆，显得唇红齿白，托腮面向镜头，又有一股奇异的早熟气质。

“苏筱岚当时是锦绣中学的学生，案发时正在念初二。”

郎乔奇怪地问：“不是听说那女孩家庭环境很差，丢了好几天，家长都不知道吗？怎么能上得起当时的私立？”

“她是舞蹈特长生，小学的校舞蹈队老师很喜欢她，直接把她推荐到锦绣的，当年特长生可以减免学杂费。不过一来是因为家庭环境差异，二来也是舞蹈队一直要训练，苏筱岚总是缺课，久而久之，在学校里一直和同龄人格格不入，也没什么朋友。吴广川是她初一时的班主任，利用了这一点，多次诱骗、胁迫女孩，对她实施侵犯。”

“可是这很奇怪。”陶然忍不住说，“如果吴广川绑架并杀害了六个女孩，为什么单单让这个女孩活下来了？”

“我那会儿刚工作，在专案组里干的都是跑腿的活，参与不多。”陆局回忆了片刻，“凶手已经死了，再逼问他动机是不可能的，所有的事都是前辈们事后写总结时的推测，原因大概有两个——第一，苏筱岚和吴广川交往密切的事，周围很多人都知道，一旦苏筱岚出事，警方很容易找上他，所以对于凶手来说，苏筱岚是个风险很高的目标。当时甚至有个前辈提出了一个理论，认为其他六个女孩对于吴广川来说，很可能都是苏筱岚的替代品。

“第二个就纯粹是我们的猜想了——和别的受害人不一样，苏筱岚家庭情况特殊，凶手没办法通过打电话的方式折磨苏筱岚的家人，如果打电话这个过程对于凶手来说，有某种特殊意义，那他在苏筱岚身上没有办法获得这种满足感。”

骆闻舟点点头，整个过程听起来似乎没什么问题，人证、物证俱在，逻辑与心理动机上也说得通。唯一的问题就是，既然二十年前旧案的凶手已经归西，那是谁带走了曲桐？

谁还会知道铁铅笔盒和小铃铛细节？

恐怕只有郭菲一案的受害人家属……以及当年经手这案子的老刑警了，其中也包括陆局。

当着陆局的面，小会议室里的几个人一时都沉默了。反倒是陆局自己比较坦然，主动打破了沉默，拍了拍骆闻舟的肩膀，他说：“这事还是你来担吧，有问题找老曾汇报，我暂时避嫌，过一会儿我会把我这几天的行踪写清楚，其他案件经手人你们恐怕不大好查，我会提前替你们打招呼，省得到时候面子上不好看，他们不愿意配合。”

“还得问问莲花山一案里的受害人家属，也有可能是家属和谁说过什么。”骆闻舟轻描淡写地把这段尴尬揭了过去，“还有苏筱岚，她跟在吴广川身边时间最长，很可能知道点什么——我看咱们兵分三路吧。陶然，你继续追踪案发前那十八个孩子的行踪，为了以防万一，男孩也不要漏。小郎负责带人调查曲桐家附近，周围杂七杂八的小店里监控都不要漏下。剩下的活儿我来。”

剩下的都是容易得罪人的活儿——无论是调查系统内的老前辈，还是寻访当年的受害人。

陶然想说什么，被骆闻舟一抬手打断：“快去吧，别废话了，二十年了，证据湮灭，证人也都没了，有结果的希望很渺茫，你那边的排查才是重中之重，万一那孩子还活着呢。”

话说到这份上，陶然也不敢再耽搁，只好和郎乔一前一后地走了。

陆有良撕开一盒新烟的包装，从桌上推了过去，丢给骆闻舟：“光荣而艰巨的任务给自己留着，你这个作风保持得不错。”

骆闻舟接过烟盒，叼了一根，剩下的不客气地揣进了兜里：“要是我去，顶多挨顿挤对。他们俩，弄不好能直接让人打出来。当然了，挨完挤对能不能查出结果来，就得借您老的面子了。”

“当年那群老哥们儿，走的走、没的没，有始有终干了一辈子的，大部分也都退休了，现在老张也调走了。”陆局说着，莫名有点惆怅，“就剩我一个，带着你们这帮猴崽子，也没几年了。”

“退休还不好？”骆闻舟冲他一笑，“我做梦都想退休，每天睡到自然醒，想上哪儿玩上哪儿玩，按月领工资，天天带着老伴儿环游世界，出门坐地铁，那帮孙子都得给我让座。”

陆有良是十分有心想栽培他的，虽然骆闻舟有点太年轻，但好在他老人家也不是马上要退，剩下几年，揠苗助长一下，也未必不能成才，此时听了这番烂泥扶不上墙的言论，陆局气不打一处来，指着骆闻舟说：“你连‘少伴儿’都没有，闭嘴，再不说人话就给老子滚出去。”

骆闻舟叼着烟，夹起旧卷宗，从善如流地准备滚，走到门口的时候，陆局却又叫住了他。

“这桩案子你有没有大致的想法？”

骆闻舟一手扶在会议室门把手上，想了想：“当年有两个问题没有解决：第一，失踪女孩的尸体都去哪儿了；第二，吴广川给受害人家里打电话的动机，我跟人聊过这桩案子，有个朋友说，听起来不是凶手冲孩子，而是冲大人——这实在不像是恋童癖的一般心理特征……另外，我总觉得两起案子虽然有联系，但未必会是一个人做的。”

“怎么说？”

骆闻舟：“打电话和亲自跑到受害人家里是两回事，一个是躲在幕后，一个是忍不住亲自登台，后者的风险要大得多，犯人也要嚣张得多，不单只是郎乔说的反侦查。”

整个燕城就像一条河，数十年的排污治理下，已经基本能一眼看到河底的泥沙，似乎一目了然，清澈而安全，可是总有湍急处，总有暗流。

失踪女孩曲桐生还的概率越来越小，而对于她无数的同龄人来说，这只是个普通的暑假，被乏善可陈的补课班与兴趣班填满，伴随着病恹恹的蝉鸣声，等待着昏昏欲睡的青春期。

晨晨背着画夹，在少年宫后门的公交车站附近等着迟到的家长，无聊地拿出平板电脑来玩，突然，一道阴影挡在她面前，晨晨抬起头，看见一个驼背的老盲人来到了她附近，有意无意地把脸转向她。晨晨莫名觉得有点不安，想起了费渡的话，她小心地往旁边移动了几步，靠近附近等公交的人群，同时暗暗留意着对方。

然而好巧不巧，这时有公交车进站了，方才拥挤排队的人们纷纷上了车，站牌底下荡然一空，只剩下她和那老"盲人"。老盲人似乎是笑了，敲打着地面，迈开步向她走了过来。晨晨一瞬间汗毛倒竖，转身往少年宫里跑去，在拐角处一不小心撞到了人，对方"哎呀"一声，怀里抱着的东西掉了一地。

那是个看起来比她稍微大一些的女孩，穿着碎花裙，梳着一对双马尾。

晨晨赶紧道歉："对……对不起。"

女孩看了她一眼，倒没生气，一边蹲下来捡回自己的书本，一边问："你跑什么？"

晨晨赶紧帮忙："那边有个奇怪的人，我有点害怕。"

女孩听了，顺着她手指的方向看了一眼："没有啊，在哪里？"

晨晨一回头，公交车站空荡荡的，一个人也没有。

女孩看了看晨晨："你几年级了？"

"开学上六年级。"

"哦，那我比你大一岁。"女孩一手夹着书，一手自然而然地拉起晨晨，"你是不是害怕呀？要不然我陪你等一会儿吧。"

晨晨求之不得。

"我在这儿上暑期摄影班。"女孩垂下长长的睫毛，看着晨晨一笑，"我叫苏落盏。"

第八章

二十年间，莲花山经过一场挫骨换皮似的整修，已经俨然改头换面了。街道与建筑首尾相连，风格是统一的"现代化"，比城里还要气派，唯有路边的树还没来得及长成绿荫，依稀透露出一点儿浓妆艳抹下的仓促。

骆闻舟开着车转了几圈，才找到那个不起眼的书报亭。

一个男人戴着花镜，正佝偻地坐在报亭里看摊，这男人说是中年也行，说是老年也行，要是单看脸，大约是还没退休的年纪，但周身已经透出了一股沉沉的暮气，像在苟延残喘。

正是下午最热的时候，街面被太阳烤得冒了油，骆闻舟把墨镜推到头顶，走到书报亭前："拿瓶冰镇汽水。"

书报亭的主人闻声，把正在看的书扣在一边，弯下腰挑了瓶结着厚厚白霜的冷饮递过来。骆闻舟一步迈进书报亭的遮阳伞下，拧开瓶盖，一口灌了大半瓶下去。他已经加班加点地跟各种老同行斗智斗勇了一天，撑着陆局的面子，打着询问旧案的旗号，旁敲侧击着对方是不是有什么可疑的地方，大家都是一个系统出来的，套起话来也都是一个套路，你来我往，各种场面堪比电视剧里的宫斗现场，着实心累。

这会儿，骆闻舟脑子都是木的，目光呆滞地把自己灌了个透心凉，靠在大遮阳伞下放空了片刻。

书报亭主人见他一时半会儿没有要走的意思，就探出头来问："小伙子，我这儿还有冰棍，你吃不吃？"

骆闻舟回过神来，摆摆手："刚喝了一肚子气，吃不动了，我在您这儿歇会儿。"

报亭主人说了声"行"，又友善地搬了一把长腿的塑料凳给他："坐着吧，大热天的，都不容易——你是干什么工作的？"

骆闻舟把汽水瓶子放在膝盖上，轻轻地晃了两下："我是警察。"

书报亭主人一条腿跨在报亭那小小的门槛上，听了"警察"俩字，整个人一僵，好一会儿才回过头来，摘下老花镜折好，嘴角微微颤抖着，压低声音说："我已经办过'撤管'，政府也批准了。"

"我知道。"骆闻舟一点头，"郭叔，我没别的意思，就想跟您聊聊二十年前菲菲的案子。"

书报亭主人正是郭恒。

郭恒杀了吴广川，随即因故意杀人罪入狱，后经减刑，在两年前刑满释放，工作自然是丢了。二十年过去，物不是，人也非，父母亲人们走的走、没的没，妻子也早在他动手杀人前就已经和他离婚了，他无亲无故、孑然一身，回到了已经面目全非的莲花山，做些小生意维持生计。

“没什么好聊的。”郭恒的脸色沉了下来，“人都死了二十年了，害了她的凶手是我亲自送上路的，我判也判了，牢也坐了，就这些，你还想知道什么？”

骆闻舟试着放柔了声音：“是这样，您看，我也不是闲得没事特意过来揭您的伤疤，我们现在遇到一起案子，也是小女孩失踪，有证据表明可能跟当年的事有牵扯……”

郭恒冷冷地问：“什么牵扯？”

“女孩，十一岁，失踪的时候穿着碎花连衣裙，失踪后第三天，嫌犯给女孩父母寄了一段录音，里面除了女孩哭喊，还有些杂音，像是有人晃着一个装有小铃铛的铁盒。”骆闻舟知道对方满心戒备，因此尽可能真诚地直视着郭恒的眼睛，剔除了所有不相干的描述，用最简练的话把事说明白了，“经历过当年那起案子的老前辈说，这情况和菲菲遇害的时候一模一样，所以我想问一问您……”

他的话还没说完，郭恒就阴阳怪气地打断了他：“是审一审我吧？凶手死了，记得这事的就剩下警察和我，当然，有什么坏事不可能是警察干的，那只能是我这个有前科的了。”

“不光是您，经手过那案子的警察我已经走访完一遍了。”骆闻舟语气不变，“没有怀疑什么，只是想详细了解一下当时的……”

郭恒的情绪突然毫无预兆地爆发起来，冲骆闻舟嘶声咆哮：“我当年四处找人说这案子，你们没人听，没有人想了解，现在我人也捅了，牢也坐了，你们又找上门来了！我女儿死了二十年了，我不想提她，不想想起她！你们早他妈干什么去了！”

骆闻舟张了张嘴，把差点儿脱口而出的辩解咽了下去，随后声气低沉地说：“对不起。”

“你走吧，走！滚！”郭恒一把抓住了他的肩膀，把他往外推去，“我没什么好说的，你们要觉得我可疑，尽管来抓，反正我一回生两回熟，其他的无可奉告。下回来之前记着亮一下证件，要早知道你是警察，我连唾沫星子都不卖给你。”

骆闻舟："郭叔……"

郭恒双目赤红，额角青筋暴跳："滚！"

骆闻舟的性情实在不能算温和，然而此时，他就算有天大的脾气也发不出来。

当头的烈日劈头盖脸地朝他喷出火来，他闭了嘴，用舌尖把自己满口的牙从头到尾数了一遍，然后低头摸出钱夹，打开里面夹着的一张照片，递到郭恒面前。

"这孩子叫曲桐。"骆闻舟说，"开学要上六年级，学习很好，提前一年参加了十六中的招生夏令营，平时特别懂事，一直是中队长，现在已经是她失踪的第五天了。郭叔，五天是什么概念？我听说您当年钻研过很多儿童绑架案的案例，那您应该明白，这孩子找回来的机会已经很渺茫了。"

郭恒的目光缓缓落在了曲桐的照片上。

两个男人隔着二十年，在盛夏的街头对峙而立，不知过了多久，郭恒剧烈起伏的胸口渐渐平息下来。

"可是一天不见着尸体，我们就一天不能放弃。"骆闻舟说，"当年活不见人死不见尸的孩子太可怜了，我们不能让郭菲的事再发生一次。可是现在实在没有别的线索，只能求您帮忙。难道也要等这个王八蛋做完七起案子，留下痕迹才算完吗？"

郭恒神色微变。

照片上的女孩歪着头冲他笑，露出一颗有点歪的虎牙。不知是巧合还是什么，仔细看，曲桐和当年的郭菲，轮廓居然有点像。

骆闻舟缓下语气："我就几个问题，问完就走，绝不打扰。"

郭恒看了他一眼，抿嘴沉默片刻，转身走进了书报亭里。骆闻舟连忙跟上："当年铅笔盒里的铃铛那事，您跟别人提起过吗？"

"提过。"郭恒方才激动过了头，这时声音还有些沙哑，"跟办案的警察说过，你们放弃以后，帮我继续追查的亲朋好友也都知道一些细节。"

骆闻舟："能给我一个名单吗？"

郭恒看了他一眼，就在骆闻舟以为他又要发作的时候，那男人只是蜷在椅子上，疲惫地伸手抹了一把脸："菲菲的班主任，当时在电话局工作的亲戚……嗯，那个打来电话的垃圾站附近几个清洁工，可能都了解一些吧。太混乱了，有些话我跟好多人重复过好多次，记不清了。”

“那咱们捋着线说。”骆闻舟摸出个巴掌大的笔记本，在方才的高脚凳上坐下，“您当时是从哪里开始追查的？怎么查到吴广川的？”

郭恒的目光越过他，落在书报亭门上挂着的一个小镜子上，镜子里映出男人苍老的脸和花白的头发，叫他恍然间意识到光阴的流逝。他看了一眼骆闻舟——当年的小姑娘如果还活着，可能比这年轻人还要大几岁。

“警方调查一直没什么进展，我心里着急，忍不住自己查。我跑过几趟那个垃圾处理站——就是凶手打电话的地方，当时垃圾经常处理得不及时，很臭，附近没什么住户，不通公交，要想去就得开车，而且从县城过来，中间还会经过一个收费站。那时候街上没有这么多车，哪些车从哪儿经过，警察都查过了，要是有问题，早查出来了。所以我当时就想，绑架我女儿的会不会是外来的？因为从市区到莲花山有一条国道，为了避开山，得绕半圈，正好会经过附近，虽然没有路，但那儿有一道大斜坡，我亲自去看过，车下不来，但正常的大人能从上面走下来。”

骆闻舟：“您是说，当时绑架郭菲的人带着孩子离开了莲花山，中途不知出于什么原因，在国道上停车，爬了半座山，带着他绑来的孩子，跑到那垃圾场附近打了那通电话——他为什么要这么做？”

郭恒略带嘲讽地一笑：“我这想法和当时的办案警察说过，他们问为什么的语气和你一模一样。”

“不是。”骆闻舟没和他拌嘴，而是整理了一下思绪，十分心平气和地说，“按照您的推论，绑匪是个外地人——吴广川确实是外地人，而且据调查，他也没怎么在莲花山逗留过，那他怎么会熟悉本地人都不去的垃圾站呢？他绑走的是一个十多岁的半大孩子，不是几斤重的小婴儿，在国道上中途弃车，带着那么大的一个孩子爬山到一个不熟悉的地方对她实施犯罪，这风险太大了，他怎么知道附近没有拾荒的和垃圾站的工作人员经过呢？这不合逻辑。”

郭恒反问：“你的逻辑抓住罪犯了？”

骆闻舟一时语塞。

“警察也跟我说不可能，他们为了这事儿，还成立了专案组，我想专案组肯定比我高明，让人家去查，我等着结果就行，结果……嘿！”郭恒半酸不苦地一笑，“我实在没办法，只好重新顺着这条‘不可能’的思路往下追查，我去菲菲学校附近，把招待所、旅馆挨个问了个遍，她的老师也帮了我很多——那老师当年就是退休后返聘的，一个小老太太，现在已经过世了，肯定不会是你们要找的人。”

骆闻舟问：“在这个过程中，您查到了当时在莲花山招生的吴广川。但我听说案发时他在住院，您为什么怀疑是他？”

“锦绣财大气粗，招生的老师开了好几辆车过来，来是一起来的，办完公事，有因为家里有事提前走的，有为了去莲花山那边的溶洞玩拖后的，有因病中途离开的，分了好几批走，我在锦绣附近找了个最便宜的招待所，挨个跟踪过。”郭恒说，“最开始没有怀疑吴广川，但是有一次在附近乱转的时候，看见有个孩子鬼鬼祟祟地跟着他。”

骆闻舟下意识地坐正了。

“是个穿锦绣校服的小男孩，他说自己是班长，班上有个女同学，老无故旷课，班主任叫他去了解一下情况，女孩旷课也没回家，他分明看见那女孩放学以后去找过这个吴老师，但是去找吴广川打听的时候，对方却不承认，我听完一下就觉得不对劲。”

骆闻舟眉梢一动。郭恒看着他，忽然问：“你结婚了吗？”

骆闻舟：“没有。”

“那你不懂。”郭恒摇摇头，“你要是有孩子——有个那么大的女儿说没就没，你也会变得像我一样敏感。”

“您把这件事告诉了当时从莲花山调到市里的一个警察？”

“是，那警察姓杨，在莲花山的公安局里干过，整个燕城，我就认识他一个人。”郭恒说，“但是他不相信我。”

骆闻舟没替自己的师父辩解，只是追问：“然后呢？”

“我只好自己追查，那个锦绣的男孩子也帮了我不少，有一次那男孩突然用呼机呼我，我赶去一看，正好看见吴广川拉着一个女孩，女孩一直在挣扎，被他硬是拖走了。”时隔多年，郭恒说起当时的事，拳头依然握紧了，“我让那个给我通风报信的男孩先走，自己跟到了吴广川家里，一直看着那王八蛋把小女孩拉回家，在自己家门口做了许多……恶心的事。我……我……”

他胸口剧烈地起伏，说不下去了——根据记载，吴广川拖着女孩进屋后，郭恒上前，伪装成收电费的，敲开了吴广川的门，然后动了刀。

骆闻舟问："当年那男孩叫什么名字？"

"姓许。"郭恒想了一会儿，"好像是叫……许文超。"

骆闻舟与郭恒道别，车还没开出去，就匆匆传信陶然，让他传讯当年锦绣中学念初二的苏筱岚和许文超，一路飞车回市里。

而同一天，费渡也恰好出了城。

"是昨天预约的费先生吧？"接待员一边翻看记录，一边偷偷打量着养眼的客人，"我帮您查一下。"

这家疗养院依山傍海，有堪称艺术感的花园，虽然是医疗机构，但接待大厅里绝对闻不到一点儿医院的药味和病人的臭气，四下窗明几净，美貌的接待员轻声细语，旁边放着舒缓的海潮声和钢琴曲。

乍一看，简直像个海滨度假庄园。

"重症区407号房，里面请，工作人员会带您进去。"

费渡冲她点了一下头，顺手从随身带的花束里挑了一支带着露水的香水百合，插进了接待台的花瓶里："谢谢，我觉得这朵花和你很配。"

重症区里住的基本是已经丧失行动能力的人，大部分都是常年昏迷的，因此有种独特的幽静，来往的医护人员步履匆匆，浓郁的树荫铺展得到处都是。费渡领了探视牌子，来到了407号病房，一个医生早早地等在那里，熟稔地和他打招呼："费总，我猜您今天就得来。"

"正好这几天有空。"费渡把花放在男人床边，"怎么样？"

"总体上很平稳。"医生说，"不过已经三年了，醒过来的可能性不大，家属需要做好心理准备。"

医生很客气，说"可能性不大"，意思就是基本不可能醒了。费渡没什么表情地应了一声，歪头打量了一下病床上的男人，客套地回答："我知道，辛苦您多费心。"

医生碰到了他的目光，无端一惊，有那么一瞬间，他觉得这年轻人的冷漠视线并不像在看他的父亲，甚至不像看活人——他仿佛在打量一副不怎么尽如人意的装饰品，带着些许可有可无的挑剔和漠然。医生心里已经补了全套的"豪门风云"和"篡位夺权"大戏，不敢再多嘴，和费渡打了招呼，匆匆走了。

费渡彬彬有礼地目送医生离开，背过双手，围着男人的病床转了几圈。病床上的中年男子无知无觉地躺在那儿，一大堆让人眼花缭乱的医疗器械包围着他，看得出来，他被照料得还不错，头发一根都没有白，他的五官和费渡非常像，英俊得近乎没有瑕疵，可是气质又截然不同，即使那男人一动不动地躺在那儿，也给人一种锐利阴沉的感觉，像冷冷的大理石。

费渡停在了墙角处，那里摆着一个小小的日历，大概是护士疏忽了，日期还是前几天的。他动手把日历翻到正确的日期——七月的最后一天。

这天其实是他的生日，而生他的两个人，一个躺在疗养院，一个躺在地下。

费渡侧过身，用难以言喻的眼神端详了那男人片刻，突然把手伸向了男人的氧气管。

静谧的房间里，医疗器械发出有规律的轰鸣声。方才还送花给女孩的年轻男人脸上一丝温度也没有。

第九章

费渡的手指在氧气管上轻轻捻了一下，然后他忽然笑了，转头朝重症病房的监控飞了个吻："吓唬你的。"

他一弯腰从旁边小桌上抽出了一张卡片——这算是高价私立疗养院的特色服务，对于那些无法沟通的患者家属来说，单方面的自己嘚啵未免难以抒怀，所以疗养院在旁边准备了笔和小卡片，这样，患者家属就可以在卡片上写下一些话，寄托比较有形的感情。费渡用略带挖苦的眼神扫了病床上的男人一眼，没开头没落款地写下："希望你能多坚持几年。"

私立的疗养院价格不菲，他一个人在这儿躺着的费用，能养活好几个医生、护士。毕竟，有些人一辈子到头，大概也只有无知无觉地躺在病床上的那几年，算是能给周围的人带来些好处。

窗外烈日炎炎，重症室里的中央空调四季恒温，在悠长的浓荫下，竟还显得有些凉意了。

费渡寄托完"看见你不好受，我就好受了"的感情，好似完成了他每年一次的仪式，独自开车回城了。

从海滨疗养院到燕城，哪怕不堵车，也要开四个多小时。费渡和白老师约好，傍晚去她那里拿一本书——他已经正式结束了长达数年的规律咨询，不过依然保持了和白老师的友谊，时常会带着伴手礼去拜访，借阅一些她推荐的书目。

如果没有意外，开一整天的长途车，探视一个植物人，再去借一本关于精神病的书，拿回家看到半夜，躺下休息，这就是他二十二岁生日当天的全部安排了。

费渡平常是哪儿热闹往哪儿钻，但跟他混得比较熟的人都知道，他的生日、母亲忌日或是碰见逢年过节等，他一般都是失踪失联状态，连张东来那么没眼色的人都不会这时候来打扰——反正想打扰也打扰不着，费总平时二十四小时不关机的电话必然是打不通的。

回燕城的路况不太好，进城的高速公路堵得一塌糊涂，比预期还晚了一个小时。费渡多少有些疲惫，一边等，一边靠车载广播提神，恰好听见燕城警方正在向全市居民征集关于失踪女孩曲桐的线索。

“……特别是学校、少年宫以及各大暑期培训班、夏令营附近，如果发现可疑人物，请立刻报警……另外，在这里也提醒家长朋友，现在正值暑假，一定要注意家里孩子的安全……”

“怎么我听那节目后面还变成游野泳的危害了？”骆闻舟在外面跑了一圈，快下班才赶回市局，感觉三魂七魄都快从头顶蒸发出去了，遂毫不客气地把不知谁沏的一壶茶倒进了自己杯子里喝了。

冲过来的郎乔再要阻止，已经来不及了。

郎乔哀号：“老大，那是我刚沏的减肥茶……”

骆闻舟动作一顿，继而面不改色地把剩下半壶也灌了——此时此刻，只要是液体，别说是减肥茶，就是“敌敌畏”，他也照喝不误。完事他一抹嘴：“在曲桐家蹲点的查出什么了？许文超和苏筱岚找着了吗？”

“查了小区附近所有小店的监控，一天光是各家快递、送餐、送奶、房地产中介什么的就有四十多个，好在身上都有工作服，我们挨个打电话到他们所在公司确认了员工身份和案发当天的行踪，其中有四个存疑，人都带回局里配合调查了。”郎乔说，“除此之外，我们把非早晚高峰时段进出小区的人都列出来了，总共有八十多个，正在和居委会登记过的常住居民信息挨个对比。”

骆闻舟一听这工作量，快要因为过热而爆炸的头又原地大了两圈——幸亏市局能调动的警力多，不然这要查到猴年马月去?

郎乔接着说：“许文超已经找到了，陶然在里面跟他谈话。苏筱岚来不了，不在了。”

骆闻舟莫名其妙：“不在了？搬去外地还是出国了？”

郎乔：“不是……不是不在本地，是不在地球上了——没了。”

骆闻舟一愣：“没了？她才多大就没了？”

“那案子之后，苏筱岚基本也算废了，她跳舞没跳出名堂来，成绩也不行，勉勉强强上了个职高，中途就退学了，没有正经营生，仗着年轻漂亮，跟着一些有钱人鬼混过一阵，十几岁就未婚生子，后来也一直过得很乱，弄了一身的病，两个月前去世了——这是她的资料。”

郎乔递给他薄薄的一个文件袋，骆闻舟接过来翻了翻，很快就看完了，因为她的生命太短，也因为她这一辈子实在没什么好说的，资料里面有她过去的住址、联系方式，在学校里有两次记过处分，一次醉酒闹事、一次因“寻衅滋事”而被拘留的记录……还有死亡证明。

最后是一张死前没多久的近照，才不过三十来岁的女人，已经给人间摧残得不成样子，消瘦的脸颊紧紧地贴在颧骨上，下巴尖削，居然还生出了法令纹，脸上带着洗不干净似的残妆，非得仔细分辨，才能从她脸上看出一点当年美少女的痕迹。

骆闻舟和郎乔在漫长的走廊里面面相觑了片刻——这就是最后一个……活下来的女孩的结局。

“骆队，你知道吗？”郎乔说，“有时候看见这种事，会让人觉得‘活着’本身就非常丑恶。”

骆闻舟用牛皮纸袋在郎乔后脑勺上拍了一下：“你一天到晚那么多想法，写书去算了，当什么警察？现在首要目标是找曲桐——跟我说说，这个许文超是做什么的？”

许文超是个自由摄影师，个子很高，斯斯文文的，堪称一表人才，突然被请到公安局，他难免有些紧张，双手在桌子底下来回搅动着。

陶然倒了杯水递给他：“没别的意思，我们想麻烦你回忆一些事。”

许文超低头抿了一下嘴唇，接过水杯，避开陶然的视线，低声道了谢。

骆闻舟和郎乔在监控前站定，听见陶然十分温和地问：“你初中是在锦绣中学读的吗？”

许文超很文雅地抿了一口温水：“嗯。”

“记不记得当时有个同学，叫苏筱岚？”

许文超手指一颤，沉默了好一会儿，才有些艰涩地开了口：“记得的。”

陶然问：“能跟我说一说她吗？”

这话本来没什么歧义，许文超却好像没听懂一样，愣了一下：“嗯？”

陶然：“说说苏筱岚。”

许文超搭在膝盖上的手指忽然攥紧了，用力掐着自己的手指关节：“哦，很……很多年没联系过了，她……她是个挺开朗的女孩……”

许文超回忆半晌，又憋出一句：“留长头发，喜欢穿各种带碎花的裙子。”

无论是陶然，还是监控前的骆闻舟他们，听了这句话，脸色都紧绷起来。

许文超的话音却戛然而止，他的目光在陶然与书记员身上来回转了几圈，忽然说：“你们找我，不可能是跟我打听一个初中同学吧？是为了广播里说的那个女孩的案子吗？我来时路上听见了。”

“那我就不绕圈子了。”陶然说，“关于当时吴广川绑架杀人并性侵女童的案子，你知道多少？”

许文超凝神想了想：“不太多，当时我还小，这种事大人们不会让小孩打听得很清楚。”

陶然说：“有个受害人的父亲说他找到过你，苏筱岚之所以能获救，也是因为你及时通风报信。”

许文超：“呃……二十年前的事了，我有点想不起来了。”

陶然耐心地解释：“当年连环绑架案的其中一位受害人父亲，曾经到锦绣中学附近跟踪调查过你们的一些老师，偶然间看见你偷偷跟着男老师吴广川，于是上前询问，你们俩怀疑吴广川有不轨行为，还一起调查过他，记得吗？”

许文超又不说话了，这回，他沉默了足足有一分钟，才终于开了尊口：

“好像有吧，也记不清了。”

跟这个人说话特别费劲，对方不是犯人，警方不可能强行打断他漫长的沉默时间，只能干等着他跟个智障一样，问一句话想半天，最后给一个模棱两可的回答——基本是“好像是”“是吗”“大概吧”“我不大清楚”的排列组合。

陶然颠来倒去地盘问了他一个多小时，喝完了两瓶矿泉水，许文超一直都尽职尽责地带着一点神游天外的忧郁，表演何为一问三不知。

郎乔说：“我好想打他——老大，你觉得他有嫌疑吗？”

“就凭一句‘碎花裙’？”骆闻舟摇摇头，“那会儿中学管得严，学生都是统一的校服，女孩要么扎个光脸马尾，要么就得剪得前后齐耳，只有一部分特长生出于形象上的要求，能适当放宽标准，全班都是柴火妞，就苏筱岚一个穿裙子留长发的，他记住这个特征很正常。但是……”

里面陶然问许文超：“但是我觉得有点奇怪，当年吴广川的案子也算轰动一时吧，怎么您一个亲自参与到其中的反而记不清呢？”

许文超温和地笑了笑：“我初中的时候得过一场大病，发烧退不下来，差点儿死了，后来虽然抢救回来了，但是可能多少伤了点儿脑子吧，那以后记性就不太行了，反应也有点迟钝，不好意思啊警官。”

这解释听起来合情合理，陶然也只能无可奈何地点头：“许先生结婚了吗？”

许文超摇摇头。

“那本月二十七号晚上，你在什么地方？”

这回，许文超没有迟疑，很快做出了回答：“在家。”

“自己一个人？”

“单身汉，当然是一个人。”

“在家干什么？”

“看书……一本关于构图技巧的书。”

陶然目光微微有些锐利起来：“许先生，为了配合调查，我们能调阅您的行车记录仪吗？”

“可以，就停在外面。”许文超掏出车钥匙，坦然地回视着他，“您还有其他问题吗？检查完我是不是可以走了？明天还有工作，要回去做一些准备。”

陶然的目光转向监控，听见骆闻舟在耳机里对他说：“让他走，我安排好了，从这儿出去，二十四小时都有人盯着。”

陶然站起来和许文超握了握手：“可以了，谢谢配合，我送你到门口。”

直到这时，许文超的肢体语言才略微放松起来，随着陶然的手势往外走去，忽然，陶然闲聊似的在他耳边轻声问：“私立中学管得很严吧？听说老师都红了眼似的追求升学率。”

许文超：“就是让你多用功呗，习惯了也还好。”

“肯定没时间早恋吧，跟女孩多说一句话，八个老师盯着，喜欢谁都得憋着。”陶然一手按在门框上，意味深长地看着许文超，“许先生那会儿有喜欢的女孩吗？苏筱岚这种特长生当时在班里肯定特别显眼吧？”

许文超猝不及防，脸色倏地一变，垂在身侧的手神经质地抠着裤缝，好一会儿，他才勉强一笑：“小时候谁不喜欢漂亮女孩子？不过人都没了，说这个也没什么意义了……警官，您留步吧。”

陶然微笑着一点头，没再说什么——他也是在打算传讯苏筱岚的时候，才发现这个人已经死了，这件事到现在为止，他都没有和许文超提过。

那么，“很多年没联系过她”的许文超，到底是从热心同学那里知道的噩耗，还是……

许文超头也不回地快步走了。与此同时，准备轮流盯着许文超的刑警们排好了轮班时间，借着夜色掩护，悄无声息地跟了出去。

骆闻舟拖着有点发沉的脚步离开市局的时候，已经八点多了，他没有直接回家——虽然陆局说避嫌，但这回跟张局那次不一样，张东来是近亲属有重大嫌疑，相比而言，陆局充其量只能说是和旧案有点关系，都不是主要经办人，要是换个不讲究的，可能都不会把这点关系当回事。

做领导的讲究，下属也不便太心安理得，尤其骆闻舟跑这一趟用了老头子好多面子。他打算把从莲花山带回来的一箱桃给陆局送去，顺便借着这个，跟他简单汇报一下进度。骆闻舟给陆局打了电话，电话里没提案子，只说送桃。

陆有良一口答应，报了个地址：“你阿姨的同事结婚，也没提前告诉我，我跑我妹妹家蹭饭去了，你直接到这边来吧。”

骆闻舟打开自己的行车导航，输入“北城晨光路”几个字。

费渡闪了一下车灯，看见路牌上写着“距离晨光路口1.5公里”。

他略微舒了口气，这一趟回城开了六个多小时，到处堵，连休息的地方都没有，他的腰已经酸得快没知觉了，直到这会儿路况才稍微顺畅了些，费渡把车速提到了路段最高限速，心里盘算着怎么和白老师道歉。

然而就在他刚刚并完线，打算转入辅路的时候，前方突然冲出来一辆车，那车到了跟前，非但不刹车，反而加速冲他撞了过来，此时再要避让已经来不及了，费渡一脚把刹车踩到了底！

紧接着车身巨震，他的耳畔一声巨响，安全气囊把他整个人往座椅上推去，费渡眼前一黑，五脏六腑都跟着翻了个跟头，同时，左臂一阵尖锐的疼痛。有那么一两秒钟，他的意识有点模糊，随即又被尖锐的汽车鸣笛声和人声惊醒。

旁边有路人飞快地跑过来，大呼小叫地拉他的车门，夏夜里混浊的热风兜头涌了进来。

有那么一瞬间，费渡不太清楚的意识里滑过一个念头：“报应来得真快。”

骆闻舟刚刚还在感慨路况还不错，就遇上了前方交通事故，车流又不动了。他重重地叹了口气，跟其他司机一样探头往外张望，这一抬头，老远就看见一辆比其他车都高不少的大SUV鹤立鸡群地戳在路口。

骆闻舟心里突然一跳——那车和费渡拉到陶然面前显摆的那辆是一个型号的？

第十章

费渡额角一排冷汗，也不知是热的还是疼的，面如白纸，从牙缝里挤出一句：“你没完了是吗？”

骆闻舟表情沉痛地站在一边，活似在默哀，默了两秒钟，他就憋不住了，把头别到一边，一通狂笑。

"小伙子，你这不行啊。"骨科的老大夫一边替费渡处理受伤的左臂，一边絮絮叨叨地说，"你们现在的年轻人哪，生活习惯太差了，昼伏夜出，又不爱运动，一天到晚就知道往那一瘫玩电脑，那身体能好吗？我就纳闷了，那破玩意儿有什么好玩的？别觉得你年轻，二三十岁就骨质疏松的有的是……"

从来没在深夜玩过电脑的费总冤得说不出话来。

费渡在晨光路口附近，被一辆从右边突然冲过来的车撞到了副驾驶，肇事司机是个刚拿车本两个月的新手，那哥们儿整个人是被急救车抬走的，据说是因为不熟悉路标，拐错了弯，莫名其妙地发现自己逆行，又正好看见费渡那辆堪比坦克的大SUV迎面过来，当时心里一慌，把油门当刹车踩了——这是紧急出动的交警得出的结论。

总而言之，这起事故的原因是驾校太水，以及费渡倒霉。

幸亏他今天开的车安全系数高，本人反应也很及时，因此反而是对方的车损毁比较严重，他基本算是有惊无险，连眼镜都没碎。

当然，眼镜是坚强的眼镜，费总那金贵的肉体就有点相形见绌了——他的左臂被弹出的安全气囊撞成了骨裂……费渡坚持认为这是他姿势有点寸的缘故，绝不是因为骨质疏松。

更倒霉的是，也不知怎么那么巧，费渡难得的狼狈时刻居然正好被骆闻舟那缺德玩意儿看见了！

骆闻舟顺路陪着他到医院一日游，在得知了费渡的伤情以后，他拎着费总那副意志坚定的眼镜，整个人笑得停不下来，连日来工作压力造成的沉重心情一扫而空。

"大夫，这种资产阶级的小流氓不玩电脑，他们天天出去夜夜笙歌。"骆闻舟看热闹不嫌事大，在旁边添油加醋，"您看那脸，虚的，这都是腐化堕落生活的证明。"

老大夫瞪着蜻蜓一样的大眼睛，透过老花镜端详着费渡吸血鬼似的脸色："嗯，是有点。"

费渡瞪了骆闻舟一眼。

"我先给你固定一下，裂得不严重，过两天过来拆了就行，记得不要做剧烈运动，戒烟戒酒戒色。"老大夫语重心长地叮嘱，"还有，千万注意补钙，小伙子，不然再过十年，你就是个‘嘎嘣脆’啊！”

最后这一句又不知怎么戳了骆闻舟的笑穴，此人要疯，大有下半辈子就靠这么一个笑话活的意思，直到他顺路开车捎着费渡回家，还不时发出诡异的笑声。费渡有点可怜他，觉得骆队这辈子实在是凄惨，无趣的人生里除了挨猫揍，也只有捡拾这种低级趣味能聊以自慰了。

俩人原本一个约了白老师，一个约了陆局，经此一役，只好同时爽约。

“前面路口左……你开过了！”费渡没好气地一撩眼皮，“骆大爷，您是老眼昏花了吗，会看导航吗？”

“你没发现我是打算把你拐走卖了吗？买家我都联系好了。”骆闻舟径直按着错误的路线走了下去，一路开到了一个购物中心，他泊好车，冲费渡一招手，“走，下车，买家在前面等着验货呢。”

“那劳驾你把我包装得精良一点儿再卖。”费渡没好气地看了看自己皱巴巴的上衣，试着动了一下，感觉浑身上下恐怕有多处瘀青，哪儿都疼，于是坐在车里没动地方，有气无力地对骆闻舟说，“你自己把买家领来吧，我走不动了。”

骆闻舟倒也没强求，只是看着他那好似瘫痪的德行嗤笑了一声，把这个还没有眼镜结实的男人撂在车里，独自走了。费渡以为他是打算顺路办什么事，反正自己是个蹭车的，没理由要求别人服务到家，因此并不在意。

他把副驾驶的座位又往后调了调，占了车内空间的大半壁江山，整个人几乎要躺下了，半合着眼一靠，在绵延不绝的疼痛中，想起了他方才遭遇的那场车祸。

看错路标，错把油门当刹车……这些事屡见不鲜，究竟是主观故意的，还是肇事司机手忙脚乱时的疏忽，这谁也说不清。

唯一的区别就是前者是谋杀，后者只是事故。这样看来，车真的是一件性能绝佳的谋杀工具。

就在费渡满脑子阴谋论地胡思乱想时，旁边车门响了，骆闻舟回来了。费渡漫不经心地偏头看了他一眼，震惊地发现他手上竟然拎了一个蛋糕，浮夸的纸盒上画满了蜡烛和愚蠢的卡通人物。费渡下意识地往另一侧车门方向躲了一下，仿佛骆闻舟手里拎的不是蛋糕，而是颗炸弹。

“没见过生日蛋糕？躲什么？蛋糕又没打算非礼你。”骆闻舟把蛋糕盒子放好，“处理事故的那哥们儿不是登记你身份证了吗？别告诉我你身份证上的日期是错的。”

费渡比他胳膊上的石膏还僵硬，进入了一种随时打算跳车逃跑的状态。然而终于还是没跑，在骆闻舟车上民谣、通俗与民歌强行串烧的车载音乐里，费渡保持着这种僵硬的状态，一直到骆闻舟在自己家楼下停好车。

“人家大夫都说了，让你戒烟戒酒戒色，我看你一手石膏，今天也别出去现眼了，跟‘中老年人’体验一下夕阳红的生活吧。”骆闻舟冲他一仰下巴，“下车。”

费渡用意味不明的眼神看了他一会儿，小心翼翼地端起隐隐作痛的胳膊，半身不遂地从车里蹭了出来。他走得太慢，骆闻舟不时得停下来等：“至于吗，少爷？幸亏我们家在一楼，要不然还得背你上去。”

费渡没吭声、没回嘴。

他像只头一次来到别人领地的猫，每一截儿骨头都充满了警惕，一步一挪地来到了骆闻舟家门口。

骆闻舟刚一开门，“一家之主”就探出了一颗早早准备好的小圆脑袋往外张望。

骆闻舟：“骆一锅进去，别挡道！”

骆一锅的视线被他手里的大纸盒挡住，闻到奶油味，疑心这是铲屎工给它老人家进贡的新鲜玩意儿，遂不客气地伸长了脖子，吊起爪子去抓，被骆闻舟眼疾手快地在爪子上敲了一下，骆一锅愤然落地，“嗷嗷”叫了两声，直到这时，它才看清了后面还有个陌生人。

费渡和骆一锅对视了一眼，费渡比较内敛，只是后退了小半步。骆一锅则当场奓毛，发出一声不似猫声的惨叫，它四爪并用地来了个平地猛转身，爪子和打滑的地板互相摩擦，瞪起一双玻璃球一样的大眼，压低重心，吓得紧紧贴在了地板上。

就着这个“勇猛”的姿势，它再次和费渡对视了片刻，随后骆一锅当机立断，屁滚尿流地钻进了沙发缝，不出来了。

骆闻舟觉得有点颜面无光——养了一只这么㞞的猫！

“不用换鞋。”骆闻舟一指沙发，“随便坐。哎，这猫以前没有认生的毛病，上次有个同事过来，它追着人家‘哈’了一路，怎么就单怕你——骆一锅，给我滚出来，在沙发底下滚一身土，回头又往我床上蹭，王八蛋！”

骆一锅装死，一动不动。

骆闻舟冲沙发吼：“你还吃不吃饭了？”

这回它听见了，从沙发缝里小心翼翼地探出了两根翘起来的胡子，随即，它嗅到了陌生人的气味，又果断缩了回去。

骆一锅同志居然被费总吓得绝食了。

骆闻舟无奈，只好拆开个猫罐头扔在它的饭碗旁边，又在旁边柜橱里翻了翻，摸出一个糖盒子丢到正襟危坐的费渡面前：“你看看过期没有，我去随便炒几个菜。先说好，我不伺候少爷，我做什么你就得吃什么，别那么多毛病。”

费渡难得没有提出异议，他的坐姿板正得要命，好像屁股底下不是沙发，而是世界屋脊。

骆闻舟走开之后好一会儿，他才有点别扭地单手打开了糖盒子，里面的品种千奇百怪，大概还是过年时买的那种什锦糖盒，几块巧克力已经化成了十分后现代的形状，让人一看就毫无食欲。那糖盒最底下一层有一个纸包，包装得有点粗制滥造，里面是一把奶糖，奶味不足，但非常黏牙，时常变形——费渡愣了愣，他记得这东西的味道。

这种便宜的奶糖块，曾经是他母亲刚去世的时候，年轻的刑警们经常掏给他的，他一直以为是温柔细心的陶然准备的。

费渡取出一块奶糖，用牙尖撕开，扔进嘴里，他将目光投向了厨房，抽油烟机轰鸣作响，菜刀和案板有节奏地互相撞着，骆闻舟的背影在那里时隐时现。

骆闻舟嘴上说“随便炒几个菜”，其实还是认真做了，而且水平不低。他在非常短的时间内料理出了一桌菜，有荤有素，然后把蛋糕摆在中间，想了想，又插了根蜡烛。骆闻舟抬起头，正对上费渡的眼睛，他干咳一声，有些不自在地说：“看什么看？我反正不会给你唱生日歌，你打算许个愿吗？保佑明年生日不被车撞这种也行。”

费渡：“哦。”

两个人对着蛋糕上憨态可掬的卡通蜡烛面面相觑片刻，气氛古怪极了，好像正在对过往岁月做出沉痛哀悼。

骆闻舟立刻就后悔了："你还是快点吹了吧，这样有点二。"

费渡像是个糖罐子成的精，无甜不欢，全世界各品种的蛋糕，鲜少有他没吃过的，唯有生日蛋糕对他而言十分陌生，似乎还是很小的时候尝过。他记得当时家里来的客人很多，生日基本是过给外人看的，那昂贵的蛋糕只给他象征性地切了一小块，很快就被端走了，隔天再想找，已经没有了——因为奶油放一段时间就不新鲜了。

这让他念念不忘了很多年。其实生日蛋糕和普通的早餐蛋糕有什么分别呢？充其量只是多几个蜡烛留下的小孔，但费渡总觉得那味道是不一样的。

骆闻舟的手艺可圈可点，美中不足是没有酒，骆队谨遵医嘱，只给了费总一包高钙奶。

有一些中老年男子可能是在外面总结陈词的次数多了，回家面对老婆孩子也总不自觉，骆闻舟小时候最讨厌他爸吃饭之前先训话的毛病，谁知耳濡目染了二十年，他居然也被传染上了。平时跟骆一锅在一起，这病尚在潜伏期，今天饭桌上多了一位人类，他立刻发作了。

"又过一年，"骆闻舟把热过的牛奶倒进杯子，推到费渡面前，展开了和他老爸一脉相承的长篇大论，"不是我说你，小伙子，以后干点儿正事吧，像你这么混，混到什么时候是个头？物质生活极大丰富的结果，应该是让人更有追求，而不是像咸鱼一样躺在金山上。年轻人太空虚了不行，迟早是要出事的，你得有梦想，你有梦想吗？"

费渡从未体会过这种中国式的家长文化，感觉十分新鲜，叼着一颗丸子想了想，他把食物咽下去，优雅地回答："世界和平。"

"滚蛋。"骆闻舟呵斥完，继续唠叨，"人的本性就是这样的，先是追求温饱，衣食无忧、感官上舒适了，那就必然要寻求更高的满足感，比如成就感，比如自我实现。仍然沉迷在低层次的挥霍，其实只是在自我麻痹，时间长了，隐形的焦虑会让人很痛苦。今天迈巴赫，明天布加迪，你都买回来，就能缓解这种与人性相冲突的、深层次的痛苦吗？"

"不能。"费渡慢条斯理地说，"不过一辆也买不起的痛苦可能更表层一点儿。"

一辆也买不起的骆闻舟瞪了他一眼，却发现费渡嘴角带着一点儿笑意，居然是在和他开玩笑——虽然这玩笑听起来有点扎心。

骆闻舟说："家长训话的时候你也敢打岔？这要是在我们家，你这种熊孩子现在就得搬个板凳去门口蹲着写检查，还想吃饭？"

费渡听了这一句话，不知想起了什么，方才那点笑容渐渐淡了。

他沉默了一会儿，忽然说："我家吃饭的时候基本没人说话，除非有客人，不然很少能在饭桌上见到我父亲。我妈情绪很不稳定，常常吃到一半就会无缘无故地发作，有时候沉着脸扔下餐具就走，有时候会突然坐在餐桌旁哭起来。"

骆闻舟一愣。

"在我家里吃饭是件很让人提心吊胆的事。"费渡好似有些无奈地耸耸肩，"偶尔太平一次，就像中奖一样。"

骆闻舟垂下眼，给他夹了一筷子菜，没有安慰他，轻描淡写地说："听着是挺惨，不知道跟写检查比起来哪个舒坦一点儿。"

费渡看向他。

"真的，你可以想象一下，一个新时代的美少年——我——猩猩似的往门口一蹲，面前放一小板凳，拿张稿纸冲着大门写检查。冬天还没什么，那会儿夏天就关一个防蚊虫的'纱门'，从外面可以看见你在家干什么，邻居都是父母单位的，经过时都得低头看你一眼，问一句'小子，又犯什么事了'，简直是对人格和尊严的极大侮辱。我跟你说，我现在这么不要脸，都是小时候落下的毛病。"

费渡忍不住笑了起来。

骆闻舟说到兴头上，放下筷子，正打算痛陈"革命家史"，突然，他的手机响了，是从办公室座机打过来的。骆闻舟的话音被打断，心里隐约升起一丝不祥的预感。

"骆队，"陶然的声音有点喘，"刚才常宁他们在辖区派出所报案，晨晨丢了！"

骆闻舟可能是未老先聋，手机音量开得很大，费渡也听见了。

骆闻舟脸色一沉："什么时候？在哪儿丢的？你先别着急，不一定是同一件事。"

"她今天去少年宫学画画，中午常宁送过去的。晚上大人跟她说好了，让她在少年宫里等半个小时，不要出来，她爸下班才能去接。他们下课……

大概是四点半的时候，她爸给她打过一通电话，当时孩子还在画室里，五点多一点儿，大人过去的时候，就找不着人了！”

第十一章

“不可能，不可能！”此时已经过了午夜，少年宫的行政负责人明显是被人从睡梦中强行拎出来的，一双睡眼肿到了眉骨上，衬衫扣子驴唇不对马嘴，脚底下趿拉着一双拖鞋，“这里一天到晚进进出出多少孩子？安保都是最严的，连家长进出都得登记，监控三百六十度无死角。您说这里头有人贩子，开什么玩笑？我用脑袋担保，绝对不可能！除非那孩子是自己抬腿走的，要不然就是外星人入侵地球，也进不来咱们学校！”

“陶副，我们刚才通过张雨晨手机上的追踪软件远程开机，搜到了大致定位，在白桃巷附近！”

“白桃巷？”陶然一愣，“怎么会在白桃巷？”

白桃巷距离这里的少年宫大约有三站远，是本市一处著名的小商品集散地，有批发衣服的，有把小饰品按斤称着卖的，大包小包的批发商和网店店主到处乱窜，稍一不留神，就会着了扒手和骗子的道，又热闹又混乱。

对于自己偷偷跑出去玩的孩子来说，白桃巷太乱了，也实在没什么好玩的，而对于诱拐儿童的变态来说，白桃巷又太人多眼杂，风险未免过高。

陶然用力一掐鼻梁：“你让我想想……”

他话音还没落，晨晨的妈妈已经拨开了两个刑警冲了过来：“陶警官，我听见了，是不是定位到晨晨的手机了？她在哪儿？”

半夜临时赶来的郎乔赶紧过去，拦住她小声劝慰。

“可我明明跟她说了呀，我每天都在跟她讲，出去要注意安全，不要随便跟陌生人走，不要去不熟悉的地方，临时有什么事，要随时给大人发信息。我说得自己都觉得烦，要是这张嘴是铁打的，都已经磨去一层了……”

常宁一手抹掉眼泪，一手拉着她：“小姑，您别这样。”

陶然一看见常宁抹眼泪，本来三分的焦躁暴涨到了十分：“小乔儿，你留在这儿调查监控录像。你们几个跟我走，去白桃巷。”

警车从夜色中流星似的划过，四轮几乎要离开地面，三站的路，五六分钟已经赶到。燕城马上要换季，最早一批秋装即将上架，白桃巷快要挤成“白毛巷”了，摩肩接踵的买卖人凭借呼吸就创造了局部的城市热岛。

人在其中穿梭，不过三两分钟，已经挤出了一头一脸的汗。

陶然茫然四顾，问技术人员：“能把范围再缩小一点儿吗？”

“正在靠近白桃巷西口。”技术人员的声音在他耳机里响起，“对方现在还没发现手机是开的。陶副，您得尽快。”

陶然冲手下递了个眼色，几个人立刻默契地分头行动，从几个方向靠近白桃巷口西侧，陶然的目光扫过每一个与他擦肩而过的人。垃圾车、小货车、一人高的货袋……所有可能藏匿人的地方，一处也不放过，虽然没有人拉响警笛，但这一通飞快地搜查下来，白桃巷里的气氛陡然紧张了。

突然，陶然的耳机里传来技术人员的警告：“陶副，对方发现异状，关机了！”

陶然紧绷的目光下意识地扫向周遭，正好落在一处大垃圾箱旁边，一个身材瘦小的男人无意中抬头，两人正好对视了一眼，那男人停顿了一秒，继而看清了陶然的制服，把手里的一样东西扔下，撒腿就跑。

他扔下的东西正是一部白色的手机，背后贴满了乱七八糟的小贴画。

陶然瞳孔一缩：“站住！”

迎面一个批发商正好推着小货车走过，那男人轻车熟路，猴一样一脚踩上了货车边，在推车的女人惊叫声里，小推车上的衣服山崩似的掉了一地，旁边一辆艰难行进的“电驴子”连忙一个急刹车，避开滚到轮下的东西，破口大骂。

混乱中，那男人已经一步跨上了街边的护栏，身形一晃，翻了过去，眼看就要横穿马路，旁边一个小路口猛地蹿出一个人高马大的警察，捉小鸡似的一把揪住他的后颈，反手一拧，把人按倒在地，陶然回身捡起那部被丢在一边的白色手机，重新开机，桌面正是晨晨的猫脸自拍照。

他长嘘口气，大步走到已经被控制住的男子身边：“人呢？”

那男人被扑倒的时候碰伤了鼻子，五颜六色地一抬头，带着哭腔说：“我错了，政府，我这次保证痛改前非，再也不干了……哎哟……嘶……您轻点……”

陶然一把揪起他的领子：“我问你那女孩呢？”

“啊？什……什么女孩？”

骆闻舟是在陶然他们赶往白桃巷之后，才开车赶到的。郎乔一眼瞥见熟悉的车牌，忙三步并作两步地赶过来：“老大！”

“什么情况，陶然呢？”骆闻舟说着，又回头冲车里摆摆手，“你先在车里坐着。”

车里的人没听他的，吊着一条胳膊走了下来。

郎乔不由得一愣：“哟，费总，你这……怎么还‘盔甲在身’了？”

“是啊，恕末将‘盔甲在身’，不能施以全礼了。”费渡抬头扫了一眼少年宫附近的建筑，“遇到点小事故——晨晨有消息了吗？”

郎乔还没来得及答话，一辆叽哇乱叫的警车就一个急刹车停在了少年宫门口，陶然和几个刑警面色凝重地下了车。见骆闻舟投来疑问的视线，陶然摇摇头：“晨晨的手机被盗了，老油条，惯犯，刚从拘留所放出去，他自己说是有个女孩在路边系鞋带，手机放在旁边的石头花坛上，系完鞋带她就自己走了，把手机忘在那儿了，所以他只是‘捡’的。”

骆闻舟：“哪条街？什么时候偷的？”

“应该就在少年宫附近。”陶然用力捋了一把自己的头发，眉头蹙成了一团，“那小子身上搜出了七八部准备出手的手机，都是今天一天的业绩，具体时间地点他自己也说不清。”

“哥，”费渡在旁边问，“你慌什么，怎么了？”

“我问过常宁，晨晨今天穿了一条碎花裙。”陶然的脸色很难看，声音压得又快又急，“如果真是……凶手五天之内连续绑架两个孩子，这个频率太高了，说明曲桐已经百分之百……晨晨是五点前后被绑架的，到现在已经超过七个小时了，很可能也……”

费渡拍拍他的手臂：“镇定一点儿。”

“我有什么好不镇定的？”陶然苦笑，“我又不是孩子家长——这些猜测我到现在都没敢跟晨晨家里提……你上次跟我说的可疑人物是个老头对吗？你确定吗？”

“不确定，离得太远了。”费渡说，“晨晨是个敏感的女孩，我上次警告她注意安全的时候吓着她了，应该不至于这么快就忘了，包括老人和熟人在内，我相信她都不会毫无防备，就算有人骗她出去，她也不会忘了给家里人发信息。”

“陶副，画室监控里找到了那孩子！”

陶然猛地转身，刚要抬腿走，骆闻舟一把按住他肩膀：“交给我，你负责和小姑娘家长谈谈，看孩子最近有没有什么异常，家长有没有得罪什么人，他们家庭关系怎么样——我们不能遗漏任何可能性。”

费渡靠在一边：“需要我帮忙吗？”

骆闻舟：“你算干什么的？”

费渡很不要脸地回答：“我算亲友团。”

骆闻舟伸出一根手指，略带警告地虚点了他一下，到底还是没说让他一边凉快去。

画室的监控非常清晰，四点半左右的时候，其他孩子陆续被家长接走了，晨晨一个人坐在教室里，有一搭没一搭地翻看老师留下的画册，不时往窗外张望，十分钟的时间里，她凝视窗户的时间就有五分钟以上。

骆闻舟疑惑：“她看什么呢？”

郎乔：“镜子。”

骆闻舟一脸莫名其妙。

“小姑娘把玻璃窗当镜子用呢，看风景只要扭头就行了，用不着整个人扭过去还凑近，她还用圆珠笔卷了发梢。”郎乔说，“女孩都懂的……咦？”

她话音没落，就看见晨晨突然坐直了，整个人略微离开椅子，忽然一笑，站起来飞快地收拾东西跑了——角落里的记录显示时间是四点四十左右。

骆闻舟立刻抬眼去看画室所在位置，窗户正对操场。

距离操场最近的建筑上的监控也迅速调了出来，能看见晨晨很快跑出了教学楼，朝操场上一群聚在一起的孩子们跑过去，摄像头离得有些远，只拍到了她在那群孩子堆里逗留了片刻，然后和其中几个女孩一起往监控死角走去，很快就离开了镜头范围。

依照现场判断，她们去的方向应该是少年宫西北角的一排红色建筑。

“什么情况？”骆闻舟皱眉问，“负责人不是说园区内无死角吗？”

“西北角那排红房子是公厕，没装摄像头。”

“那他妈不早说！立刻确定监控视频上那几个孩子的身份，挨个打电话问——把地图拿过来。”

少年宫西北角连着一个小公园，管理十分稀松，外圈的草坪已经被散步的居民踩得乱七八糟，脚印与狗屎相得益彰，公园深处则没人去，草木疯长，蚊虫像轰炸机一样，警犬迅速就位，手电光和狗叫声此起彼伏。

费渡在一边若有所思地听着陶然和晨晨父亲的交谈。

“我是大概五点五分到的，跟她说好了……来了看不见人，我就先在门口打电话，听见关机，还以为是没电了，这才在门卫室登记进去找——可是教室里也没有，我当时没想到她能丢，这是少年宫，跟学校也没什么区别，还以为她是上厕所或跑哪儿玩去了……我还挺生气地在画室里等了一会儿，等保安已经开始挨个检查门窗要关灯了，我这才有点慌，又是四处问，又是让女老师帮着到卫生间找人……”

晨晨妈一把薅住他的肩膀，一脸涕泪：“她是那种孩子吗？明明知道大人等她，不说一声就自己跑出去……啊？有你这样当爸爸的吗？有点什么事就先想着怪我女儿，孩子要是出点什么事，我……”

晨晨爸爸被她拉扯了一个趔趄，闭紧了嘴，一声不吭，陶然和常宁赶紧一左一右地把他们俩分开。

费渡忽然问：“据说手机上的儿童追踪系统可以远程开关机，刚才警官们应该也是这样定位到晨晨的手机的，您当时怎么没想起来开一下她的手机？”

“我想到了。”晨晨的爸爸露出一个快要崩溃的表情，拼命忍住了，极其压抑地不断抽着气，“可是当时不知道那软件有什么问题，一直在告诉我远程服务连接失败……我又用不惯这个……”

“晨晨的手机找回来了。”陶然说，“至少还有一半电，应该是您第一次打电话的时候就被扒手偷走了——会不会是孩子发现手机丢了，自己出去找？”

“你的意思是，手机是在少年宫被偷的？”费渡摇摇头，“在少年宫里行窃的风险太大了，可能性不高，应该是她出于某种原因，自己先离开了园区，从下课到和您约定的时间有半个多小时，她在周边小店里买零食、和同学玩……都有可能，但通常不会离开周围一公里范围内，这样只要接到您的电话，她就可以立刻回到少年宫门口——家里教过她在外面东西被人偷了怎么办吗？”

“教过。”常宁看了陶然一眼，轻声说，“我前几天还和她开玩笑，说以后遇到什么事可以找陶然哥哥，她知道怎么拨报警电话，实在不行也知道回学校找保安。”

陶然拍了拍她的手背，递过一个安慰的眼神，轻声说：“少年宫周围都是闹市区，当时是下班高峰时段，应该比较安全，除了西北角的小公园深处……”

“不会的。”常宁寻求慰藉似的一把抓住他的手腕，“晨晨胆子很小，看完悬疑故事都不敢一个人睡，她不可能自己往没人的地方跑！”

费渡突然说：“如果不是自己，是跟同学一起的呢？”

几个人一时没反应过来，都愣愣地看着他。费渡走到晨晨父亲面前：“您第一次尝试远程开她手机，大概是什么时间？”

“六点……六点多了。”晨晨爸爸说，“是她老师提醒我的。”

费渡轻声说：“当时怎么操作的，能给我演示一下吗？”

“老大，刚才那边老师帮忙联系上了监控里的几个孩子！”郎乔推开挡在眼前的一簇树枝，快步赶上骆闻舟，“孩子们说，她们是去卫生间换衣服的，然后又一起跑到了小公园拍照片。”

“拍照片？”

“有个摄影班的孩子要交作业，约了几个女孩去当模特儿，有几个孩子还专门带了拍照的衣服，就一会儿，拍完照片，张雨晨要回少年宫，她们就在公园门口解散了，谁也不知道张雨晨后来又去了哪儿。”

骆闻舟深吸一口气——坏了。

如果晨晨是和朋友分别之后，发现自己手机没了，孩子第一反应会是她把手机落在了拍照的地方，所以她会返回人迹罕至的小公园里找——可那小公园不是大街，之后发生了什么，恐怕就难以追踪了。

郎乔面带忧色：“老大，怎么办？”

骆闻舟沉吟片刻，掏出手机打给了负责盯梢许文超的人。

“汇报许文超今天的动向。”

“许文超把行车记录仪拷给了陶副，五点四十分才从咱们局里走，自己开车二十几分钟去了一家快餐店，打包回家，之后一直没动。”

骆闻舟低声问：“你确定他一直在家？”

“确定，他窗帘没拉，人一直在书房里，没离开过咱们的视野——怎么了老大？”

“老大，许文超看来和这事没关系，要么是咱们怀疑错人了，”郎乔说，“要么就是这起案子和曲桐失踪案不是一回事——我真是奇了怪了，世界上怎么这么多变态？”

骆闻舟还没来得及说话，手机响了，来电显示是“费事儿”。

“怎么？”

“费事儿”先生在那边不紧不慢地说：“我和晨晨父亲在一起，小偷不是从晨晨身上偷走手机的，他狡辩得有道理，当时确实是拿手机的女孩把它‘忘’在那儿的。”

骆闻舟立刻反问：“你怎么知道？”

“张先生六点左右尝试过用远程开孩子的手机，但那次远程失败了，我认为他的操作没问题，这种情况，要么是当时他们俩其中一个人没信号，要么就是孩子的手机电池被人抠出来了。”费渡微微一顿，“小偷没有必要把电池抠了又安上，也未必会知道那手机上有什么监控软件。综上所述，我能想到的只有一种可能性——那群孩子里，有个人利用晨晨换衣服或是摆姿势的时间，藏起了她的手机，在晨晨发现之后，提议她回小公园找，并且自告奋勇地陪她一起去。”

她会很自然地信任自己的朋友，并且告诉对方自己手机上有远程系统。

“你是说一个孩子——很可能还是个女孩子，策划了这件事？”骆闻舟抽了口气，“不但绑架朋友，而且故意把受害人的手机抛出来混淆视听？这未免也太……”

费渡意味不明地轻轻笑了一声。

骆闻舟蓦地想起了当年那个眼神阴郁而冰冷的少年，把后面的话咽了下去：“你为什么会往这个方向想？”

“因为我警告过她小心大人，熟悉的、陌生的、男人女人甚至老人。”费渡说，“唯一没有说的，就是和她一样的孩子。”

为什么不能是孩子呢？

十岁出头的小女孩，花骨朵一样，美丽而娇气，懵懂又脆弱，全世界都把她们当成潜在的受害人，好像她们缺灵魂短智慧，呵护备至都来不及，怎么会疑心她们也会犯罪？

骆闻舟挂了费渡的电话，转向郎乔："刚才少年宫老师打电话的时候，有没有哪通电话一开始不是家长接的？"

郎乔赤手空拳去抓持刀杀人犯的时候，都没有露出过这么恐怖的脸色："好……好像有一个……"

第十二章

"喂，苏落盏同学吗？我是少年宫的王老师，开学的时候给你们发登记卡的那个，记得吗？"

"记得，王老师好。"

"这么晚还没睡呀？你爸爸妈妈现在在旁边吗？老师想跟他们说句话，有点事情需要问问你，但是得先征求你爸爸妈妈同意才行。"

"爸爸还没回来，妈妈生病睡着了，叫不醒，您直接和我说吧。"

"哦……好吧，那我就简单问一句。是这样，有个美术班的小朋友，叫张雨晨，今天放学以后走丢了，有人说看见你们一起玩，你还记得最后一次是在哪儿看见她的吗？"

沉默。

"喂，苏落盏同学，还在吗？"

"……在，不好意思，老师，我家信号不好。您说美术班的谁？"

"张雨晨同学，个子小小的，梳小辫子的那个。"

"哦，我认识她。我们今天一起去小公园里玩了一会儿，很多人，还有好几个别的班的，后来大家就都走了，我们也不知道她去哪儿了。"

"是吗？那好吧，你早点儿休息，明天上课不要迟到。"

"好的，老师，找到的话别忘了告诉我们一声，我也很担心的。"

郎乔关了电话录音："因为这孩子身边没有监护人，而且和其他人的说辞差不多，老师也就没多问。你感觉这段对话听起来怎么样？我现在依然觉得难以置信，但是反过来想，如果嫌疑人是个孩子，那曲桐为什么会在极端恐惧的情况下愿意上一个陌生人的车，陶副和我又为什么在各种监控里什么都查不出来就可以解释了。这也……太让人毛骨悚然了。”

骆闻舟把苏落盏的个人资料往她面前一推：“给你看个更毛骨悚然的。”

苏落盏的紧急联系人一栏里填的是“苏筱岚”，关系为“母女”。

几辆警车风驰电掣地来到了苏落盏登记的地址——那是个条件还不错的小区，深更半夜，万籁俱寂，打瞌睡的门卫惊醒过来，一脸呆愣地盯着骆闻舟手里的证件。

“你们这儿有一户姓苏的母女吗？”

保安把眼睛瞪成了对眼：“不……不知道，我……我刚来……”

“去物业把以前登记的业主名册拿出来。”骆闻舟飞快地说，“都小心点儿，如果这个女孩真是我们要找的嫌疑人，那情况会很特殊，她会比一般成年人更不稳定，千万不能刺激到她，万一受害人还活着，不能因为我们造成不可估量的后果。”

“骆队，在401！”

“都记住了就行动。”

四楼的楼道里，一帮人纷纷隐藏在楼梯角落里，骆闻舟一抬下巴，示意郎乔敲门。

郎乔用力揉了揉自己那张好像打过肉毒杆菌的冷脸，挤出平生最和善的表情，上前敲了敲门：“有人在家吗？”

没人理她。

郎乔心里有点打突——平时凶神恶煞惯了，乍一让她表演“慈祥”，专业有点不对口。她捏着嗓子又软又温柔地说：“有人在家吗？我是楼上刚搬来的租户，我家刚才好像有点渗水，不好意思啊，没流下来吧？”

仍然没有声息。

随行的技术人员悄悄递过一个反窥视镜，郎乔把它扣在“猫眼”上，略弯下腰，往屋里窥视。

大门口没有人，她能一眼看见门廊尽头的客厅，这房子里光线昏暗，只有客厅正中间有一点亮光。郎乔仔细一看，发现那亮光的来源居然是一个香案，两侧闪着电动的红蜡烛和长明灯，供着中间一张黑白的遗照。

女人阴森的面孔冷冷地和她对视，郎乔后脊梁骨倏地蹿起一层寒意，下意识地往后一仰。

骆闻舟对她投了一个疑问的目光。

郎乔打了个寒战，连忙摇摇头，抬手又敲了一下门：“有人吗？不方便开门的话，回答我一句也可以，我就想问问您这里渗不渗水。”

尴尬的沉默在小小的楼道里弥漫，骆闻舟忽然伸手，让郎乔退后：“把门打开。”

郎乔一愣：“老大……”

他们现在没有证据，没有证人，甚至没能取得相应证件，一切都是主观推测……

“没事。”骆闻舟沉声说，“出了问题我负责，打开。”

几个刑警和技术员一拥而上，三下五除二地撬开了门。

一股难以言喻的气味汹涌着扑面而来——那是古怪的香烛味、仲夏的潮气与久不开窗的闷热混杂在一起的气息，发酵成了嗅觉上某种接近腐朽的味道。

然而房子里没有人。

这房子不大，有五六十平方米，标准的一室一厅，但只有苏筱岚的黑白遗像孤独地镇守在此，居然给人一种奇异的空旷感。

遗像正对着一张摆在客厅里的双人床，丝绸的床罩色泽黯淡，床头上有一瓶深色指甲油和半盒香烟。隔壁卧室的空间要小一些，看得出是小女孩住的地方，小单人床上摆着一排面容呆滞的廉价洋娃娃，并肩坐着，集体望向门口，穿的是一水的碎花连衣裙。

“我的天！”郎乔拉开了女孩房间里的衣橱，里面居然无一例外，全是碎花的连衣裙，更诡异的是，衣服的花色和娃娃身上的裙子是对应的，郎乔胳膊上的鸡皮疙瘩起了一层，“这是人住的地方吗？”

骆闻舟戴上手套，在衣柜里翻了翻，忽然，他在衣服堆里发现了一个小盒子。他找到搭扣，“咔”一下弹开了盒盖，《致爱丽丝》的乐声从小盒的缝隙里释放出来。这是个有八音盒功能的收纳箱，大约是电力不足，钢琴声有点走音，显得拖沓而怪诞。

随后，周围几个刑警都看清了盒子里的东西。

郎乔一把捂住自己的嘴——那盒里有一个赤身裸体的娃娃，被卸下了一条胳膊和一条腿，残肢兵分三路地摊在一团带血迹的布条上。

布条是棉布质地，活泼的小白碎花一簇一簇地开在其中。

“这是曲桐的那件衣服，她父母从家里拿了一张她穿这件衣服的照片给我们看。我记得那衣服质量不太好，侧面的走线还缝住了一部分花纹，显得很参差不齐……”郎乔艰难地指着其中一条带针脚的布条说，“就……就是这样的。”

骆闻舟面沉似水地合上了盒盖：“拿回去化验。”

他说完，转身又走进卫生间。

卫生间里返潮返出了一圈郁郁葱葱的霉菌，嚣张地四处蔓延，缺了一角的雕花镜子前有两套牙具，一排颜色各异的口红，几支用过了没扔的棉签。

“她当时怎么跟老师说的？‘妈妈生病睡着了叫不醒，爸爸还没回来’？”骆闻舟四下看了一圈，沉吟说，“但这里没有男人生活过的痕迹，她说的‘爸爸’是谁？你们确定方才的号码定位是附近？”

“骆队，找到她方才接打电话用的手机了。”一个刑警从客厅的小茶几底下小心翼翼地拿起了一部划痕颇多的旧手机，翻了翻后汇报，“通话记录里有老师打的那通电话！”

也就是说，那女孩刚刚还在！

骆闻舟蓦地转过身来：“但是现在人呢？”

苏落盏毕竟是个孩子，她不知道少年宫里有多少监控，很可能根本没想到自己在操场上也能被拍下来。那么半夜三更接到老师那一通电话，她会不会慌张地意识到自己已经暴露了？

她会怎么做？

以及最重要的是，张雨晨在哪里？

曲桐在荒郊野外失踪，带走她的人穿四十二码鞋，能开车，不可能是那么小的姑娘。那意味着苏落盏身边这个神秘的“爸爸”是共犯的可能性很大。眼下，张雨晨显然不在这间供着遗像的小公寓里，那她难道在共犯那儿吗？如果真是那样，那么苏落盏被那通电话惊动，会不会跑去找她的共犯？

万一在此期间，晨晨还活着，他们会不会因此铤而走险，提前“摆脱”晨晨？

那孩子还能活到天亮吗？

仲夏之夜像一块热化的焦糖，浓郁而黏腻，女孩飞快地跑过寂静的街道，她自己“嗒嗒”的脚步声好像一只如影随形的怪物，周围偶尔传出一点野猫野狗的动静，都能让她心惊肉跳。

女孩一头钻进了一处老旧的“小二楼”。所谓“小二楼”，是一种二三十年前的老建筑，联排一片，一般只有两到三层高，每个小楼前面都有院子，院子约莫是够种一棵葡萄藤的空间，乍一看有点像别墅，其实里面的空间十分逼仄，条件不好的，往往是几户人家分享一个小院，居住起来多有不便，而且一到夏天就五毒俱全，漏风漏雨，据说已经快拆迁了。

女孩试了两次，才成功地把钥匙对准锁扣，冲进去一把抓起了门后的电话，飞快地拨了一个号。电话通了，里面传来漫长的等待声，每一声都敲在她的心口，她无意识地伸出长长的指甲，焦躁地抓着斑驳的墙面。

然而这通电话在十几声之后自动挂断了。

女孩睁大了眼睛，好像不敢相信对方竟敢不接她的电话，她不死心，很快又拨了一次那个号码，依然没人接。

这女孩长得真是漂亮，杏核眼，脸颊圆润，还有个小尖下巴，比那些塑料的便宜货更像洋娃娃，天真和妩媚的气质在她身上杂糅得相得益彰，可是随即，可怕的怨毒爬上了她的小脸，她突然毫无预兆地把电话机摔在墙上，歇斯底里地尖叫了起来。

这时，黑洞洞的屋里忽然传来了“呜呜”声，像小动物的抽泣。

发狂的女孩蓦地扭过头去，面无表情地回手打开了壁灯。

墙角被捆成一小团的人畏光地瑟缩了一下，透过眼泪，难以置信地看过来——那正是失踪的晨晨。

此时，晨晨的家人仍然在少年宫门口焦心地等着。

陶然走出去接了个电话，回来避开了晨晨家人，冲费渡耳语了句什么。

“你说有成年男性共犯？”费渡略一皱眉，“你的意思是说，他们先利用女孩把晨晨引到小公园，然后男人出现，袭击并且带走了她？”

陶然：“怎么？”

“不……我刚才就觉得有件事有点奇怪。”费渡吊起他那条倒霉的胳膊，在原地转了几圈，低声自言自语，“太奇怪了——张先生五点刚过时给女儿打电话，关机，也就是说，那个时候绑架计划已经在进行中。一个小时后，他想通过远程软件打开晨晨的手机失败，说明这时候晨晨应该已经被犯人控制，但犯人还没有开始处理后续事宜。那女孩故意把手机丢下，则应该至少在六点以后，为什么？

“一个成年男人，就算半身不遂，控制一个像晨晨那样的孩子，也绝对花不了一个小时。”费渡脚步一顿，“而做完这一切之后，那个女孩又把晨晨手机的电池重新装上，故意丢下给人拿走——这又是为什么？”

既然已经卸下了电池，把手机随便拆一拆，沿途分开扔，又方便又保险，警犬都找不着。

而为了短暂转移警方视野的理由显然说不过去，因为即使是孩子，看过电视剧也应该知道，办案的警察不可能只有一个人，不会那么容易顾此失彼。

而且万一捡到——或者说偷了那部手机的人恰好看见了她，难道不会增加风险？

“有没有这种可能性，在西岭绑架上一个小姑娘的时候是协同作案，而这次因为某种原因，男人不在，只有女孩，所以她要花更长的时间。”

陶然一愣，一把抓住费渡的肩膀：“这女孩受体力能力限制，没法独立完成虐杀……并且录音的全过程，但她知道晨晨手机上的远程软件，也知道家长肯定会试着用这种方式找孩子，她是在变相地折磨家长，和寄录音的目的异曲同工！”

给你希望，让你拼命地找过去，再让你绝望。

只是没想到时间上出了点偏差，她耽搁的时间比想象中要长。

“如果是这样，那她不可能独自把一个和自己差不多大的女孩拖走，只能是诱拐。”费渡远远地看了一眼再次失声痛哭的晨晨的母亲，“晨晨在明知道爸爸肯定在找她的时候，会因为什么同意跟对方走？”

陶然深吸了一口气，低声说：“我今天没带电话，没法借给你，但是我家比少年宫近，你爸爸说不定已经到学校里找你了，互相找容易错过，你可以去我家给他打电话。”

“这个距离一定非常近，比少年宫还要近很多，是个让孩子觉得方便又舒适的距离。”

陶然一把拽过地图：“一公里……不，五百米之内……”

五百米之内有一处即将拆迁的老旧居民区，相距小公园另一个门，不过一个路口。

“等一下。”陶然说，“这个地址我怎么好像在哪儿听过。”

骆闻舟他们把苏落盏的家翻了个底朝天，重点是各种可能的男性日用品，想要从中翻出那个神秘男人的蛛丝马迹来。

郎乔打开了一个抽屉，倒出来以后，发现里面装的是诸如户口本、身份证、各种入学通知等文件证件，她只把病历本拿出来翻了翻，其余大致看了一眼，很快丢在一边，摊了一地。

骆闻舟目光从上面扫过，片刻后，他仿佛忽然想到了什么，目光突然一凝，蹲下来捡起了房产证——两本房产证。其中一本是这间一室一厅的公寓，另一处则是当初房改的时候被个人认购的某厂职工宿舍楼，房龄比苏筱岚年纪还大。

“小乔儿，你给我确认一下。”骆闻舟说，“二十年前，苏筱岚还小的时候，她登记的住址是不是这个？”

郎乔不明缘由，不过对他本能服从，立刻去查了。就在她还没查出个所以然来，骆闻舟派去盯梢许文超的刑警忽然打了电话进来：“骆队，我们在许文超房间里装了窃听，刚刚连续两通电话打进来，他绝对听见了，但是没接——他会不会已经发现自己被盯上了？哦，来电的那个号码我们也查了，是部座机，地址是……”

骆闻舟沉声说：“少年路贸易公司路口3单元。”

负责盯梢的刑警一愣：“骆队，你怎么知道？”

与此同时，郎乔冲了进来：“老大，少年路贸易公司路口3单元！当年苏筱岚作为受害人配合调查的时候，提供的个人信息里的通讯地址就是这个！”

骆闻舟：“走！”

第十三章

晨晨是被冰冷的地板硌醒的，她刚开始没明白怎么回事，只记得自己跟着一个摄影班的小姐姐回家——她的家真的很近，出了公园，拐角就是，虽然空空荡荡的，但收拾得还算干净。

电话机不太好用，总是接触不良。小姐姐信誓旦旦地说重新插一下线路就好，还给她拿了一瓶冰镇饮料。

晨晨叼着吸管，一边吸着芒果汁，一边觉得自己可能太麻烦人家了，正在犹豫着要不要开口说“还是回学校吧”，可还没等开口，她就觉得整个人好像被什么从躯壳里抽出去一样，四肢瞬间失去了控制，她艰难地晃了几下，随即什么都不知道了。

此时，晨晨的辫子已经散了，她一身的尘土，四肢被捆成一团，大约是被人暴力地在地上拖过，多处裸露的皮肤蹭破了，火辣辣地疼，贴在嘴唇上的胶带上沾着橡胶的臭味，她艰难地把自己蜷缩起来，拼命往后躲去——苏落盏正在几步远的地方，居高临下地看着她！

苏落盏歪着头，一缕长发从鬓角垂了下来，她伸出细长手指在脸颊旁边卷着头发，冰冷的眼睛像某种险恶的冷血动物。继而她抿起嘴角，冲晨晨笑了起来：“你真讨厌。”

晨晨狠狠地哆嗦了一下。

“我最讨厌你们这种什么都不懂的跟屁虫，都是有心计的贱人，一把年纪了，仗着会撒娇，出入必有人接，要什么有什么，动辄拿自己当小孩子，好像全世界都得迁就你们。”苏落盏一边说着，一边弯下腰，从门口的鞋柜里拎出了一把弯头的砍刀，金属的大家伙对她那双细瘦的小手来说，有些太过沉重了，刀身与老旧的木质柜橱彼此摩擦，沙沙作响。

晨晨剧烈地挣扎了起来，被封住了嘴，她就发出小动物一样微弱而细小的“嗯嗯”声，脸憋得通红，奋力想从绳子里挣扎出来。

“他不来，我自己也可以！”

苏落盏突然发作，提起砍刀就向晨晨冲了过去。

人在极端恐惧的情况下，潜力大概是无限的，那一瞬间，晨晨不知道从哪儿来的力气，竟然成功地就着被五花大绑的姿势，用脚底寻找到了地面，她还没来得及站起来，刀已经逼至近前，晨晨闭着眼往前一扑，连滚带爬地从苏落盏刀下扑了出去，一头撞在了茶几角上，登时头破血流。

晨晨把自己撞得晕头转向、头重脚轻，只想号啕大哭，却也知道哭并不管用，只好挣扎着用肩膀去抵茶几，试图再次站起来。

苏落盏手里的刀挥得过猛，卡进了墙角的一个木头柜子里，那刀毕竟是沉，她使劲一拉，竟然没能把卡住的刀身拔出来，气急败坏之下，苏落盏猛地上前，从后面一把抓住了晨晨的头发。晨晨觉得自己整张头皮都被她拉掉了，只能狼狈地被她的手带着弯下腰去，不停流下来的眼泪已经把胶带边缘泡开了，她就像一只任人宰割的小羊羔。

却只激发起了另一个人的施虐欲望。

苏落盏抬手扇了她一个耳光。从没被人碰过一根手指的晨晨几乎被她打蒙了。

“贱人！”苏落盏说，“你就是贱人！”

受影视剧影响，“贱人”一词其实已经在小学高年级和中学中普及了，总有一些比同龄人发育早一点儿的孩子开始学着把这些成人色彩浓重的词汇挂在嘴边——即使在家里个个都是咬着雪糕要赖的小朋友。

苏落盏狠狠地把晨晨往茶几上一推，晨晨的后腰撞在那矮小的桌子上。水晶桌贴下面泛黄的旧照片中，已经死去的人冲着两个活生生的女孩露出耐人寻味的似笑非笑，晨晨嘴上被泪水泡软的胶带在这一推一震中绷开了，她第一时间出了声：“救命！”

第一声又哑又微弱，随后，晨晨飞快地适应了说话的感觉，声音也响亮了起来：“救命！救命！”

苏落盏被她这一嗓子叫得一愣，她方才就觉得缺了点什么，不够“过瘾”，这会儿才发现，原来是没听见惨叫。晨晨那一声带着哭腔的“救命”刺激了她，她好像得到了礼物的孩子，用一种惊喜的眼神看着晨晨，狠狠一抬脚，跺向晨晨平摊到地面的手指。

晨晨疼到了一定程度，反而叫不出来了，她张大了嘴，无声地抽着气。

苏落盏：“叫啊，你怎么不继续叫了？”

晨晨哭得喘不上气来，用仅有的力气断断续续地挤出几个字来：“苏……呜……姐姐……我很……很喜欢……羡慕你的，你……你……”

苏落盏刚开始一脸冷漠，唯有“羡慕”二字让她轻轻地一顿，要去抓女孩头发的手停在了半空，她黑豆似的大眼睛盯着晨晨。就在这时，房门突然被人重重地砸了几下，有个男人粗声粗气地说：“吵什么吵，让不让人睡觉了！”

屋里的苏落盏和晨晨同时一哆嗦。

那男人怒道："开门，不然我报警了！半夜三更在家里看恐怖片吗，叽哇乱叫的！这地方就你们一家住着啊！"

晨晨的嘴被苏落盏用力捂上了，她随便从旁边的纸盒里抽出几张餐巾纸，团成一团，往晨晨嘴里一塞。

"对不起，叔叔。"苏落盏深吸一口气，冷着脸，细声细气地开了腔，"我们家大人不在，不能随便给陌生人开门，我会关小点儿声的。"

门口的男人顿了顿，十分严厉地说："什么玩意儿，小孩啊？你给我过来，我替你们家长教育教育你！"

苏落盏皱了皱眉，没等她吭声，门口的男神经病已经自顾自地开始喋喋不休："做人要有起码的公德心你知道吗？什么叫公德？就是不给人添麻烦，你呢？你是哪个学校的？回头我一定要给你们老师打电话，熊孩子都怎么教育的！"

眼看对方说起来没完，苏落盏俏丽的小脸上一片阴冷："叔叔，对不起，我道歉可以吗？"

"你说什么，听不见！大吵大闹的时候不是声气挺足的吗？"

苏落盏只想把这个突如其来的奇葩打发走，她回手把晨晨嘴里的纸巾团塞了塞，自己站起来，往门边走去。

一步、两步……突然，就在苏落盏快要走到门口的时候，她停下了。

这老房子虽然一直由那个人定期打扫、缴费，但周围居民都知道里面没人住，已经空置很久了，为什么门口的人半夜三更听说里面住了个没有家长的小孩，居然毫不惊诧？

苏落盏意识到了什么，忽然扭头就跑，与此同时，老旧的木门被人从外面暴力破坏。几个警察紧跟着冲了进来，苏落盏一把抓起方才卡在柜子上的砍刀，重压之下，那把方才她怎么拉都拽不起来的砍刀竟从木柜的缝隙里溜了出来，而警察们眼看就要抓住她……

苏落盏反手提起砍刀指向晨晨的后颈，刀尖立刻在女孩雪白的后颈上撕开了一条血口子，她尖叫起来："别过来！"

被撞开的大门贴着墙面震颤不休，室内的气氛已经凝固。

苏落盏猛地蹲了下来，躲在晨晨身后，摇摇欲坠地举着笨重的砍刀，沿着晨晨的脖子飞快地走了一圈，最后停在了晨晨的颈侧。她的手不住地发着抖，自下而上瞪过去的眼睛就像是一只抵死挣扎的小野兽，凶狠而愤怒。

陶然连忙阻止了身边人的靠近，小心翼翼地站在几步远的地方："苏……苏落盏对吗？"

苏落盏一言不发。

陶然心里飞快地转着各种念头，一时不知该怎么和这么小的嫌疑人谈判，就见这时，费渡慢一步地出现在了门口。他微微侧着身，挡住了自己受伤的胳膊，目光漫不经心地在屋里扫了一圈："咱们要抓的人呢？"

苏落盏一愣，不由自主地看向他。

"哎，有个小孩。"费渡好像才发现她，有些轻慢地问，"跟你一起的绑架杀人犯去哪儿了？"

苏落盏看了看手里的刀、刀下的人，又抬头看了看费渡，好像不知该怎么回答。

"快把刀放下吧，没事了，不用那么紧张。"费渡四下打量着这老房子，只见上一任主人虽然已经人去楼空，但他们荒腔走板的生活痕迹却依然留在了原地，烟熏出的墙壁污糟昏黄，墙角还有一堆空酒瓶，费渡吊儿郎当地哼了一声，"真可以，拿个小破孩当诱饵，他自己躲起来，我还是第一次见到这么藏头露尾的犯人。小姑娘，你放心吧，外面里三层外三层围的都是警察，他跑不了，警察叔叔和《未成年人保护法》会保护你的……真亏你还拿得动这么大的刀，不沉吗？"

他不说还好，这一提起，苏落盏立刻觉得手腕不堪重负，快被大砍刀坠得没知觉了。同时，她也自觉听懂了费渡的话——警察认为这件事都是那个人做的，她只不过是个可怜的诱饵！

苏落盏心里生出几分成功愚弄别人的沾沾自喜，她把自己的眼圈憋得通红，看起来居然比晨晨还可怜几分，眼巴巴地望着费渡。陶然立刻会意，顺着费渡的话音上前一步，见苏落盏瑟缩一下，警惕地紧了紧握刀的手，他就蹲了下来，冲她摊开手，视线和她齐平，目光尽可能地跳过晨晨，集中到苏落盏身上："是真的吗？是不是有人胁迫你？"

苏落盏只迟疑了几秒，就果断地点了点头。

陶然的声音更加柔和，把一只摊开的手缓缓地、一寸一寸地向她伸过去："那你把刀给叔叔，然后带我们去抓坏人好不好？"

苏落盏盯着他的手，一时间好像有些举棋不定，在陶然的手靠得太近的时候，她又有些紧张地提了提手里的刀，不住颤抖的刀刃立刻在晨晨的颈侧留下了几条细碎的伤口——这回不是故意的，她真的要拿不住这把刀了。

陶然把手悬在了半空："坏人是不是叫'许文超'，利用你抓走了曲桐，有没有对你做过不好的事？"

费渡嗤了一声："你妈生前为了傍上他，是不是经常把你打扮成洋娃娃的样子，还给你化妆？"

苏落盏极小地抽了口气，好像用尽了全力才止住自己激动起来的情绪。

"自己老了，留不住当年的形象，就从孩子身上下手。她还不允许你穿别的衣服，不允许你剪头发，是吗？"费渡盯着她，"她是不是虐待过你？以前打过你吗？"

苏落盏的眼泪不知是真是假，随着他的话音，倏地落了下来，泪水朦胧了她的视线，忽然间，她觉得手腕一紧，原来是陶然趁机抓住了她提着砍刀的手，苏落盏下意识地一挣，陶然轻声说："不怕，没事了，没事了，叔叔知道你是个好孩子。这些事本来就是坏人胁迫你做的，你不用担心……"

他语气柔和，捏住她手的力气很大，苏落盏根本无从反抗，她僵持片刻，终于还是放松了力道，任凭陶然夺走了她的刀。

一个刑警上前，一把抱起晨晨，脱离了苏落盏的控制。

刚刚赶到的骆闻舟听见耳机里的同事说："骆队，嫌疑人之一已经落网，指认同伙为许文超，可以申请逮捕令了吗？"

"可以，马上通知盯梢的那几位兄弟，别让那小子跑了。"骆闻舟侧过身，帮忙把晨晨抬上救护车的担架，转向被警方控制起来的苏落盏，问她，"曲桐在哪儿，你知道吗？"

苏落盏没有答话，只是冲他摇摇头，她好像想到了什么，小巧精致的嘴角不受控制地往上轻轻提了一下，随即自己意识到了，又十分温顺地低下了头。

尽管看见八音盒的时候就已经有心理准备，骆闻舟看着这女孩，还是觉得心有些堵。

他的目光掠过女孩微卷的发梢、长而浓密的睫毛，突然感觉到有一丝难以名状的、荒谬的难过。

骆闻舟一挥手，让同事把苏落盏押上警车，转头往救护车的方向望去。几个医生正一边处理晨晨额头上的伤口，一边低声询问着什么。晨晨的家人也已经以最快的速度赶到了，令人窒息的失而复得让晨晨妈腿一软，险些跪在地上，旁边的丈夫连忙扶起她，两个人短暂的相互指责刹那间烟消云散，相互扶持着走向女儿。

失踪时间接近八个小时，虽然饱受惊吓，但除了一身轻伤，张雨晨终于还是全须全尾地找回来了，已经堪称奇迹。

他们忙活了一宿，至少还捞回了一个。

骆闻舟嘘出一口气，习惯性地抬起一只手，谁知等了半天，平常会和他击一下掌的搭档却没动静。骆闻舟不尴不尬地一转身，发现陶然正围在常宁身边，常宁的眼泪一直止不住，陶然低声安慰着什么，还从兜里摸出了一块手绢递过去，美人在前，陶副队全然忘了搭档是哪根葱。

骆闻舟暗叹：世上竟然还有这么重色轻友的男人！

这时，他没来得及收回去的手掌被人轻轻地拍了一下，骆闻舟诧异地一偏头，见那吊着一条胳膊的残障总裁费渡溜达到了他身边，并且不知出于什么动机，屈尊做了这么一件多余的事。

完事，他还慢条斯理地把手揣回兜里，似笑非笑地看着骆闻舟："啧，真幼稚啊，骆队。"

骆闻舟无言以对，眼睁睁地看着这个编外人员理所当然地钻进自己的车里，好整以暇地跷起二郎腿，等司机开车。骆队以自己浪迹四方、阅人无数的人格担保，他绝对从费渡的话音与神色里听出了不规不矩的调戏意味。

骆闻舟难以置信地想：他这是要蹬鼻子上脸了……不，上天了？！

第十四章

"同志们今天辛苦一点儿，吃夜宵的钱和姑娘们的面膜钱我自己掏了给你们报销，有老婆孩子的回头我替你们给家属写忏悔信——今天就算通宵，就算把苏家旧宅掘地三尺，也得把这个事审清楚，不管怎么样，曲桐那个小女孩，我活要见人，死要见尸。"骆闻舟冲着对讲机说完，转向一边饶有兴致地看着他的费渡，“少年，我感觉你可能是扫把星转世，这生日过得真是幸福美满。我是不能送你回去了，是给你叫辆车，还是经过哪个酒店把你放下凑合一宿？”

费渡不答，反而前不着村后不着店地问：“你们值班的时候，一般吃什么夜宵？”

“一般是地沟油豪华套餐。”骆闻舟的表情看着有点辛酸，“偶尔有个别讲究人，刚发完工资的时候可能会吃点档次高的——比如麦当劳。”

费渡望了他一眼。

骆闻舟一打方向盘转向市局方向，没好气地说：“都跟你似的不好养活，我报销得起吗？前面就有一家酒店，半个月工资睡一宿，我给你停一下？”

“我不住那家，他们家大堂的薰香太呛了，卫生间还没有浴缸。”费渡慢吞吞地对“饥餐炸鸡肉，渴饮地沟油”的公务员说，接着，无视自己炫富引发的汹涌仇恨，他指挥道，“接着开吧，你们单位附近有一家‘六星’，服务还凑合，把我放在市局门口，我可以自己溜达过去。”

骆闻舟忍了半晌，终于忍无可忍：“费总，你一天到晚除了玩就是混，一点儿正事也没有，你家的钱够你挥霍一辈子吗？以后败家了怎么办？喝风都没人给你刮。你说你也老大不小的人了，过了今……昨天，去民政局领证都有法律效应了，你能不能对人生有点追求！”

费渡没受伤的手肘撑在车门上，不出声，只是撑着下巴笑。

骆闻舟不知道这有什么好笑的，看他就发愁，要不是因为可怜他今天是残障人士，几乎想把此人从车上扔下去。过了一会儿，费渡又问：“你确定不需要我继续帮忙吗？”

“你有编制吗？拿工资吗？”骆闻舟一边数落着，一边拐进马路对面的辅路，冲着费少爷指定的酒店开去，“有你什么事？”

“我听说你们逮捕的所谓‘共犯’，是那个凶残的小姑娘指认的，除此之外再没有别的证据了，对吧？”

骆闻舟面无表情道：“调查过程保密。”

费渡不理他，接着说：“对了，还因为他和二十年前的连环绑架少女案有点联系，所以看起来可疑——也就是说，你们没有证据，那小姑娘还不满十三岁，虽然智商看起来很高，但精神状况可称不上健康，她的证词，可信度有多少？你们抓住的男人今天的不在场证明可是警方亲自做的，如果他坚决抵赖呢？”

骆闻舟暗自磨了磨牙。

费渡一摊手：“还有那个小女孩，你们从她嘴里肯定问不出什么，反正你们不能对一个小孩严刑逼供，难不成你们还打算连夜找一个专门从事未成年人罪犯心理的专家来？”

费渡所说句句属实，这也是骆闻舟比较头疼的——今天晚上的所有行动全都缺乏现实证据支撑，如果不是最后成功救出了晨晨，单凭骆闻舟多次自作主张和先斩后奏，第二天就得有他一顿好果子吃。

车已经开到了酒店楼下，酒店大堂的冷气扑面而来，带着清冷宁静的薰香气息，沁人心脾。即使已经是凌晨，门口依然有值夜班的门童精神抖擞地上前迎客。

费渡点评完了警方的营救行动，就径自下了车，忽然又想起什么转回来，他转身敲了敲骆闻舟的车窗，拉开了驾驶员一侧的车门。

“手机落下了，”他说，“麻烦递给我一下。”

骆闻舟“哦”了一声，捡起副驾驶座位上的手机，正要递过去，费渡却好似等不及似的，伸长了手来接。他因为车祸而显得有些凌乱的衬衫松松垮垮地垂着，从骆闻舟的角度，正好能看见低垂的领口，那胸口有一点儿单薄，但陈列在一副轮廓分明的锁骨下，反而有种内敛的力量感。今天他倒是没有刻意喷古龙水，但此人腐化的肉体恐怕已经给来自世界各地的香精腌入味了，从领口往外透出一股隐约的、若有若无的男香，叫人还来不及仔细品味，就已经杳然无踪。

“我明天早晨应该还在这儿，需要的话可以过来找我。”费渡的手指有意无意地碰了骆闻舟一下，抽走了那遭瘟的手机，“我可以替你们和那女孩聊聊，虽然我不是问题青少年专家，但我本人当问题青少年的经验比较丰富。”

骆闻舟心力交瘁地摆摆手：“你快滚吧。”

等费渡真的滚了，骆闻舟把车停在路边，连抽了两根烟，才把费渡留下的香水味驱干净，他启动车子回市局，一想起费渡，内心就不由得充满了沧桑，骆队暴躁地一脚把油门踩到底，车子“呜”的一声哀鸣，原地蹦了一下，继而蹦蹦跳跳地冲进了灯火通明的市局。

"骆队，许文超拘来了，在审讯室。苏落盏在另一间屋，小郎看着她呢，你是打算……"

话没说完，骆闻舟匆忙的脚步就顿住了，在楼道里看见了一个佝偻的人影。

"郭叔？"

郭恒捻灭了烟头，缓缓地站起来，努力挺了挺后背……依然挺不直。

骆闻舟："您怎么……"

"你今天下午去找了我，是要重新调查当年那件案子吗？"郭恒目光灼灼地看着他，"是吧？我女儿……这么多年一直没找到。我听说你们刚才找回了一个女孩，人还活着，是真的吗？那现在抓住嫌疑人了吗？是不是当年菲菲的事也有希望问清楚了？除了吴广川之外，还有别的共犯吗？"

老人混浊的双眼里，似乎重新点着了当年杨老提过的火焰，让人难以直视。骆闻舟一时不知说什么好，只能狼狈地搪塞："您放心，我们一定尽力。"

说完，他脚底抹油，连忙跑了，走出去老远，仍然觉得郭恒在注视着自己的背影，目光快要把他的后背烧穿了。

审讯室里的许文超在一天之内二进宫，从"协助调查"变成了"嫌疑人"，半夜三更被警察在家里逮捕，他脸色十分难看，布满了熬夜的憔悴，嘴角甚至冒出了胡楂儿。此时，他的态度显然没那么客气了，十指扣在一起，放在自己的腿上，苍白的脸上有股说不出的神经质。

"我没有。"许文超的语气无奈又无辜，话却说得很尖锐，"我再说一遍，我没有绑架过小女孩，也没有杀过人。行车记录你们看过了，非法跟踪、窃听，你们也干过了。我想请问一下各位警官，侵害一个公民的基本人权到了这种地步，你们找到我杀人的证据了吗？"

审讯的刑警姓武，非常年轻，最看不上许文超这种人模狗样的变态，冷冷地说："苏落盏绑架同校的女孩，对受害人实施虐待，并且意图谋杀未遂，她在犯罪现场两次打电话给你，当着所有人的面指认你是她的共犯，你还有什么要狡辩？"

许文超往椅子背上一靠，用他特有的轻言细语说："一通电话，一句孩子话，我就成了杀人犯，我今天算是明白，什么叫作'欲加之罪，何患无辞'了。"

小武警官："苏落盏为什么要给你打电话，又为什么要诬陷你？"

许文超抬起眼，监控前的骆闻舟看清了他的眼神，心里突然涌上一股不祥的预感——这个人太镇静、太笃定了，全然没有一点儿慌乱，好像怀揣着一张不为人知的底牌。

"因为我和她妈妈是恋人关系。"许文超说，"是，下午来的时候我没有说……因为我怕惹麻烦——我从小就喜欢苏筱岚，可是她不喜欢我，她宁可过得人不人、鬼不鬼，也不肯接受我，只有得知生命快要走到尽头的时候，她才自私地决定施舍给我一点儿温情，我却为此感激涕零，甚至想和她结婚……如果不是她没能等到这一天，现在我就是苏落盏的继父。现在因为没有这层法律关系，我想要收养那孩子很困难，只能慢慢想办法，同时尽我所能给她提供物质条件，有什么事，她会给我打电话，这很正常。"

"但今天她给你打电话，你没接。"

"我没接，是因为我发现自己被窃听了。"许文超坦然说，"即便那电话不是她打的，是随便某个送快递、推销房地产的电话，我也不会接。警官，我有权在公权力的重压下保持最后的自由吧？"

"那这么说，苏落盏是诬陷你了？"

"我不知道那孩子为什么这么说，如果是真的，那我也真的很伤心。她妈妈一直比较忽视她，相比而言，我自觉是个称职负责的准继父，这女孩从小放养，确实会有一些过界行为，我试着管教过，也许她因为这个，对我有一点逆反心。"许文超说到这里，略微顿了顿，"也或许她根本不知道自己在说什么，是有人引导她。"

小武猛地一拍桌子："你少他妈来这套！幸存的受害人做证，苏落盏在给你打完电话以后，曾经说过'他不来，我自己也行'的话，苏家的旧宅也一直是你雇钟点工清理，从你的账户上走的水电费！你维护一个快拆迁的旧房子干什么？分明就是有不可告人的事！今天要不是我们盯你的梢，那个被绑架的女孩没准就见不到明天的太阳了！"

许文超嗤笑一声："维护一座旧宅，和绑架杀人之间的因果关系在哪儿？按照您这个逻辑，所有本市范围内发生的刑事案件，都应该由市政部门负责了？"

"他不是说自己烧坏过脑子吗？"骆闻舟诧异地一挑眉，对旁边的同事说，“我看他机灵得很啊，难道傻×也是间歇性的？”

“骆队，他要坚持否认，咱们也没有别的证据啊，难不成要给他上测谎？”

“不急。”骆闻舟说，“先去查他的账户、信用卡、名下的车和房产……拿着他的照片去各大租车行问问——还有私人关系，他作案时开的车也有可能是借的。曲桐案发当天行车记录没问题，只能说明他没开自己明面上的那辆车，我不相信他有能耐凭空藏起一辆四个轮的大铁盒。”

审讯室内的刑警小武继续逼问：“我再问你一遍，二十七号晚上，你在什么地方？”

“在家看书。”许文超面不改色，“我是个自由职业者，不用每天上班，在家看书很正常。”

小武：“既然在家看书，你租车干什么？”

这就是诈供了——如果许文超当天在西岭开的不是自己的车，那么无论是问熟人借，还是私下里有一辆挂在别人车牌下的车子，都是有迹可寻的，很容易查。相比起来，最好的选择是去一些管理不正规的租车行租一辆，有一些野鸡租车公司干脆就是非法经营的，隐藏得很深，这也是许文超最有可能的做法。

骆闻舟闭了嘴，双臂抱在胸前，凝神等着听许文超的说辞。

谁知许文超面不改色地一挑眉，好似十分真心诚意地诧异了一下：“警官，您在说什么？”

“二十七号傍晚，你开车跟踪一辆从西岭出发的校车，伺机想对车上十一个女孩中的一位下手，结果正好目击了校车被绑匪劫持，这个过程中，有个叫曲桐的女孩从那辆车上逃了出来，遇见了你和苏落盏，出于信任，她向你求救，上了你的车，谁知道反而把自己葬送在你这种禽兽手上！”

许文超哂笑摇头：“这简直……”

小武声色俱厉地打断了他的辩解：“博物馆外围的监控拍到了你的车牌号，你还有什么可狡辩的！”

“警官，”许文超冷静地问，“请问这是二十七号晚上几点的事？”

小武冷冷地说：“你自己不知道吗？”

“我真的不知道。”许文超小幅度地举起双手，做出类似无奈投降的动作，“好吧，既然你们存心想诈我，看来是不会告诉我确切时间了，但是我还得为自己说句话，如果这桩案子发生在前半夜，那我恐怕是来不及赶过去的。我家的位置您看见了，开车到您所说的西岭地区，至少得三个小时……这还是不考虑堵车和天气不好的情况下。二十七号晚上八点半左右，我在家里叫过一次外卖，订单号和送餐时间都有记录，运气好的话，送外卖的人或许还记得我。"

骆闻舟心里"咯噔"一下，发现自己的预感成了真。

"我建议您尽快去核实，也还我清白。"许文超低头看了一下表，"看来我要在公安局里过夜了，请问我什么时候可以请律师？哦，对了，还有，虽然到现在为止，我还不太清楚苏落盏到底做了什么，但她毕竟还小，警官们可不可以对她温和一些？如果有必要，我愿意承担监护人责任。"

第十五章

"二十七号晚上八点半，许文超确实在家。"陶然先是跟到了医院，与逐渐恢复意识的晨晨说了几句话，又匆忙赶回来，路上接到消息，于是顺路去核实了许文超的不在场证明，回来报告说，"我还查了他近半年的外卖单，很有规律，基本就是几家，送外卖的都认识他。"

小武问："有没有可能是送外卖的人被收买了？"

"稍微查一下证人和许文超的私人关系，不过我觉得可能性不大。"骆闻舟说，"送外卖的都是小孩，干不长，三两个月就会换一批，跟客户最多混个脸熟，不太可能会为了一个点餐的客户做这种重案的伪证，再说也不是每个人都敢在警察面前胡说八道的……另外还有一点。"

"什么？"

"下午许文超过来的时候穿的是运动鞋，我没太看出来。"骆闻舟说，"不过就他刚才穿来的那双皮鞋来看，我目测他的码数恐怕要小一些。"

会议室里一片静默。

这时，郎乔进来了，一屁股把自己扔在了椅子上："老大，你赶紧换个人吧，我是拿那孩子没辙了，我看着她就发毛。"

骆闻舟问："苏落盏怎么样？"

“人家特别自在，该吃吃、该睡睡。”郎乔摇摇头，接过同事扔过来的一罐咖啡，“她不怕大人，也不怕警察，我现在也不知道这是什么原因。可能是太小，不明白自己做的事有什么后果，也可能是太狡猾，知道自己小，所以不惧。你跟她好好说话，她跟你装糊涂、撒娇演戏，你吓唬她，她就笑嘻嘻地看着你——对，刚才还跟我要了一瓶甜牛奶，喝完还问我‘困了，可不可以睡一会儿’，然后就真睡了。说实在的，要是我干坏事的时候被人赃并获地抓到公安局，我吓都吓死了，肯定睡不着。这孩子还是人吗？”

骆闻舟没吭声，神色十分凝重地点了根烟，没顾上往嘴里塞，就兀自出起神来——许文超，毫无疑问，在这件事里一定扮演了某种角色，否则不可能有那么多巧合。他串联起了二十年前的旧案和眼下的新案，他和苏筱岚母女关系匪浅，苏落盏在犯罪现场连续给他打过两个电话，并在警方问起的时候毫不犹豫地指认了他。

而他一天之内二进宫的两种态度也非常值得玩味。第一次，他态度温和礼貌，但是表现得并不游刃有余，动辄祭出失忆大法，甚至被陶然逼得有点狼狈，好像没料到这场节外生枝，多少有些慌张。第二次他却尖锐又镇定，有条不紊，说话滴水不漏。深更半夜，他被警察突然闯进家里拘走，竟然是穿戴整齐的。

还有，许文超第一次过来的时候表示自己听到了广播，也知道了曲桐的案子，对公众公开的信息当然不涉及具体细节，但“二十七号晚”和“西岭区”这两个关键词是有的，他分明有那么明确的不在场证明，为什么当时没有提及？

他是毫无准备，慌张得忘了，还是没有意识到自己被警方怀疑了？或者……他只是在试探警方的反应？

如果是后者，那就太可怕了。

然而无论如何，人都不可能一分为二，不可能同时在两个地方出现，这也是客观事实。

骆闻舟沉吟片刻，伸手敲了敲桌子：“来，大家都听好了，一会儿我需要你们帮我统计一件事……”

这时，会议室的门被人从外面推开了，他们传达室的值班员探头进来，打断了骆闻舟的话音：“骆队，是你们叫的外卖吧，人家给送过来了。”

骆闻舟一愣，还不等他开口，一帮奔波了大半宿的刑警已经绿着眼睛扑了上去，然后集体傻眼了。

只见深夜驾到的既不是烤串也不是麻辣烫，甚至不是麦当劳和肯德基。一共送来了两个大包，一包是保温的便当袋，另一包是带干冰的冷藏袋，都打着十分豪华的logo，餐具用专门的纸盒包裹好，精致得简直不像一次性的。打开一看，里面中餐西餐、冷食热食都有，冷藏袋里还有几盒非常新鲜的冰激凌，活像是把某个豪华酒店的自助餐厅搬来了！

骆闻舟被自己的一口烟呛得死去活来。

郎乔最先回过神来，眼疾手快地抢了一盒冰激凌抱进怀里："我的妈，老大也太客气了！"

陶然震惊道："你这是干什么，下半个月日子不过了？"

"老大，你是不是买彩票中奖了？"

"欧洲杯赌球肯定赢了一把大的！"

"说什么呢，咱队长能干那事吗？哎，骆队，是不是你爸妈突然给你发零花钱了？"

"没事发什么零花钱？无事献殷勤，不会是二老要生二胎先打点你吧？"

真是一帮亲同事。

骆闻舟："……生你，滚！"

他翻过保温袋，赫然看见上面眼熟的酒店标志——他刚从人家门口回来。

这东西是哪位土豪送的便不言而喻，骆闻舟的眼角跳了起来。

"哎，这好像是北边那家土豪酒店。"郎乔突然说，"他们家自助餐厅不是'高冷'得很吗，怎么半夜三更还营业？还……还送外卖？这么亲民？"

"吃都堵不上你的嘴。"骆闻舟额角迸出了两条小青筋，"哪他妈那么多问题？不想吃就干活去！"

郎乔端详着骆闻舟的表情，死去多年的少女心没有征兆地诈了一下尸——这么"鸳鸯蝴蝶派"的一顿夜宵，仿佛确乎不符合骆队"煎饼馃子、热豆浆"的居家风格，一个全新的思路涌入了她的脑子，郎乔脱口说："等等，老大，不会是有人想泡你，特意送来的爱心晚餐……哎哟！"

她的脑门被骆闻舟用纸团砸了个正着。

骆闻舟装聋作哑地强行忽略了关于夜宵的话题，在扑鼻的食物香气中，他面不改色地接上了自己方才被打断的话："你们一边吃我一边说，我现在需要把各位分成两组，第一组从失踪儿童信息平台上整理本市各辖区、各县区所有儿童失踪案档案，主要关注这些失踪儿童的性别、年龄、失踪时的体貌特征与当时的案情简述这四项，依这个顺序，咱们从粗往细筛查一遍——时间先限定在最近两年。"

陶然叼着一块小牛排问："你怀疑曲桐不是第一个？"

"嫌疑人漫长的追踪做得不露痕迹，并且在突发情况下不惊不慌地带走了曲桐，说明他们当时目标很明确，就是跟踪绑架，不存在突发性和激情冲动，我觉得曲桐可能不是第一个。"骆闻舟沉声说，"既然我们找不到现在的证据，那就找以前的——第二组，我要你们去挖苏落盏、苏筱岚和许文超这两代人的所有资料，成绩单、账户、通话记录、个人电脑等，全部都要彻查。"

时间紧、任务重，一时间众刑警记笔记的记笔记，打电话的打电话，连美味的夜宵都跟着沉痛了起来，再也没人顾得上探究这顿饭的真相了。骆闻舟隔着餐巾纸抓起一只烤鸡翅，三下五除二地把那鸡翅啃得跟蝗虫飞过的稻田一样："都是体力活儿，补充完体力就行动，小郎来做汇总。"

"老大，那个苏落盏不再审一审了吗？"

"没用。"骆闻舟叹了口气，"对付大人，你可以激他、吓他、诈他，但那个苏落盏……你坐在她对面，她心里根本不把你当同类，说不定在她眼里，人跟羊没什么不一样，都只是猎物和食物。再说她太小了，证词只能参考，当不了呈堂证供。这事还是要做得扎实一点儿，二十年前那桩案子的受害人的家属现在还在楼道里，谁也不想把这件事拖到我们退休的时候吧——速度。"

枯燥的信息整理工作，完全无法激发人的肾上腺素，凌晨时分尤其令人昏昏欲睡，得靠劣质咖啡才能强打精神。所有走失儿童的信息记录都十分简洁，男孩女孩，多大年纪，在什么地方丢的，怎么丢的……至于那是个什么样的孩子，喜欢什么，脾气怎样，家里还有什么人每天在噩梦里醒来，打算用余生沉浸在没有希望的寻找里——就都不会体现在纸面上了。

这些悲剧被罗列在一起，在一双双困倦的眼睛里飞快地翻阅而过，像是灾难中死难者的碑文，又触目惊心，又冗长无味。

转眼天就亮了，会议室里堆满了空咖啡罐和烟头。

“女孩，年龄在9到14岁之间，无故走失后至今毫无音信的，排除掉留了书信自己离家出走的以及后来找到尸体证实死亡的案例，去年总共有三十二起，前年是三十一起。考虑到体貌特征，删去发育较早，长得比较像大人的孩子，以及尚未进入青春前期，看着像刚换完牙状态的，去年的案例总共有二十六起，前年是二十起。”

骆闻舟把茶水倒在湿巾上，擦了一把脸：“那加上碎花裙这个特征呢？”

“去年一共七起，前年是八起。”郎乔抬起头，周围的同事个个哈欠连天，只有她被电脑屏幕的荧光映得脸色发白，布满血丝的眼睛里全然没有一点睡意，“骆队——诸位，你们可能需要看看这个。”

她把笔记本连上了会议室的投影仪，一沓汇总的照片打在了白布上，陶然打了一半的哈欠活生生地憋了回去。

十五个女孩子，或许单独拿出来看，谁和谁长得都不像，可是这样罗列在一起，她们身上的特征却奇异地被无限淡化，唯有那种介于女童和少女之间的微妙气质凸显出来，格外统一，乍一看简直分不清谁是谁！

陶然喃喃地低声说：“不会吧……”

那些女孩子好像撒在地上的一把干花，被淹没在海量的儿童失踪案信息中，渐渐成为故纸堆里积压的一部分未结案件，杳无踪迹，如果不是偶然，谁也发现不了那是一根藤上长出来的。

像是灿烂阳光下，密林深处长出了一株有毒的藤条，它根系庞大、枝蔓悄然，像一张隐形的网，仅仅露出冰山一角，已经叫人不寒而栗。

“往前翻。”骆闻舟说，“查前十年……不，前二十年，一直追溯到当年莲花山那连环绑架案时期！”

这回没有人困了，临时充当办公地点的会议室里气氛一片凝重。

费渡一早叫助理送来了换洗衣服，把自己整理好，让苗助理开车送他到了白老师家里，然而敲开门，屋里却是一位中年男性。男人中等身材，国字脸，肩膀很宽，戴着一副眼镜，穿着朴素到不太起眼的地步，看过来的目光像一根极细的针，能无声无息地穿透人的毛孔，叫费渡无端一皱眉。

费渡很快回过神来，彬彬有礼地说：“您好，我找白老师，昨天约好的。”

“哦。”中年人扶了一下眼镜，“是小费先生吧？白倩是我爱人，快请进。”

说话间，白老师已经迎了出来，男人似乎要赶着出门，温和地与白老师打了声招呼，夹起公文包走了。

“他在燕城公安大学工作。”白老师注意到费渡回头看了男人一眼，顺口介绍了一句，“其实是个只会掉书袋的书呆子，什么都不会，一天到晚就知道教课和写文章——你这次要借的那本书就是他编的。”

费渡的目光落在手上那本《刑事案件中被害人心理学研究（第三版）》上，在编者“潘云腾”这三个字上逗留了片刻。

“最近怎么样啊？”白老师倒了茶水给他，“你上次跟我说你想念个研究生？真是吓我一跳，头一次听说你们这种社会成功人士有这种风马牛不相及的人生规划，不会是在我这儿翻了太多学术资料的缘故吧？”

“我本来就是个吉祥物。”费渡不以为意地说，“我父亲给我留下了一支非常优秀的职业经理人团队，能协作，也能互相制衡，用不着我凡事亲力亲为。其他股东更是巴不得我少去指手画脚，老老实实拿分红就好。这种没用的‘少东家’老老实实去念个书，别总拿‘西太’的文凭出来丢人现眼才是大家喜闻乐见的。”

白老师奇怪地说：“以你的条件，出国去念个MBA不是更有帮助吗？我们这一行太偏了吧？”

费渡笑了起来：“白老师，像我一样的败家子好多都在读‘灵异研究学’和‘披头士专业’，相比而言，我的兴趣爱好已经不算小众了。”

白老师失笑：“确实，反正你们不担心就业问题——你对哪个方面比较感兴趣呢？也许我能给你介绍导师。”

“这方面就挺有意思。”费渡晃了晃手里那本厚厚的书。

白老师一愣，就见那年轻人脸上露出一点儿半带玩笑的自我调侃：“听说心理系有不少形象良好的美人，万一我能近水楼台呢？”

费渡从白老师那里告辞离开的时候，已经是下午了，充满电的手机一直安安静静地躺在他兜里没响过。费渡琢磨了一会儿，在苗助理请示的注视下，他说：“去市局。”

苗助理一愣：“费总，出什么事了，要报案吗？”

费渡冲她一笑。苗助理跟了他好几年，已经学会了辨认这花花公子各种笑容的含义，顿时打了个寒战，感觉这位少爷的口味越发重了。见她的表情有些欲言又止，费渡只扫了她一眼，就看出了她想说什么，十分善解人意地说：“有需要我签字的文件放在我桌子上，着急的我晚上回公司签。”

“还有几封合作方的邮件，可能需要您亲自回一下。”苗助理飞快地补充，“那我晚上几点过来接您合适？”

“几点都不合适。”费渡一手推开车门，听了这话笑了起来，“我自己叫车回去，万一耽误你下班和男朋友约会，你以后不喜欢我了怎么办？”

苗助理十分大方地说：“就我那破男朋友，要钱没钱，要颜没颜，我自己都不知道留着他干什么使的，只要您一声令下，我立刻就把他踹了！”

“可怜可怜跪在你脚下的男人吧。再说你今天的妆这么美，怎么能只给我和电脑看？太暴殄天物了。”费渡径自下了车，临走还扶着车门弯下腰来嘱咐她，“回去开慢点儿，到公司给我发条信息。”

苗助理下意识地顺着他的话音在后视镜观察了一下自己的妆，发现唇色已经有点褪了，在费渡走后连忙拿出唇膏补了几下，接着，她忍不住抬头看了费渡的背影一眼。费渡的背影时常有种独特的逍遥，从背后看，他那打了石膏吊起来的胳膊似乎和平时端香槟的姿势并没有什么不同。

他就这样用参加晚宴的姿态，优哉游哉地走向市局。

苗助理和专职琐事的“大内总管”秘书小姐不同，她是正经八百的名校出身，工作能力很强，曾经因为得罪了小人，职场上一直郁郁不得志，是费渡一手提上来的。小费总是个著名的“妇女之友”，随便碰上个姑娘都能逗几句，好像跟谁都熟，但其实很少有人了解他。

费渡做事比较中规中矩，鲜少驳回高管团队的意见，他很明白专业的事交给专业人员处理的道理。而在另一些事上，他那种富家公子的气质就格外凸显，可能是从小锦衣玉食惯了，骨子里就贪婪不起来，一些无关紧要的利益能让就让，因此和小股东们关系也非常融洽，为人处世游刃有余，是个很让人“省心”的继任者……如果不是苗助理亲眼见过他当年是怎么把整个集团的权力抓在手里的。

可是说来很奇怪，就苗助理看来，他们这位“少东家”并不是那种开拓进取型的领导人性格，他从来没有脚踩亚太、称霸全球的野心，只要想花钱的时候有的花，他好像也就没别的野心了。继任伊始时的强势，似乎只是为了彰显一下存在感，叫人不要糊弄他。在他把整个集团的运营情况摸透之后，就再也没有过多指手画脚过。这大半年里更是离谱，神龙见首不见尾的时间越来越多，大有要当甩手掌柜的意思。

听起来，这似乎是年轻人没有定性，还没想好自己要追求什么。

可苗助理总觉得费渡这个人心思很深，不该是这种“朝三暮四”“虎头蛇尾”的作风，她百思不得其解地往市局方向张望了一眼，感慨今天公安局门口真热闹，随即心事重重地把车开走了。

燕城市局门口确实是热闹过了头，不管是合法还是非法的地方都停满了车，一个小交警举着罚单，也不知道当贴不当贴，正茫然地四下张望。传达室门口专门派了几个值班员负责登记，访客多得快要赶上鸡飞狗跳的基层派出所了。

费渡跟着一群人，连招呼都没打，就莫名其妙地混了进去。他冷眼旁观，发现来的人年龄与身份跨度很大，三教九流，什么装束都有，有神色凝重的中年人，也有满脸风霜的老人。有些人随身带着照片，有些则看起来是夫妻——他们看起来比寻常夫妻要黏一些，往往是互相挽着手，或是紧跟在对方身边，好似一个人已经难以直立而行，非得互相支撑着，才能磕磕绊绊地继续往前走。

人群中时不时会突然爆出一声压抑不住的抽泣，这时，周遭的人那倦怠的神色就会随之一变。不过变归变，除了费渡这个好奇的局外人，别人大多不会回头去寻找哭声来源，好似彼此都心照不宣似的。

费渡皱了皱眉，隐约感觉到了什么。他没事就来市局报到，已经十分轻车熟路，趁着没人注意，干脆自己溜进了楼里，正考虑着要不要打个电话，就在一处拐角的卫生间门口正撞上了骆闻舟。

骆闻舟本来就挺明显的双眼皮因为熬夜又多出了一道褶，一身呛人的烟味，他刚用凉水洗了一把脸，满头满脸的水珠正顺着脖颈往下流，T恤的胸口湿了一片，内里一览无余，费渡的目光不着痕迹地顺着他的胸膛直至腰线处扫视而过，如果他的肉眼也能充当相机，想必一瞬间抓拍了十多张特写。

看够了，费渡才把墨镜往上一推，正人君子似的发出了开场白：“怎么，昨天挖出了西岭那起案子的前科？”

杀人放火的事，姓费的比谁反应都快，骆闻舟已经没什么力气惊诧了，十分疲惫地一点头。

“大手笔啊。”费渡背着手，隔着窗户往外看了一眼，又说，“这种场合一般来的都是父母，我看这些父母年龄跨度有点大，你们这是往前挖了多少年？”

“二十二年。”骆闻舟一出声，就觉得声音有些沙哑，他用力清了清嗓子，“莲花山郭菲案发生在二十年前，但类似的受害人和类似的案情在那之前两年就发生过了，从吴广川死到现在，从来没有停止过。”

费渡从兜里摸出一盒薄荷糖递给他。

“初步推断是个团伙。”骆闻舟叹了口气，“每年儿童走失案五花八门，什么样的都有，大部分都是找不回来的，只能靠采集血样和DNA，等以后有人举报可疑的乞讨儿童或是抓住贩卖人口团伙的时候拿着这些记录去碰碰运气。这些走失的孩子活不见人、死不见尸，很难界定情况，通常是一线警力负责立案调查，一般到我们这里，只有一个下面报上来的年终记录，只要数据看起来不离谱，谁也不会注意太多。”

“但经办过莲花山旧案的老刑警们前些年还在任吧？其中万一有一两个像你师父一样，对那起案子念念不忘，恐怕早就发现问题了——除非那之后的案子都缺少了重要特征。”费渡的反应快得让人有些害怕，“是后续折磨受害人父母的部分，对吧？从吴广川死后到现在，类似女孩走失案件里，没有事后打电话折磨受害人父母的环节。”

骆闻舟没吭声，把薄荷糖嚼碎了。

“假设有这么一个团伙，利用无害的小女孩去接近目标，神不知鬼不觉地带走了那些女孩，我想他们应该是不愿意引人注目的。”费渡说，“给受害人家里打骚扰电话的行为太‘个人’了，不符合‘团体’的利益，‘团体’要的是十岁出头的小女孩，打骚扰电话的人要的却是折磨女孩的父母……你知道这给我的感觉是什么吗？我觉得这听起来像‘诱饵’失控了。”

二十年前的苏筱岚，二十年后的苏落盏——凭什么人人都有的东西我没有？父母、家庭——所有我求而不得的，我都要毁掉它们。

郭恒接到的电话是从荒郊野外的垃圾站打来的，通往那里的唯一道路上有收费站，经过反复排查，打电话的人显然并没有从收费站经过，而是绕道国道后，突然把车停在路边，带着被绑架的郭菲爬了一个大斜坡，打了那通电话。

这件事乍一听有诸多的不合逻辑，所以当时调查莲花山一案的警察并没有采纳。

可是……如果电话里的女孩根本不是郭菲呢？

电话里的女孩没有说话，只是在尖叫，但其实有时候人尖叫的声音不易分辨，连男女都会模糊，只是铅笔盒里的铃铛声误导了郭菲的家人，让他们理所当然地认为那就是自己女儿发出的。

如果当时郭菲已经遇害，凶手开车载着他的小小帮凶，开车行走在荒郊野外，寻找一个可以处理尸体的好地方，其间女孩突然承受不住心理压力而爆发，跑下了凶手的车，机缘巧合下，她找到了一个公共电话，灵光一闪地想出了这个恶毒的主意。

骆闻舟轻轻地闭了一下眼，想象当时那扭曲的小帮凶心里是怎么想的……恐惧？恶心？难以置信？是否还充满了扭曲的嫉妒与憎恨？

他发现自己全然无从想象。

就像很多从小生活在和平年代里的人，叫他们去凭空臆测如果战火突然烧到自己家门口怎么办，浮现在大多数人脑子里的，总是“我应该收拾什么细软”“怎样和亲朋好友在一起”等类似“野外生存大挑战”的计划，根本想象不到真正的战争年月会是什么样。

而骆闻舟作为一个心智正常的成年人，即使无数次地归纳总结各种离奇的犯罪动机，也只能用一些纸面上的词语去臆测当年那女孩的心境。

如果真是这样，为什么吴广川死后二十年来，再没有出现过相似的事？当年的苏筱岚与现如今的苏落盏，这对畸形的母女之间，到底有什么样的联系？

费渡问：“你可以偷偷放我进去和苏落盏聊几句吗？”

骆闻舟回过神来，心说那不是扯淡吗？

他刚打算一口回绝，一抬头，正好看见费渡靠在楼道对面的墙上，目光静静地落在自己身上。他很少注意到费渡的目光，因为成年人之间，除非是打算干架或者谈恋爱，否则一般不会没完没了地互相盯着对方的眼睛看。而印象里，费渡给他的眼神大多是揶揄的、冰凉的、冷嘲热讽的……每一根翘起的睫毛都在齐声呐喊“我看你不顺眼”。他从未像此时一样安静无害过，甚至配上费渡方才那句“偷偷”，骆闻舟又自作多情地从中咂摸出了一点儿柔软的味道，他整个人一滞，打算脱口而出的一句“放屁，开什么玩笑”登时说不出口了。

这吃软不吃硬的劣根性啊！

骆闻舟心里哀叹一声，语气却依然不由自主地柔和了很多：“那恐怕不行，不合规。”

“上次不就让我旁听了一回审讯……”

“那是领导特批的。”

“再让他批一次。毕竟我跟苏落盏直接对过话。”费渡露出他那种惯常的、带着点儿玩世不恭的似笑非笑，“而且我之前写过一篇关于‘受害人’研究的小文章，前不久还有幸被一位老师看中，收入了相关学科第三版教材的参考资料里。对了，今年四月份我拿到了燕公大应用心理下的一个研究生名额，过了九月，说不定也能算半个内部人员了——骆队，要不你打电话问问上回那位处事很灵活的领导？”

骆闻舟心想：这他妈的都是什么时候的事！

哪怕费渡突然脑残，在市中心非法飙车，被骆闻舟亲自逮回来关小黑屋，听起来也比他现在这话正常。

骆闻舟两侧的太阳穴狂跳不止；过载的CPU才刚降了一次温，眼看又有要熊熊燃烧的意思——四月份拿到的名额，就算费渡财大气粗、门多路广，开始准备这件事应该也是去年的时候了。

他是一觉醒来突然醉心学术，是吃饱了撑的，还是突然发现自己厌倦了这个充满铜臭的世界？

这时，楼下大约是有些拥挤，一个中年女人手里拿着的照片被不小心碰掉了，她忙伸手去够，可是一阵风正好吹过来，把陈旧的相纸卷向了更远的地方。这分明只是个无关紧要的小意外，对于神经足够敏感脆弱的人来说，却仿佛冥冥中暗示了什么似的，那女人突然崩溃，踉跄着跪在地上，号啕大哭起来。

沙哑而富有穿透力的哭声扶摇直上，顺着楼道的窗户缝隙刺了进来，而在这种令人不安的喧嚣中，一个法医科的技术人员小跑着过来：“骆队，你们昨天送过来的样本检验结果出来了，布条上的血迹就是曲桐的！”

骆闻舟深吸了一口气，看了费渡一会儿，然后一言不发地往陆局办公室走去。

二十分钟以后，费渡获得批准，拎着两盒冰激凌走进了暂时收容苏落盏的房间，往小桌上一放："吃吗？要哪个？"

苏落盏看了看他，犹豫片刻，指了指草莓的。

费渡把草莓的让给她，自己拿起了另一盒，接着，他又从兜里摸出一副耳机插在手机上，打开一个球赛直播，跷起二郎腿，边吃边看，不搭理她了。两个人相对无言地坐了一会儿，苏落盏刚开始安安静静的，不怎么和他有眼神接触，吃到一半，发现对方毫无开口的意思，她终于忍不住主动看了费渡一眼，女孩的目光扫过费渡的衬衫、手机，最后落到了他搭在桌子上的手腕上。

苏落盏歪头对着他的手表打量了片刻："你的表是正品吗？"

费渡可能是没听见，全无反应。

苏落盏等了一会儿，伸出一根手指，越过桌面，轻轻地在他手机旁边敲了两下。

费渡这才被惊动，揪下了一边的耳机："嗯，什么事？"

他手机的音量放得很大，安静的屋子里，能听见解说员的叽哇乱叫从耳机里漏出来。

苏落盏咬着塑料勺的一角："你是来干什么的？不审我吗？"

"哦，同事忙，让我过来看你一会儿。"费渡好像舍不得离开手机屏幕，目光只分给了她一秒就又落回了球赛上，答对得十分心不在焉。

别人问东问西，那女孩就装疯卖傻，可别人对她不感兴趣，她好像又觉得不甘心。苏落盏刚开始隔一会儿往费渡那里瞟一眼，后来吃完了冰激凌，干脆盯着他看起来，主动搭话："你也是警察？"

费渡懒洋洋地回答："实习生。"

"实习生很有钱吗？"苏落盏非常成人化地挑了一下眉，"你的表是真货还是高仿？"

费渡似乎觉得她这话十分好笑，先是十分讶异地挑起眉，随后忍俊不禁地笑出了声："你还知道什么叫'高仿'，小朋友，这都是谁教你的啊？"

苏落盏的脸色倏地一沉，明显被他这种逗小孩的轻慢态度冒犯了。她记得这个左臂受伤的男人，当时在苏家老宅，他对她也是这样，好像不相信她能干什么，也不相信她会有什么威胁。

她发觉自己瞒天过海的时候，心里是得意的，然而这种得意并不能持久，因为“扮猪吃老虎”的重点往往是在“吃老虎”环节上，一直扮猪肯定是没什么快感的——尤其还被人当成猪。苏落盏咬了一下嘴唇，小心翼翼地评估着对方是真的对她不感兴趣，还只是在惺惺作态。过了一会儿，她忍不住半真半假地抛出了一个鱼饵，回答说：“那些叔叔教我的。”

费渡一顿，却没有追问她是“哪些叔叔”，他只是十分怜悯又带着几分哄骗似的敷衍对她说：“以后没事了，你放心。”

这态度让苏落盏觉得好似一脚踩空，她忍不住又追问：“你的意思是我没事了吗？”

“我是说不会再有坏人伤害你了，至于怎么处理你的问题，这还要再看，不过你的问题不严重，而且年纪不够，不用负刑事责任，我估计只是收容教养吧。”费渡想了想，终于暂停了他那该死的球赛，好像重新想起了自己“警察”的职责，他睁着那双漂亮的桃花眼，一张嘴，却对女孩说出了一串陈词滥调，“你们这些孩子啊，也不自己长个心眼儿，被坏人利用了自己还不知道是怎么回事。孩子，过去的事就过去了，出去要好好学习，别再想那么多乱七八糟的事，你往后的路还很长……”

监控前的陶然已经趁着他们俩互相耗的时候打了个盹，刚一醒过来，就听见这一长串，他连忙揉了一下眼：“我的天，这是费渡啊……这絮叨的语气，我还以为他被你附身了！”

骆闻舟在他的椅子上踹了一脚。

陶然顺势站起来醒盹，伸手抹了把脸，侧耳听了片刻监控里三纸无驴的长篇大论，随即微笑起来：“最近你们俩倒不吵架了，挺好。”

骆闻舟懒洋洋地一掀眼皮：“有什么好吵的？”

“那谁知道？”陶然笑了起来，“反正不是我一见某人就化身奓毛的猫，从花市区分局门口一路掐回来——对，你还让人给他贴了张罚单。”

骆闻舟笑了。

“我早跟你说了。”陶然叹了口气，依然习惯性地做和事佬，“费渡真的挺好的，你对他好一分，他能默不作声地给你十分，虽然偶尔嘴欠了点，但很多事他不会真的跟你计较，不然当时撞坏的那辆跑车他就不会轻易算了。”

陶然说完，做好了骆闻舟会报之以冷笑的准备，谁知等了好一会儿，骆闻舟一声没吭，还简短地“嗯”了一声。

陶然惊讶：骆闻舟居然虚心接受了？今天太阳是打哪个方向升起来的？

这时，监控里苏落盏突然站起来，她整个人往前一凑，几乎趴在了小桌上，用肢体语言打断了费渡的思想教育。苏落盏轻声问：“你觉得我只是被人利用的吗？”

“许文超已经逮捕归案了。”费渡正色说，“虽然还有点问题不明确，不过应该很快就能审出来。”

苏落盏充满神秘地笑了起来。

“如果你愿意指认他，当然也……”费渡说到这儿，故意停顿了一下，随即他摇头失笑，“算了，你指认有什么用——你还想吃点儿别的吗，我让人去买？”

苏落盏不理睬，追问：“为什么我指认没有用？”

“因为你是小孩啊。”费渡理所当然地说，“小孩又不能做证，这是一起性质很严重的案件，你说了他们也不会当真，当真了也不能让你上法庭——但是小姑娘，有一点，我还是得说，你就算再害怕，动手伤害其他小朋友也是不对的，当时你还拿着刀，知道那有多危险吗？可能一不小心就……”

苏落盏骤然开口打断他：“也许是我一不小心，没能杀掉她呢？”

费渡愣了愣。

苏落盏伸出一根手指，反复转着自己鬓角的发梢，似笑非笑地看着他，她好像是个抛出了诱饵的猎人，等着猎物上钩，她说：“哥哥，你长得好帅哦。”

费渡“严肃”起来，把手机扒拉到一边，正襟危坐地看着苏落盏：“我知道对于一些受过伤害的孩子来说，说服自己是受害人很难，你们可能错误地认为，只有坏人很酷，只有坏人才有本事，受害人都是柔弱愚蠢又活该，甚至会对那些做坏事的人进行盲目的模仿，但……”

“受害人本来就是柔弱愚蠢又活该。”苏落盏朝他做了个鬼脸，“像羊一样，只会咩咩叫，又傻又笨，一骗就走，一碰就尖叫，一杀就死，完全没有价值。”

费渡拧起眉，惊怒交加地瞪着苏落盏：“你怎么能这么想？！”

从他一直把她当成愚蠢的小孩子，试图“教育”她的时候，苏落盏心里就有一把饱含戾气的焦躁，恨不能撕开对方那张温和的脸，直到此时看见他神色一变，那股焦躁才少许缓解，无端觉出些说不清的快意。

“反正我是无论怎么样都不会被判刑的，对吧？”苏落盏得意扬扬地看着费渡，“那些羊真的很傻，说什么她们都信，你去接近她们一次，第二次她们就把你当朋友，随便带她们去哪儿都会跟来……哈哈，我要笑死了。”

“苏落盏，”费渡嘴唇微微有些颤抖，“你不要胡说八道！”

苏落盏还没有机会看见曲桐的父母收到那段录音后是什么表情，光想一想，她就已经心痒难耐，此时自动把对面那年轻“警察”的痛苦和不忍嫁接到了她的想象上，她兴奋得眼睛都亮了起来。

“我没有胡说哦。”她天真无邪地用脚尖轻轻踢着地面，“这是我妈妈教我的，她说别的动物遇到危险，要么会战斗，要么会逃跑，只有小羊不一样，它们只会吓破胆子，然后一动不动地站在原地，谁叫跟谁走。不过我妈妈也是一只羊，也很蠢，我偷看过她的日记，她像我一样大的时候也吓破过胆子，从那以后连自己的签名都不敢留下。”

费渡：“……什么签名？”

苏落盏十分俏皮地伸出一只手，模仿着电话听筒，放在自己耳边：“因为保护她的‘骑士’死了，所以她再也不敢了。”

“骑士？”

“超肉麻的说法吧？”苏落盏轻蔑地笑了起来，“其实只是个关系好的‘食客’而已。我们家里的人就是靠狩猎而生，除了抓‘小羊’，我妈什么都不会，后来她老了，连正事也干不好了，只能靠我养活……呼，她可总算死了。”

“……够了，别说了。”费渡艰难地说，“你才多大？”

“我七岁就会了。”苏落盏很高兴地冲他抿着嘴笑，“我妈用我抓来的小羊招待客人，有时候也让我陪着客人出去‘打猎’，吃完带回家，剩下的事，客人就不用管了，她自己会处理，这是从她妈——我外婆那儿学来的手艺。”

监控前的骆闻舟站了起来：“去查苏筱岚那个烂酒鬼妈！”

刚进来的郎乔听了这句吩咐，又头也不回地跑了出去。

陶然一身的瞌睡已经全然不翼而飞："什么意思？那孩子是说，苏筱岚的母亲当年就是以贩卖雏妓为生，吴广川只是她的客人？还有，为什么我们问她的时候她一言不发，费渡不问她，她却偏要自己说？"

"你们拿她当嫌疑人，是警察的态度。"骆闻舟注视着屏幕，轻轻地说，"费渡拿她当'天真的孩子'，是'家长'的态度，所以她下意识地要寄'录音'给他。"

只有费渡能吸引她聊下去，不是因为他当问题青少年的经验更丰富，而是对苏落盏实施抓捕的时候，只有费渡用了"正确"的态度。

"不可能！"费渡猛地站了起来，不小心碰到了小木桌，它"咣当"一声响，又重重地落在地上，"当年的凶手是吴广川，吴广川已经被受害人家属刺死了，那以后再也没发生过……"

他说到这儿，猛地一顿，突然睁大了眼睛，好像想到了什么可怕的事。

"你不知道而已呀。"苏落盏欣赏着他的表情，"不过那个叔叔确实不冤，我妈妈喜欢他，可他也是个大人渣，有我妈妈一个不满足，还是会想要那些蠢羊。她嫉妒得要发疯，所以发明了一种'好玩'的签名。"

费渡："你和许文超也是同样的关系？"

"才不是！"苏落盏不满地叫了起来，轻蔑地说，"他算什么？他也配吗？他顶多就是个临时清洁工！"

费渡陡然提高了声音："那你为什么要往曲桐家里寄录音？！"

苏落盏笑嘻嘻地把双臂撑在身侧。

"好玩呀。"她说。

"老大！苏筱岚的母亲名叫苏慧，早年没上过几天班，单位就倒闭了，失业在家染上了酒瘾，经营过一家'棋牌室'，有一辆二手的进货车！"

第十六章

"棋牌室的旧址扒了盖，盖了扒，早就翻盖成商务楼了，要是尸体真藏在那儿，盖楼的时候几次平整地面，不可能翻不出来。至于其他的，年代太久远了，那会儿档案都不齐全，短时间内也查不着别的什么了。”郎乔隔着监控看了一眼双手托腮的苏落盏，又是一阵恶寒，“以及这个小神经病说的话到底可信不可信？”

“只能参考，我看这孩子有点表演型人格。”骆闻舟目光一眨不眨地盯着监控，沉吟片刻后，他又说，“但作案手法我们现在基本清楚了——由成年人和少女协同作案，先是跟踪目标人物，然后由少女取得受害人信任，一两次接触后着手骗走受害人。”

“我搬家的那天，晨晨确实被跟踪过。”陶然想了想，说，“如果费渡当时察觉到的那个跟踪者就是这个协同作案人……”

“假设他是嫌疑人A，”骆闻舟抽出了一张A4纸，在字母外面画了个圈，“然后我们姑且认为，西岭诱拐曲桐一案中，开车的成年男子是B——A和B是否是同一个人，我们暂时不确定，但我个人倾向于不是。”

郎乔问：“为什么？”

“犯罪频率。”骆闻舟用笔帽敲了敲桌子，“如果嫌疑人A从陶然搬家那天开始就在跟踪晨晨，一直到昨天晚上为止，时间已经过去接近一个月了，且不考虑这个A是否有精力在一个时间段同时跟踪两个活动范围不重合的女孩，就算他可以——对于一个有耐心跟踪受害人一个月之久的嫌犯来看，五天之内连做两起案子，也未免太密集了。”

“然后是这起案子中的第三个人，许文超。曲桐案发当晚，他有确切的不在场证明，所以我们知道他肯定不是B，那么他在其中扮演了什么角色？”骆闻舟写下了一个“许”字，又写了一个“苏”，在两个字之间画了一条线，“苏落盏把晨晨迷晕之后，绑在了苏家旧宅，自己没事人一样地回了家，她既不怕晨晨醒过来跑了，也不怕她弄出什么动静，被人听见，为什么？”

郎乔反应很快：“因为她知道自己的同伙会去苏家旧宅接手！”

“对，但是这个同伙没有去，直到苏落盏被少年宫老师的电话惊动，亲自跑到苏家旧宅去确认晨晨有没有被领走，发现人还在那儿，她就给许文超打了两通电话。”骆闻舟把许文超和苏落盏之间的线加粗了些，往下一拖，分成了两个叉，“张雨晨那天晚上被吓坏了，我们暂时不参考她的证词，仅就以上这些信息判断，这件事有两种可能性——第一，许文超就是跟踪晨晨，意图诱拐她的嫌疑人A。第二，许文超和苏落盏是‘代理人’关系，他们这个组合在帮第三方诱拐少女，苏筱岚病了很久，而有一些事是苏落盏无法独立完成的，她需要一个大人。”

许文超第一次被警方传唤的时候，他本人很意外，因为全然不知道自己哪里出了纰漏，对所有的问题，他的回答都非常小心，宁可让自己显得反应有一点儿慢——这时，很可能是他还不知道苏落盏往曲桐家里扔录音的事，他也没料到警方会把这起案子和二十年前的那案子联系起来。

但是陶然在和他谈话过程中打草惊蛇了，许文超很可能是通过这场问话，推断出了苏落盏做了什么。在警方开始跟踪他以及接到苏落盏两次电话后，就做好了自己再次被逮捕的准备，同时准备好说辞。

“你的意思是，”陶然不由自主地压低了声音，“许文超就像刚才那女孩话里提到的，他是个‘临时清洁工’？”

“临时清洁工……不……不会是我想的那个意思吧？”郎乔猛地扭过头去看骆闻舟，“难道他是处理……那曲桐呢？难道真就没希望了？”

“昨天晚上，苏落盏把晨晨绑在苏家老宅，本应由许文超接手，但许文超被我们传唤配合调查，没去成。”骆闻舟说，“苏落盏卧室八音盒里的布条上发现了大量血液，但法医在苏家旧宅并没有检查到匹配这个出血量的鲁米诺反应，也就是说，苏家旧宅很可能只是个临时中转站，真正的犯罪现场不在那儿。”

陶然：“那真正的犯罪现场会在哪儿？”

“等等！不……你们等等！”郎乔手忙脚乱地从一沓资料里抽出了一张，“你们是不是弄错什么了？许文超，这个人二十多年前就读贵得要死的私立中学，长大以后玩得起摄影器材，现在他作为一个自由摄影师，有房有车没贷款，家里真的很有钱。我说句不太合适的话，只要你有钱，哪怕你是个真变态，也能通过一些渠道买到你想要的东西——他犯得上和苏落盏合作做这种丧心病狂的事吗？他又不缺钱，这对他能有什么好处？”

一句话把几个人说得都沉默了。

对——在中产甚至更富裕一些的家庭里长大，父母双全，成长过程堪称顺风顺水的男人，为什么会和阴沟里的苏家人搅在一起？像许文超这样的人，如果不是苏落盏为了“好玩”，模仿当年苏筱岚的“签名”，往曲桐家丢录音，以及他先后两次不慎露出马脚，谁会怀疑他有什么问题？

“骆队，”这时，一个刑警探头进来，“最早来的那个姓郭的大爷找你呢。”

郭恒等在乱哄哄的接待室外，不知是谁看他可怜，给他搬了一把椅子，正对着值班室的后门，值班室的警察不知跑哪儿帮忙去了，电视都没顾上关，有些寒酸的屏幕上，一个本地频道正在报道头天晚上那场轰动的少年宫营救行动。

郭恒伸长了脖子，聚精会神地盯着屏幕，佝偻的后背下意识地挺直，摆出了一个正襟危坐的姿势——监狱里会组织囚犯集体看电视，一般是《新闻联播》和思想教育，管得严的地方，还会对囚犯的坐姿做出要求。

二十年的牢狱生涯，把当年的壮年男人，变成了一个再也不能自由瘫坐的老人。

骆闻舟叫了他一声：“郭叔。”

郭恒下意识地一挺腰，好像在检查自己的坐姿，随后回过神来，他的眼角落寞地垂下来，原本绷紧的皱纹此起彼伏地出现。郭恒低声说：“耽误你工作了，我就是……看见来了这么多的人，一直有点担心，我当年杀吴广川，有没有可能是杀错人了？”

骆闻舟迟疑片刻，从兜里摸出两根烟，点着递给了郭恒一根：“您还记得当年您救下来的那个女孩吗？”

“记得。”郭恒立刻点头，“挺瘦，看着比菲菲大一点儿，漂漂亮亮的一个小姑娘，叫什么来着？”

骆闻舟：“苏筱岚。”

“对对，就是这个。”郭恒珍惜地把烟凑在嘴边，吸了一大口，含在嘴里往下咽，不舍得吐——可能也是监狱里落下的毛病，“唉，这么多年了，也不知道那孩子怎么样了。我刚出来的时候，想过去看看她。可是后来一想，人家可能都结婚有孩子了，谁还愿意记得那些破事呢，还是不要打扰了吧。”

郭恒说着，总是显得十分愁苦的脸上露出了一点儿笑意：“不瞒你说，这二十年来，我从来没后悔过，因为万一我当时没敢动手，那女孩说不定也没命了。我一个没家没业的老男人，蹲几年号子不要紧，要是能换一条命，想想也挺值的。”

骆闻舟嘴唇微微动了动，看着郭恒的侧脸，不知该从何说起。

难道要告诉他，你可能真的杀错了人，你救下的那个女孩才是真正的凶手吗？

那么这男人可悲的半辈子、板正的坐姿与矜持的吸烟动作，不都成了荒诞的笑话吗？

"骆警官，"郭恒又想起来，忙问，"你还没告诉我呢，这些人到底是怎么回事？吴广川到底是不是凶手？"

"郭叔，我想先请您帮我仔细回忆一件事。"骆闻舟伸手撑住他的椅子背，"您看着我，好好想想，您当时——就是动刀的那一天，到底是怎么找到吴广川的？"

郭恒一愣，不明白他为什么有此一问："我告诉过你了，不就是有个男孩子……"

"他'呼'了您，这个人是锦绣中学的一个男学生，名叫许文超，跟您一起调查跟踪过吴广川，这我都知道——您还记得许文超呼您的时候，是怎么说的吗？"

郭恒叼着烟头，皱起眉，回忆了好半晌："好像——好像说的是'他把她带走了，在学校里'，对，就是这句，说得很隐晦，一个名字也没有，我当时看完，整个人头皮都炸起来了，赶紧找了个公共电话，把电话给他打了回去。"

骆闻舟微微一愣："您给他回电话了？然后呢？您说细节。"

"然后我问清了情况，到学校门口找他。"郭恒说，"那个男孩领着我往吴广川家的方向走，后来的事你也知道……"

骆闻舟微微眯起眼："也就是说，许文超当时在等您的电话。那时候中学生没有手机吧？他是在哪里等的？"

"学校附近。"郭恒说，"锦绣的基建做得好，周围一圈新建了电话亭，他一般都是这样联系我。"

骆闻舟："您赶过去找他用了多长时间？"

郭恒："也就五六分钟。"

"许文超先是给您的呼机发了信息，又等您的电话，沟通明白以后，您花了五六分钟的时间赶到锦绣中学附近找他，之后你们才一起出发，这前前后后有十分钟了吧？”骆闻舟见郭恒点头，才继续说，“你们俩看见了吴广川，你让许文超去找人，自己跟踪到了吴广川家门口，对不对？你们看见吴广川的地方和他家有多远？”

“没多远，一拐弯就是。”郭恒算了算，“也就比五十米长一点儿……不到一百米。”

“吴广川从学校带走苏筱岚，回他家，你们也是从学校附近出发，你们是怎么在耽搁了接近十分钟的情况下，赶在吴广川前面到达他家附近的？”

“那孩子带我抄了近路。”郭恒说，“吴广川那孙子肯定不敢走大路，他应该是从后门走的，得绕一大片居民区。我们俩是从那片居民区里直接穿过去的，走的基本是一条直线——那会儿住宅小区都有外墙，但是不太高，上面有‘蝴蝶瓦’弄出来的空花墙，我在墙后面，正好看见吴广川拉扯那女孩子，当时确实也是年轻，把男孩打发走，我就直接翻墙跟了过去。”

骆闻舟从兜里摸出了一个小本：“您能把刚才提到的几个位置大致画给我吗？”

郭恒迟疑了一下，一边想，一边删删改改地画了个草图给他：“怎么了？你为什么问这个？”

“我还不知道。”骆闻舟轻声说，“郭叔，这个事查到现在，可能有一点儿出乎意料，您能接受吗？”

郭恒一愣，缓缓地扶着椅子背站了起来。

“我们尽快给您一个交代。”骆闻舟撂下这一句，大步走了。

他把郭恒画的草图扯下来塞给等在旁边的陶然：“能不能查到当年这是什么小区？现在还在不在？”

陶然把纸片颠来倒去地看了一会儿：“吴广川的家早不在了。之前咱们怀疑这案子和二十年前的案子有关的时候，当年的犯罪现场就有同事排查过了，锦绣中学也早搬走了，吴广川当时住的那地方建了体育馆。不过这片小区好像……我得去现场看看！”

费渡缓缓地走了过来，骆闻舟不必回头都知道是他——因为眼下整个燕城市局都忙疯了，来往的人全是一路小跑或是疾走，只有他的脚步声还是一如既往的慢条斯理。

费渡用衣角擦了擦镜片，重新把他那副眼镜架在鼻梁上，整个人的气质顿时一变，从一个“情深义重”的小青年原地化身成一只衣冠禽兽——反正他要是以这个德行去见苏落盏，肯定半句话也套不出来。

费渡懒洋洋地拖着长腔说：“你知道福源怀念堂吗？”

“福源殡仪馆的怀念堂？”骆闻舟一愣，“不是寄存骨灰的地方吗？”

“苏筱岚的骨灰在那儿。”费渡说，“许文超帮着收殓的，据说她生前的随身物品都跟骨灰盒放在一起，我推荐你跟我去看看，也许有用得着的东西。”

骆闻舟若有所思地皱起眉：“苏落盏说了什么？”

“怎么可能，那小丫头狡猾得要命，她是不会透露这种细节的——这是我猜的。”费渡说，“我刚才一直在想，面对一帮又懦弱又胆小的跟踪狂客人，除了满足他们的欲望，最起码也要留着他们的把柄，才能让他们闭嘴，这个把柄保存的地方必须得讲究。最好能像银行的保险柜一样，到处有监控，二十四小时有人值守，还要‘安全’，不能像银行一样容易被警察翻出来——如果是我，我会觉得骨灰寄存处是个挺理想的地方。

“福源的怀念堂据说管理很严，只有当时办理了寄存手续的亲属刷卡才能由工作人员领着进去，探视、悼念都需要持卡人预约，和墓地不一样，现在有些墓园管理太松散了，什么人都能进去晃。”

骆闻舟暗想：别人的把柄没找到，他自己的把柄倒是随着那捧小白花落在了墓园里。

“没别的意思。”费渡摊手一笑，“否则许文超既然操办了苏筱岚的丧事，为什么不给她买个墓地呢？许文超应该不至于拿不出这点儿钱吧？怎么样，能劳驾骆队当一回司机吗？”

第十七章

一个小时后，骆闻舟把车停在了市郊的殡仪馆门口。殡仪馆周围稀稀拉拉地停着几辆灵车，背山，十分幽静，笼罩在大山的影子里，阴沉沉的，只有冲天的烟筒冒着白气，是火化的烟灰。

费半残探头看了一眼，一只手去推车门，却发现司机还没开锁，他轻轻敲了一下车门，提醒骆闻舟，就听见旁边的人突然开口，问了一句：“你昨天晚上什么意思？”

费渡十分不以为意地往后一靠，揣着明白装糊涂地反问：“嗯？”

他这一靠，就很有些花花公子的意思了，嘴角要笑不笑地舒展着，侧头看着骆闻舟，明知故问：“我昨天干什么了？”

骆闻舟发现自己贱得很，比起费渡这种暧昧不明的诡异态度，他还是更习惯在脑门上贴着“找揍”俩字的费渡。

两人独处时，如果其中一个有气急败坏的前兆，另一个人就很容易蹬鼻子上脸。骆闻舟短暂的沉默让费渡误以为他说不出话来，觉出了兴趣，忍不住又逗了骆闻舟一句：“昨天我义务给诸位警官送温暖，骆队又准备给我申请一面锦旗吗？”

他的眼珠里折出了深浅不一的光，自瞳孔往外，层次分明地一圈一圈扩散出去，像一片被定格的涟漪：“这回打算写什么？我想想……”

“费渡，”骆闻舟叹了口气，“你再这么撩闲，我会认为你对我有‘不方便说的企图’的。”

费渡愣了下。

骆闻舟一直以大哥自居，在费渡面前一本正经的时候居多，时间长了，总给费渡造成一种“这个人要脸”的错觉。

费渡回头看了看窗外色调深沉的殡仪馆：“骆队，在殡仪馆门口耍流氓，您真有闲情逸致。”

“那我说个不闲的事。”骆闻舟说，“你打算把你那万贯家财扔给别人管，自己混进我们公安队伍里有什么企图？”

“万贯家财就不用你操心了，我有靠谱的团队。”费渡一耸肩，“都不用太靠谱的，比我靠谱一点儿就行——退一步说，就算我退出日常经营，公司的重大决策还是需要来找我签字，我的控制权还在。再退一步，就算哪天真散摊子……”

“剩下的破铜烂铁拆一拆卖了也比我们基层公务员一辈子的工资高，括号，含退休金，并以人均寿命二百五十岁计算——对吧？”骆闻舟截口打断他的炫富，“别扯淡了，你爸刚出事的时候，你还上学呢，虽说你念书也念得稀松二五眼吧——但那会儿你怎么不肯相信那个‘靠谱’的团队，非得处心积虑地把产业抓在手里？”

费渡抬起头，从后视镜里撞见了骆闻舟的目光，那男人的目光深沉，带着直白而且不见外的严厉。

“你接你爸的公司不是为钱，你是在调查他。”骆闻舟肯定地说，“按照这个推断，你现在考燕公大也应该是同一个目的，是为了什么——或者我应该说，你为了谁？”

费渡面不改色地一耸肩：“没准是因为垂涎骆队您的美色。”

费渡这个孙子，弯弯绕绕，满嘴“铃儿响叮当”，没一句实话。

他眯着眼睛，目光扫过骆闻舟挺直的鼻梁和略有棱角的嘴唇，死没正经地说：“可能我突然改换了审美，喜欢起你这款冷门英俊了——对了，你怎么知道我念书念得很稀松？除了偷偷送温暖之外，你还关心过我的成绩单？”

骆闻舟从鼻子里喷出口气，打开车门锁，在费渡充满玩味的注视下，一伸手揪住了费总那挺括的衬衫领子。

“第一，”骆闻舟严肃地说，“本人的帅，从来都广受社会大众认可，属于不过时经典款的美男子。认为我冷门，只能说明你读书太少，孤陋寡闻。”

“第二，”他看了一眼费渡吊着石膏的手，露出一点儿惨不忍睹之色，“啧，宝贝儿，我也是有些年没见过敢于像你一样大言不惭的货色了，就你这小样儿，想泡我？你还是先多泡泡牛奶补点儿钙吧，费总！”

说完，他一指车门，对费渡说：“给我滚下去。”

费总作为一个伤残人士，半身不遂地被骆闻舟轰下了车，对“经典款美男子”的说法难做评价，感觉在“不要脸”这方面，他跟骆闻舟是棋逢对手，还有的斗，于是暂时休战，闭了嘴，跟着他赶往怀念堂。

怀念堂里气氛肃杀，里面装的制冷系统可能不是空调，是冰箱。

一进门就有一股森森的凉意席卷而来，几个工作人员分外狐疑地查实了骆闻舟的证件，不明白警察为什么要来查骨灰盒。

“您要看点儿什么呢？”怀念堂的管理员一边刷卡领他们进去，一边说，“我们这儿没有违法乱纪的，只有作祟的，什么时候咱们人民公安的业务范围这么广了？”

骆闻舟没好气地接了一句："万一有人在骨灰墙里放炸弹呢？"

管理员震惊地看了他一眼，明显是把骆闻舟当成了一个创意型神经病。

寄存处是一整面墙，一个一个的小格从最下面一直摞到房顶，苏筱岚在一个角落里。

"C区106——苏筱岚。"管理员核对了一下人名，"就是她，女儿和未婚夫放在这里的，有什么话您可以问，我回避了，二十分钟以后我再进来。"

说完，他双手合十，冲苏筱岚的照片鞠了一小躬，迈开腿"回避"了。

骆闻舟拍开费渡去拿苏筱岚照片的手，从兜里摸出了一副手套，先检查了水晶镜框有没有夹层，见没有什么异常，这才回手递给费渡，又去翻骨灰盒旁边的"随葬"物品。

"这张照片很有意思。"费渡说。

"太有意思了。"骆闻舟边翻边说，"和二十年前存在我们局档案室里的是同一张。"

水晶相框里的照片是苏筱岚少女时代的照片，照片上的女孩长发如云，唇红齿白，在骨灰墙森冷的灯光下，几乎显出一股妖气。

临时寄存骨灰盒的小隔间空间不大，亲属放了什么东西也一目了然，除了那相框外，骆闻舟还翻出了一条旧裙子，还有薄荷烟、口红等看起来像女性贴身物品的常规随葬品，都没有什么价值。

"所谓纪念死者，其实都是活人的仪式，祭奠时，摆放的照片往往代表了死者在活着的亲友心里的形象——如果是和死者朝夕相处的人，放的往往是死者的近照。如果相隔较远，平时见面机会不多的亲友，则会放有纪念意义的照片。另外，如果死者生前自我意识比较强，过世后亲友尊重他们，也可能会按照遗愿挑选死者自己最满意的照片，通常代表了死者一生中最大的成就。一般也就是这几种情况了。"费渡轻轻地在水晶相框上敲了一下，"所以苏筱岚一生中最有价值的时刻就是她十二三岁的时候吗？然后呢，在某个人眼里，她等于已经死了吗？"

骆闻舟正检查自己有没有遗漏的地方，还没来得及回话，他的电话响了。

突兀的《五环之歌》在曲折的寄存室内来回震荡，回音高低起伏，活生生地荡出了恐怖片的效果，骆闻舟自己都起了一身鸡皮疙瘩。方才那位声称"回避"的管理员神出鬼没地探出头来，幽幽地说："要关静音啊，警官，公共场所，注意素质，你这样很打扰人休息的。”

“这位大哥，”骆闻舟带着杀气说，“我要是没素质，你现在肯定已经躺在地上了。”

管理员不敢和野蛮人讲理，倏地缩回了脑袋。

骆闻舟面有菜色地在阴风阵阵里接起电话：“陶然，查出什么了？”

“当年许文超带郭恒横穿的那片小区还在。”陶然在烈日炎炎下扯了扯制服领子，借着打电话的工夫，一个箭步蹿到了树底下避暑，拿出一张复印的旧地图不住地扇，“我的天，快烤化了——这小区名叫‘向阳小区’，是二十多年前最早的那批商品房，在当时看还是比较高档的。我听楼底下下棋的大爷说，以前因为有锦绣在这儿，好多有钱人家的学生都在这儿租房。”

“那堵院墙呢？”骆闻舟问，“按着郭恒的说法，当年他透过那堵墙上的镂空，能看见吴广川家，大概在哪儿，你们能定位吗？”

“这一片早就改建得妈都不认识了，你可真会给我们出难题啊，老大。”陶然喘了口气，十分不讲究地用袖子抹了一把额头上的汗，看见不远处挥汗如雨的同事冲他招手示意——他们从附近的建筑工地请来了几个测绘工，以向阳小区作为基石，按着旧地图上的比例量，生生在面目全非的原地勾画出了当年的旧迹。

马路已经拓宽了一倍多，原来吴广川的家已经被大马路填平了，幸好盛夏午后大街上人烟稀少，两个警察一人举着一根木头塔尺，相距一米五站在马路中间，还原了吴广川家的大门。

陶然沿着荒草丛生的向阳小区围墙走了一段，对骆闻舟说：“我觉得这个位置应该是在七号楼和八号楼之间——根据郭恒的描述，这个位置正对拐角，而且能窥见几十米外吴广川的家……这地方不好找啊，闻舟，老楼原来建的自行车棚在这边，就一个不到一人宽的小过道，我进来都要侧身——许文超当时轻车熟路地带着郭恒钻进来，你说他是怎么找到这儿的？”

话音没落，一条信息已经同步群发到了他们俩的手机上——是郎乔。

郎乔在锦绣中学，翻出了学校保存的旧档案，查到了许文超初中时在学校登记的联系地址——向阳小区八号楼，三单元201。

陶然捏着手机，转头望向旁边外墙斑驳的旧楼房，继而飞快地从小缝里钻出去，转身跑上了八号楼的二楼。楼道里常年打开的窗户已经锈住了，上面是一层经年日久的油污，正好和“201”室的主卧窗口方向一致。陶然睁大了眼睛凑过去看，从窗口清晰地看见了他那两个举着塔尺的同事，他们身后几米处摆了几块石头，代表吴广川家的地下室——过去老房子的地下室很多都独立出租出售，因此大多不是封闭的，也有窗户，围着房子一圈会罩上铁栅栏，铁栅栏外再摆好花坛，以防有人掉下去，也能防止别人窥视。

二十年前，这座城市还没有那么浮夸，过了夜里九点，街上已然人烟稀少，没有那么多昼伏夜出的夜猫子。某些只能活在黑暗里的人小心翼翼地探查着周围，确定已经夜深人静，才剥下伪装的画皮，拿出自己漆黑的骨头与欲望，在不见天日的地下室里尽情放肆。

那时……会不会有一双居高临下的眼睛，刚好能越过花坛，从那命运似的角度里窥见一切？

陶然一身热汗与鸡皮疙瘩并行，三步并作两步地冲进了八号楼的家委会，把工作证拍到工作人员桌上：“劳驾帮我看看，三单元的201房主是谁，近几年有没有交易过？”

“201？”工作人员翻了翻登记记录，“没有啊，一直都是原来的房主。”

陶然急喘了两口气：“姓许吗？”

“不姓许，姓孙——老两口。”工作人员偏头找旁边的老楼管确认，“是吧，赵姐？”

“是啊，年纪不小啦，有个女儿，女儿都快四十了吧？”旁边的中年女人倒了杯水给陶然，陶然勉强道了声谢，心里不免有点失望——他刚才也不知怎么了，在那楼道里突然有种没来由的感觉，仿佛隔壁那间201室里有什么，原来是神经过敏。

陶然正打算开口告辞，就听见那倒水给他的中年人又说：“人家女儿有本事，出国定居，前些年把父母也一起接走了，那会儿我还跟他家大伯聊过天，说是临走之前想把房子卖掉——后来怎么回事？不知道是没找着合适的买主还是怎么样，我看也没有过户给别人——不过也可能是租出去了，反正水电费什么的一直有人交……”

赵姐说到这儿，突然不知想起了什么，话音戛然而止，尴尬地和旁边的同事对了个眼色。

陶然察言观色，试探着问：“大姐，你知道租户是谁吗？”

赵姐打了个哈哈，目光十分不自然地往下一瞥："不知道，没怎么碰上过，现在水电都是自己在网上买，业主们没事也不来找我们。"

陶然的目光转向家委会办公室墙上"排除安全隐患，严厉打击群租房"的大字，神色一绷，故意问："等等，你们这儿不会有违规群租房吧？"

两个工作人员脸色同时变了，赵姐连忙辩解："不不，那不会的，我们监管很严的，严禁群租。可能……可能那家人运气也不太好，反正租户总是换来换去，但我保证，绝对不是群租！您听我说……"

陶然猛地站起来："钥匙给我！"

他听明白了，这里的不良物业明显是收了钱，默许旧小区里私自隔断群租房，收了"201"的钱，又看见"201"人来人往，每次开门的人都不一样，所以理所当然地认为"201"也是群租房。

可真的是吗？

骆闻舟给"苏筱岚"抄了个家，一无所获，无奈地回头看了费渡一眼："费总，你最近偶尔也不靠谱啊。"

费渡毫不忌讳地靠在骨灰墙上："你要不要先把最后一个地方查完，再来判断我靠不靠谱？"

他说着，一伸手，直接把苏筱岚的骨灰盒抱了出来，上面两层绸布包裹得严严实实，他好似解情人衣服似的，手指轻轻一挑，绸布便迫不及待地脱落下来，露出里面方方正正的实木小盒。

"你让我翻骨灰盒……里面？"骆闻舟不知该调动什么表情面对费渡，只好给了他一个咬牙切齿的微笑，"你确定许文超有你这么变态吗？"

"我觉得你们'常态人'的这个观点很有意思。"费渡把苏筱岚的骨灰盒塞给他，"一方面觉得这东西是某个凡人的象征，另一方面又赋予它非凡的意义，比如神圣、晦气、不容亵渎、不能碰……不管她生前是什么人。"

小小一个盒子，分量还不轻，骆闻舟接过来以后运了好几口气："仪式感和忌讳是因为要敬畏生死——我告诉你费渡，这里面打开以后要是除了骨灰什么都没有，我就把你塞进去。"

费渡无所畏惧地一耸肩。

骆闻舟小心翼翼地将骨灰盒放在地上，一咬牙，揭开盒盖，拽出里面鸡零狗碎的吸湿剂和泡沫，顶着一身鸡皮疙瘩，他拆开了里面装骨灰的布袋，硬着头皮伸手拨了几下。突然，骆闻舟一愣，抬头与费渡对视了一眼，他小心翼翼地从一堆灰烬里扒拉出了一个密封的塑料袋。

费渡笑了：“看来我不用进去了？”

骆闻舟隔着手套，将塑料袋外面的灰抖落干净，发现那里面是一个很袖珍的旧笔记本，比六十四开大一点儿，粉色塑料皮，非常富有时代特色，笔记本侧缝里写了主人名——苏筱岚。

苏筱岚的字居然写得不错，一些连笔有几分大人的油滑，纸页间涂了很多不知所谓的装饰——圆珠笔画的骷髅头、红水笔抹出来的一团“血迹”等，看起来十分压抑，到处都是不通顺的句子和感叹号。

“××××年××月××日，贱人让那个胖子来弄我，自己在门口数钱。我要杀了她！揪出她的舌头！！用洒（酒）瓶杂（砸）碎她的脑子！！！”

骆闻舟刚一翻开笔记本，就被这么一句撞进了眼里，他不动声色地抽了口气，眉头拧紧了一圈。

“××××年××月××日，邓颖来了！突然下大雨，没打伞，她以前来过我家，跑来躲雨，我家有人在，那个人喝醉了！（后面是乱七八糟的一整页墨迹）贱人帮着酒鬼把她托（拖）进了屋里，她完了！”

“××××年××月××日，警察来学校，找邓颖，问了好多人，没问我，因为我那天请假了，邓颖在我家厕所里。贱人说，不处理她，我们都得完。”

“××××年××月××日，贱人把邓颖装进冰箱，拉走了，和人说是批发冰棍去。冰箱里臭得要死，我吐了，贱人又打我。”

费渡问：“邓颖是谁？”

“不知道。”骆闻舟浓墨重彩的双眉好像绷紧的弦，“这个时间段，苏筱岚才上四年级，我们没找到符合条件的受害人，给排除了——如果这是第一个遇害的孩子，她应该是意外闯进来的，不见得具备之后那些特征。”

二十四年前，一个盛夏的傍晚，四年级的女孩邓颖放学回家，突然天降疾风骤雨，她没有拿伞，冒着雨跑了几步，实在狼狈，想起同班一个好朋友的家就在附近，可以去躲雨，而且好朋友这天据说是生病请假了，正好可以去探望……

大片的槐花被雨打风吹去，柔软的暗香浸泡在满地的泥水中。

那年代的女孩没有手机，无法向任何人说明自己的去向，她临时起意，奔向了一个万劫不复的岔道。

而那也许不仅是她一个人的岔道。

骆闻舟沉声说：“所以苏筱岚她妈应该就是从那以后，发现了女儿的另一个用途。”

费总不愿意像大猴子似的蹲在地上，跟骆闻舟一起围观骨灰盒里扒出来的小册子，干脆在旁边席地而坐，支起一条腿，把受伤的胳膊架在上面。他分出一半的神放在这件案子上，另一半则放在骆闻舟身上，忍不住觉得骆闻舟这个人有点神奇，于是突然忍不住开口问：“苏落盏会怎么样？”

“苏落盏？”骆闻舟的思路被打断，奇怪地看了费渡一眼，“什么怎么样？”

费渡：“我是说她会不会判刑。”

“当然不会，顶多收容教养——她这个程度，大概三年吧。”骆闻舟翻了一页笔记，淡淡地说，“三年以后出来再看，到时候我会让辖区派出所多留神的。”

“三年？”费渡一挑眉，“念个本科都不够。我以为她在审讯室里说‘好玩’的时候，就会有人想冲进来掐死她。”

骆闻舟头也不抬地说：“比较容易冲动的都被我支出去查案子了，没在监控室。”

“那你呢？”费渡带上了几分不依不饶，“你们通宵彻夜地查，被一干受害人家属支得团团转，听完人哭又听人骂，非得能设身处地，才能无怨无悔地把这案子办下去吧？现在好不容易抓住了犯人，他们非但不老实交代，罪魁祸首之一还毫无悔改之心，客观上也不用承担刑事责任，你就没有什么想法吗？有没有不甘心过呢？”

骆闻舟扫了他一眼，轻描淡写地说：“我开始当警察的时候，你还在家看动画片呢，‘实习生’。”

“我不看动画片，”费渡说，“只是偶尔打游戏。”

骆闻舟生硬地掐断了话题，问他：“苏筱岚的日记里没有提到苏慧是怎么处理尸体的，你有什么想法吗？”

费渡盯了骆闻舟一会儿，盯得骆闻舟如芒在背，几乎想找根针缝上他的眼皮，费渡这才暂时移开视线，配合地接上话音：“我吗？我首选分尸，因为我有车，而且那个年代没法查DNA，剁碎一点儿，买几袋排骨，把尸体碎块和动物骨肉混在一起，沿着城郊的荒山野岭随便扔，就算运气不好，人体尸块被意外辨认出来，警方也很难确定这尸体是谁。”

“不，如果是碎尸，苏筱岚的日记里应该会提到。”骆闻舟忽略了费渡兴致勃勃的语气，客观理智地说，“再说，碎尸没那么容易，沉迷酒色的女人和小孩未必有那个力气。”

“那就想办法掩埋，最好是在一个绝对安全，确定永远属于我……我死之前都不会有人翻动的地方——如果是在国外，直接埋在自家园子里就可以，不过在国内很难，尤其那个年代，没有私人房产的概念，埋一个尸体相当于埋一个地雷，说不好哪天就炸了，不保险。”费渡手指点了点下巴，“所以是我的话，只好再退而求其次——选一个尸体不容易被翻出来，或者即便被翻出来，也不会有人大惊小怪的地方，比如一些乡下偷偷埋人的野坟地，或是长满水草的溺水高发区。野坟地不难找，现在有好多乡村没有完全推行火葬，田间地头总有那种花圈堆一堆的坟，找新坟或是那种刚挖开修整过的坟，挖开再埋进一个人，土色不会露出破绽，短期之内，那片地方通常也不会再被挖开。不过这得要求凶手对抛尸地十分熟悉。更方便的则是在尸体脚腕上系块石头，让它沉进水里，过一阵子，绳子就会和尸体一起腐烂，重物也会和尸体自然脱离，白骨会被疯长的水草缠在下面，很有潜力成为下一个水鬼故事的主角。世界上发生过的任何事都会留下痕迹，智者千虑，也必有一失，与其跟整个公安系统斗智斗勇，不如记得遵守一个原则——”

骆闻舟沉默地看着他。

费渡的嘴角翘了起来：“不要让尸体被发现，如果尸体有被翻出来的风险，那就不要让接触尸体的人报警。”

骆闻舟听了他这套理论，面不改色地点点头：“听君一席话，胜读十年案卷，不错，很有心得。如果你不是一个晕血的弱鸡，我都快怀疑你亲手操作过了——话说回来，你为什么晕血？”

费渡翘起的嘴角微妙地僵了一下，好像被这个问题噎住了，好一会儿，他才略带几分生硬地说：“知道原因就不会晕了。”

骆闻舟成功地用一句话把这位犯罪理论家变成了安静的花瓶，让他赏心悦目地坐落在侧，而自己排除干扰，心平气和地继续翻看苏筱岚的日记。

“抛尸在水草丛生的溺水高发带，这个是有可能的。”骆闻舟一边翻，一边静静地说，“苏慧的老家在平海县，平海一直是燕城的水库，里面什么样的河沟都有，她可以……嗯？”

骆闻舟一目十行地扫苏筱岚的日记，大量细枝末节的日常部分都被他飞快地跳过，突然，他翻页的动作一顿。日记的那几页说的是学校里的事，苏筱岚戾气很重，这个贱那个也贱，感觉她生活在贱人星，周围除了贱货就没有其他物种。而引起骆闻舟注意的，是里面夹的一张照片，应该是学校的某一场学生演出，六个女孩一同站在台上谢幕，一排细长的腿露在碎花小裙子外面。

其他五个人的脸部都被圆珠笔涂了，苏筱岚在最中间，微微抬着下巴注视着镜头。

碎花裙——对，骆闻舟想起来了，她的日记里还没有提到碎花裙。

他连忙往前翻了几页。

“××××年××月××日，舞蹈老师大贱货，怕人说她拿钱（收回扣），让我们自己去买演出服，没有的不能参加。贱人听说，用酒瓶打了我的后背。贱人还不去死！老师还不去死！！”

“××××年××月××日，明天彩排，我没有裙子。我在学校外面碰见了那恶心的胖子，围着学校转，我跟他走了，他给我买了那条裙子。”

“苏筱岚第一次自愿出卖自己，是为了一条碎花裙子。”骆闻舟翻了一下日记的年份，“二十二年前，是我们统计同质案件的第一年，她从被迫协助作案转向了主动犯罪——她以前为什么没有寻求过帮助……你笑什么？”

“骆队，你这么说就太没有同情心了。男人、女人与同龄的孩子，苏筱岚她能选择谁？对她来说，男人是恶心的‘客人’，女人是逼迫、虐待她的‘贱人’，至于小孩，邓颖死了以后，她在害怕之余，就开始本能地避开和同龄人的亲密关系。你想想，一个性情阴郁不合群，发育较早，又不巧比较好看的小姑娘，她会受同学欢迎吗？小孩子欺负起人来，花招比大人还多。何况她还那么嫉恨那些姑娘轻而易举穿在身上的小裙子。”

骆闻舟无言以对，只好强逼自己将注意力转移到笔记本上。

苏筱岚笔记本最后几页，那些愤怒的涂鸦渐渐没了，因为一个人的出现。

早熟的少女表现出了对这个人的情愫，尤其意外发现他居然是自己老师的时候，吴广川虽然也是“客人”，但性格温文尔雅。一方面他是老师，另一方面他又有不堪的欲求，他像一株从阴影里长出来的绿植，带着某种营养不良的忧郁气质，他迷恋少女，对苏筱岚时常表现出像恋人一样的呵护和宠爱。

“××××年××月××日，今天去他家，去他家的事我不告诉贱人，也不要他的钱。他每个礼拜去我家两次，省得贱人给我找其他的活。”

“××××年××月××日，我喜欢他，他是我的骑士。”

“××××年××月××日，他说他想收养我，要想办法让我摆脱贱人。”

……

“××××年××月××日，贱人说他已经来半年了，算信得过的老客户，可以把‘羊’给他，我买了毒鼠强，我要杀了她！”

“××××年××月××日，贱人真的把‘羊’给了他，他居然要了！他居然要了！！我恨他！！！”

“××××年××月××日，我偷偷跟着他去了莲花山。”

“××××年××月××日，他在看别人，那个小贱人穿着一条碎花裙。”

“××××年××月××日，他住院了，我把小贱人骗进了他住的旅馆，把她绑成了一只羊，等他。”

后面是一大团乌黑的墨迹，好几张纸面扯破了，污迹中夹杂着几个横七竖八的“恨”，日记本快要翻到头，再也没有连贯的内容了。大片的墨水污迹里，是震惊全市的连环少女绑架案中丧心病狂的尖叫电话……与剪成碎布条的碎花裙。

求而不得的演出服在她的灵魂里打上了一条碎花裙的烙印，原来碎花裙并不是寻欢客们的执念，只是一个泥沼中的女孩一而再，再而三地重复着自己灵魂沉沦的过程。

吴广川曾经拉了她一把，又一脚把她踩回到更无望的深渊里，郭菲身上那条被不幸的巧合沾染过的裙子成了铁打的牢笼，锁在苏筱岚的骨血里，二十年不锈不坏，脱离生死，流传到下一代人身上。

日记本的最后一页粘在了塑料封皮上，骆闻舟感觉后面好像还有东西，轻轻一拉，一沓照片稀里哗啦地掉了出来。

那些照片新旧不一，应该是偷拍的，在一个小小的房间，四壁贴满了隔音的材料，厚重的窗帘永远拉着，光线晦暗不明，每一张照片上都有一个不同的女孩与一个不同的男人，披着人皮的禽兽们刚好都有非常易于辨认的正脸。

费渡却从中捡起了唯一模糊的照片。那是一张老照片，光线极差，即使偷拍的人水平非常高，还是只能拍到一个大概的轮廓，远处的矮楼影影绰绰地陈列在夜色里，周边与黑暗化为一体，镜头居高临下，将焦点聚集在楼下花坛中，一棵原本种在那儿的月季枯死了，留下一个小小的空当，正好够窥探的目光侵入。

纤细的少女被抵在玻璃上，双手无助地按着窗户，面孔模糊，后面有一个高大男人的影子——是吴广川和苏筱岚！

偷拍人一定住在当年吴广川家对面——向阳小区！

陶然和一众同事推开了向阳小区八号楼三单元201的门。空荡荡的房间中，一股难以言喻的气味扑面而来。厚重的窗帘拉着，陶然走过去，一把掀开窗帘，看见那扇曾经对准了吴广川家的窗户上被一张巨大的照片贴住了。

清晰的镜头下，二十年前对面地下室的罪恶分毫毕现，当年的夜色满满地糊在窗户上，不透一丝缝隙，一时间让人不知今夕何夕。

“每当我追溯自己的青春年华时，那些日子，就像是暴风雪之晨的白色雪花一样，被疾风吹得离我而去。”

——《洛丽塔》

第十八章

昏暗的房间里，鲁米诺试剂喷洒过的地方泛起幽幽的荧光，地板、屋顶、门缝……大片大片地连在一起，无处不在，几乎就是一层让人头晕目眩的墙纸。被移开的沙发缝里有没清理干净的陈年血迹，在一尘不染的浅色地板上格外触目惊心，不知沉冤多少年，终于重见天日。

墙上贴满了隔音材料，客厅正中间挂着一面照片墙，优美的田园与自然风光错落地陈列在那儿，充满了雅致的文艺气息——如果不是那上面也镀着荧光膜。

卧室里则挂着一幅牧羊图，一米来高的大画框很有分量，有个现场的技术人员盯着它看了一会儿，觉得有哪里不对劲，摘下来一检查，发现里面装了偷拍相机，镜头正好从牧羊女的眼睛里往外窥视，这让画中少女脸上恬淡的微笑无端有了几分诡秘色彩。

卧室旁边紧锁的储物间里藏着各种刀具与绳索，种类之繁杂让人眼花缭乱，恐怕需要法医现场辨认。

但以上种种，全都没有南向窗户上那幅放大的照片令人毛骨悚然。

“陶副，你看，他这窗户是那种老式的，分内、外两层，中间拉了一层遮光布，再把照片糊在里头这层玻璃外侧。”检查现场的技术人员对陶然说，“这样外面就算是爆发太阳风暴，也能被这层遮光布挡住，不会有强光穿透相纸……还有这照片，贴得真有学问啊！”

照片被放大成微妙又精确的比例，在逼真的黑暗环境里，人站在这间屋里，真是晨昏不辨、日夜不分，乍一看，可能还以为玻璃窗外就是这样的夜景——那街道细而窄，老楼稀稀拉拉地立成几排，遥远的路灯尚在百米之外，花坛里的花草自由散漫地长着，娇花与杂草共生，不知怎么枯萎了一小片，从居高临下的角度，正好能看见枯枝中间有一团微弱的光，不知什么地方的光源反射到了在那花坛里若隐若现的地下室，地下室露出一角的小窗上，有一张少女模糊的脸。

这是重要证物，两个现场的技术人员小心翼翼地上前，把那照片连着玻璃一起卸了下来。

陶然拉开遮光窗帘，推开外窗，这一刻，他瞳孔微缩，在大太阳下面奔波出的一身白毛汗顿时潮水似的消退了——他霍然看见，窗外那堆用来代表吴广川家的塔尺和石头，与关上窗户后照片上对应的位置严丝合缝、如出一辙。

“陶副！陶副！”被大家留下审问物业的一个警队实习生三步并作两步地跑上来，在楼道里就开始嚷嚷，“物业承认了！说这间房子确实是群租房，但租户好像都不是常住，可能就是在附近工作的白领，过来睡个午觉什么的。物业的人说他们不怎么开火，水电用得也不快，应该不存在安全隐患，所以……”

"小心点儿，这是现场！"

"别毛手毛脚地往里闯，躲远点儿！"

实习生在门口看见这布满了荧光反应的"壮观"房间，顿时傻了眼，被同事们砸了一头数落。

"不存在安全隐患。"陶然的眼睛眨也不眨地盯着窗外，"房主能试着联系上吗？"

"房……房主在国外，刚打了个电话，是空号，还得再想想别的办法。"实习生说到这里想起来了，"哦，对了，陶副，201的车位是占着的，有一辆SUV！"

交管部门很快调出了那辆车的车主信息——既不是201室的房主，也不是任何一个和那起案子有关的人，登记的车主是个八竿子也打不着的老头，除了户口还在燕城，已经搬到外地好多年了，接到警方电话，老头先是一肚子莫名其妙，直到听见警察问起车牌，他这才有点慌。

再一追问，才知道车牌虽然是他的，车却不是。

老人退休以后去了外地，和子女一起生活，这边的车牌用不着，就干脆趁着这几年车牌号不好摇，私下租了出去，每年收点钱，也不麻烦，只要年检的时候借个身份证就行，如果愿意露面，租户连路费都给他报销。

"这……是不是得罚款啊？还是扣我驾照？"车牌主人不住地解释，"警察同志啊，我真没收多少钱，一年才两千多，不信我给您看合同……"

"你们违法私自租赁个人车牌，还签了合同？"陶然听得十分无言以对，"那和你签合同的人是谁？"

"哦……是个女的，叫苏……苏什么？哦，苏筱岚！"

陶然后脊一寒，蓦地转身："查这辆车的行车轨迹，从曲桐失踪当天一直到现在！"

"陶副队，这车没装GPS和行车记录仪，只能看路上的监控——曲桐家里收到录音的前一天，这辆车从南机场高速出过城，随后拐入燕港高速，两个小时后下高速上国道，又半个小时，从国道上驶出，拐到了监控范围之外，第二天原路返回，全程没有进入过加油站。"

也就是说，这辆车在离开国道后，并没有走太远。

"车子离开国道时，附近都有什么？"

"一些自然村……海滨疗养院、农家乐、油画村。"

海滨？

陶然凑近客厅的照片墙，其中一张照片拍的正好是夕阳下波浪冲刷海礁。

"定位这面墙上所有照片的拍摄地点，我们走！"

陶然带人出城，骆闻舟和费渡则是开车回城。

夕阳又开始下沉，暑气依然蒸得人睁不开眼，燕城市局总算消停了一点儿，骆闻舟回来的时候，信息登记工作已经基本完成，让家属们回家等消息，少数人或是住得远，无家可回，或是纯粹不甘心，依然在市局里徘徊，值班员和刑侦队只好安排他们先去食堂吃饭。

骆闻舟拧开一瓶矿泉水，又从郎乔办公桌上顺走了两袋速溶咖啡，对着瓶口倒进水瓶里，用力使劲摇了几下，速溶咖啡心不甘情不愿地在凉水里将溶未溶，泡出了猎奇的颜色和更加猎奇的味道，然后他在费渡震惊的目光下一口喝了小半瓶："看什么？我又没喝尿。"

费渡感觉自己的眼睛好像喝了一大口冰凉的香油，胃部隐隐作痛起来，赶紧移开视线，专注地盯着他们从骨灰盒里翻出来的照片。

"二十多年，上百个失踪女孩，虽说加入他们的'会员'标准可能比较苛刻吧，但五个嫌疑犯的数量是不是有点少？"费渡轻轻一弹手里的照片，"而且这些看起来都挺新，应该只是近几年的……"

他说到这里，突然没了声音。

骆闻舟略带疑问地看了他一眼。费渡隔着一块眼镜布，小心地捏起了其中一张照片——那是个仰着头的男人，看着颇为斯文，四十来岁，长得还算周正。

每个被照片记录在册的人都有好几张不同角度的照片，应该是偷拍，苏筱岚看来是把其中比较有辨识度的都留下了。那男人其他几张照片要么一脸猥琐，要么神色狰狞，唯有费渡手里的这一张表情少一点儿，多少能看出是个人。

"这个人有点眼熟。"费渡蹭了蹭自己的下巴，自语道，"眼熟……但是想不起来，所以肯定不是公事上认识的，因为我收名片的时候会刻意留意对方面部特征，事后记在对应名片的后面，省得时间长了想不起来尴尬；也肯定不是一起玩过的人，平时一起玩的就那么几个，即使带人来也不会带这种乏善可陈的老男人。我对人脸的敏感程度很一般，擦肩而过的转眼就忘。一面之缘的，除非说过话，或者盯着对方的照片注视超过十秒，否则也不会往脑子里装。而即使印象深，超过一个月也肯定没印象了，所以应该是近三十天之内的事。”

骆闻舟就着尿一样的速溶咖啡，非常新鲜地听着费渡拆解自己的记忆——费渡对自己的了解就像宅男对电脑配置一样如数家珍，精确而客观，虽然不见得每件事都记得，但是所有的行为模式都有迹可循。

他好像时常把自己的大脑扒开，把其中每一个念头都掰开揉碎地仔细研究过。

这片刻工夫，费渡已经飞快地把自己整月的行程回忆了一遍，近三十天，他除了公司、自己在市区的小公寓、几个娱乐场所、朋友家之外，就只去过医院和疗养院了——中年男子，面部留有胡须，头发偏长，仪表不符合医疗机构要求，手腕上一块闷骚的中档瑞士表，有一定经济实力，不像是普通的服务员，但也谈不上有钱，所以按理说，不大会出现在败家子们扎堆的地方……

这时，郎乔一脸死狗样地钻了进来：“老大，你可回来了，我再也不想干安顿受害人家属的事了！我……”

骆闻舟对她竖起一根手指。

“琴师。”费渡突然说。

郎乔莫名其妙：“琴师？”

“西岭车场俱乐部里，墙上有他的照片，曲桐出事那天，他正好不在俱乐部，因此老板请了个野乐团助兴……对，如果嫌疑人当时在跟踪曲桐的车，中途碰到了偶遇劫匪这种意外事故，不熟悉地形的人第一反应是撤退，避开事件，而不是‘顺手牵羊’。”

“怪不得那天各路口的监控都没能拍到他，原来是地头蛇。既然苏筱岚他们提供服务是会员制，那这些垃圾之间肯定会有相互介绍的关系，其他人也能顺藤摸瓜，主谋不肯招，这些小鬼还审不出来吗？”骆闻舟转向郎乔，“安顿家属你不爱去，抓人行吗？”

郎乔听见“抓人”俩字，像原地打了一管鸡血，一身的萎靡一扫而空，二话不说，接过照片就跑了。

骆闻舟夹起卷宗，一脚踹醒了一个窝在办公室里打盹的同事：“醒醒，走，跟我再审许文超。”

两个人一前一后地出去，费渡站起来，伸了个非常克制的懒腰，他身边缭绕的都是烟味和香油味，感觉此地非常不宜久留，正打算离开时，骆闻舟却又去而复返。

“我有几句话跟你说。”骆闻舟说，“不过得先办正事，你先别走，可以先在我办公室里等。”

说完，他又急匆匆地走了。

费渡愣了愣，迈出一半的脚步在原地踟蹰片刻，又缩了回来。

许文超毕竟不像苏落盏那么没心没肺，头天晚上显然没睡着。他眼窝陷了下去，本来做好了警方会轮番来审的心理准备——这没什么，两次绑架案发当时，他都有很明确的不在场证明。苏落盏也正是因为这个，才敢把他供出来的。

燕城市局可不是偏远县城里的小派出所，一言一行都有人盯着，他们绝对不敢对一个不满十四岁的未成年小女孩用什么刑讯逼供手段。而对于他来说，没有实际证据，刑拘时间一到，他们就不得不放人。

许文超打算得好好的，可谁知等了整整一天一宿，愣是没有人理他。市局的警察们好像忘了还有他这么个人。

许文超脸上平静无波，在过于漫长的时间流逝中却逐渐失去了一开始的笃定，心里有些七上八下起来——难道他们听了自己的不在场证明后就完全相信了？放弃调查他了？虽然最好是这样……但如果他的嫌疑已经洗清，为什么他们还不放人？

就在许文超心里一直打鼓时，骆闻舟带人走了进来。

“身上烟味重了点儿。”骆闻舟拉开椅子，在许文超对面坐下，“不好意思啊，主要是为了揪你的狐狸尾巴，忙活了一宿。”

许文超闻言一震，轻轻调整了一下坐姿，端出了纹丝不动的目光看向骆闻舟：“对于这件事，我是真的没什么话好说了。”

骆闻舟冲他一笑，态度十分随意地说：“你和苏落盏是什么关系？”

"我是她妈妈的未婚夫。"许文超耐着性子回答，"警官，这问题我已经回答过了。"

"我知道你是苏筱岚的未婚夫。"骆闻舟一扬眉，突然用某种意味深长的目光看向他，"我就想知道，你打算娶苏筱岚，到底是跟那个残花败柳余情未了呢，还是看上了她那个小女儿？"

许文超先是一愣，随后猛地睁大了眼睛，难掩愤怒地说："这位警官，你说话负责任吗！"

骆闻舟面不改色："苏筱岚孤儿寡母，没有学历、没有背景、没有正经工作，生活来源成谜，无论多不好听的谣言都有。许先生呢，你事业有成，房车齐备，人长得也不错，应该是个理想的对象。我一直奇怪，如果你说的是真的，她为什么不愿意嫁给你？"

"婚姻和爱情是不能以物质条件来衡量的。"许文超勉强压着怒火，维持着自己的风度，"再说这是我们之间的私事，我想……"

骆闻舟打断他："她不肯嫁给你，究竟是她格外视金钱如粪土，还是你也不想娶她？"

许文超冷冷地说："这和案子有什么关系？你可以审问我有关案情的一切，哪怕我是无辜的，但是你不能侮辱我的……"

骆闻舟再次打断他："侮辱你的什么？侮辱你贴在向阳小区八号楼三单元201室朝南那间卧室窗户上的……爱情？"

许文超的身体猛地僵住，脸上的血色潮水似的退去。审讯室里一时悄无声息。

旁边跟着做笔录的刑警小武忙了一宿，刚在值班室里迷糊了一觉，还没来得及跟上同事们的最新进度，正忍不住借着翻页遮挡，要打哈欠，听到这儿，他半个哈欠就这么卡在了嗓子眼儿里，呆若木鸡地看了看骆闻舟，又看了看许文超。

许文超耳畔轰鸣作响，方才心里那一点儿被对方言语激出来的烦躁好似一把导火的引线，一道惊雷从天而降，顺着那引线着起了燎原的大火，他艰难地从嗓子眼儿里挤出了一句抵赖："你在说……什么？"

"向阳小区，八号楼，你少年时期的摄影作品还贴在窗户上。"骆闻舟一字一顿地说，"现场有血迹，意味着DNA依然可以追溯，那房子车位上的

SUV里有你的毛发，还有画框后面偷窥的眼睛拍到的照片，刚刚苏筱岚‘亲手’交给了我。”

骆闻舟微笑着伸手敲了敲桌子：“许先生，现在咱俩能聊了吗？”

许文超的胸口剧烈地起伏着，他甚至来不及去思考警方怎么找到那房子的，也来不及去追忆自己究竟有没有在那辆车上留下痕迹，听到那地址的一瞬间，他就知道完了。他耳鸣长达半分钟，泥塑木雕似的坐在那儿，把对面的警察、虎视眈眈的监控、逼仄的小黑屋都抛之脑后，溺在了自己的世界里。

许文超是个接受过高等教育的人，智力高于平均水平。他知道对与错，能清晰地认出法律与道德画在地上的红线，知道自己在干什么，也知道后果，同时他依然停不下来，他只好尽可能小心、思虑周全地掩盖自己的罪行，抹去一切能抹去的痕迹。这一切，使得多年来他都觉得自己像一个浮在水面上的人，上半身露在光天化日之下，混迹于普通人之间，思考着和常人一样的人生，同意大多数人的政治观点，但他从不往下看。

因为他的下半身浸在冰冷的泥水里。

他被一分为二良久，直到方才，一把强悍的外力硬是把他露在水面外的上身压入了泥水中，他口鼻中一下子浸满了腥臭冰冷的“液体”，一时喘不上气来。

骆闻舟耐心地等了他一会儿，这才继续说：“你拍的照片够清楚，脸上有几个坑都看得见，我们已经去核实身份挨个传讯了——话说回来，要是有联系方式和通讯地址就更好了，你怎么没顺便也整理一张呢？”

许文超散乱的目光随着声音落到他脸上，片刻后，他的瞳孔聚了焦，对骆闻舟的话做出了反应。

“没用的。”他说。

骆闻舟：“你说什么？”

“没用的。”许文超轻轻地说，“你们找不到证据，他们也不可能会承认的。”

小武终于被上司和提审对象一起吓醒过来了，他通过耳机里同事的提示，总算是跟上了这一日千里的进度，顿时出离愤怒了，狠狠一拍桌子：“我们找不到证据？那一屋子的血迹和凶器都不算证据？明明白白的照片不是证据，你他妈还要什么证据？”

许文超定定地看了他一眼，眼神里几乎带了几分怜悯的忧伤。他说：“可是那些照片都是几年前的了。”

愤怒的小武莫名其妙，很想抓住这衣冠禽兽的领子用力晃两下，让他说人话，骆闻舟却已经明白了他的意思——苏落盏所说的“食客”，从来只是购买女孩子，不参与后续处理，他们知道那些女孩子会有什么下场吗？

在这种情况下，骆闻舟不惮以恶意揣度这些人，断定他们肯定知道。

可他们大可以不承认——我不知道哪儿来的女孩，我只是熟人介绍过来的，就那么几次。怎么会是被拐来的呢？怎么会死呢？他们分明跟我说那都是自愿出来卖的啊。

而尸体即便找得到，应该也已经处理干净了，很难再找到痕迹。警方很可能找不到直接证据，证明他们和最近发生的几起儿童绑架案有关，而骨灰盒里的照片只能证明他们当时曾经性侵过女童。如果照片拍摄时间是在“嫖宿幼女罪”取消之前，那么按照《刑法》所谓的“从旧兼从轻”原则，即使神通广大的郎女侠把照片上的五个人一个不差地逮回来，可能也只是抓了几个“嫖宿幼女”的猥琐男人，多赔点钱，充其量关个三五年就放出来了。

而这起横跨二十多年的大案，真的只有这五个加害者吗？

他们的罪行，轻描淡写的三五年就能抵偿？

这简直滑稽！

“别人的事怎么判，那是我们公检法的事，谢谢你替我们操心。”骆闻舟面不改色地说，“不过你再为我们着想，我们也不可能发锦旗给你，不如先交代你自己的事吧。就我个人来看，别人或许能脱罪，你许文超参与连环绑架儿童、杀人抛尸是跑不了的，你有什么话说？”

“最后所有的结果都由我一个局外人来承担，这么一想，觉得真是荒谬。”许文超握在身前的双手展开，轻轻地摊了一下，他说，“我实话实说，我没碰过苏落盏，也没碰过她们中的任何一个人，我没有从这事里拿过一分钱，我不是畜生。”

骆闻舟冷笑：“那你干什么了？就拍照片，义务善后？你可真是活雷锋。”

许文超说：“我是为了苏筱岚。”

他说着，略一垂眼，目光好像落到了很远的地方：“我第一次在学校见到苏筱岚的时候，就被她吸引了，她身上有一种很特别的东西，我从来没在任何一个女孩子身上见过。我想尽了办法靠近她，可她太孤僻了，又老是缺课，好像除了班主任——当时的班主任是吴广川，谁都找不着她……到了初二，连新班主任也常常不知道她去哪儿了，我这才发现，她好像只围着吴广川一个人转。”

“你在郭恒之前就开始跟踪吴广川了？”

“我还用得着跟踪吗？”许文超半酸不苦地笑了一下，“当时我妈陪读，还得照顾家里的老人，她两头跑，除了一日三餐，剩下基本都是我一个人住。苏筱岚是我的初恋，日思夜想的那种。有一次我半夜惊醒——青少年总被那种事惊醒，骆队你应该懂——我拿出一张校庆时候偷拍到她的照片，靠在床头‘散心’，我的床头靠窗，夏天没拉窗帘，正好看见苏筱岚和吴广川回了家。”

“半夜？”

“应该说是后半夜。”许文超说，“吴广川非常谨慎。后来……我看见的东西完全超出了想象——你知道青少年的想象大多比较朦胧——我太震惊了，都忘了愤怒和嫉妒，从头看到尾，一直到天亮我才回过神来，觉出不对劲，吴广川可是老师，这不是犯罪吗？

“我觉得恶心，又怀疑她不是自愿的。所以我定了个闹钟，偷偷准备了望远镜，用上了那套跟家里磨了很久才磨来的相机和镜头。”

骆闻舟一把按住了旁边想要打断许文超的小武，缓缓地把指间的一根笔转了几圈，平静地问：“你是怎么发现苏筱岚不是单纯的受害者的？我想吴广川应该不会把拐来的女孩带回家吧？”

许文超闭了一下眼，露出了一个有点自嘲的微笑：“我那一阵子，真是不知怎么了，日思夜想的都是她，想起她就又难受又憧憬，还悲愤交加，恨不能手撕了吴广川。有一次我忍不住了，跟老师撒谎，请病假去找她，正好看见她和一个不认识的女孩在一起，我犹豫了一下，没去打招呼，悄悄走了，可是没过多久，就传出了那女孩失踪的消息，这事还上了本地新闻。我当时就隐约有种不祥的预感，第二天以送作业的名义去了一趟她家，看见她正在剪一条裙子……就是……就是那天那女孩身上穿的那条。”

“她慌张地求我不要告诉别人。我吓坏了，真的吓坏了，简直都不敢细想这是怎么回事。我当时觉得天都塌了……但最后……最后还是不忍心，答应了她。”许文超一伸手捂住自己的脸，“我是班长，请病假只要说一声就行，老师相信我，连假条都不看。可是我为了她，偷窥、撒谎、包庇犯罪……我把我前十几年正常的人生都搭进去了……她毁了我，她彻底毁了我，我居然还是那么喜欢她。”

骆闻舟追问：“你当时在苏家没碰见苏慧？”

许文超嗤笑一声：“苏慧？碰上那个女魔头，我现在还能活着和你说话？”

骆闻舟听到这儿，用拇指轻轻地按着自己的太阳穴，颇为客气地问：“我抽根烟你介意吗？”

许文超：“可以也给我一根吗？”

骆闻舟十分大方地点了一根递了过去：“看不出你也有烟瘾。”

“我没有。”许文超接过烟的手指还有点颤抖，语气却略微放松了点儿，“就偶尔应酬的时候跟着别人抽一两根，自己平时没什么瘾……不好意思，今天对我来说实在太痛苦了，这些事压在我心里二十年了，我一直假装没这个事，连最亲的人都不知道。”

“嗯。”骆闻舟看了一眼手机，陶然和郎乔都还没动静，这根烟让警察和嫌犯之间的气氛缓和了不少，他颇为平和地说，“我大概能理解——能说说你帮郭恒调查吴广川的时候，心里是怎么想的吗？”

“我当时以为她是被吴广川胁迫的。”许文超吐出一口烟，“我答应了苏筱岚不报警，也不告诉任何人，要不然她就完了。我当时异想天开……小男孩嘛，总有点英雄主义，我想自己摆平吴广川，把苏筱岚救出来。在跟踪吴广川的时候，被那个叔叔发现了，他是偷偷调查，我也是偷偷调查，我们都是为了自己爱的人，我看他可怜，再说有一个大人在旁边也比较有安全感——但我万万没想到，他居然会一刀捅死吴广川，要是早知道，我肯定不会帮他。”

骆闻舟：“为什么？”

“那男的疯了，幸亏我没告诉他苏筱岚干了什么，也幸亏当时吴广川没来得及说话就被捅死了，不然那天她也逃不掉。”许文超连着大吸了两口，七窍喷白烟，看起来有些面孔模糊，“我现在想起来都替她后怕。”

“替她后怕？”骆闻舟用某种意味深长的目光看向他，又追问，“吴广川死了以后，你和苏筱岚的关系怎么样？”

许文超沉默半晌，好似觉得领子勒脖子似的，艰难地仰起来，动了动。

“苏筱岚根本不是被胁迫的，她就是自愿的，她天生就是一朵长在蔷薇花从里的罂粟，根里就带了毒——而她竟然还……还真心诚意地喜欢那个……”许文超支起一条胳膊，用力在自己脸上抹了一把，“那件事以后，她整个人都枯萎了，只是行尸走肉，我简直不敢相信。你能想象那种无能为力吗？我还要假装不知道，攒很久的零用钱，才能从她妈那儿买一次她的时间。”

“等等。”骆闻舟一顿，“苏落盏不会是你女儿吧？”

“不是。”许文超不假思索地一口否认，“我从来没碰过苏筱岚，我买了她的时间也只是想陪陪她，不像你想的那样。

“她那么恶毒，那么变态，可我还爱她，我阻止不了她，也阻止不了自己……”

被受害人家属们折磨了一整天的小武听到这里，几乎忍无可忍，看起来想立刻暴起，把许文超那颗充满文艺的头颅捶成掉渣饼，再一次被骆闻舟铁铸似的手按在了原地，忍不住出声抗议：“老大！”

“等等，我还有几件事没问完。”骆闻舟沉声说，“许文超，你是从什么时候开始帮苏筱岚善后的？在里面扮演了一个什么样的角色？”

“苏慧死后。”许文超想了想，长叹了一口气，“算起来也有十年了。苏慧活着的时候，苏筱岚天天恨不得她死，等她真死了，又觉得孤立无援，她妈原来开的那家棋牌室也要拆迁了。苏筱岚说她不相信别人，只能求助我，我还能怎么办？我对她没有底线。正好当时向阳小区里的那套房子房主要出国，我那时收入还行，家里也给过点钱，手里有些积蓄，就把那房子买过来了，只是他们当时走得急，一直还没来得及过户。”

许文超说到这儿，低下了头：“我把那房子给了她用。”

骆闻舟“哦”了一声：“大致明白了，苏筱岚一开始是少女，没来得及长大就成了孕妇，然后成了带小孩的妈，基本都是出门在外能要求别人照顾的角色，她利用这个降低受害人的警惕心，诱拐绑架儿童，卖给变态糟蹋，然后再把人杀人灭口。你提供场地，还要负责清理尸体。怎么做的？分尸吗？分完尸再找个地方一丢。我说得没错吧？”

许文超深吸一口气，捂住了脸，没有反驳。

“她死了，可是噩梦还没完，我发现那孩子……苏落盏，完全就是她的翻版。我不符合领养条件，这两个月一直在焦头烂额地想各种办法，一个没看住，那孩子居然……她居然私下又和那些人联系——你知道我在广播里听说西岭那女孩失踪，然后紧接着被你们传讯到公安局问二十年前的那案子时心里有多震惊吗？”许文超双目通红地看向骆闻舟，“你们抓了我吧，也算是我解脱了，我再也不用……”

他没说完，骆闻舟的手机轻轻地一振，郎乔的语音信息就发了进来：“老大，我逮着那王八蛋了！丫都看见照片了还不承认，非得说自己不知情。你等着，等我人肉搜索到其他几个！”

骆闻舟对许文超这番“椎心泣血”的表白毫无触动，听完信息，他放下手机，方才缓和的语气骤然一变：“别忙着抒发情怀，我还有其他几个问题——许先生，你说你控制不了苏落盏，什么都不知道对吧？不对吧，那女孩可不是这么说的。她说你俩配合得挺好的，你打扮成一个老盲人的模样跟踪张雨晨，趁人家孩子单独行动的时候突然露面吓唬她，再让苏落盏趁机出现，一下子骗到孩子的信任。有这么回事吗？”

这个团伙的犯罪模式从来都是以苏家人为主，“无辜”的买主只是花钱享受，不肯承担风险，那么受害人应该是苏家人选定的，从选定目标到开始跟踪、实施诱拐应该是一个完整而严密的过程。一个多月以前盯上晨晨，逐步掌握她的活动规律，再在合适的时候果断出手——这符合模式。

也就是说，他们之前设想的犯罪团伙模式，即几个嫌疑人选择自己的目标，再用小女孩苏落盏当诱饵诱拐受害人的方向是不可能的。

许文超太聪明了，他能在震惊过后第一时间分析出警方找到的证据，最大限度地紧贴着事实巧妙地推卸了自己的责任——只是出于感情的包庇，只是个帮忙处理尸体的从犯，却无意中配合了苏筱岚的日记，招出了这个案件的核心犯罪模式。

也就是说，跟踪晨晨的那个人没有别人，肯定是他，他根本不是被动包庇，是主动作案人之一！

既然这样，为什么中途“节外生枝”出了曲桐的案子？为什么许文超因为曲桐案被传讯，从警方的态度里旁敲侧击出苏落盏在模仿二十年前的案子时那么震惊？

唯一的解释是，因为曲桐案是苏落盏自作主张完成的，那女孩已经“失控”了，她在试图摆脱这个自己看不上的“清洁工”，接了其中一个客人的“私活”！

“许文超，你发现吴广川和苏筱岚的关系，觉得恶心，怀疑吴广川强奸，但是你没有告诉任何人，而是开始自己偷窥、偷拍。”骆闻舟逼视着他，完全不给他反应时间，“好看吗？过瘾吗？是不是好多年以后仍然念念不忘？”

许文超紧紧地抿着嘴，瞳孔却微微放大了，喉咙不由自主地动了一下，细细的汗从他鼻尖上冒了出来。

“你说你看见苏筱岚和一个陌生女孩在一起，所以没有上前打招呼，为什么？有别人在就不能和同学打招呼了吗？因为你当时根本不是去打招呼的，对不对？”骆闻舟突然站起来，一把抓住了许文超的领子，“苏筱岚在家剪碎花裙子，被你撞见，怎么撞见的，嗯？她涉嫌谋杀，开门之前都不藏一藏证据吗——因为你是闯进去的，你趁着苏慧不在家，闯进了只有一个女孩的屋里……许文超，你告诉我，你当时想干什么？”

许文超：“我没……”

“你没有碰过那些女孩，”骆闻舟压低了声音，在他耳边说，“因为你根本硬不起来。你在苏筱岚的骨灰前放她十三岁的照片，在玻璃窗上自欺欺人地贴着二十年前的旧照片，因为你迷恋的是那个冷酷、变态、毫不犹豫地残害同龄女孩的苏筱岚，而不是被吴广川的死吓破了胆，只能被她那个变态妈和你控制的‘羊’。”

“我问你，”骆闻舟几乎有些毒地笑了一下，“你是不是只有亲眼看着她像当年一样犯罪，只有看着她处理尸体才能兴奋起来？”

许文超虚弱地掰着骆闻舟的手：“我……”

“为什么突然想娶苏筱岚？因为你看见二十年后的苏落盏完美地长成了她当年的模样！”骆闻舟如他所愿，手指一松，任凭他跌回椅背上，居高临下地看着许文超，“你不是畜生？你当然不是畜生，畜生挺好的，能干活能吃肉，你也配？”

第十九章

骆闻舟其实有一个单独的办公室，但不知是为了沟通方便，还是这个话痨不想自己待着，他的办公室跟外面是打通的，虽然中间有一道门，但上一次关可能已经是驴年的事了，门被众人放的一堆杂物推平在墙上，基本等同于不存在。屋里的植物养得很精心，窗台上附近的花花草草都长得欣欣向荣，喜光的在外层，喜阴的在墙角，摆得错落有致，唯独放在门口的两盆大绿萝命途多舛，被每天早晨懒鬼同事们的隔夜茶浇灌得奄奄一息，花盆里堆的碎茶叶已经快要沤出毒了。他的钱包和钥匙就那么大咧咧地扔在桌上，一点儿也不怕人拿——虽然在费渡看来，确实也没什么好拿的。

费渡老老实实地在他的办公室里等了一会儿，等得无聊，周围气味又让人难以忍受，他预感骆闻舟一时半会儿出不来，于是给他发了一条信息："需要我帮你喂一趟猫吗？"

骆闻舟百忙之中只回了个句号，估计是忙得顾不上了，费渡当他默认，拎起他的钥匙走了。

骆闻舟家离市局不远，蹬自行车都能到，打车刚过起步价。费渡一回生二回熟地到了他家，刚把门拉开一条小缝，一团毛球就迫不及待地探出了头，下一刻，毛球猛地意识到来人不对，它"刺溜"一下，闪电似的钻回了沙发底下，伸着脖子，紧张地往外张望。

头天晚上，他俩吃饭吃一半就被陶然一个电话叫了出去，屋里没来得及收拾，骆闻舟像应付大学宿舍突击检查卫生一样，把桌上的盘子碗一抄，一股脑儿地塞进了冰箱，由于空间规划不当，最后一盘炸丸子实在没地方放，只好暂时搁在了一米八的冰箱顶上——怀着对老猫爬高能力的侥幸之心。

显然，侥幸就是侥幸。

碎瓷片"星罗棋布"，从餐厅一路蔓延到了客厅，丸子七零八落地躺尸在地，每一颗上面都有牙印。骆一锅同志实验精神卓绝，可能是挨个品尝了一遍，才用穷举法得出了"都不合胃口"的结论。

猫食盆已经空了，在灯照下隐约有点发亮，不知道是不是猫自己舔的。

费渡放了把猫粮，想了想，又打开两个罐头放在旁边。饿得舔盘的骆一锅本来禁不住诱惑，悄悄冒出了一个小头，倏地碰到费渡的视线，又战战兢兢地缩了回去。

费渡没理它，洗了两遍手，才算把猫粮的腥味洗干净了，然后他从厨房翻出扫帚，试着把满地狼藉扫到一起，然而他实在不是干活的料，扫了半天也不得要领。十指不沾阳春水的费总吊着一只手，拄着扫帚客观地评价了一下自己的劳动成果，感觉自己把地扫得油光水滑，跟市局那以油擦地的食堂有异曲同工之妙。

他果断放弃，从手机里翻出个熟悉的家政公司，临时请了个钟点工过来。

这时，他忽然觉得自己的脚后跟被什么东西碰了一下。

费渡一回头，发现骆一锅不知什么时候凑了过来，盆里的猫粮少了一小半，它吃饱喝足，终于鼓足了勇气，意意思思地围着费渡转了几圈，犹疑不定地在他脚底下闻。发现费渡看它，骆一锅掉头蹿到了两米开外，好一会儿，见他没有什么反应，又探险似的重新掉头回来。

费渡一提裤腿蹲下，伸出两根手指递给它。

骆一锅先是本能地一躲，随后见他不动了，才颤着胡子凑过来闻，可能是闻出了亲切的猫粮味，它渐渐放下了戒备，用鼻尖碰了碰费渡，发现没有遭到什么不良待遇，又大着胆子低下头，用头顶从他手心蹭过。

费渡的手一僵。

骆一锅见他反应迟钝，胆子更大了些，高高地翘起了大尾巴，自己给自己解除了警报，围着费渡左闻右闻地转了一圈，喉咙里发出了又娘又细的叫声。费渡终于把悬着的手搭在了猫脊背上，僵硬地顺着那油光水滑的毛轻轻地摸了一把。骆一锅趴在他身上找舒服的地方，偶尔把头往他袖子里拱，被费渡一抬胳膊挽了起来。

“你不记得我了？”费渡轻轻地问。

骆一锅支着它那颗没有拳头大的脑子，懵懂又有一点儿畏惧地看着费渡。动物会遵循本能，本能让它害怕费渡，尽管它也不知道自己在怕什么。可惜骆一锅被骆闻舟养成了一只记吃不记打的生物，一碗猫粮让它克服了自己的本能。

费渡看着它，手心却突然冒出一层薄汗，轻轻地把骆一锅放在一边，他飞快地缩回了手。

小动物柔软的身体、起伏的呼吸和心跳，都让他觉得难以忍受。他猛地站起来，避开了好奇的骆一锅，后背紧贴住墙面。

什么是“生命”？

这似乎是个生物学定义，但一般人明白这个词的时候，要比他们开始上生物课的时候早得多——有些人是早早经历过一些生老病死的场合，大人们用自己的阅历，以更朴实或是更浪漫的方式解释过生命和死亡。有些人则是在书籍与影视剧的不断重复中自行形成了一个边界模糊的概念。

费渡摸索出手机和耳机，躲避什么似的，他有几分匆忙地把那耳机塞进自己的耳朵里，熟悉而忧伤的歌声立刻充斥了他的世界，他不由自主地屏住了呼吸，目光落在不远处的猫身上。猫真是讨人嫌，吃饱了撑的没事干，就去扒拉碎瓷片和滚了一地的丸子，玩得不亦乐乎，地上的油印更多了。

“什么是生命？”他耳边好像响起了那男人的声音。

那男人握着他的手，让他把手放在了一只小动物身上，可能是小仓鼠，也可能是小鹌鹑或是小兔，费渡不记得了，总之是非常小的生物，小孩一只手也能握过来，只记得一团小小的毛球蜷缩在他手心里，温暖柔软，有心跳，心跳像是在颤抖。

感觉非常奇妙。

“这就是生命。”那个声音说。

突然，那只一直轻柔地引着他的手陡然缩紧，像一对巨大的铁钳，猛地把他的手往中间挤去，强迫他抓住了那只小东西的脖子，死死地捏住了他的手指。小动物挣扎起来，发出垂死的哀鸣，小费渡也下意识地跟着挣扎，那男人却能轻易地控制住他，直到颤抖的心跳和徒劳的挣扎都在他掌心停止。

“这就是死亡。”那个声音对他说，“你看，其实生命和死亡之间，只是一个非常平淡的过程，并没有人们渲染得那么郑重其事。之所以要这样渲染，是因为人作为一种劣根性深重的社会动物，一方面想借助群体和社会更好地生存，另一方面又难以克制种种离奇的恶念和欲望，所以需要互相约定一套有制约性的规则，比如所谓的‘法律’和‘公序良俗’，前者是和这个社会的契约，为了防止你私下里违约，又有了后者，让人接受群体价值观的洗脑，继而心甘情愿地和大多数人行为一致。认识到这一点，你就跳出了大多数人的窠臼。

“你还想再认识一次生命和死亡的真相吗……摇头是什么意思？你要谦虚，学过的东西要来回复习强化才能变成自己的，来，我们再重来一遍……”

钟点工的敲门声突然打断了他的思绪，费渡狠狠地一激灵，匆忙将被骆一锅压住的脚尖抽回来，额角已经出了一层薄薄的冷汗。

一个小时以后，费渡拎着几杯现磨的咖啡重新来到市局。

受害人家属基本已经走光了，只剩下曲桐的父母和郭恒对面坐着。一个是还不敢相信事实，期待着万分之一的希望；另一个则是在等迟到了二十年的真相。

郭恒正和曲桐的父亲攀谈着什么，对话时常被年轻夫妻突如其来的眼泪打断，彼此平复一会儿，再挣扎着互相安慰。费渡才刚到刑侦队办公区，就看见一个身材敦实、眉骨带着伤疤的中年男人带着一帮人快步经过："……还在家的，各部门留必要的人值班就行了，剩下的都去支援，小陶那边人手不够，我去打个报告申请和调集当地警力联合行动……"

他看见了费渡，忽然话音一顿。

费渡推断这个人应该是市局的某个领导，不知道骆闻舟是怎么和上级汇报的，他正打算上前自我介绍，只见那中年人冲旁边的人打了个手势，示意他们抓紧时间行动，然后他自己走向费渡，先行伸出了手："是费总吧，我是陆有良，市局的临时负责人，你上次的锦旗就是我签发的。"

费渡把咖啡放在一边，正经人似的握了一下他宽厚的手掌："陆局，幸会。"

陆有良同他说了几句客套话，又说："陶然他们已经找到了嫌疑人大规模抛尸掩埋的地点，咱们采取人海战术，挖掘工作应该会很快了，马上就能给社会一个结果。"

怀念堂里，骆闻舟曾经提过，苏慧的老家在平海县，是燕城下辖的县区，本市的水源地之一，很有可能是本案的抛尸地。

于是费渡顺口询问："是在平海县吗？那边有个项目，我参了点儿股，正在建，工地上人手比较充足，如果有需要，我可以打电话叫人过去一起帮忙。"

"嗯？"陆有良一愣，大概以为是费渡听错了，特意解释了一句，"他们没说清楚吧，不在'平'海，在'滨海'，离咱们这儿开车得三四个小时，虽说也算是最近的海洋资源，不过行政区域划分上已经出省了，唉，这协调起来也是麻烦……"

光线晦暗的楼道里，费渡的瞳孔急剧地收缩了一下，他好半晌找到了自己的声音："沉尸入海？可最近不是台风季吗，尸体扔在海里不会出问题吗？"

"是，不方便抛尸到海里的都掩埋了。"陆局说，"现在就是在找这些，尤其是曲桐，那女孩太关键了。"

这时，方才被陆局调兵遣将的动静惊动的曲桐父母和郭恒都跟了过来，打算询问案情进展，几个值班员连忙跑上来，想阻止他们进入办公区域。

“哎哎，别，”陆局忙说，“让他们过来坐，家属心情都理解，我去跟他们说几句话。”

费渡清了清有些发干的喉咙，适时地说：“您忙，我不打扰。”

陆有良冲他一点头，重重地叹了口气：“参与本案的嫌疑人实在……唉，抓住了也未必能尽如人意，就怕二十年前的事再重演啊。”

他说完，朝费渡一点头，快步与他擦肩而过。

可能是近年来社会加强了对环保的重视，据说滨海一代本想开发，但一些环保相关的资质和手续一直办不下来，于是拖延至今。

四下也就是几个小岛上的疗养产业还算发达，附近有个油画村，每年固定时间段、固定签约的学校会带学生过来写生，还能给那农家乐性质的海滨“度假村”带来点儿生意，剩下时间，基本是门可罗雀。

沿海的地方山地较多，连绵起伏，人迹罕至，只有一些经年日久的旧路穿梭其中，杂草与未经打扰的密林正是绿意浓郁，充斥在微咸的海风里。

所有路段都已经被封上了，照片墙上清新美丽的风景照地点都被挨个标记出来，标记绵延近十公里，竟然是沿着同一条已经看不清边界的小路，燕城的警力与从滨海市区抽调来的当地警察沿着一条圈起了无数黄线。

“陶副队，发现一处……啊，等等！这一块尸体是新鲜的！”

曲桐小小的身体被切割成了七八块，分别掩埋，黎明时终于拼凑整齐，尸体上的切割痕迹与向阳小区那间屋子里的其中几把刀具相符，法医甚至还成功地从尸体身上提取到了一点体液。

这一点不幸中的万幸让郎乔逮捕的中年男子当场崩溃，什么都交代了。

“我当时跟的其实是另一个小孩，已经知道她父母工作忙，经常自己回家，没想到会遇上劫匪绑票这么奇葩的事……当时我都想报警了，是那个小女孩，就那个苏落盏一直蛊惑我，她说她喜欢这个，拼命撺掇我抓这个，正好西岭我熟悉，脑子一热……

“我没有杀人！绝对没有杀人！完事以后我就走了，真的，当时那个男的——清洁工，气冲冲地闯了进来，一把揪住苏落盏，我看不对劲，赶紧自已跑了……我真的不知道他们会这么丧心病狂啊！真的，您相信我！

“我那么喜欢她们，怎么舍得害她们呢？”

第二十章

骆闻舟从审讯室出来的时候，觉得自己也有点神志不清了，高强度、长时间的审讯对双方都是一种折磨，尤其面对许文超这种心理素质的嫌疑人，不给对方喘息的余地，其实也是不给自己喘息的余地。

在外奔波的，仍在寻找各种证据支持。审问的和被审问的，则要通过对方的神色、字里行间流露出的细微信息互相欺诈、互相判断：

他们到底掌握了多少证据，苏落盏到底说了多少？

他方才哪里相互矛盾？哪句话可能是真的，哪句话是避重就轻？

他们是不是在诈我？

往哪个方向诈才能让他承认？

稍一松懈，立刻就会被许文超抓住机会狡辩翻供。

骆闻舟脖子以上的器官基本停工，完全是凭着肌肉记忆自动导航回的办公室。

曲桐的父母听见消息，已经不顾劝阻追到滨海去了，只剩下郭恒一个人。骆闻舟看见他的背影，以为郭恒睡着了，下意识地放轻了脚步，随手从旁边拿起一件不知谁扔在那儿的制服外套，正想搭在他身上，郭恒这时却忽然一抬头。

他眼角的皱纹自鼻梁“一波三折”直至鬓角，像干涸的地面上龟裂的伤疤，微微发黄的眼白中，蛛网似的血丝缠着眼球，没有一点儿睡意。

往日里热闹的刑侦队办公区域里鸦雀无声，要么是还在外面忙，要么已经撑不住睡了。两个男人相对无言，空气仿佛黏成了一团，凝滞不动，再强大的空调扫风也吹不开。

良久，郭恒才艰难地率先开口：“你们……你们那位姓陆的领导都和我说了。”

骆闻舟缓缓地拉开了一把椅子，在他对面坐下。

“没说太具体。”郭恒说，“他说你们有些细节还在核实——现在你能告诉我具体情况吗？”

骆闻舟顿了顿，从头说起：“二十年前的那个夏天，郭菲偶然结识了一个自称和老师一起来莲花山的女孩，她穿碎花连衣裙，长得很漂亮，就是好像总分不清东南西北，每次和郭菲‘偶遇’她都在迷路。有一天补习班下课时，郭菲再次偶遇那女孩，女孩好像很着急，声称带她的老师住院了，她一个人找不到回宾馆的路。郭菲是个热心的孩子，每年期末的教师评语都有‘乐于助人’一条，至今还留在莲花山小学档案馆里。她试着给对方解释了几遍，对方一直不明白。她想，反正只是绕一小段路，应该也晚不了几分钟，于是决定亲自带那女孩去她的目的地……”

从他第一次提到“郭菲”的名字开始，郭恒就控制不住地颤抖起来，混浊的眼泪顺着眼角往下滚，被一道一道的皱纹截住，又往花白的鬓角而去。骆闻舟略微停了片刻，伸手按在郭恒肩膀上，老男人瘦骨嶙峋的肩背与起伏不定的胸口组合在一起，就像一只单薄陈旧的破风箱。

郭恒艰难地从周遭抽了一口气：“你说，你接着说。”

“那个女孩就是苏筱岚，她骗郭菲喝下加了东西的饮料，把她留在了宾馆，等待凶手吴广川出院。吴广川故意以‘身体不好’为缘由，脱离了大部队，自己得到了一辆公车，在杀害了郭菲后，吴广川把她藏在后备厢里，离开了莲花山。苏筱岚拿了郭菲的铅笔盒。”骆闻舟说——尽管他知道，无论是从苏筱岚的日记、犯罪手法的一致性等一系列的事实推断，当年杀害郭菲的其实应该都是苏筱岚，他还是在考虑到郭恒的接受能力后，用看似客观的语气轻轻地把事实扭了个小麻花，“苏筱岚和凶手的畸形关系，让她对受害人十分嫉妒，行至途中，她与凶手因此发生冲突，一怒之下跑下车，翻过那座您发现的大斜坡，看见了垃圾场附近的公共电话，她突然想出了一个发泄的方法——给您打了那通尖叫电话，还让您听见了铅笔盒晃动的声音。”

“她为什么……为什么……”

“因为她嫉妒郭菲有您这样的父母，有幸福的家庭，长成了一个比她好一万倍的小姑娘，拥有她多活二十年也得不到的东西。”

郭恒顺着这句话音看向骆闻舟，一时说不出话来。

“郭叔，您当年没有杀错人，您只是……太善良了，根本没有怀疑过那房子里的另一个人。”骆闻舟轻轻地说，“但是因为您在她面前杀了吴广川，震慑住了苏筱岚，苏筱岚第一次知道她做的这些事是会招来报应的，她后来也一直过着畸形又痛苦的日子，而且极大地降低了作案频率，您无形中救了不少潜在受害者——至少有上百个。”

郭恒却一抬手遮住眼睛，泣不成声。

骆闻舟："郭叔……"

“别说了，”郭恒胡乱地冲他摆着手，“别费心捡好听的安慰我了，我谢谢你。”

郭恒曾经冲动易怒，但他并不傻，听得出这种破绽明显的谎言。他听明白了，当年恰恰是因为他贸然动手捅死了吴广川，让苏筱岚再也不敢使用同一种方式折磨受害人家属，甚至在那之后调整了作案手法，才让那些后来遇害小女孩的档案悄无声息地混在了众多走失儿童中间，晚了这么多年，才重见天日。

全是因为他。

“那我……我的菲菲现在在哪儿？”

“当年的主犯苏慧并没有参与此案，所以我们推断，郭菲应该在当时莲花山通往市区的国道沿线。”

“还能……还能找到吗？你们还找吗？”

“能找到。”骆闻舟说，“人不可能无缘无故地说没就没，肯定还藏在哪儿，总有迹可循，就算一时找不着，以后也总有希望。就算别人都忘了，我也记得，您放心。”

郭恒是在又一个晨曦中离开市局的，骆闻舟一直目送他的背影，直到看不见为止。他不知道郭恒以后会怎么样，但不管是六十岁、七十岁还是八十岁，人总归还得活着，日子总归还得继续过，眼睛总归还得向前看。

也可能是骆闻舟的自我安慰，他觉得郭恒的背比来时似乎直了一点儿。

骆闻舟拖着脚步走回办公室，半瘫在椅子上，长出一口气，随即感觉自己好像还忘了点儿什么事，一抬头，看见桌上摆着一杯已经凉透了的咖啡。

对了，他让费渡等他来着！

不过显然费少爷不可能在局里等他一宿，应该是早走了。

就在骆闻舟迷迷瞪瞪地拿着那杯咖啡端详的时候，旁边突然伸过一只手，拎走了杯子，随即，一股幽暗的木香调古龙水味顺着那人的袖口钻进他的鼻子，骆闻舟下意识地抽了口气，鼻子有点发干。

费渡不知又是从哪个金贵酒店里爬出来的，换了一身行头，在骆闻舟迷茫的注视下把从酒店打包来的早饭和咖啡放在他的办公桌上。

骆闻舟下意识地说："你吃饱了撑的吧，有家不回天天住酒店，那酒店是你们家开的？"

"也可以这么说。"费渡理所当然地回答，"我控股百分之六十。"

骆闻舟暗骂：特意跑到工薪阶层面前炫富的富二代都是王八蛋。

"你不是让我等着，有几句话要跟我说吗？"

"哦，对。"骆闻舟打开咖啡喝了一大口，试图借着咖啡因找回遗失的脑子，"我想跟你说……"

他打算说什么来着？

骆闻舟停了一下，惊奇地发现自己的记忆出现了短暂的断片，怎么翻都是空白一片，一个标点符号也想不起来，提前体会了一回阿尔茨海默病的症状。

费渡的白衬衫开始变得有些晃眼，几乎晃出了重影。

"我跟你说……"

费渡看着他说梦话似的胡言乱语了几个音，随后整个人顺着椅背的方向一歪，居然就这么睡过去了。他连忙眼疾手快地托住了骆闻舟还拿在手里的咖啡，轻轻地把差点儿摔在地上的杯子解救出来，又给骆闻舟的手摆了个舒服的造型。

那男人略微皱着眉，十分憔悴，眼皮折叠了三层，平时刮得很干净的下巴上冒出了一层胡楂儿，莫名多了几分颓废系的"叔感"，显得脸瘦了一圈。连轴转了四十八个小时，就算是天仙也萎靡了，脸色当然不会太好看，但莫名的，他平时那种油腔滑调的公子哥气散去，某种更厚重、更坚实的东西却紧跟着显了出来。

费渡侧身靠在他的办公桌上，伸出两根手指捏住骆闻舟的下巴，轻轻掰过来仔细端详片刻，像个收藏古董的人端详把玩一只珍贵的汝窑瓷器，片刻后，他站直了，无声无息地叹了口气，承认自己是被这张脸打动了。

郎乔正好拖着死狗一样的脚步从外面滚进来，本来觉得自己躺在大马路上都能睡死过去，不巧迎面撞上这一幕，满脑门的瞌睡吓得如鸟兽散，只觉得从小到大看过的"霸道总裁"系列小说吹着口哨从她眼前呼啸而过，警花目瞪口呆地在门口挺成了一具僵尸。

不料，屋里那“居心不良”的“霸道总裁”丝毫也不慌张，还扭头冲她眨眨眼，格外耐人寻味地笑了一下，指了指旁边一大袋食物，示意她自取，然后端起骆闻舟喝剩下的那杯咖啡，抿了一口，飘然而去。

陶然被初升的晨光刺得有点睁不开眼，被赶来支援的同事换下来休息，他随便抖落了一下一身的泥土，就近钻进了一辆车里。这时，手机振了一下，常宁发了一张合影过来，晨晨靠在她怀里，手指紧紧地拽着姐姐的衣角，却还是很努力地冲镜头笑了。

“大夫说晨晨都是轻伤，可以出院了。小姑说要好好谢谢你们，改天可不可以请你和同事们来家里吃饭？”

陶然第一次没有秒回女神的信息——他已经拿着手机睡着了。

费渡打了辆车回到公司，趁上班时间还没到，把答应了苗助理的几份文件签了，然后在装潢讲究的办公室里独自坐了一会儿。

这是老费总当年的办公室，进门处有一个会客厅，有一个隐藏在墙壁里的酒柜，旁边是一个顶到天花板的大书柜，上半部分是各种典藏的孤本，羊皮卷、丝绸乃至竹简，一应俱全；下半部分陈列的是办公室旧主人当年收藏的名表。

另一侧墙则是一整个用玻璃罩罩起来的展览柜，挂的都是古兵器，居中一把腰刀，据说是古代帝王所佩，刀柄雍容华贵，经年历久，刀刃依然雪亮，在展示柜冷冷的光下，几欲破柜而出，食肉饮血。

沙发中间是一个一米四高的陈列台，圆形，外圈是各种已经不再发行流通的钱币，围着中间一个小小的展台，摆放的是连续三年某国际珠宝设计大赛的冠军作品——只有三年，第四年没来得及放上去，收藏者本人就去滨海疗养院躺尸了。

每个第一次到他办公室来的客人都会被这小型博物馆似的会客厅震一下，人在这里逗留时间长了，金钱、权力、野心、欲望简直要从每一个打开的毛孔里往外钻。而办公室与会客厅半隔半连，由一条仅供一人通过的过道相连，过道有一个巧妙的弯折，避免办公室的光照进来——办公室里两侧有通风小窗，背后则是一面巨大的落地窗，从这里能清晰地俯瞰大半个燕城，缓缓排队而行的车流与细小如蚂蚁的行人尽收眼底。

费渡起身，从一个上锁的文件柜里取出了一个不算厚的文件夹，文件夹里是几份合同、财务报表和几份重大资产变动说明。是当年以费氏集团的名义和一个名叫“光耀基金”的合作项目。他父亲在位的时候曾经和这个基金有过合作，对旗下一处公益基金还有定期捐款。

约定的年限已经到期，合作自然终止，对方也没有再续约的意思。

而一份“滨海海洋资源休闲度假胜地——打造中国马尔代夫”的项目计划书静静地躺在那一沓文件底部，是光耀基金曾经看中的一个项目，曾邀请过他们注资，当年那个他父亲一言堂的董事会以“资金占用量较大，没有成熟的盈利模式”为由拒绝了，此后不了了之。

“滨海……”费渡用笔帽在上面重重地画了一道。

抛尸三大原则：

第一，抛尸地点绝对安全，不会有控制外的人来翻土掘地，没有人会发现地下的秘密。

第二，能完美地把尸体混入正常死亡的尸体中，即使被人发现，也不会报警。

第三，即便报警，警方也无法辨认死者身份。

其中第三条适用于二十年前，至今随着各种刑侦法医技术的发展，已经基本不可能实现了，那么以许文超的智商，一定会遵循前两条。

但……他为什么会选择滨海？

如果扔在海边，尸体被捕捞的风险会非常大，远一点儿的地方则需要抛尸时有出海条件，而且不是每个季节都能去的，有些尸体肯定只能埋在陆地上。随便埋了就不怕被人翻出来吗？许文超和苏家三代人的籍贯、经历显示，他们和滨海市都没什么联系，到底是出于什么理由，让许文超选择了这里？难道只是自由摄影师偶然觉得那里风景优美、人迹罕至吗？

尾声

一个星期后，这起格外复杂，时间跨度格外长，格外耸人听闻的大案终于在两地警方的合作下，尘埃落定——绑架曲桐的赛车场琴师迫于压力，指认了照片上其他四人中的一个，他们有严格的入会制度，必须要有介绍人，刚开始只被允许请小女孩苏落盏吃顿饭，要花很多钱，维持很久的长期关系，才允许成为“高级会员”。

“会员”之间相互指认，拔出萝卜带出泥地抓回了一串——包括并不在照片上，一些早已经退出交易的“老会员”。其中居然不乏一些人模狗样的“成功人士”，警察找上门来的时候很是轰动了一时。

郭菲的尸体和费渡提供的思路很接近，在当年莲花山到市区国道途中的一处乡村野坟场里。据当地人说，那里早先没有推行火葬的时候，是专门用来埋横死、夭折尸体的。当地有好多迷信传说，一般没人敢靠近，当年有个村民喝多了误入，偶然发现过其中有一个对不上的坟头，当场吓疯了，还流传过好一阵的鬼故事。

可惜出于忌讳，没人核实过。

新闻、取证、公诉……后续种种工作连轴转，告一段落的时候，骆闻舟这才惊觉，竟已经是九月中旬了。他第一天恢复到踩点上下班的生活中，还没来得及心飞扬，就看见门口停了一辆小跑，有个眼熟的混账站在旁边，笑眯眯地看着交警贴条。

骆闻舟还没来得及做出什么反应，走在他后边的郎乔先抽了口大气。

郎乔这些日子时常想起费渡那天临走时的诡秘微笑，每天上下班路上都在放飞自己的想象力，已经把“强取豪夺”和“虐恋情深”等标签穿成一串，脑补了一部荡气回肠的十八禁电视剧——只是这段时间工作压力太大，一直没来得及给主角之一的骆闻舟“剧透”。

正巧前两天下了一场秋雨，郎乔被突如其来的费渡吓得一脚踩在门口积水上，险些五体投地，忙四脚并用地扒住了墙。

骆闻舟听见动静，回头看了她一眼，他先是灭绝人性地对她的姿势做出了嘲笑，随后又说：“你上班穿什么高跟鞋，大家抬头不见低头见的，就跟谁还不知道你矮似的。”

郎乔翻了个白眼，艰难地扶正了鞋跟，完完整整地把想说的提醒咽了回去，一言不发地被他气跑了。

以往费渡也是白天上班、夜里鬼混，偶尔跑来骚扰陶然，多半也只是弄来了什么新鲜好玩的东西跑来献宝。平白无故，他也不会天天到公安局报到。骆闻舟以前时常惦记他，不过那都是在费渡还小的时候，自从此人长成了一个三百六十度无死角的混账，也就没什么值得惦记的了。

城市里烟火缭绕，人人奔波劳碌，又有车水马龙与人山人海相隔，普通朋友几个月不见一面也是寻常。可是距离费总上一次跑到市局来“送温暖”才不到一个月，骆闻舟却突然有种奇怪的感觉，仿佛自己已经很久没见过他了。

费渡的车依然招摇，但这回人却显得中规中矩多了。

他没戴眼镜，一边耳朵上松松垮垮地挂了一副耳机，棉布的衬衫难得正常地系到了风纪扣下面一颗，还穿了条牛仔裤，头发随意地捋到脑后，露出清晰俊朗的眉目，他整个人仿佛被什么玩意儿洗涤了灵魂似的，先前那股斯文败类的气质荡然无存，乍一看，就像个有点叛逆却又不过分的艺术系学生。

骆闻舟插着兜，溜溜达达地来到费渡面前，心里不由得骂了句娘。

费总原本是最让他吃不消的类型，这货简直是条人形眼镜蛇，外表衣冠楚楚，内里虚虚实实，心眼儿多得让人一看就要犯密集恐惧症，身上时刻带着强烈且锋利的侵略感，不想被他摆布，就得下意识地时刻绷着神经。别说欣赏，骆闻舟想起他来就头疼。

现在这眼镜蛇居然还学会了伪装！把那副带毒的獠牙一收，他居然有一身能以假乱真的青春洋溢，又干净又明快。

骆闻舟挥挥手，打发了隔壁部门的小交警，拍拍费渡的车顶，伸手一指马路对面的商务楼：“向右转，那儿有个购物中心，看见没有？最近的停车场就在那儿。非特殊情况，市局门口不让社会车辆随意停靠，你得有停车证。”

费渡冲他露出个毫无阴霾的笑容：“停车证在哪儿办？”

“我们这儿长期停车证不批发也不零售，首先，你得是市局的工作人员，再不济也得是工作人员家属。”骆闻舟不动声色地垂下眼，晾了一下自己被他新形象刺激到的眼球，又要笑不笑地说，“张嘴就要停车证，你有‘名分’吗，费总？石膏刚拆没几天就开车到处浪——又干吗来了？”

费渡不答反问：“你今天没开车？”

骆闻舟：“借给同事相亲用了。”

费渡眯起眼睛，回手一拉车门：“正好，要不要上来？”

费渡这动作带起一缕微风，骆闻舟惊奇地发现，他今天居然没喷那些乱七八糟的古龙水，身上飘过来的是衬衫洗涤剂和某种剃须水混在一起的味道，清澈、干净，好像凉雨洗过的秋风。

这小子一定是故意的。骆闻舟心里在警惕，四肢却背叛了大脑，自作主张地上了人家的车。

费渡十分有风度地替他合上车门，正要绕到另一边，就看见一个背着破公文包的“爹毛”从市局里跑了出来，在门口四处张望，正是陶然。

费渡拉车门的动作一顿，和他打招呼：“哥。”

“哎，”陶然抓了一把头发，向他走过来，他眼大漏光，丝毫没注意到费渡的打扮和平时有什么不一样，“这帮人，一看今天不用加班了，我上个厕所的工夫，除了值夜班的都跑光了——你怎么在这儿？”

费渡：“过来办点儿事。”

“哦，好。”陶然心不在焉，也没问他办什么事，“我正要找你呢。常宁说，晨晨父母想找个时间请大家吃顿饭，你去不去？”

费渡拖着长音“哦”了一声。

陶然：“干吗？”

“去晨晨家——到时候我们负责跟家长聊天，转移视线，你负责帮常宁姐收拾东西，准备食物？”费渡懒洋洋地趴在车顶上，“或者你还可以撺掇他们准备点儿酒，给每个人都灌一口，然后让常宁挨个儿送客，你负责开车。最好我们这些电灯泡出了门就自动结伴消失，你还可以顺便带她兜个夜风、看场电影什么的。”

陶然本来没想这么多，被他三言两语点亮了前行的方向，整个人都闪了起来，他也不好意思说话，单是神魂颠倒地戳在那里笑。这时，面向陶然那一侧的车窗拉了下来，骆闻舟没好气地对他说：“行了，这顿饭的精神我收到了，明天会向同志们传达，能劳驾你别在大马路边上当街虐狗吗？注意素质！”

陶然万万没想到，自己有一天会从费渡车里看见活的骆闻舟，当即吓了好大一跳，他梦游似的看了看骆闻舟，又看了看费渡，来回来去看了三圈，怀疑自己的神志可能不太清醒，于是下意识地“哦”了一声，揉揉眼睛，乖乖走了。

走出足有五十米，陶副队漫长的反射弧总算跑完了全程，他脑子过电一般地反应过来——等等，刚才是骆闻舟在费渡车上？

陶然猛地扭过头去，肩颈“咔啦”一声抗议，而方才那辆停在路边的小跑已经欢快地上了马路，汇入庞大的车流之中，不见了踪影。

“幻觉。”陶然给自己下了个结论，煞有介事地点点头，半身不遂地走了。

“前面路口左拐，那边修路过不去。”骆闻舟十分平淡地指挥，好像他真的只是蹭车下班回家。他问了一遍费渡的来意，小王八蛋故弄玄虚不说，骆闻舟干脆也就不问第二遍，泰然自若地等着他自己露出下文。

谁知费渡一路很消停地开车把他送回了家，废话都没有多说一句：“到了。”

骆闻舟茫然：等等……所以呢？然后呢？

“真到了，我就只想顺路送你一程。”费渡十分敏锐地从他的目光中捕捉到了那点儿莫名其妙，嘴角若有若无地含了一点儿很“费渡”的笑意。这一笑，他那保持了一路的“青春阳光”形象立刻灰飞烟灭，画皮底下依然是熟悉的配方和熟悉的味道。

他暧昧地压低了声音，凑到骆闻舟耳边问：“还是你希望我别有用心，骆队？”

骆闻舟深知各种套路，不过还是头一次被人用在自己身上。他挑不出理、问不出口，被这高高举起、轻轻落下的一番撩拨弄得心猿意马之余，也十分哭笑不得。

他一口气镇压了胸口那只挠心的毛爪，端出了“岿然不动”大招，他一顿之后，干脆利落地推开车门，伸手一拍：“好车，就是在市区跑不快，糟蹋了——谢了，再见。”

说完，骆闻舟潇洒地下了车，假装若无其事，头也不回地回家喂猫去了。

费渡在车里盯着他的背影，一直盯到骆队钻进楼道，才缓缓地重新启动车子。

“不客气。”他自言自语地说，“明天见。”

图书在版编目（CIP）数据

默读 / Priest 著 . — 南昌：百花洲文艺出版社，2017.12（2018.9 重印）
ISBN 978-7-5500-2510-3

Ⅰ . ①默… Ⅱ . ① P… Ⅲ . ①长篇小说—中国—当代 Ⅳ . ① I247.5

中国版本图书馆 CIP 数据核字（2017）第 276103 号

默读
MO DU
Priest 著

出 版 人　姚雪雪
责任编辑　杨　旭
装帧设计　好谢翔工作室
排版制作　刘珍珍
出版发行　百花洲文艺出版社
社　　址　南昌市红谷滩世贸路 898 号博能中心Ⅰ期 A 座 20 楼
邮　　编　330038
经　　销　全国新华书店
印　　刷　河北鹏润印刷有限公司
开　　本　700mm × 980mm　1/16
印　　张　21.5
版　　次　2018 年 2 月第 1 版
印　　次　2018 年 9 月第 6 次印刷
字　　数　331 千字
书　　号　ISBN 978-7-5500-2510-3
定　　价　45.00 元

赣版权登字：05-2017-467

发行电话 0791-86895108
网　址 http://www.bhzwy.com
如发现图书质量问题，可联系调换。质量投诉电话：010-82069336